历代名著精选集

［东汉］班固 著
谢秉洪 注评

汉书

凤凰出版传媒集团　凤凰出版社

图书在版编目（CIP）数据

汉书 /（东汉）班固著；谢秉洪注评. -- 南京：凤凰出版社，2011.1
（历代名著精选集）
ISBN 978-7-5506-0063-8

Ⅰ.①汉… Ⅱ.①班… ②谢… Ⅲ.①中国－古代史－西汉时代－纪传体②汉书－注释 Ⅳ.①K234.104.2

中国版本图书馆CIP数据核字(2010)第246919号

书　　名	汉书
著　　者	（东汉）班固 著　谢秉洪 注评
责任编辑	汪允普
出版发行	凤凰出版传媒集团 凤凰出版社（原江苏古籍出版社） 南京市中央路165号　邮编210009 发行部电话 025—83223462
集团网址	凤凰出版传媒网　http://www.ppm.cn
照　　排	江苏凤凰制版有限公司
印　　刷	江苏新华印刷厂 南京市张王庙88号　邮编:210037
开　　本	960×1304 毫米　1/32
印　　张	10
字　　数	298 千字
版　　次	2011年1月第1版　2011年1月第1次印刷
标准书号	ISBN 978-7-5506-0063-8
定　　价	25.00元

（本书凡印装错误可向承印厂调换,电话:025—85521756）

目　录

前言 1

高帝纪 1

百官公卿表序 60

食货志（上） 80

艺文志序 99

叔孙通传 120

贾谊传 125

晁错传 151

李陵传 169

苏武传 176

卫青霍去病传 187

董仲舒传 203

张骞传 226

司马迁传赞 235

朱买臣传 237

陈万年传 240

霍光传 243

循吏传序 267

西域传序赞 270

外戚传序 279

元后传 282

后记 307

前　言

　　《汉书》亦称《前汉书》，东汉班固著。班固(32—92)字孟坚，扶风安陵(今陕西省咸阳市东北)人，出生于汉代儒学世家。

　　班固的祖先于秦汉之际在北方从事畜牧业，成为北方边地的豪富。班固的曾祖父班况，由荐举"孝廉"授为郎官，成帝时升任左曹越骑校尉，其女儿被选入宫，受到成帝宠幸，封为婕妤，从此班家遂上升为外戚，并由边境迁徙到长安城郊。班况有三个儿子：班伯、班斿和班穉。班伯早年师事西汉末年著名大臣、儒家学者师丹，成为有名的儒学之士，曾受诏与著名文献学家刘向一起校理秘阁藏书，成帝为了嘉奖他，下令把皇家藏书的副本赏赐给他，使班家拥有了大批的珍贵藏书。班穉是班固的祖父，官至广平相，因不愿阿附王莽，被排挤为延陵园郎。从此班家政治地位下降，但由于有皇家所赐藏书，经济上又很富有，所以四方有学识的人都远道而来，连扬雄等名流也常到班家作客，使班家成了书香门第。

　　班固的父亲班彪(3—54)字叔皮，幼年与从兄班嗣一同游学，结交甚广。班彪赞赏儒家"大一统"思想，曾劝隗嚣放弃割据，劝窦融拥戴光武帝刘秀，由司徒掾被荐举为望都(今河北望都西)长，对时政多所建议。班彪学识渊博，生平好述作，尤专心于史籍。司马迁《史记》撰成后，褚少孙、刘向、刘歆、冯商、扬雄等十多位学者都曾缀集时事，或补或续之。班彪认为续作"多鄙俗"，不足以踵继司马迁之书。于是继续采集西汉遗事，又旁贯异闻，作《后传》65篇以续《史记》，但"不为世家，唯纪、传而已"。班彪曾作《前史略论》，简要地追述了先秦秦汉之际的史官和史籍，并着重评论了司马迁所著的《史记》。他说："迁之所记，从汉元至武以绝，则其功也。至于采经摭传，分散百家之事，甚多疏略，不如其本，务欲以多闻广载为功，论议浅而不笃。其论术学，则崇黄老而薄《五经》；序货殖，则轻仁义而羞贫贱；道游侠，则贱守节而贵俗功：此其大敝伤道，所以遇极刑之咎也。然其善序事理，辩而不华，质而不野，文质相称，盖良史之才也。诚令迁依

《五经》之法言,同圣人之是非,意亦庶几矣。"(《后汉书·班彪传》)既充分肯定司马迁的史才,又对其异端思想极尽讽刺。这表明了班彪的正统观点,也是他写《后传》的指导思想。建武三十年(54)班彪去世,《后传》未能完成,但《后传》的部分内容显然被班固继承,如今《汉书》中的元帝、成帝二纪及韦贤、翟方进、元后三传的赞语,还保留有班彪的史论文字,而《司马迁传》的赞语亦与班彪评语极为相似,这充分说明班彪的学术思想与著史事业对班固产生了极其重要的影响。

班固自幼接受儒学世家的良好教育和熏陶,加上聪明好学,9岁即能写文章、诵诗赋。16岁时进入洛阳太学学习,博览儒学经籍及诸子百家之言,并广泛探究,为日后成长为一代良史打下扎实基础。23岁时,父亲班彪去世,班固自洛阳奔丧返家,并从京城迁回扶风安陵居住。为完成父亲的未竟事业,班固于明帝永平元年(58)开始在家私撰《汉书》。永平五年(62)班固被人告发"私改作国史",被捕关进了京兆监狱。班固的弟弟班超赶赴洛阳为其上书辩白,与此同时,当地官吏也把从班固家中查抄的书稿送到京师。明帝阅书后觉得班固才能卓异,下令立即释放,并任命他为兰台令史。兰台是汉朝皇家藏书的地方,共设令史6人,班固便是其中之一,故又称"班兰台"。班固最初担任兰台令史时,受命与陈宗、尹敏、孟异等人共同撰写东汉光武帝的事迹《世祖本纪》,并很快完成了修撰任务,得到明帝的赞扬。随后班固升迁为郎,典校秘书,并于永平七年(64)受明帝诏命继续完成先前所著《汉书》,直到章帝建初七年(82)成书。期间,班固曾于建初四年(79)参加了著名的白虎观会议,并按章帝旨意将会议记录整理成《白虎通义》一书。班固从开始撰写《汉书》,到最终完成撰著,前后长达20余年。由于《汉书》长期未能脱稿,没有产生广泛的社会影响,班固心有不甘,渴望能够施展才能、建功立业。和帝永元元年(89),班固年届58岁,得知外戚窦宪被任命为将军率大军攻伐匈奴的消息,便决定随军出征,被任为中护军,参与军中谋议。窦宪率部大破匈奴,在远离边塞三千余里的燕然山(今蒙古杭爱山脉)刻石纪功,其《封燕然山铭》文,即出自班固之手。永元四年(92)窦宪以谋反罪被革职,自杀身亡。洛阳令种兢以前受过班固家奴的侮辱,因畏惧窦宪威势一直不敢发作;窦宪案发后,种兢借机报复,将班固关进监狱。班固在狱吏的拷打折磨下,含冤死于狱中,终年61岁。班固一生,除撰写《汉书》以外,尚有《两都赋》、《典引》等诗赋文章40余篇,后人辑成《班兰台集》1卷、《班孟坚集》3卷。

班固死后,《汉书》书稿颇散乱,和帝将班固的妹妹班昭召至洛阳,命其参考东观藏书重新整理。班昭,一名姬,字惠班,因嫁同郡曹寿(字世叔)为妻,也被称为曹世叔妻、曹大家等。班昭博学多才,曾任和帝邓皇后老师,著有《东征赋》、《女诫》等。安帝永初七年(113),班昭在完成《汉书》"校叙"、补作了《八表》后,又由同郡人马续帮助作成《天文志》。马续字季则,为著名学者马融之兄,博通古今,顺帝时曾任护羌校尉,迁度辽将军。因此,后世学者多认为这部《汉书》是经过四人(即彪、固、昭、续)之手,阅三四十年始成完书的。

《汉书》记事上起汉高帝元年(前206),下至王莽地皇四年(23),完整地记述了西汉一代和短促的王莽新朝共230年间的史事。全书包括十二纪、八表、十志、七十列传,共100篇(卷),总计80余万字。《汉书》承袭了《史记》的体例而有所变化,改"书"为"志",取消"世家",并入"列传",开创了纪传断代史体,为我国"正史"定下了格局,对后代史书的发展起到了相当重要的作用。唐代著名史学家刘知几在《史通·六家》中说:"如《汉书》者,究西都之首末,穷刘氏之废兴,包举一代,撰成一书。言皆精练,事甚该密,故学者寻讨,易为其功。自尔迄今,无改斯道。"这个评价,今天看来还是很公允的,它道出了班固及《汉书》在我国史学史上的重要地位。同时,《汉书》又以其在文学、语言学、目录学等领域所取得的巨大成就,一直受到学术界的高度推崇,成为中国古代文史研究者的必读之书。

《汉书》断代为史,反映西汉一代兴亡,从政治、经济、军事、法律、民族到学术文化、礼仪风俗等都认真加以记述,因此,内容详赡也就成了《汉书》的一大特色。

《汉书》十二纪中,武帝中期以前的史事,大部分内容直接采自《史记》,但并非是一字不差的全文照抄,而是做了不少改写、增删、剪裁、移动,也有不少独到之处。如《高帝纪》中补写"元年破秦,萧何尽收秦丞相府图籍文书"与"十二年过鲁,以太牢祠孔子"二事,以及增加不少重要诏令等,皆较《高祖本纪》为详;又《史记》不为惠帝立传,而《汉书》增写了《惠帝纪》;《史记·孝武本纪》属改写《封禅书》而成,班固重新撰写《武帝纪》,比较全面地记述了汉武帝的一生事迹。《汉书》又记载了武帝以后昭、宣、元、成、哀、平6代皇帝的历史事实,完整地展现了西汉一代历史全貌。

《汉书》中的"八表",有6个王侯表是从《史记》中的汉王侯表发展起来的,既模仿《史记》"十表"又有所改进。如《史记》中的《汉兴以来诸侯王年表》,把同姓、异姓王侯合为一编,而《汉书》则将同姓、异姓王侯分开,编成《诸侯王年表》、《异姓诸侯王年表》,这样不但可以纵向查考,而且便于横向比较,从中探索汉代皇帝对待同姓、异姓诸侯王的不同政治态度。再如《史记》中只列了《高祖功臣侯者年表》,高祖之后所有皇帝功臣均未列表。为了弥补这一缺陷,《汉书》把高祖到文帝的功臣编为《高惠高后文功臣表》,又将景帝到成帝的功臣编成《景武昭宣元成功臣表》。更为可贵的是,《汉书》还特别创立《百官公卿表》,对汉承秦制以来的设官分职和各级官员的权限、俸禄、爵位、等级及任、免、迁、死等情况,都做了简明的记载,既叙述秦汉官制演变,又记录汉代三公九卿任免升黜,可以看作秦汉职官辞典;而《古今人表》把远古至秦末的人物列为九等,可以看作汉以前的人名辞典。

《汉书》十志突出地体现出《汉书》"博洽"的特点,对《史记》八书有了很大的发展,完善了史书中的典志体,历来被视为传统史学的精华之作。《汉书》首先调整了《史记》八书的篇目,增写了内容。如合《礼书》、《乐书》为《礼乐志》,合《律书》、《历书》为《律历志》,改《天官书》、《河渠书》、《平准书》、《封禅书》为《天文志》、《沟洫志》、《食货志》、《郊祀志》,且都增加了重要内容。其中《礼乐志》记载了汉初叔孙通以下有关制礼的重要言论,详录汉初的郊庙诗歌《安世房中歌》17首和武帝时的乐府歌曲《郊祀歌》19首;《律历志》记载音律和度、量、衡单位的制定以及历法的演变;《郊祀志》续载了昭、宣以后帝王的封禅祭祀活动,并详录谷永等人谏议废除淫祀的言论。其次,《汉书》新创了《五行志》、《地理志》、《刑法志》、《艺文志》,扩大了典志体所反映的社会生活的范围。凡涉及典章制度方面的内容,班固不以断代为限,而是追本溯源,探索其来龙去脉,成为后世编修通典、通志、通考的良好开端。这就大大丰富了汉代史的内容。如《五行志》中包含有不少关于古代天文学史、科技史、自然史和灾荒史的材料;而《刑法志》前面附有兵制的内容,这是儒家"大刑用甲兵"观点的体现,交待了周秦兵制的渊源。特别是《地理志》和《艺文志》,有着很高的学术价值和深远的历史影响。《地理志》详尽地讲述了三代、战国、秦、汉以来的疆域沿革、地区建置、风土人情,实在是中国的第一部难得的历史地理专著。《艺文志》罗列群籍,分门别类,汇聚成篇,既是图书目录,也是学术史略,成为后人研究古代学问的桥梁。

《汉书》七十传,以时代先后为次,记载西汉各种人物、各个民族及邻近诸国,末尾传写王莽及《叙传》。它对西汉一代史事和人物,几乎无所不包,许多内容比《史记》丰富。如《汉书》在萧何、韩信、刘安等传中增加了不少史料,特别是在一些传记中详载了很多诏令、奏疏、诗赋、文章等,还专门为不辱使命的苏武、开通西域的张骞以及贾山、李陵等人立传。此外,《汉书》对于阶级斗争史和国内外民族关系史也有详细的记载。如《王莽传》以一个人物为中心,把四分之一世纪的中国历史绘成一幅文学长卷,从中可以了解到西汉末年阶级斗争如何的尖锐复杂。又如《汉书》除了记述匈奴、西南夷、两越、朝鲜等的历史外,还在《史记·大宛列传》基础上扩写成《西域传》,叙述了汉朝与西域间政治、经济、文化关系史以及西域几十个国家或地区的历史,为研究我国古代民族史和中外关系史提供了很多极为珍贵的资料。

《汉书》有意尊汉,推崇汉为正统,所以书中处处体现出大一统和正统思想。它以浓重的笔触全面地从时间、地域、人事、思想文化诸方面详细地记述西汉统一,给统一的汉代政权和多民族统一的国家以应有的历史地位,歌颂汉的一统帝业。《汉书·叙传》说:"凡《汉书》,叙帝皇,列官司,建侯王。准天地,统阴阳,阐元极,步三光。分州域,物土疆,穷人理,该万方。纬《六经》,缀道纲,总百氏,赞篇章。函雅故,通古今,正文字,惟学林。"这段文字,可以看作是班固着意写统一大业的自我表白。又《高帝纪》"赞语"写道:"汉承尧运,德祚已盛,断蛇著符,旗帜上赤,协于火德,自然之应,得天统矣。""天统"自然是正统,这是神化刘邦兴汉符合天命,同时又否定被汉取代的秦朝及篡汉的王莽政权之历史地位,鲜明地反映出作者以汉为正统的思想观念。

与正统思想有关,《汉书》中独尊儒学的思想也很突出。自武帝"罢黜百家、独尊儒术"以后,儒家思想一直占据统治地位。班固生于东汉,正是古文经学鼎盛的时代,其撰写《汉书》,即以儒家思想为依归,崇尚《六经》,叙事、论政、臧否人物,常证之以经义。如《叙传》中提到"纬《六经》,缀道纲",意思就是要以儒家《六经》思想为指导。又《司马迁传》"赞语"称:"其是非颇缪于圣人,论大道,则先黄老而后《六经》;序游侠,则退处士而进奸

雄;述货殖,则崇势利而羞贫贱。"这是班固继承了其父班彪的思想,表明以"圣人"的是非为准则,而所谓圣人之"是非",亦即儒家的正统思想。

《汉书》既以儒家思想为主,而儒家的主要精神在于尊崇礼治,倡导忠孝仁义,讲究经世致用,因此,《汉书》很好地继承了我国史学经世致用的传统,注意记述经世之业,并在许多篇章中对写作旨意特别加以说明。如:写《沟洫志》,申明治河修渠乃"国之利害,故备论其事";写《贾谊传》,"掇其切于世事者于传",不切世事者就从略了;写《晁错传》,"论其施行之语著于篇",未施行之语一定抛开了;写《董仲舒传》,"掇其切当世、施朝廷者著于篇",有些不切当世、未施朝廷者就不写了。至于其宣扬伦理教化,标榜劝善惩恶等等,也无不与经世功用有关。这对后来的正史也有一定影响。

当然,《汉书》的思想是相当复杂的,其中亦杂糅阴阳五行学说,染有一些神学色彩。由于汉代统治者有意宣扬天人感应论和五行灾异说,使得全社会和学术界都在不同程度上受到影响,阴阳五行学说势力之大,在汉代几乎可与儒家学说分庭抗礼,社会上五德终始说流行。在这样的大背景下,班固自然亦难以幸免,故而《汉书》在记述史事之中,往往夹杂这种思想和说教。如称汉得"天统",汉为"火德",讲五行灾异、天变与人事符应,等等,不仅见之《天文志》和《五行志》,也渗透于全书,其消极性的一面是不可避免的。不过,这是时代局限造成的,对于班固和《汉书》,我们今天完全不必苛求。

班固受儒家正统思想影响至深,在评论历史事件和人物上,缺乏司马迁那种匡世济民的战斗热情,但作为历史学家,班固赞扬司马迁"不虚美"、"不隐恶"的"实录"精神,重视客观历史事实。因此《汉书》不仅比较全面地反映了西汉一代历史,而且在一些传记中暴露了统治阶级的罪行,有不少"实录"。如《景十三王传》、《外戚传》中写宫廷中的种种秽行,《霍光传》中揭露外戚的专横暴虐及其爪牙鱼肉人民的罪恶。还有一些传记,如《龚遂传》中接触到了人民的疾苦,表扬体恤人民的官吏,体现了作者对人民的同情。

《汉书》写人物,虽然不如《史记》写得形象鲜明、生动,但也有不少人物传记写得相当成功,从而成为人物传记的范例。如《苏武传》通过一系列具体生动情节的描写,突出了苏武视死如归、不为利诱的斗争精神,表扬了苏武坚持民族气节的高尚品格,给人们留下了不可磨灭的印象。在《朱买臣传》中,通过写朱买臣失意和得意时的不同精神面貌以及人们对他的不同态度,揭露了封建时代世态炎凉的社会习尚,活画出封建时代在功名利禄的引诱下没有独立人格的封建文人可怜可憎的形象。《汉书》常常通过人物的日常生活细节来突出他们思想性格的特征,如《陈万年传》写陈万年有病,还让他的儿子陈咸在其床下接受他的教训,"语至夜半,咸睡,头触屏风。万年大怒,欲杖之,曰:'乃公教戒汝,汝反睡,不听吾言,何也?'咸叩头谢曰:'具晓所言,大要教咸谄也!'万年乃不复言。"陈万年的盛怒之言和陈咸的直率回答,活画出一个不以谄事权贵为耻的官僚形象。《张禹传》也完全是通过叙述张禹的日常言行,围绕着他"持禄保位"的卑鄙心理,来戳穿他"为人谨厚"、"为天子师"的堂皇外衣,显露出庸俗、虚伪、阴险的本来面目。其它诸如写李陵的怨尤、霍光的专权、王莽的为人、循吏之使民安土乐业、酷吏之执法残酷凶暴等,亦皆具体而生动,精彩而非虚构。

在文学语言方面,班固受当时辞赋创作的影响,崇尚词藻,长于排偶,亦喜用古字,故《汉书》不如《史记》语言简洁明朗、生动活泼,但也因此具有整饬详赡、富丽典雅的一面,得到后世散文家的赞赏。范晔在《后汉书·班固传》赞语中说:"迁文直而事核,固文赡而事详。若固之序事,不激诡,不抑抗,赡而不秽,详而有体,使读之者娓娓而不厌。信哉其能成名也。"这一论断比较准确地分析了《史记》和《汉书》语言风格的不同。

《汉书》著成之后,很快便流传开来,到了东汉灵帝时代就有服虔、应劭等人替它作了音义。唐初颜师古作《汉书注》,征引的注本多达23家,被当时的学者誉为"《汉书》的功臣"。《汉书》自定本原为100卷,而后人"以卷帙太重,故析为子卷",在颜师古之前,《汉书》已经被析出了15卷,颜师古作注时,又析出5卷,遂使《汉书》成为120卷本。

《汉书》最早刊刻始于北宋太宗淳化五年(994),世称"淳化本",原本今已不存,但后世诸本多源出此本。现存最早的《汉书》刻本,为宋仁宗景祐二年刊本,亦称"景祐刊误本",简称"景祐本"。此外,又有南宋庆元建安刘之问刻本,蔡琪家塾刻本,白鹭洲书院刻本,元代大德九年太平路儒学刻本,明代正统八年覆宋本,成化南、北国子监刻本,嘉靖二十八年汪文盛刻本,崇祯十五年毛氏汲古阁刻本,清代乾隆四年武英殿刻本,同治八

年金陵书局刻本等。因为旧本多不易得,目前最为通行的本子是中华书局1962年出版的点校本。唐代颜师古《汉书注》和清末王先谦《汉书补注》,是阅读《汉书》不可或缺的重要参考资料。除此之外,清代沈钦韩《汉书疏证》、周寿昌《汉书注校补》以及今人杨树达《汉书窥管》、陈直《汉书新证》、吴恂《汉书注商》、施之勉《汉书集释》等亦有参考价值。

《汉书》鸿篇巨著,妙文甚多,本次选注限于篇幅,只选了20篇,其中有些篇目做了必要的删节,与《汉书》全书内容相比,只占很少的一部分,难免挂一漏万。选篇文字据南宋庆元本,标点充分吸收已有研究成果,参照中华书局点校本择善而从;注释力求简明扼要,一切从方便读者出发,不做过多的考证。

谢秉洪

2009年9月于南京

高 帝 纪

高祖①,沛丰邑中阳里人也②,姓刘氏。母媪尝息大泽之陂③,梦与神遇④。是时雷电晦冥⑤,父太公往视⑥,则见交龙于上⑦。已而有娠⑧,遂产高祖。

【注释】

① 高祖:此处指汉高祖刘邦。谥法本无"高",子孙以为刘邦功绩最高而为皇帝,又是一朝之祖,故特别谥其为"高皇帝",省称"高帝";庙号"太祖",汉人习称为"高祖"。后世遂通常以"高祖"或"太祖"来称开国的帝王。② 沛:秦县名,治所在今江苏沛县。丰邑中阳里:邑和里都是当时的地方行政单位。丰邑秦时属沛县,至汉时沛置郡,丰单独置县,治所在今江苏丰县。中阳里故址在今丰县城东北近郊一带。③ 媪(ǎo):老年妇女的通称。下文"王媪"同此。陂(bēi):水边,岸边。④ 遇:相会。⑤ 晦冥:天色昏暗。⑥ 太公:对老年男子的尊称。刘邦父母的名字当时已经失传,故史家记事以"媪"和"太公"代称。⑦ 交:《史记》作"蛟"。交龙即蛟龙。⑧ 有娠(shēn):《史记》作"有身",即怀孕。

高祖为人①,隆准而龙颜②,美须髯,左股有七十二黑子③。宽仁爱人,意豁如也④。常有大度⑤,不事家人生产作业⑥。及壮,试吏⑦,为泗上亭长⑧,廷中吏无所不狎侮⑨。好酒及色。常从王媪、武负贳酒⑩,时饮醉卧,武负、王媪见其上常有怪。高祖每酤留饮⑪,酒雠数倍⑫。及见怪,岁竟⑬,此两家常折券弃责⑭。

【注释】

① 为人:史书中用来叙事、写人的常用语,意为某一传主是个什么样的人,包括外貌特征、品性、本质、生理特点等方面内容。② 隆准:高鼻梁。隆,高。准,鼻子。龙颜:上额突出鼓起像龙额一样。颜,印堂,两眉之间。后世以"龙颜"通称帝王的相貌。③ 股:大腿。黑子:黑痣。④ 豁

如:性情开朗。⑤ 大度:远大的志向。⑥ 家人:平民。生产作业:指农业生产劳动。⑦ 试吏:尝试做小吏。⑧ 泗上:地名,故址在今江苏沛县东。亭长:官名。秦时县下设乡,乡下每十里设亭。亭长是最基层的地方小吏,主管地方民事政务与治安警卫,兼管旅客食宿。⑨ 廷中吏:指县衙里的吏员。狎侮:亲近戏弄。⑩ 负:通"妇"。贳(shì):赊欠。⑪ 酤:买酒。⑫ 酒雠数倍:卖出的酒是平时的几倍。雠,售。⑬ 岁竟:年终。⑭ 折券弃责:毁掉债券,免除债务。券,指赊欠的酒账字据。责,同"债"。

高祖常繇咸阳①,纵观秦皇帝②,喟然大息③,曰:"嗟乎,大丈夫当如此矣!"

【注释】

① 常:通"尝",曾经。繇:通"徭",服劳役。咸阳:秦时都城,故址在今陕西咸阳东北。② 纵观:指不加禁止,允许百姓随意观看皇帝车驾。纵,放任。秦皇帝:指秦始皇嬴政。③ 喟然:叹气的样子。大息:同"太息",即叹息。

单父人吕公善沛令①,辟仇②,从之客,因家焉。沛中豪杰吏闻令有重客③,皆往贺。萧何为主吏④,主进⑤,令诸大夫曰⑥:"进不满千钱,坐之堂下。"高祖为亭长,素易诸吏⑦,乃绐为谒曰"贺钱万"⑧,实不持一钱。谒入,吕公大惊,起,迎之门。吕公者,好相人,见高祖状貌,因重敬之,引入坐上坐。萧何曰:"刘季固多大言⑨,少成事。"高祖因狎侮诸客,遂坐上坐,无所诎⑩。酒阑⑪,吕公因目固留高祖。竟酒,后。吕公曰:"臣少好相人,相人多矣,无如季相,愿季自爱。臣有息女⑫,愿为箕帚妾⑬。"酒罢,吕媪怒吕公曰:"公始常欲奇此女⑭,与贵人。沛令善公,求之不与,何自妄许与刘季?"吕公曰:"此非儿女子所知。"卒与高祖⑮。吕公女即吕后也⑯,生孝惠帝、鲁元公主⑰。

【注释】

① 单父(shàn fǔ):秦县名,治所在今山东单县。沛令:沛县的最高行

政长官。古时万户以上大县称"令",万户以下小县称"长"。② 辟:同"避"。③ 重客:贵客。④ 萧何:西汉开国功臣,沛人。辅佐刘邦统一天下后任相国,封酂侯。详见《汉书》卷三十九《萧何传》。主吏:秦汉时重要掾属之统称。一般多指县吏而言。一说即主吏掾,亦称功曹掾,是协助县令管理人士考核的官职。⑤ 主进:负责收受宾客所送的贺礼。进,通"赆",馈赠的钱物。⑥ 大夫:本为爵位名,此处用来尊称前来道贺的地方豪绅。一说诸大夫指帮助沛令接待宾客的人。⑦ 素:一贯,素来。易:轻视。⑧ 绐(dài):欺骗,欺诈。谒:名帖。⑨ 刘季:刘邦有两个哥哥,故按排行称作"刘季"。固:本来,向来。大言:说大话。⑩ 诎:同"屈",屈服,退让。⑪ 酒阑:酒席将散。阑,稀。指行酒将终,饮酒者陆续退席、渐渐稀少了。⑫ 息女:亲生女儿。息,生。⑬ 箕帚妾:手执箕帚打扫卫生的婢妾。这里是吕公将女儿许给刘邦为妻的谦词。⑭ 奇:异。指特别看重,与众不同。⑮ 卒:终于。⑯ 吕后:汉高祖皇后。名雉。为人刚毅,佐高祖定天下,诛韩信、彭越等异姓诸侯王多赖其力。刘邦死后,曾临朝称制,前后掌权达16年。详见《汉书》卷三《高后纪》。⑰ 孝惠帝:刘邦长子,名盈。孝惠为其谥号。前194年继位,在位7年,性格懦弱,实权掌握在其母吕太后手里。详见《汉书》卷二《惠帝纪》。鲁元公主:刘盈的姐姐,因食邑于鲁,又系长女,故称鲁元公主。一说因嫁鲁王张敖,死谥元,故称。其女为惠帝皇后。惠帝二年(前194),齐悼惠王刘肥因封邑过大,惧被吕后所忌,乃向鲁元公主奉献城阳郡,并尊她为太后,故亦称"鲁元太后"。

高祖尝告归之田①。吕后与两子居田中,有一老父过,请饮,吕后因铺之②。老父相后曰:"夫人天下贵人也。"令相两子,见孝惠帝,曰:"夫人所以贵者,乃此男也。"相鲁元公主,亦皆贵。老父已去,高祖适从旁舍来③,吕后具言④:"客有过,相我子母皆大贵。"高祖问,曰:"未远。"乃追及,问老父。老父曰:"乡者夫人儿子皆以君⑤,君相贵不可言。"高祖乃谢曰:"诚如父言⑥,不敢忘德。"及高祖贵,遂不知老父处。

【注释】

① 告归:告假回家。田:田间。② 铺:同"哺",拿食物给人吃。

③ 适:正巧。④ 具:详细。⑤ 乡者:刚才。乡,通"向"。以:因为。《史记》作"似"。⑥ 诚:果真。

高祖为亭长,乃目竹皮为冠①,令求盗之薛治②,时时冠之③,及贵常冠,所谓"刘氏冠"也。

高祖以亭长为县送徒骊山④,徒多道亡⑤。自度比至皆亡之⑥,到丰西泽中亭⑦,止饮⑧,夜皆解纵所送徒⑨,曰:"公等皆去,吾亦从此逝矣⑩!"徒中壮士愿从者十余人。高祖被酒⑪,夜径泽中⑫,令一人行前。行前者还报曰:"前有大蛇当径,愿还。"高祖醉,曰:"壮士行,何畏!"乃前,拔剑斩蛇。蛇分为两,道开。行数里,醉困⑬,卧。后人来至蛇所,有一老妪夜哭⑭。人问妪何哭,妪曰:"人杀吾子。"人曰:"妪子何为见杀?"妪曰:"吾子,白帝子也⑮,化为蛇,当道⑯,今者赤帝子斩之⑰,故哭。"人乃以妪为不诚⑱,欲苦之⑲,妪因忽不见。后人至,高祖觉⑳。告高祖,高祖乃心独喜,自负㉑。诸从者日益畏之。

【注释】

① 目:古"以"字。② 求盗:亭长手下的小卒,专管追捕盗贼。薛:秦县名,治所在今山东滕州市南。传说薛地多制冠能师。治:办理。这里是定做的意思。③ 时时:有时,偶尔。④ 徒:服劳役的人。骊山:山名,在今陕西临潼西南,秦始皇生前曾征发数十万民夫在此为自己修造陵墓。⑤ 道亡:半路上逃跑。⑥ 度:估计。比:及,等到。⑦ 丰西泽中:丰邑西部的洼地。《史记》无"亭"字。⑧ 止饮:停下来歇息喝酒。⑨ 纵:放。⑩ 逝:消逝。指逃跑。⑪ 被酒:带着酒意。被,加。⑫ 径:同"经"。⑬ 困:极、甚之义。"醉困"即酒劲上来、醉得厉害之意。《史记》作"因"。⑭ 妪(yù):年老的妇女。⑮ 白帝:古代传说中的五天帝之一。位于西方,代表五行中的金德。秦襄公时,以秦居西方,故作西畤,祠白帝,自称是白帝的子孙,白帝遂成为秦的象征。⑯ 当道:挡路。⑰ 赤帝:古代传说中的五天帝之一。位于南方,代表五行中的火德。刘邦以赤帝子自居,故汉朝人崇奉赤帝,赤帝遂成为汉的象征。根据金木水火土五德循环相生相克的说法,火能克金,因而代表火德的赤帝子杀了代表金德的白帝

子,预示着汉朝将取代秦朝。⑱ 诚:诚实。⑲ 苦:使受苦。这里是给人苦头吃以示羞辱惩罚的意思。《史记》作"笞"。⑳ 觉:睡醒。㉑ 自负:自恃不凡。负,恃。

秦始皇帝尝曰"东南有天子气"①,于是东游以猒当之②。高祖隐于芒、砀山泽间③,吕后与人俱求④,常得之。高祖怪,问之,吕后曰:"季所居上常有云气,故从往,常得季。"高祖又喜。沛中子弟或闻之⑤,多欲附者矣⑥。

【注释】

① 天子气:古代方士认为,皇帝所在的地方,天空中就有一种特殊的云气。② 猒:"厌"的古字。镇压,制服。③ 芒、砀:二山名。在今河南永城东北、安徽砀山县东南。芒山在北,砀山在南,二山相距8里左右。④ 俱求:一起寻找。⑤ 子弟:这里指年轻人。⑥ 附:归附,追随。

秦二世元年秋七月①,陈涉起蕲②,至陈③,自立为楚王④,遣武臣、张耳、陈余略赵地⑤。八月,武臣自立为赵王。郡县多杀长吏以应涉。九月,沛令欲以沛应之。掾、主吏萧何、曹参曰⑥:"君为秦吏,今欲背之,帅沛子弟⑦,恐不听。愿君召诸亡在外者,可得数百人,因以劫众⑧,众不敢不听。"乃令樊哙召高祖⑨。高祖之众已数百人矣。

【注释】

① 秦二世元年:公元前209年。秦二世为秦始皇的小儿子,名胡亥。秦始皇病死后,赵高等阴谋杀害始皇长子公子扶苏而立胡亥为二世皇帝,在位3年。② 陈涉:秦末农民起义军领袖。名胜,字涉,阳城(今河南登封东南)人。详见《汉书》卷三十一《陈胜传》。蕲(qí):秦县名,治所在今安徽宿州南。③ 陈:秦县名,治所在今河南淮阳县。④ 自立为楚王:《史记》作"号为'张楚'",含有"张大楚国"的意思。⑤ 武臣:秦汉之际诸侯王。陈人。初为陈胜部将,北略赵地后,号武信君,旋自立为赵王。不听陈胜催其入关西进之令,北攻燕地以扩大势力,后为叛将李良袭杀。张

耳：战国末魏国名士，大梁（今河南开封市）人。与同乡陈余齐名，结为刎颈之交。秦灭魏后，被悬赏追捕；陈胜起义后，先后拥立武臣、赵歇为王；项羽入关，被封为常山王；后归刘邦，被封为赵王。详见《汉书》卷三十二《张耳传》。陈余：魏国名士。与张耳同乡，曾父事张耳，后与张耳结怨。项羽封张耳为常山王后，陈余向齐王田荣借兵袭逐张耳，自立为代王；最终为韩信所破，兵败被杀。详见《汉书》卷三十二《陈余传》。略：攻取。⑥掾：县令辅佐官吏的通称。此指曹参，时任狱掾。曹参：西汉开国功臣，沛人。辅佐刘邦统一天下后，封平阳侯，任齐相。后继萧何为相国，执行萧何所定各项法度而无所变更，史称"萧规曹随"。详见《汉书》卷三十九《曹参传》。⑦帅：同"率"。⑧劫众：胁迫众人。⑨樊哙：西汉初功臣，沛人。吕后妹夫。原以屠狗为业，后成为刘邦得力干将。曾任左丞相，封舞阳侯。详见《汉书》卷四十一《樊哙传》。

于是樊哙从高祖来。沛令后悔，恐其有变，乃闭城。城守，欲诛萧、曹。萧、曹恐，逾城保高祖①。高祖乃书帛射城上，与沛父老曰："天下同苦秦久矣。今父老虽为沛令守，诸侯并起，今屠沛。沛今共诛令，择可立立之，以应诸侯，即室家完②。不然，父子俱屠，无为也③。"父老乃帅子弟共杀沛令，开城门迎高祖，欲以为沛令。高祖曰："天下方扰，诸侯并起，今置将不善④，一败涂地⑤。吾非敢自爱，恐能薄，不能完父兄子弟。此大事，愿更择可者。"萧、曹皆文吏，自爱，恐事不就⑥，后秦种族其家⑦，尽让高祖。诸父老皆曰："平生所闻刘季奇怪，当贵，且卜筮之⑧，莫如刘季最吉。"高祖数让，众莫肯为，高祖乃立为沛公。祠黄帝⑨，祭蚩尤于沛廷⑩，而衅鼓旗⑪。帜皆赤⑫，由所杀蛇白帝子、杀者赤帝子故也。于是少年豪吏如萧、曹、樊哙等皆为收沛子弟，得三千人。

【注释】

①保：依，依靠。②室家：家室，家人。完：保全。③无为：无意义，不值得。④今：若，假如。⑤一败涂地：一旦战败就肝脑涂地，不可收拾。⑥就：成功。⑦种族：绝种灭族，名词活用作动词。秦朝法律规定，一人犯罪，要诛灭三族。⑧卜筮：占卜吉凶。古人常占卜以预测吉凶，用龟甲

称卜,用蓍草称筮,合称卜筮。⑨ 祠:祭祀。黄帝:古代传说中的五帝之一,姬姓,公孙氏,名轩辕,中原各族的共同祖先。据说曾打败炎帝,擒杀蚩尤,用武力统一中国。⑩ 蚩尤:古代传说中的东方九黎族的首领。据说曾发明以铜制作兵器;又有兄弟81人,个个兽身人语,铜头铁额,常兴兵作乱。沛公之所以"祠黄帝、祭蚩尤",是因为当时人认为黄帝最善打仗而蚩尤首创兵器,故作战前祭祀他们以求保佑。⑪ 衅鼓旗:用牲畜的血涂在战鼓战旗上,这是古代出征时的一种祭礼。衅,血祭,以牲血涂器物而祭。⑫ 帜:各种旌旗的总称。

是月,项梁与兄子羽起吴①。田儋与从弟荣、横起齐②,自立为齐王。韩广自立为燕王③。魏咎自立为魏王④。陈涉之将周章西入关⑤,至戏⑥,秦将章邯距破之⑦。

【注释】

① 项梁:秦末农民起义军首领。下相(今江苏宿迁西)人。楚国贵族出身,项燕之子,项羽叔父。陈胜起义后,他与项羽起兵响应,率军渡江西进,屡败秦军。后因骄傲轻敌,被秦将章邯击杀。羽:即项羽,名籍,秦末农民起义军首领。他与叔父项梁响应陈胜起义,举兵吴地,入关后自立为西楚霸王,最终在楚汉战争中被刘邦打败,自刎而死。详见《汉书》卷三十一《项籍传》。吴:秦县名,治所在今江苏苏州。② 田儋(dān):秦汉之际诸侯王,狄县(今山东高青东南)人。原为战国末年齐国王室后裔,陈胜起义后,他与堂弟田荣、田横杀狄县令起兵,自立为齐王,后在救魏时兵败被杀。详见《汉书》卷三十三《田儋传》。从弟:堂弟。荣:即田荣,从田儋起兵,田儋被章邯所杀后,立儋子田市为齐王,自任齐相。后被项羽击败,为平原(今属山东)民人所杀。横:即田横,从田儋起兵,田儋被杀后,与田荣共立儋子田市为齐王,自任齐将;田荣死后,复立荣子田广为齐王,自任齐相;韩信击杀田广,他自立为齐王;刘邦称帝后,他率徒众五百余人逃亡海岛,终因不愿称臣而自杀。③ 韩广:秦汉之际诸侯王。原为上谷戍卒,后为赵王武臣部将,领兵北徇燕地后自立为燕王。项羽分封六国贵族,将他徙为辽东王。后被燕王臧荼击杀。④ 魏咎:秦末诸侯王。战国末年魏国

王族之后,封宁陵君。响应陈胜起义后,自立为魏王。后与秦约降,自杀。 ⑤ 周章:即周文,秦末农民起义军将领,名章,字文,陈人。战国末年曾事奉春申君黄歇,又曾跟随楚将项燕。陈胜起义后,任将军,受命率主力西进攻秦,因孤军深入,为章邯所败,坚守无援,自杀。关:指函谷关,故址在今河南灵宝东北。⑥ 戏:戏水,在今陕西临潼区东。一说为古亭名,秦置,故址在今陕西临潼区东北戏水西岸。⑦ 章邯:秦朝将领,字少荣。历任内史腾、王翦部将、少府等职。受命率军镇压陈胜起义军,先后攻杀魏王咎、齐王田儋、项梁等。在巨鹿大战中被项羽打败,因遭秦二世、赵高猜忌,遂投降项羽,被封为雍王。后汉军还攻关中,城破,自杀。距:同"据",抗拒,抵御。

　　秦二年十月①,沛公攻胡陵、方与②,还守丰。秦泗川监平将兵围丰③。二日,出与战,破之。令雍齿守丰④。十一月,沛公引兵之薛。秦泗川守壮兵败于薛⑤,走至戚⑥,沛公左司马得杀之⑦。沛公还军亢父⑧,至方与。赵王武臣为其将所杀。十二月,楚王陈涉为其御庄贾所杀⑨。魏人周市略地丰、沛⑩,使人谓雍齿曰:"丰,故梁徙也⑪。今魏地已定者数十城,齿今下魏⑫,魏以齿为侯守丰;不下,且屠丰。"雍齿雅不欲属沛公⑬,及魏招之,即反为魏守丰。沛公攻丰,不能取。沛公还之沛,怨雍齿与丰子弟畔之⑭。

【注释】

　　① 秦二年十月:即秦二世二年(前208)年初。秦朝以十月为岁首。② 胡陵:秦县名,一作"湖陵",治所在今山东鱼台东南。方与:秦县名,治所在今山东鱼台西。③ 泗川:秦郡名,即泗水郡。郡治相县(今安徽睢溪西北)。监:指监御史,掌管监察官吏。平:人名。④ 雍齿:西汉初诸侯。秦时为沛富豪。随刘邦起兵后曾一度背叛,为刘邦所怨。楚汉战争时复归汉,助刘邦平定天下,封汁防侯(亦作"什防侯"、"汁方侯")。⑤ 守:指郡守。壮:人名。⑥ 戚:秦县名,治所在今山东滕州市南。⑦ 左司马:官名,掌管军政。得:人名。一说左司马即曹毋伤,"得"为俘获之义。⑧ 亢父(gāng fǔ):秦县名,治所在今山东济宁南。⑨ 御:驾车的人,即车夫。

庄贾：人名。⑩周市(fú)：秦末农民起义军将领，魏大梁（今河南开封）人。陈胜称王，任将军，率军攻魏地，迎魏咎为王，自任魏相。后为秦将章邯所杀。⑪故梁徙：从前梁国（即魏国，因都大梁，故也称梁国）曾经迁都的地方。战国魏王假时，大梁被秦军攻占，曾一度迁都于丰。⑫下：投降。⑬雅：平素，向来。⑭畔：同"叛"。

　　正月，张耳等立赵后赵歇为赵王①。东阳宁君、秦嘉立景驹为楚王②，在留③。沛公往从之，道得张良④，遂与俱见景驹，请兵以攻丰。时章邯从陈⑤，别将司马枿将兵北定楚地⑥，屠相⑦，至砀⑧。东阳宁君、沛公引兵西，与战萧西⑨，不利，还收兵聚留。

【注释】

　　①赵歇：原为赵国王族后裔，被张耳、陈余立为赵王；项羽入关后，徙为代王；旋被陈余复立为赵王，后为汉所击灭。②东阳宁君：东阳县令姓宁者，时人尊称为君。东阳，秦县名，治所在今安徽天长西北。一说"东阳宁君"为秦嘉之号。秦嘉：秦汉之际起义军将领，广陵（今江苏扬州）人，一说凌（故址在今江苏宿迁东南）人。因阻项梁军北进，被击杀。景驹：战国末年楚国王族后裔，陈胜兵败后，因起义军群龙无首，被秦嘉等拥立为王。项梁北进，击杀之，并其军众。③留：秦县名，治所在今江苏沛县东南。④张良：西汉开国功臣，字子房，城父（今安徽亳州东南，一说在今河南平顶山市西北）人。祖先五世相韩，为韩贵族。秦灭韩后，曾在博浪沙（故址在今河南原阳东南）狙击秦始皇，为韩报仇。后聚众归附刘邦，为其重要谋士，辅佐高祖定天下，封留侯。详见《汉书》卷四十《张良传》。⑤从：攻打。⑥别将：配合主将在别处作战的将领。司马枿：人名，姓司马，名枿。枿，古文"夷"字。⑦相：地名，时为泗水郡郡治。⑧砀：秦郡名，郡治砀县（今河南夏邑东南）。⑨萧：秦县名，治所在今安徽萧县西北。

　　二月，攻砀，三日拔之①。收砀兵，得六千人，与故合九千人。三月，攻下邑②，拔之。还击丰，不下。四月，项梁击杀景驹、秦嘉，止薛，沛公往见之。项梁益沛公卒五千人③，五大夫将十人④。沛公还，引兵攻丰，拔之。雍齿奔魏。

　　五月,项羽拔襄城还⑤。项梁尽召别将。六月,沛公如薛⑥,与项梁共立楚怀王孙心为楚怀王⑦。章邯破杀魏王咎、齐王田儋于临济⑧。七月,大霖雨⑨。沛公攻亢父。章邯围田荣于东阿⑩。沛公与项梁共救田荣,大破章邯东阿。田荣归,沛公、项羽追北⑪,至城阳⑫,攻屠其城。军濮阳东⑬,复与章邯战,又破之。

【注释】

　　①拔:攻取。②下邑:秦县名,治所在今安徽砀山县。③益:增拨。④五大夫将:五大夫级的将领。五大夫是秦朝二十等爵位中的第九等。⑤襄城:秦县名,治所在今河南襄城西。⑥如:往,到。⑦楚怀王孙心:楚怀王熊槐的孙子,名心。楚怀王熊槐(前328—前299年在位)晚年曾受秦国欺骗,入秦被扣,最终客死于秦。因为楚人一直怀念楚怀王,所以项梁起兵后,为了顺应百姓意愿,派人在民间找到他的孙子熊心并立为楚王,号称"楚怀王"。⑧临济:古邑名,故址在今山东高青县高苑西北,即汉狄县故城。一说即后来的陈留郡平丘县临济亭,故址在今河南长垣县西南。⑨霖雨:连绵三日以上久下不停的雨。⑩东阿(ē):秦县名,治所在今山东阳谷县东北阿城镇。⑪追北:追击败逃的敌军。北,通"背",败逃。⑫城阳:一作"成阳",秦县名,治所在今山东鄄城县东南。⑬濮阳:秦县名,治所在今河南濮阳市西南。

　　章邯复振①,守濮阳,环水②。沛公、项羽去,攻定陶③。八月,田荣立田儋子市为齐王。定陶未下,沛公与项羽西略地至雍丘④,与秦军战,大败之,斩三川守李由⑤。还攻外黄⑥,外黄未下。

【注释】

　　①振:奋起,兴起。此指章邯整收部队迅速兴起。②环水:四周以水环绕。此指环城挖沟引水以防御敌军。③定陶:秦县名,治所在今山东定陶西北。④雍丘:秦县名,治所在今河南杞县。⑤三川:秦郡名。因境内有河(黄河)、洛、伊三水而得名。郡治雒阳(今河南洛阳东北),一说治

荥阳(今河南荥阳东北);或说先治雒阳,后徙荥阳。李由:秦丞相李斯之子,上蔡(今河南上蔡西南)人。时任三川郡守。⑥ 外黄:秦县名,治所在今河南民权县西北。

项梁再破秦军,有骄色。宋义谏①,不听。秦益章邯兵。九月,章邯夜衔枚击项梁定陶②,大破之,杀项梁。时连雨自七月至九月。沛公、项羽方攻陈留③,闻梁死,士卒恐,乃与将军吕臣引兵而东④,徙怀王自盱台都彭城⑤。吕臣军彭城东,项羽军彭城西,沛公军砀。魏咎弟豹自立为魏王⑥。后九月⑦,怀王并吕臣、项羽军自将之。以沛公为砀郡长,封武安侯⑧,将砀郡兵。以羽为鲁公⑨,封长安侯。吕臣为司徒⑩,其父吕青为令尹⑪。

【注释】

① 宋义:秦末农民起义军将领。曾任楚令尹,从项梁伐秦。楚怀王以其知兵,置为上将军,号称"卿子冠军"。后为项羽所杀。谏:旧时称规劝君主或尊长,使改正错误。② 衔枚:古代军队秘密行动时,为了禁止喧哗出声,命令士兵将枚(形状如筷)横衔口中,两端以绳系于颈后。③ 陈留:秦县名,治所在今河南开封东南陈留镇。④ 吕臣:秦末农民起义军将领。亦称"吕将军"。陈胜死后,在新阳(今安徽太和西北)组织苍头军,收复陈县,镇压叛徒庄贾,重建张楚政权。先属项梁,后归汉。惠帝四年(前191)嗣父吕青爵为阳信侯。⑤ 盱台(xū yí):即盱眙。秦县名,治所在今江苏盱眙东北。彭城:秦县名,治所在今江苏徐州。⑥ 魏咎弟豹:即魏豹。项羽分封诸侯时,将魏豹迁为西魏王,魏豹不满,背楚归汉;后又叛汉,为韩信所俘。刘邦令其守荥阳,被汉将周苛、枞公杀死。详见《汉书》卷三十三《魏豹传》。⑦ 后九月:闰九月。秦以十月为岁首,闰月置于岁末,故称"后九月"。⑧ 武安侯:当时的封号,与"武安"地名无涉。下文"长安侯"同此。⑨ 鲁公:项羽之号。鲁本为春秋时鲁国国都,秦时置县,治所在今山东曲阜市,当时为薛郡郡治。⑩ 司徒:楚官名,掌管军队后勤事务,相当于军需官,与周官主管教化事务的司徒不同。⑪ 吕青:西汉诸侯。一作"吕清"。曾任楚怀王令尹,后从刘邦平诸侯、击项羽有功,高祖

六年(前201)封阳信侯(《史记》作"新阳侯")。

　　章邯已破项梁,以为楚地兵不足忧,乃渡河北击赵王歇①,大破之。歇保巨鹿城②,秦将王离围之③。赵数请救,怀王乃以宋义为上将④,项羽为次将⑤,范增为末将⑥,北救赵。

【注释】

　　① 河:古代专指黄河。② 巨鹿:秦县名,治所在今河北平乡西南。③ 王离:秦朝大将。王翦之孙,封武城侯。④ 上将:武官名。通常指高级军官,义同大将、主将。⑤ 次将:武官名。古时地位仅次于上将的将领。⑥ 范增:项羽谋士。或作"范曾"。居巢(今安徽桐城南)人。曾佐项羽起兵成霸业,被尊为"亚父",封历阳侯。后因项羽中汉反间计而愤然离开,途中疽发背而死。末将:武官名。古时指次于上将和次将的将领。末有渺小、浅薄之义,后也因此成为将官的自谦之辞。

　　初,怀王与诸将约,先入定关中者王之①。当是时,秦兵强,常乘胜逐北,诸将莫利先入关②。独羽怨秦破项梁,奋势③,愿与沛公西入关。怀王诸老将皆曰:"项羽为人慓悍祸贼④,尝攻襄城,襄城无噍类⑤,所过无不残灭。且楚数进取,前陈王、项梁皆败,不如更遣长者扶义而西⑥,告谕秦父兄。秦父兄苦其主久矣,今诚得长者往⑦,毋侵暴⑧,宜可下⑨。项羽不可遣,独沛公素宽大长者。"卒不许羽,而遣沛公西收陈王、项梁散卒。乃道砀至城阳与杠里⑩,攻秦军壁⑪,破其二军。

【注释】

　　① 关中:古地区名。秦都咸阳,汉都长安,因称函谷关以西为关中。在今陕西关中盆地一带。王(wàng):封为王。② 莫利先入关:没有人认为先攻入关中是有利的。③ 奋势:愤激。④ 慓悍祸贼:劲捷勇猛而凶狠残忍。慓悍,同"剽悍",敏捷骁勇。祸贼,《史记》作"猾贼"。⑤ 无噍(jiào)类:指没有一个活人。噍,咀嚼,吃。噍类本指能吃东西的动物,特指活人。⑥ 长者:指宽厚有德之人。扶义:仗义。⑦ 诚:果真,如果。

⑧ 毋：不要。侵暴：侵扰、残害。⑨ 宜：应当，应该。⑩ 道：道经，取道。杠里：秦县名，治所在今山东鄄城县南。⑪ 壁：营垒。

秦三年十月，齐将田都畔田荣，将兵助项羽救赵。沛公攻破东郡尉于成武①。十一月，项羽杀宋义，并其兵渡河，自立为上将军②，诸将黥布等皆属③。十二月，沛公引兵至栗④，遇刚武侯⑤，夺其军四千余人，并之，与魏将皇欣、武满军合攻秦军⑥，破之。故齐王建孙田安下济北⑦，从项羽救赵。羽大破秦军巨鹿下，虏王离，走章邯。

【注释】

① 东郡：秦郡名，郡治濮阳（今河南濮阳西南）。成武：秦县名，治所在今山东成武。② 上将军：官名。古时天子将兵称上将军。战国时燕乐毅、齐田单曾获此称号。后世遂以上将军为最高武官之称号，位在大将军之上。③ 黥布：西汉初诸侯王。姓英，名布，六县（今安徽六安北）人。曾坐罪黥面，也称"黥布"。秦末时曾率骊山徒逃亡为盗，投奔项梁后封当阳君；后属项羽，封九江王，受命杀害楚怀王。背楚归汉后，称"武王"；汉初封淮南王，高祖十一年（前196）举兵反叛，兵败后被诱杀。详见《汉书》卷三十四《英布传》。④ 栗：秦县名，治所在今河南夏邑。⑤ 刚武侯：秦汉之际楚怀王将领。一说为魏咎将领。姓名不详。或以为即汉初功臣、棘蒲刚侯陈武。⑥ 皇欣：人名，一作"皇䜣"。武满：人名，《史记》作"武蒲"。⑦ 齐王建：即战国时齐国末代国君田建。齐襄王子。前264—前221年在位。田安：秦汉之际诸侯王。因从项羽救赵，被封为济北王，后被田荣所遣彭越击杀。济北：秦郡名，郡治博阳（今山东泰安东南）。秦末楚汉之际为济北国。

二月，沛公从砀北攻昌邑①，遇彭越②。越助攻昌邑，未下。沛公西过高阳③，郦食其为里监门④，曰："诸将过此者多，吾视沛公大度。"乃求见沛公。沛公方踞床⑤，使两女子洗。郦生不拜，长揖曰⑥："足下必欲诛无道秦⑦，不宜踞见长者。"于是沛公起，摄衣谢之⑧，延上坐⑨。食其说沛公袭陈留。沛公以为广野君，以其弟商为将⑩，将陈留兵。三月，攻开封⑪，未拔。西与秦将杨熊会战白马⑫，又战曲遇东⑬，大破之。杨熊走之荥阳⑭，二世使使斩之以徇⑮。四月，南攻颍川⑯，屠之。因张良遂略韩地⑰。

【注释】

①昌邑：秦县名，治所在今山东金乡西北。②彭越：西汉初诸侯王。字仲，昌邑人。楚汉战争中助刘邦灭项羽，因功封梁王。后以阴谋叛乱罪名被捕，废为庶人，最终被吕后族诛。详见《汉书》卷三十四《彭越传》。③高阳：古邑名。故址在今河南杞县西南。④郦食(yì)其(jī)：秦汉之际策士。又称"郦生"。陈留高阳人。好读书，家贫，为里监门。县里豪强不敢役使，人皆谓之狂生。以纵横之策游说刘邦，被封为广野君。曾自请为使游说齐王田广归汉，不战而下齐七十余城，后因韩信率军袭齐，被齐王烹杀。详见《汉书》卷四十三《郦食其传》。监门：守门吏卒。⑤踞床：两脚岔开坐在床上。这是一种极不礼貌的见客姿态。床，坐具。⑥长揖：相见时行拱手礼。⑦足下：对人的敬称。诛：讨伐。无道：没有德政。此指秦朝为政暴虐。⑧摄：整理。谢：道歉。⑨延：请。⑩商：指郦商，也称"郦将军"。西汉开国功臣。秦末聚数千人起兵响应陈胜起义，后属刘邦，在楚汉战争与汉初平叛战争中屡立战功，先后封信成君、涿侯、曲周侯等。曾助周勃诛灭诸吕。详见《汉书》卷四十一《郦商传》。⑪开封：秦县名，治所在今河南开封西南。⑫白马：秦县名，治所在今河南滑县东。⑬曲遇：古邑名。故址在今河南中牟县东。⑭荥阳：秦县名，治所在今河南荥阳东北，为当时的军事重镇。⑮徇：示众。⑯颍川：秦郡名，郡治阳翟（今河南禹州）。因颍水而得名。⑰因张良遂略韩地：此指由于张良的帮助，刘邦攻取了韩地的一些城市。项梁曾立韩公子成为韩王，以张良为韩相。原战国韩地在今河南省中部、西部一带。

时赵别将司马卬方欲渡河入关①，沛公乃北攻平阴②，绝河津③。南，战雒阳东④，军不利，从轘辕至阳城⑤，收军中马骑。

六月，与南阳守齮战犨东⑥，大破之。略南阳郡，南阳守走，保城守宛⑦。沛公引兵过宛西。张良谏曰："沛公虽欲急入关，秦兵尚众，距险⑧。今不下宛，宛从后击，强秦在前，此危道也。"于是沛公乃夜引军从他道还，偃旗帜⑨,迟明⑩,围宛城三匝⑪。南阳守欲自刭⑫,其舍人陈恢曰⑬:"死未晚也⑭。"乃逾城见沛公,曰:"臣闻足下约先入咸阳者王之,今足下留守宛。宛,郡县连城数十,其吏民自以为降必死,故皆坚守乘城⑮。今足下尽日止攻⑯,士死伤者必多;引兵去,宛必随足下。足下前则失咸阳之约,后有强宛之患。为足下计,莫若约降⑰,封其守,因使止守⑱,引其甲卒与之西。诸城未下者,闻声争开门而待足下,足下通行无所累。"沛公曰:"善。"七月,南阳守齮降,封为殷侯,封陈恢千户。引兵西,无不下者。至丹水⑲,高武侯鳃、襄侯王陵降⑳。还攻胡阳㉑,遇番君别将梅鋗㉒,与偕攻析、郦㉓,皆降。所过毋得卤掠㉔,秦民喜。遣魏人宁昌使秦㉕。是月,章邯举军降项羽,羽以为雍王。瑕丘申阳下河南㉖。

【注释】

① 司马卬:秦汉之际诸侯王。原为赵王武臣部将,后归项羽,被封为殷王。最终被汉兵击破、俘虏、降汉。② 平阴:古县名,故治在今河南孟津东北。③ 绝河津:封锁黄河渡口。④ 雒阳:秦县名,治所在今河南洛阳东北。我国著名古都之一。⑤ 轘辕(huán yuán):即轘辕山,在今河南偃师东南,接巩义、登封西界。山路险隘盘旋,凡十二曲,将去复还,故名轘辕,亦称轘辕道。阳城:古邑名,故址在今河南登封东南的告成镇。⑥ 南阳:秦郡名,郡治宛县(今河南南阳市)。齮(yǐ):郡守名,吕姓。犫(chōu):秦县名,治所在今河南鲁山东南。⑦ 宛(yuān):秦县名,治所在今河南南阳。⑧ 距险:依凭险阻拒敌。距,通"据"。⑨ 偃:倒下,倒伏。⑩ 迟明:黎明,接近天亮。⑪ 三匝:三层。此指重重包围。匝,环绕一周。⑫ 自刭:用刀割颈自杀。⑬ 舍人:古时王公高官的亲近左右及门客的通称。陈恢:人名。⑭ 死未晚也:意思是还不到非死不可的时候。⑮ 坚守乘城:即登城死守。乘,登。⑯ 尽日:终日。止攻:指滞留在宛进攻。止,留下。⑰ 莫若:不如。约降:约定招降。⑱ 止守:留守。⑲ 丹水:秦县名,治所在今河南淅川县西南、丹水北岸。⑳ 高武侯鳃:姓氏不详。一说即临辕侯戚鳃。王陵:西汉大臣。沛人。初为豪绅,刘邦微贱时得其善待。后随刘邦转战各地,以功封襄侯。汉初更封安国侯,惠帝时历任右丞相、帝太傅等。详见《汉书》卷四十《王陵传》。㉑ 胡阳:一作"湖阳"。县

名,治所在今河南唐河县西南。㉒番(pó)君:即吴芮。秦时曾任番阳(即"鄱阳",今江西波阳东北)县令,故称"番君"。曾率百越起兵,并派部将领兵从刘邦入关。初被项羽封为衡山王,汉初改封为长沙王。详见《汉书》卷三十四《吴芮传》。梅鋗:人名。吴芮的部将。㉓析:秦县名,治所在今河南西峡县。郦:秦县名,治所在今河南南阳西北。㉔卤掠:指抢物掠人。卤,同"掳"。㉕宁昌:人名。刘邦的部将。使秦:指出使秦廷与赵高密谋劝降。㉖瑕丘:秦县名,治所在今山东兖州东北。申阳:人名。曾任瑕丘令。秦末参加张耳军,号瑕丘公。后归项羽,被封为河南王,不久为刘邦击破,降汉。下:攻下。河南:古地区名,因在黄河以南,故名。此河南即秦之三川郡地,治所在今河南洛阳市,辖境相当今河南中部伊、洛流域之地。汉高祖时曾于此置河南郡。

八月,沛公攻武关①,入秦。秦相赵高恐②,乃杀二世,使人来,欲约分王关中,沛公不许。九月,赵高立二世兄子子婴为秦王③。子婴诛灭赵高,遣将将兵距峣关④。沛公欲击之,张良曰:"秦兵尚强,未可轻。愿先遣人益张旗帜于山上为疑兵,使郦食其、陆贾往说秦将⑤,啗以利⑥。"秦将果欲连和⑦,沛公欲许之。张良曰:"此独其将欲叛,恐其士卒不从,不如因其怠懈击之⑧。"沛公引兵绕峣关,逾蒉山⑨,击秦军,大破之蓝田南⑩。遂至蓝田,又战其北,秦兵大败。

【注释】

①武关:古关名,故址在今陕西商南西南丹江北岸,是当时从南面进入关中的交通要道。②赵高:秦朝宦官。原为赵国贵族,入秦后任中车府令兼管符玺。曾教授始皇幼子胡亥,始皇病死,他与丞相李斯合谋,伪造诏书逼迫公子扶苏自杀,立胡亥为二世皇帝,自任郎中令。后又诬杀李斯,自任丞相,专权用事,赋役繁重,激起陈胜、吴广起义。③子婴:秦朝末代王。秦二世从兄之子。赵高杀二世而立他为王,继位后即设计杀掉赵高,灭其三族。后为项羽所杀,在位仅46天。④峣(yáo)关:古关名,又称蓝田关,故址在今陕西蓝田东南。⑤陆贾:西汉辩士,亦称"陆生",楚人。从高祖定天下,为其重要谋士之一。曾奉命出使南越,说服南越王

尉佗归汉,官至太中大夫。著有《新语》、《楚汉春秋》等。详见《汉书》卷四十三《陆贾传》。⑥ 啗(dàn):同"啖",拿东西给人吃。引申为以利诱人。⑦ 连和:联合,交好。⑧ 怠懈:懈怠,松懈。⑨ 蒉山:山名,在今陕西蓝田南。⑩ 蓝田:秦县名,治所在今陕西蓝田西。

　　元年冬十月①,五星聚于东井②。沛公至霸上③。秦王子婴素车白马④,系颈以组⑤,封皇帝玺、符、节⑥,降枳道旁⑦。诸将或言诛秦王,沛公曰:"始怀王遣我,固以能宽容,且人已服降,杀之不祥。"乃以属吏⑧。遂西入咸阳。欲止宫休舍⑨,樊哙、张良谏,乃封秦重宝财物府库⑩,还军霸上。萧何尽收秦丞相府图籍文书⑪。十一月,召诸县豪桀曰:"父老苦秦苛法久矣⑫,诽谤者族⑬,耦语者弃市⑭。吾与诸侯约⑮,先入关者王之。吾当王关中,与父老约⑯,法三章耳:杀人者死,伤人及盗抵罪⑰。余悉除去秦法。吏民皆按堵如故⑱。凡吾所以来,为父兄除害,非有所侵暴⑲,毋恐!且吾所以军霸上,待诸侯至而定要束耳⑳。"乃使人与秦吏行至县、乡、邑告谕之㉑。秦民大喜,争持牛、羊、酒食献享军士㉒。沛公让不受,曰:"仓粟多,不欲费民。"民又益喜,唯恐沛公不为秦王。

【注释】

　　① 元年冬十月:指汉高祖元年(前206)的第一个月。秦朝历法以十月为岁首(第一个月),汉初承秦制,武帝太初改元以前沿用不变。② 五星:金、木、水、火、土五大行星的总称。东井:即井宿。二十八宿之一,南方七宿的第一宿。古代术士认为,侯国的封域与相应的星宿分野有关。按当时的说法,五星会聚处的下面,必定有天子兴起。东井正当秦国的分野,此时五星聚于东井,而刘邦正好入关,可见刘邦是真命天子,这完全是一种迷信的说法。事实上,据天文学家推算,五星聚于东井的时间应当在农历(即夏历)七月。③ 霸上:古地名,一作"灞上",又名"霸头"。故址在今陕西西安市东的白鹿原北首。因地处霸水之滨,故名。为古代咸阳、长安附近军事要地。④ 素车白马:白车白马。此为古代丧车的礼仪。⑤ 系颈以组:用丝带系在脖子上。组,宽丝带子。子婴素车白马、颈上系带,表示自己该死,服罪请降。⑥ 玺:本为印的通称,从秦代开始专指皇帝的

印。符：古代君主调兵遣将的凭证，以竹木或金玉为之，上书文字，剖而为二，双方各执一半，用时验核以取信。节：古代君主派遣使者的信物，用竹木制成，外形如竹节，上加旄饰。⑦ 枳道：一作"轵道"，亭名，故址在今陕西西安市东北。⑧ 属(zhǔ)吏：交给主管官吏。属，托付。⑨ 止宫休舍：留在宫中休息住宿。⑩ 重宝：指贵重的器物。府：储藏文书或财物的地方。库：贮存东西的房屋或储藏武器兵车的地方。⑪ 图籍文书：指地图、户籍、文书、账册等资料。⑫ 苛：繁杂，烦琐。一说狠虐、刻薄（侧重于残暴狠毒）。⑬ 诽谤：议论国家政事。指批评朝政。族：灭族。⑭ 耦语：聚在一起交谈。耦，通"偶"，对。弃市：处死刑。古代在闹市执行死刑，将尸体暴露街头示众，表示为人所弃，故称"弃市"。⑮ 与：和，跟。约：约定。此指与楚怀王等之约定。⑯ 与：替。约：简省。与"苛"相对。用作动词。⑰ 抵罪：根据情节轻重判处相应的刑罚。抵，当，相当。⑱ 按堵：即"安堵"，安定，不受骚扰。意指一切如旧，不加变更。⑲ 侵暴：侵犯残害。⑳ 要束：约束。㉑ 行：巡行。告谕：宣传通知，使人知道。㉒ 献享：贡献。此指慰劳军士。

或说沛公曰①："秦富十倍天下，地形强。今闻章邯降项羽，羽号曰雍王，王关中。即来②，沛公恐不得有此。可急使守函谷关③，毋内诸侯军④，稍征关中兵以自益⑤，距之。"沛公然其计，从之。十二月，项羽果帅诸侯兵欲西入关，关门闭。闻沛公已定关中，羽大怒，使黥布等攻破函谷关，遂至戏下。沛公左司马曹毋伤闻羽怒⑥，欲攻沛公，使人言羽曰："沛公欲王关中，令子婴相，珍宝尽有之。"欲以求封。亚父范增说羽曰："沛公居山东时⑦，贪财好色。今闻其入关，珍物无所取，妇女无所幸⑧，此其志不小。吾使人望其气⑨，皆为龙，成五色，此天子气。急击之，勿失。"于是飨士⑩，旦日合战⑪。是时，羽兵四十万，号百万。沛公兵十万，号二十万，力不敌。会羽季父左尹项伯素善张良⑫，夜驰见张良⑬，具告其实，欲与俱去，毋特俱死⑭。良曰："臣为韩王送沛公⑮，不可不告，亡去不义。"乃与项伯俱见沛公。沛公与伯约为婚姻⑯，曰："吾入关，秋豪无所敢取⑰，籍吏民⑱，封府库，待将军。所以守关者，备他盗也。日夜望将军到，岂敢反邪！愿伯明言不敢背德。"项伯许诺，即夜复去，戒沛公曰："旦日不可不早自来谢⑲。"项伯还,具以沛公言告羽,因曰:"沛公不先破关中兵,公巨能入乎⑳?且人有大功,击之不祥,不如因善之。"羽许诺。

【注释】

① 或:有人。据《楚汉春秋》,其人为解先生。② 即:则,那就。③ 函谷关:古关名,故址在今河南灵宝东北,是当时从东面进入关中地区的要塞。④ 内:同"纳"。接纳,引进。⑤ 稍:逐渐。⑥ 曹毋伤:汉将,时任左司马。鸿门宴后为刘邦所诛。《史记》作"曹无伤"。⑦ 山东:古地区名。战国、秦、汉时泛指崤山(今河南境)或华山(今陕西境)以东地区。⑧ 幸:亲近。⑨ 望其气:望气是古代方士的一种占卜方法。即依据云气的颜色、形状和变化来附会人事预测吉凶祸福。秦汉时此种方术十分盛行。⑩ 飨:用酒食犒赏、慰劳。⑪ 旦日:明早,明日。合战:交战,会战。⑫ 会:恰逢,正巧。季父:叔父。左尹:楚官名。令尹的副手。项伯:名缠,字伯。下相人,项羽叔父。曾在鸿门宴上保护刘邦,使项羽无从下手。汉初赐姓刘氏,封射阳侯。⑬ 驰:车马疾驰。⑭ 特:但,徒。相当于白白地。⑮ 为韩王送沛公:张良曾劝说项梁立韩公子成为韩王,自任司徒(相当于国相)。刘邦西进时,韩王成领兵依附,刘邦遂让韩王成留守,张良则随军入关。⑯ 约为婚姻:相约结为儿女亲家。⑰ 秋豪:一作"秋毫"。秋天鸟兽的毛。比喻极其纤细。⑱ 籍:户籍。此处用作动词,意为登记户籍造册。⑲ 谢:谢罪,道歉。⑳ 巨:通"讵",岂,难道。

沛公旦日从百余骑见羽鸿门①,谢曰:"臣与将军戮力攻秦②,将军战河北③,臣战河南,不自意先入关④,能破秦,与将军复相见。今者有小人言,令将军与臣有隙⑤。"羽曰:"此沛公左司马曹毋伤言之,不然,籍何以至此?"羽因留沛公饮。范增数目羽击沛公⑥,羽不应。范增起,出谓项庄曰⑦:"君王为人不忍⑧,汝入以剑舞,因击沛公,杀之。不者⑨,汝属且为所虏⑩。"庄入为寿⑪。寿毕,曰:"军中无以为乐,请以剑舞。"因拔剑舞。项伯亦起舞,常以身翼蔽沛公⑫。樊哙闻事急,直入,怒甚。羽壮之,赐以酒。哙因谯让羽⑬。有顷,沛公起如厕,招樊哙出,置车官属⑭,独骑,与樊哙、靳强、滕公、纪成步⑮,从间道走军⑯,使张良留谢羽。羽问:"沛公安

在?"曰:"闻将军有意督过之⑰,脱身去,间至军,故使臣献璧⑱。"羽受之。又献玉斗范增⑲。增怒,撞其斗,起曰:"吾属今为沛公虏矣!"

【注释】

① 从:带领随从。鸿门:古邑名,在今陕西临潼东北阴盘镇东,当地称之为"项王营"。② 戮力:并力,合力。③ 河北:古代泛指黄河以北地区。下文的"河南"则泛指黄河以南地区。④ 不自意:自己没有料到。意,意料。⑤ 隙:裂缝。此指感情上的裂痕。⑥ 数:屡次。目:使眼色示意。⑦ 项庄:楚人,项羽堂弟。⑧ 不忍:指心肠软。忍,残忍,狠心。⑨ 不者:否则,不然的话。⑩ 属:侪辈。指同一类人。⑪ 寿:祝人长寿。⑫ 翼蔽:像用翅膀遮蔽那样护卫。⑬ 谯让:责备,呵斥。⑭ 置车官属:留下车马随从。置,留下。⑮ 靳强:西汉诸侯。曲沃(今山西闻喜东北)人。秦末举兵随刘邦入关,又从击项羽,破羽将钟离眛等。后封汾阳侯。滕公:即夏侯婴。西汉诸侯。沛人。因曾任滕县(今山东滕州南)令,楚人尊称县令为公,故称"滕公"。他与刘邦交好,随刘邦起兵,屡建殊功,封汝阴侯,官太仆。详见卷四十一《夏侯婴传》。纪成:一作"纪城",沛人。随刘邦起兵,任将军。曾护送刘邦赴鸿门宴,后在好畤(今山西乾县东)阵亡。刘邦为表彰其功德,封其子纪通为襄平侯。⑯ 间道:小道。此指抄小路。⑰ 督过:责怪。⑱ 璧:平圆形中间有孔的玉,古代在典礼时用作礼器,亦可作饰物。⑲ 玉斗:玉制的盛酒器。

沛公归数日,羽引兵西屠咸阳,杀秦降王子婴,烧秦宫室,所过无不残灭,秦民大失望。羽使人还报怀王,怀王曰:"如约①。"羽怨怀王不肯令与沛公俱西入关,而北救赵,后天下约。乃曰:"怀王者,吾家所立耳,非有功伐②,何以得专主约!本定天下,诸将与籍也。"春正月,阳尊怀王为义帝③,实不用其命。

【注释】

① 如约:按照原先约定的办。亦即谁先入关中,谁做关中王。② 攻伐:功劳,功绩。③ 阳:通"佯",假装。

汉书

二月，羽自立为西楚霸王①，王梁、楚地九郡②，都彭城。背约，更立沛公为汉王，王巴、蜀、汉中四十一县③，都南郑。三分关中，立秦三将，章邯为雍王，都废丘④；司马欣为塞王，都栎阳⑤；董翳为翟王，都高奴⑥。楚将瑕丘申阳为河南王，都洛阳。赵将司马卬为殷王，都朝歌⑦。当阳君英布为九江王⑧，都六⑨。怀王柱国共敖为临江王⑩，都江陵⑪。番君吴芮为衡山王，都邾⑫。故齐王建孙田安为济北王。徙魏王豹为西魏王，都平阳⑬。徙燕王韩广为辽东王⑭。燕将臧荼为燕王，都蓟⑮。徙齐王田市为胶东王⑯。齐将田都为齐王，都临菑⑰。徙赵王歇为代王⑱。赵相张耳为常山王⑲。汉王怨羽之背约，欲攻之，丞相萧何谏，乃止。

【注释】

① 西楚霸王：古代楚国有南楚、东楚、西楚之分。旧称江陵（在今湖北江陵）一带为南楚，吴县（在今江苏苏州）一带为东楚，彭城（在今江苏徐州）一带为西楚。项羽以彭城为都，又为诸侯盟主，故称"西楚霸王"。霸王，类似于春秋时代的霸主。② 梁、楚地九郡：指战国时梁国和楚国的部分地区，具体地域不详。大致包括今江苏、安徽的大部、浙江的北部、河南东部和山东南部地区。九郡说法很多，一说指泗水、东阳、东海（即郯郡）、砀、薛、郯、吴、会稽、东郡。③ 巴、蜀、汉中：均为秦郡名。巴郡郡治江州（今重庆市东北），蜀郡郡治成都（今四川成都市），汉中郡郡治南郑（今陕西汉中市西南）。④ 废丘：秦县名，治所在今陕西兴平县东南。⑤ 栎阳：秦县名，治所在今陕西临潼县北。⑥ 高奴：秦县名，治所在今陕西延安东北。⑦ 朝歌：秦县名，治所在今河南淇县。原为殷商故都。⑧ 英布：即黥布。⑨ 六：秦县名，治所在今安徽六安市北。为英布的故乡。⑩ 柱国：官名，也称"上柱国"，战国时楚、赵等国均置。原为保卫国都之官，后演变为最高武官，在楚国地位仅次于令尹。项羽西楚政权亦置此官。共(gōng)敖：人名，姓共名敖。⑪ 江陵：秦县名，治所在今湖北江陵。⑫ 邾：古邑名，故址在今湖北黄冈西北。⑬ 平阳：秦县名，治所在今山西临汾市西南。⑭ 辽东：王国名，辖今辽宁省大部、河北省东北部及内蒙古自治区赤峰市以南地区，都城在无终（今天津市蓟县）。⑮ 蓟：秦县名，治所在今北京城区西南部（一说在今北京房山东南琉璃河镇）。⑯ 胶东：王国名，辖

今山东省东部,都城在即墨(今山东平度东南)。⑰临菑:即临淄,原为齐国都城,故址在今山东淄博市东北。⑱代:王国名,辖今山西省大同市以东、河北省张家口市以西地区,都城在代县(今河北蔚县东北)。原为战国赵地。⑲常山:王国名,辖今河北省中部及山西省东部一带地区,都城在襄国(今河北邢台市西南)。

夏四月,诸侯罢戏下①,各就国②。羽使卒三万人从汉王,楚子、诸侯人之慕从者数万人③,从杜南入蚀中④。张良辞归韩,汉王送至褒中⑤,因说汉王烧绝栈道⑥,以备诸侯盗兵⑦,亦视项羽无东意⑧。

【注释】

①戏下:通"麾下"。麾,大将之旗,此指项羽的指挥旗。一说指戏水边。②就国:指诸侯受封完毕回到自己的封国。③楚子:即楚子弟。诸侯人:各诸侯国人。④杜:秦县名,治所在今陕西西安市西南。一说"杜南"为古地名,距离杜陵18里,在今陕西西安市东南。蚀中:谷道名。即子午谷,是当时关中通往汉中的重要谷道,在今陕西西安市西南。⑤汉王送至褒中:疑当作"送汉王至褒中"。褒中,古地名,故址今属陕西。⑥栈道:也称"阁道",在山间险绝之处凿石架木而成的通道。⑦盗兵:偷袭之兵。⑧视:通"示",表示。

汉王既至南郑,诸将及士卒皆歌讴思东归①,多道亡还者②。韩信为治粟都尉③,亦亡去。萧何追还之,因荐于汉王,曰:"必欲争天下,非信无可与计事者。"于是汉王齐戒设坛场④,拜信为大将军,问以计策。信对曰:"项羽背约而王君王于南郑,是迁也⑤。吏卒皆山东之人,日夜企而望归⑥,及其锋而用之⑦,可以有大功。天下已定,民皆自宁,不可复用。不如决策东向。"因陈羽可图、三秦易并之计⑧。汉王大说⑨,遂听信策,部署诸将。留萧何收巴、蜀租,给军粮食⑩。

【注释】

①歌讴:歌唱。②道亡还者:指半路上逃跑后又归来的人。③韩

信:汉朝开国元勋、军事家。淮阴(今江苏淮安市西南)人。初属项羽,后归刘邦,屡建战功。汉初封楚王,后降为淮阴侯,最后为吕后所杀。详见《汉书》卷三十四《韩信传》。治粟都尉:主管粮饷的高级军官。④ 齐戒:即"斋戒"。散斋7天,致斋3天。斋戒期间须沐浴更衣,不得饮酒、吃荤。原为古时祭祀前的礼节,此时刘邦为了表示拜将一事严肃、郑重,故先行斋戒。坛场:古时举行祭祀、登位、盟会、拜将等大典的场所,场内筑有高台。⑤ 迁:流放。⑥ 企:踮起脚后跟。《史记》作"跂"。⑦ 锋:锐。指锐气。⑧ 陈:陈述。图:对付。三秦:项羽三分秦关中之地为雍、塞、翟三国以封秦降将,故称"三秦"。⑨ 说:同"悦"。⑩ 给(jǐ)军粮食:古书屡见"给军食"连文,此"粮"字疑衍。给,供应。

五月,汉王引兵从故道出袭雍①。雍王邯迎击汉陈仓②,雍兵败,还走;战好畤③,又大败,走废丘。汉王遂定雍地。东如咸阳,引兵围雍王废丘,而遣诸将略地。

田荣闻羽徙齐王市于胶东而立田都为齐王,大怒,以齐兵迎击田都。都走降楚。六月,田荣杀田市,自立为齐王。时彭越在巨野④,众万余人,无所属。荣与越将军印,因令反梁地。越击杀济北王安,荣遂并三齐之地⑤。燕王韩广亦不肯徙辽东。秋八月,臧荼杀韩广,并其地。塞王欣、翟王翳皆降汉。

【注释】

① 故道:秦县名,治所在今陕西凤县东北。一说即陈仓古道。② 陈仓:秦县名,治所在今陕西宝鸡市东。③ 好畤:秦县名,治所在今陕西乾县东。④ 巨野:秦县名,治所在今山东巨野县东北。⑤ 三齐:指上文所载济北、胶东、齐三个王国。

初,项梁立韩后公子成为韩王,张良为韩司徒。羽以良从汉王,韩王成又无功,故不遣就国,与俱至彭城,杀之。及闻汉王并关中,而齐、梁畔之,羽大怒,乃以故吴令郑昌为韩王①,距汉。令萧公角击彭越②,越败角兵。时张良徇韩地③,遗羽书曰④:"汉欲得关中,如约即止,不敢复东。"羽

以故无西意,而北击齐。

九月,汉王遣将军薛欧、王吸出武关⑤,因王陵兵⑥,从南阳迎太公、吕后于沛。羽闻之,发兵距之阳夏⑦,不得前。

【注释】

① 郑昌:项羽部将。因曾任吴县令,所以称"故吴令"。项羽早年时,因叔父项梁杀人,曾一起在吴县躲避仇家。② 萧公角:项羽部将。因曾任萧县(今安徽萧县西北)县令,名角,故称"萧公角"。姓氏不详。③ 徇:略取,攻取。④ 遗(wèi):给与。⑤ 薛欧:刘邦部将。以舍人身份随刘邦在丰邑起兵,后被封为广平侯。王吸:刘邦部将,后被封为清阳侯。⑥ 因:依,随。当时王陵手下有兵数千人,驻扎在南阳。⑦ 阳夏:秦县名,治所在今河南太康县。

二年冬十月,项羽使九江王布杀义帝于郴①。陈余亦怨羽独不王己,从田荣藉助兵②,以击常山王张耳。耳败走降汉,汉王厚遇之。陈余迎代王歇还赵,歇立余为代王。张良自韩间行归汉③,汉王以为成信侯。

汉王如陕④,镇抚关外父老⑤。河南王申阳降,置河南郡。使韩太尉韩信击韩⑥,韩王郑昌降。十一月,立韩太尉信为韩王。汉王还归,都栎阳,使诸将略地,拔陇西⑦。以万人若一郡降者⑧,封万户。缮治河上塞⑨。故秦苑囿园池⑩,令民得田之⑪。

【注释】

① 义帝:名义上的皇帝,亦即假皇帝、傀儡皇帝。指楚怀王熊心。郴:秦县名,治所在今湖南郴州。② 藉:通"借"。③ 间行:抄小路或近路走。④ 陕:秦县名,治所在今河南三门峡市西。⑤ 镇抚:安抚。⑥ 韩太尉韩信:原韩国太尉韩信,战国时韩襄王的后代。与淮阴侯韩信非同一人。曾随刘邦入关,以功封韩国太尉,后封韩王。详见《汉书》卷三十三《韩王信传》。⑦ 陇西:郡名。原为义渠地,战国秦昭襄王二十七年(前208)置郡,因在陇山之西而得名。秦、汉因之,郡治狄道(今甘肃临洮)。⑧ 若:或。⑨ 缮治:修整。河上:古地区名,汉置郡,即后来的左冯翊,郡

治在今陕西西安市西北。塞：指为防御匈奴而修建的工事。⑩ 苑囿：古代种植花草、养殖鸟兽的园子。⑪ 田：开垦，耕种。

　　春正月，羽击田荣城阳，荣败走平原①，平原民杀之。齐皆降楚，楚焚其城郭②，齐人复畔之。诸将拔北地③，虏雍王弟章平。赦罪人。
　　二月癸未④，令民除秦社稷⑤，立汉社稷。施恩德，赐民爵⑥。蜀、汉民给军事劳苦⑦，复勿租税二岁⑧。关中卒从军者，复家一岁。举民年五十以上，有修行⑨，能帅众为善，置以为三老⑩，乡一人。择乡三老一人为县三老，与县令、丞、尉以事相教⑪，复勿繇戍⑫。以十月赐酒肉。

【注　释】

　　① 平原：秦县名，治所在今山东平原县西南。② 城郭：内城和外城。泛指城邑。③ 北地：秦郡名，郡治义渠（今甘肃庆阳西南）。④ 二月癸未：农历二月初五。古代以干支纪日，六十位干支为一个循环，只要知道此月朔日（每月第一天）干支，即可依次推知。⑤ 社稷：古代帝王祭祀土地和谷神的场所，是国家的象征，后常用作国家的代称。社，土神。稷，谷神。⑥ 爵：爵位。按秦汉惯例，每遇重大国事，由朝廷赐给平民爵位。得了爵位，有时可免徭役，有时可减刑罚，甚至还可以买卖。⑦ 给军事：供给军食，从事军役。⑧ 复：免除租税和徭役。⑨ 修行：好的品行修养。⑩ 三老：乡官名，掌教化。⑪ 丞、尉：县令的副手。丞为文吏，尉为武官。⑫ 繇戍：服役守边。繇，同"徭"，徭役。戍，戍边，防守边境。

　　三月，汉王自临晋渡河①，魏王豹降，将兵从。下河内②，虏殷王卬，置河内郡。至修武③，陈平亡楚来降④。汉王与语，说之，使参乘⑤，监诸将。南渡平阴津⑥，至洛阳，新城三老董公遮说汉王曰⑦："臣闻'顺德者昌，逆德者亡'，'兵出无名，事故不成'。故曰：'明其为贼，敌乃可服。'项羽为无道，放杀其主，天下之贼也。夫仁不以勇，义不以力，三军之众为之素服，以告之诸侯，为此东伐，四海之内莫不仰德。此三王之举也⑧。"汉王曰："善。非夫子无所闻。"于是汉王为义帝发丧，袒而大哭⑨，哀临三日⑩。发使告诸侯曰："天下共立义帝，北面事之⑪。今项羽放杀义帝江南⑫，大逆

无道。寡人亲为发丧,兵皆缟素⑬。悉发关中兵,收三河士⑭,南浮江、汉以下⑮,愿从诸侯王击楚之杀义帝者。"

【注释】

① 临晋:古关名,亦称"蒲津关",故址在今陕西大荔县东黄河西岸,是古代秦晋之间的重要通道。② 河内:旧称河南境内黄河以北地区。汉时置河内郡,郡治怀县(在今河南武陟县西南)。③ 修武:秦县名,治所在今河南修武县。此亦称大修武。其城东又有小修武,在今河南获嘉县境内。④ 陈平:汉初大臣。阳武(今河南原阳东南)人。陈胜起义后,初投魏王咎,任太仆;后归项羽,任都尉,封信武君。最终背楚归汉,成为刘邦重要谋士,曾屡出奇计。高祖六年封户牖侯,次年改封曲逆侯。惠帝时由郎中令迁左丞相。高后时任右丞相。与周勃合谋诛诸吕,拥立文帝,任丞相。详见《汉书》卷四十《陈平传》。⑤ 参乘:陪乘的人。有时亦作"骖乘"。古代乘车,御者居中,尊者在左,另有一人在右,称参乘或车右。⑥ 平阴津:古渡口名,故址在今河南孟津东北。⑦ 新城:一作"新成",秦县名,在今河南伊川县西南。遮:拦路。⑧ 三王:指夏禹、商汤、周文王三位开国君主。⑨ 袒:左袒,解开上衣露出左臂。古代举行射礼及丧礼皆左袒。⑩ 临:哭吊。古代的一种丧礼。⑪ 北面事之:指称臣。古代以坐北朝南为尊位,天子诸侯面南而坐,群臣北向而朝。⑫ 江南:泛指长江以南地区。⑬ 缟素:泛指白色的丧服。⑭ 三河:河东、河南、河内三郡的合称。⑮ 浮:漂在水面上。此指乘船。汉:古指汉水。即今汉江。

夏四月,田荣弟横收得数万人,立荣子广为齐王。羽虽闻汉东,既击齐,欲遂破之而后击汉,汉王以故得劫五诸侯兵①,东伐楚。到外黄,彭越将三万人归汉。汉王拜越为魏相国,令定梁也。

汉王遂入彭城,收羽美人货赂②,置酒高会③。羽闻之,令其将击齐,而自以精兵三万人从鲁出胡陵,至萧,晨击汉军,大战彭城灵壁东睢水上④,大破汉军,多杀士卒,睢水为之不流。围汉王三匝。大风从西北起,折木发屋⑤,扬砂石,昼晦,楚军大乱,而汉王得与数十骑遁去⑥。过沛,使人求室家,室家亦已亡⑦,不相得。汉王道逢孝惠、鲁元,载行。楚骑追汉王,汉王急,推堕二子。滕公下收载,遂得脱。审食其从太公、吕后间行⑧,反遇楚军,羽常置军中以为质⑨。诸侯见汉败,皆亡去。塞王欣、翟王翳降楚,殷王卬死。

【注释】

①劫五诸侯兵:指控制、把持五诸侯的军队。劫,威逼,胁制。五诸侯,众说不一,当指陈余与魏王豹、河南王申阳、韩王郑昌、殷王司马卬。陈余原为赵王歇部下,此时遣兵助汉,兼"赵"而言。②货赂:钱财货物。③高会:盛宴,大型宴会。④灵壁:古邑名,在今安徽濉溪西。睢水:古代鸿沟支流之一,故道自今河南开封市东南由鸿沟分出,东流至今宿迁南入古泗水。⑤发:掀开,揭起。⑥遁:逃走。⑦亡:逃亡,逃散。⑧审食(yì)其(jī):汉初诸侯。沛人。秦末以舍人从刘邦起义。后封辟阳侯。受吕后宠幸,官至左丞相。文帝三年(前177)为淮南王刘长所杀。⑨质:人质。

吕后兄周吕侯将兵居下邑①,汉王往从之。稍收士卒②,军砀。

汉王西过梁地,至虞③,谓谒者随何曰④:"公能说九江王布使举兵畔楚,项王必留击之。得留数月,吾取天下必矣。"随何往说布,果使畔楚。

【注释】

①周吕侯:吕泽的封号。当时尚未封侯。②稍:渐渐,陆续。③虞:秦县名,治所在今河南虞城县北。④谒者:官名,掌管接待宾客、传达命令的近侍人员。随何:刘邦谋士,官至护军中尉。

五月,汉王屯荥阳,萧何发关中老弱未傅者悉诣军①。韩信亦收兵与汉王会,兵复大振。与楚战荥阳南京、索间②,破之。筑甬道,属河④,以取敖仓粟⑤。魏王豹谒归视亲疾⑥。至则绝河津,反为楚。

六月,汉王还栎阳。壬午,立太子,赦罪人。令诸侯子在关中者皆集栎阳为卫。引水灌废丘,废丘降,章邯自杀。雍地定,八十余县,置河上、渭南、中地、陇西、上郡⑦。令祠官祀天地、四方、上帝、山川⑧,以时祠之⑨。

兴关中卒乘边塞⑩。关中大饥,米斛万钱⑪,人相食。令民就食蜀、汉。

【注释】

① 未傅者:指没有登录在丁壮名册上的人,亦即老人和未成年人。傅,著录。诣:前往,到达。② 京:秦县名,治所在今河南荥阳东南。索:古城名,又名索亭,故址在今河南荥阳市。③ 甬道:两旁筑有高墙屏障以防敌劫夺的通道。④ 属(zhǔ)河:指从荥阳一直连通到黄河边上。属,连接。⑤ 敖仓:秦时所建大粮仓。因地处荥阳西北的敖山上而得名。秦、汉时在此积聚关东漕粮,经黄河转输关中和西北边塞,为兵家必争之地。⑥ 谒归:告假回家。⑦ 河上、渭南、中地:三者皆郡名,即后来的左冯翊、京兆尹、右扶风,合称"三辅"。辖今陕西中部地区。上郡:秦郡名,汉承之,郡治肤施(今陕西榆林县东南)。⑧ 祠官:掌管祭祀事务的官员。祠,同"祀"。⑨ 以时:按时。⑩ 兴:发,征调。乘:登。指登城守塞。⑪ 斛:中国旧量器名,亦是容量单位,一斛本为十斗,后来改为五斗。

秋八月,汉王如荥阳,谓郦食其曰:"缓颊往说魏王豹①,能下之,以魏地万户封生②。"食其往,豹不听。汉王以韩信为左丞相③,与曹参、灌婴俱击魏④。食其还,汉王问:"魏大将谁也?"对曰:"柏直。"王曰:"是口尚乳臭⑤,不能当韩信。骑将谁也⑥?"曰:"冯敬。"曰:"是秦将冯无择子也⑦,虽贤,不能当灌婴。步卒将谁也⑧?"曰:"项它。"曰:"不能当曹参。吾无患矣⑨。"

【注释】

① 缓颊:指婉言相劝。因为婉言相劝时话说得慢,脸的两颊也就牵动得慢,故称缓颊。② 生:先生的省称。③ 左丞相:与右丞相同为辅佐君主的最高行政长官。当时天下未定,左、右丞相只是虚名。④ 灌婴:西汉开国功臣。睢阳(河南商丘南)人。原以贩丝绢为业,后随刘邦转战各地,以年轻善战闻名。初封昌文侯,后封颍阴侯。参与平定韩王信、陈豨、黥布等叛乱,与周勃等诛诸吕,官至太尉、丞相。详见《汉书》卷四十一《灌婴传》。⑤ 乳臭:口中尚有乳味。此为称人幼稚的轻蔑说法。臭,气味。

⑥骑将:武官名。相当于骑兵司令。⑦冯无择:一作冯毋择,秦朝将领。封武信侯。始皇二十年(前219)曾从始皇东巡。⑧步卒将:武官名。相当于步兵司令。⑨患:忧虑,担心。

九月,信等虏豹,传诣荥阳①。定魏地,置河东、太原、上党郡②。信使人请兵三万人,愿以北举燕、赵,东击齐,南绝楚粮道。汉王与之。

三年冬十月,韩信、张耳东下井陉击赵③,斩陈余,获赵王歇。置常山、代郡④。甲戌晦⑤,日有食之⑥。

十一月癸卯晦,日有食之。随何既说黥布,布起兵攻楚。楚使项声、龙且攻布⑦,布战不胜。十二月,布与随何间行归汉。汉王分之兵,与俱收兵至成皋⑧。

【注释】

①传(zhuàn)诣:用驿站的车马送至。②河东:汉郡名,郡治夏邑(今山西夏县西北)。太原:汉郡名,郡治晋阳(今山西太原西南)。上党:汉郡名,郡治长子(今山西长子西南)。③井陉:秦县名,治所在今河北省井陉县西北。境内有井陉关,为著名的太行八陉之一,亦是古代军事要地。④常山:汉郡名,郡治元氏(今河北元氏县西北)。代郡:汉郡名,郡治代县(今河北蔚县东北)。⑤甲戌:农历十月三十日。晦:农历每月的最后一天。⑥日有食之:即有日食现象。⑦项声、龙且:均为项羽部将。龙且尤以骁勇著称。⑧成皋:古邑名,故址在今河南荥阳西北黄河边。

项羽数侵夺汉甬道,汉军乏食,与郦食其谋桡楚权①。食其欲立六国后以树党②,汉王刻印,将遣食其立之。以问张良,良发八难③。汉王辍饭吐哺④,曰:"竖儒几败乃公事⑤!"令趣销印⑥。又问陈平,乃从其计,与平黄金四万斤,以间疏楚君臣⑦。

夏四月,项羽围汉荥阳,汉王请和,割荥阳以西者为汉⑧。亚父劝项羽急攻荥阳,汉王患之。陈平反间既行,羽果疑亚父。亚父大怒而去,发病死。

【注释】

① 桡:同"挠",削弱。楚权:此指楚国的势力。② 六国:指战国时除秦以外的关东六国,亦即楚、韩、魏、赵、齐、燕。树党:结为朋党。③ 八难:八个责难性的问题。张良提出八个问题,用以说明不可再封六国后代为王的道理。详参卷四十《张良传》。④ 辍:停止。吐哺:把口中食物吐出来。⑤ 竖儒:书呆子,小子。骂人的话。古代称童仆为竖,书生为儒。刘邦一向轻视儒生,常以"竖儒"骂之。乃公:你老子。刘邦常自称以骂人。⑥ 趣:通"促",赶快、急速。销:销毁。⑦ 间疏:离间。⑧ 割:分割,划分。

五月,将军纪信曰①:"事急矣!臣请诳楚②,可以间出③。"于是陈平夜出女子东门二千余人,楚因四面击之。纪信乃乘王车,黄屋左纛④,曰:"食尽,汉王降楚。"楚皆呼万岁,之城东观,以故汉王得与数十骑出西门遁。令御史大夫周苛、魏豹、枞公守荥阳⑤。羽见纪信,问:"汉王安在?"曰:"已出去矣。"羽烧杀信。而周苛、枞公相谓曰:"反国之王⑥,难与守城。"因杀魏豹。

【注释】

① 纪信:刘邦部将。刘邦被困荥阳,纪信假扮刘邦诓骗楚军,使刘邦得以逃脱。项羽一怒之下,烧死纪信。后人曾为纪信修墓立庙,今已不存,故址在今郑州市西北26公里纪公庙村,传说即其殉难处。② 诳:欺骗。③ 间出:偷偷地乘隙而出。④ 黄屋:用黄色丝绸作顶篷的车子。古时供帝王乘坐。左纛(dào):古代帝王车舆上用牦牛(即牦牛)尾或雉尾等毛羽做成的装饰物。因插在车的左边,故称"左纛"。⑤ 御史大夫:官名,仅次于丞相,掌监察百官。古代与丞相、太尉合称"三公"。周苛:刘邦部将。沛人。秦末为泗水亭卒史。后随刘邦起兵,历任帐中宾客(谋士)、内史、御史大夫等。后刘邦为表彰其死守荥阳之功,封其子周成为高景侯。枞公:刘邦僚属。姓枞,名字不详。⑥ 反国之王:指魏豹。因魏豹反复无常,故称。

汉王出荥阳,至成皋。自成皋入关,收兵欲复东。辕生说汉王曰①:"汉与楚相距荥阳数岁,汉常困。愿君王出武关,项王必引兵南走,王深壁②,令荥阳、成皋间且得休息。使韩信等得辑河北赵地③,连燕、齐,君王乃复走荥阳。如此,则楚所备者多,力分。汉得休息,复与之战,破之必矣。"汉王从其计,出军宛、叶间④,与黥布行收兵⑤。

羽闻汉王在宛,果引兵南,汉王坚壁不与战。是月,彭越渡睢,与项声、薛公战下邳⑥,破杀薛公。羽使终公守成皋⑦,而自东击彭越。汉王引兵北,击破终公,复军成皋。

【注释】

① 辕生:姓辕,名字不详。《史记》作"袁生"。② 深壁:深沟高垒的意思,亦即坚守不战。③ 辑:收拾,平定。④ 叶:秦县名,治所在今河南叶县西南。⑤ 行收兵:边行军,边招兵。⑥ 薛公:项羽部将,史失其名。下邳:秦县名,治所在今江苏睢宁西北。⑦ 终公:项羽部将,史失其名。

六月,羽已破走彭越,闻汉复军成皋,乃引兵西拔荥阳城,生得周苛。羽谓苛:"为我将,以公为上将军,封三万户。"周苛骂曰:"若不趋降汉,今为虏矣!若非汉王敌也。"羽亨周苛,并杀枞公,而虏韩王信,遂围成皋。汉王跳①,独与滕公共车出成皋玉门②,北渡河,宿小修武③。自称使者,晨驰入张耳、韩信壁,而夺之军。乃使张耳北收兵赵地。

秋七月,有星孛于大角④。汉王得韩信军,复大振。八月,临河南乡⑤,军小修武,欲复战。郎中郑忠说止汉王⑥,高垒深堑勿战⑦。汉王听其计,使卢绾、刘贾将卒二万人⑧,骑数百,渡白马津入楚地⑨,佐彭越烧楚积聚⑩。复击破楚军燕郭西⑪,攻下睢阳、外黄十七城⑫。九月,羽谓海春侯大司马曹咎曰⑬:"谨守成皋。即汉王欲挑战⑭,慎勿与战,勿令得东而已。我十五日必定梁地,复从将军⑮。"羽引兵东击彭越。

【注释】

① 跳:轻装简从急奔。② 玉门:成皋城的北门。③ 小修武:地名,在今河南获嘉县境内。④ 孛:指光芒强盛的彗星。大角:星名。北天的亮

星,属亢宿,在摄提之南,即牧夫座的第一星。古代迷信认为,彗星是妖星,大角星则代表天王帝廷;彗星出现在大角星附近,预示将要改朝换代。⑤ 南乡:南向,向南进发。乡,通"向"。⑥ 郎中:官名。郎中令的属官,掌管宿卫殿门。郑忠:刘邦部将。⑦ 高垒深堑:加高壁垒,深挖壕沟。义同"深壁"。堑,防御用的壕沟,护城河。⑧ 卢绾:刘邦同乡、好友。当时任将军,后封燕王。详见《汉书》卷三十四《卢绾传》。刘贾:刘邦的堂兄。后封荆王。详见《汉书》卷三十五《荆王刘贾传》。⑨ 白马津:黄河渡口,现已堙塞,故址在今河南滑县东北的旧黄河南岸。⑩ 积聚:指聚积的粮食、辎重。⑪ 燕:秦县名,治所在今河南延津东北。"燕郭西"指燕县城池的西面。⑫ 睢阳:秦县名,治所在今河南商丘市南。⑬ 曹咎:项羽部将。原为秦蕲县狱掾,项梁因罪在栎阳被逮捕时,他曾写信给该县狱掾司马欣,使事情得以了结。后从项羽,被封为海春侯。⑭ 即:假使,倘若。⑮ 从:随行,随从。这里是"会合"的意思。

汉王使郦食其说齐王田广,罢守兵,与汉和。

四年冬十月,韩信用蒯通计①,袭破齐。齐王亨郦生,东走高密②。项羽闻韩信破齐,且欲击楚,使龙且救齐。

汉果数挑成皋战,楚军不出,使人辱之。数日,大司马咎怒,渡兵汜水③。士卒半渡,汉击之,大破楚军,尽得楚国金玉货赂。大司马咎、长史欣皆自到汜水上④。汉王引兵渡河,复取成皋,军广武⑤,就敖仓食。

【注释】

① 蒯通:著名辩士。范阳(今河北徐水县北)人。本名彻,史家因避汉武帝刘彻名讳,改为"通"。详见《汉书》卷四十五《蒯通传》。② 高密:秦县名,治所在今山东高密西南。③ 汜(sì)水:水名,源于河南巩义东南,向北流经荥阳入黄河。④ 长史:官名。大将军、丞相等的下属官吏,为诸吏之长,故称"长史"。欣:即司马欣。曾任秦将章邯的长史,归降项羽后被封为塞王。⑤ 广武:山名。在今河南荥阳东北。山上筑有东、西二城,相距数十步,中间隔广武涧相对。据传分别为项羽、刘邦所建,今名霸王城、汉王城。

羽下梁地十余城,闻海春侯破,乃引兵还。汉军方围钟离眛于荥阳东①,闻羽至,尽走险阻。羽亦军广武,与汉相守。丁壮苦军旅②,老弱罢转饷③。汉王、羽相与临广武之间而语④。羽欲与汉王独身挑战,汉王数羽曰⑤:"吾始与羽俱受命怀王,曰先定关中者王之。羽负约,王我于蜀、汉,罪一也。羽矫杀卿子冠军⑥,自尊,罪二也。羽当以救赵还报,而擅劫诸侯兵入关,罪三也。怀王约入秦无暴掠,羽烧秦宫室,掘始皇帝冢⑦,收私其财,罪四也。又强杀秦降王子婴,罪五也。诈坑秦子弟新安二十万⑧,王其将,罪六也。皆王诸将善地⑨,而徙逐故主,令臣下争畔逆,罪七也。出逐义帝彭城,自都之,夺韩王地,并王梁、楚,多自与,罪八也。使人阴杀义帝江南⑩,罪九也。夫为人臣而杀其主,杀其已降,为政不平,主约不信,天下所不容,大逆无道,罪十也。吾以义兵从诸侯诛残贼,使刑余罪人击公⑪,何苦乃与公挑战!"羽大怒,伏弩射中汉王⑫。汉王伤胸,乃扪足曰⑬:"虏中吾指⑭!"汉王病创卧⑮,张良强请汉王起行劳军,以安士卒,毋令楚乘胜。汉王出行军,疾甚,因驰入成皋。

【注释】

① 钟离眛(mò):一作"钟离眛(mèi)"。复姓钟离,名眛。项羽部将,以勇猛著称。项羽兵败垓下后,他投靠韩信,因遭刘邦通缉而被迫自杀。② 丁壮:壮年男子。③ 罢转饷:疲于运送粮饷。罢,通"疲"。④ 广武之间:即广武涧。⑤ 数:数落,责备。⑥ 矫:假托名义。卿子冠军:即宋义。楚怀王派宋义领兵救赵时所封之号。"卿子"为敬称,"冠军"谓地位冠于诸将之上。⑦ 始皇帝冢:即秦始皇陵,在今陕西临潼骊山北麓。⑧ 坑:坑杀,活埋。新安:古邑名,故址在今河南渑池县东。⑨ 诸将:指原先自立的诸侯王的部将,如臧荼、张耳、田都等。善地:好地方。⑩ 阴杀:暗地里杀害。⑪ 刑余罪人:指受过刑罚的罪人。⑫ 弩:一种用机械发射的弓,射程很远。⑬ 扪:抚摸。⑭ 虏:对敌人的蔑称。指:脚趾。⑮ 病创:指因受箭伤而疲乏。

十一月,韩信与灌婴击破楚军,杀楚将龙且,追至城阳,虏齐王广。齐相田横自立为齐王,奔彭越。汉立张耳为赵王。

汉王疾愈,西入关,至栎阳,存问父老①,置酒。枭故塞王欣头栎阳

市②。留四日,复如军③,军广武。关中兵益出④,而彭越、田横居梁地,往来苦楚兵⑤,绝其粮食。

【注释】

①存问:慰问。② 枭:悬首示众。塞王司马欣在成皋被汉军打败后自杀于氾水,但因栎阳是其都城,所以刘邦将其头颅割下带到栎阳闹市示众。市,集市,闹市。③ 如:往,到。④ 益:越,增加。此指汉军从关中开出增援前线。⑤ 苦:困扰。

韩信已破齐,使人言曰:"齐边楚①,权轻,不为假王②,恐不能安齐。"汉王怒,欲攻之。张良曰:"不如因而立之,使自为守。"春二月,遣张良操印,立韩信为齐王。

秋七月,立黥布为淮南王。

八月,初为算赋③。北貉、燕人来致枭骑助汉④。汉王下令:军士不幸死者,吏为衣衾棺敛⑤,转送其家。四方归心焉。

【注释】

① 边楚:与楚相连。② 假王:代理王。假,暂时代理。③ 算赋:汉代的成年人人口税。亦称"算钱"、"赋钱",省称"算"、"赋"。规定年十五以上至五十六的人丁,每人每年均须向朝廷缴纳一百二十钱的赋税,称"一算",以供车马兵甲之用。④ 北貉(mò):古代泛指居住在东北一带的部族。貉,同"貊"。致:送给,给予。枭骑:作战勇猛的骑兵。⑤ 衾:大被。此指裹尸用的被褥之类。

项羽自知少助食尽,韩信又进兵击楚,羽患之。汉遣陆贾说羽,请太公,羽弗听。汉复使侯公说羽①,羽乃与汉约,中分天下,割鸿沟以西为汉②,以东为楚。九月,归太公、吕后,军皆称万岁。乃封侯公为平国君。羽解而东归③。汉王欲西归,张良、陈平谏曰:"今汉有天下太半④,而诸侯皆附,楚兵罢食尽,此天亡之时,不因其几而遂取之⑤,所谓养虎自遗患也⑥。"汉王从之⑦。

【注释】

① 侯公:姓侯,姓名不详。② 鸿沟:战国时魏国所开的一条引黄入淮的运河,北起荥阳,经中牟、开封,南流至淮阳东南入淮水支流颍水。后人常以鸿沟喻界限分明,即源于楚汉时划鸿沟为界。③ 解:解除战争状态。④ 太半:大半。太,同"大"。⑤ 几:通"机",时机,机会。⑥ 遗:留。⑦ 按:自颜师古注本行世后,《汉书》通行本皆分《高帝纪》为上、下两个分卷,以上为《高帝纪》上卷。

五年冬十月,汉王追项羽至阳夏南,止军,与齐王信、魏相国越期会击楚①。至固陵②,不会。楚击汉军,大破之,汉王复入壁,深堑而守。谓张良曰:"诸侯不从,奈何?"良对曰:"楚兵且破,未有分地,其不至固宜。君王能与共天下,可立致也。齐王信之立,非君王意,信亦不自坚。彭越本定梁地,始,君王以魏豹故,拜越为相国。今豹死,越亦望王,而君王不早定。今能取睢阳以北至谷城皆以王彭越③,从陈以东傅海与齐王信④,信家在楚,其意欲复得故邑。能出捐此地以许两人⑤,使各自为战,则楚易败也。"于是汉王发使使韩信、彭越。至,皆引兵来。

【注释】

① 期会:约期相会。② 固陵:秦县名,治所在今河南太康县南。③ 谷城:邑名,故址在今山东东阿县东南。④ 傅海:沿海。傅,靠近,迫近。⑤ 捐:放弃。

十一月,刘贾入楚地,围寿春①。汉亦遣人诱楚大司马周殷②。殷畔楚,以舒屠六③,举九江兵迎黥布,并行屠城父④,随刘贾皆会。

十二月,围羽垓下⑤。羽夜闻汉军四面皆楚歌,知尽得楚地。羽与数百骑走,是以兵大败。灌婴追斩羽东城⑥。

【注释】

① 寿春:秦县名,治所在今安徽寿县。② 周殷:项羽部将。③ 舒:秦县名,治所在今安徽庐江县西南。④ 城父:秦县名,治所在今安徽亳州市

东南。⑤ 垓下：邑名，故址在今安徽灵璧县东南。⑥ 东城：秦县名，治所在今安徽定远县东南。

楚地悉定，独鲁不下。汉王引天下兵欲屠之，为其守节礼义之国，乃持羽头示其父兄，鲁乃降。初，怀王封羽为鲁公，及死，鲁又为之坚守，故以鲁公葬羽于谷城。汉王为发丧，哭临而去。封项伯等四人为列侯，赐姓刘氏。诸民略在楚者皆归之①。

汉王还至定陶，驰入齐王信壁，夺其军。

初项羽所立临江王共敖前死，子尉嗣立为王，不降。遣卢绾、刘贾击虏尉。

春正月，追尊兄伯号曰武哀侯②。下令曰："楚地已定，义帝亡后③，欲存恤楚众，以定其主。齐王信习楚风俗，更立为楚王，王淮北，都下邳。魏相国建城侯彭越勤劳魏民，卑下士卒④，常以少击众，数破楚军，其以魏故地王之，号曰梁王，都定陶。"又曰："兵不得休八年，万民与苦甚，今天下事毕，其赦天下殊死以下⑤。"

【注 释】

① 略：劫略，掠取。指被楚军所劫略。② 伯：刘邦的大哥。③ 亡：通"无"。④ 卑下：降低身份。⑤ 殊死：斩首之刑。此指被判斩首死刑的罪犯。

于是诸侯上疏曰①："楚王韩信、韩王信、淮南王英布、梁王彭越、故衡山王吴芮、赵王张敖、燕王臧荼昧死再拜言大王陛下②：先时，秦为亡道，天下诛之。大王先得秦王，定关中，于天下功最多。存亡定危，救败继绝，以安万民，功盛德厚。又加惠于诸侯王有功者，使得立社稷。地分已定③，而位号比拟④，亡上下之分，大王功德之著，于后世不宣。昧死再拜上皇帝尊号⑤。"汉王曰："寡人闻帝者贤者有也，虚言亡实之名，非所取也。今诸侯王皆推高寡人，将何以处之哉？"诸侯王皆曰："大王起于细微⑥，灭乱秦，威动海内。又以辟陋之地⑦，自汉中行威德，诛不义，立有功，平定海内，功臣皆受地食邑，非私之也。大王德施四海，诸侯王不足以道之,居帝位甚实宜,愿大王以幸天下⑧。"汉王曰:"诸侯王幸以为便于天下之民,则可矣。"于是诸侯王及太尉长安侯臣绾等三百人,与博士稷嗣君叔孙通谨择良日二月甲午⑨,上尊号。汉王即皇帝位于汜水之阳⑩。尊王后曰皇后,太子曰皇太子,追尊先媪曰昭灵夫人。

【注释】

① 上疏:指通过书面向皇帝逐条陈述政见。② 张敖:张耳之子,刘邦女婿。其时张耳已死,张敖嗣位为赵王。昧死:冒昧而犯死罪。此为秦汉时群臣上书习用之词。③ 地分:地位和名分。④ 位号:爵位和名号。比拟:类似,相同。⑤ 尊号:古代尊崇皇帝的名号,此指"皇帝"。⑥ 细微:指出身微贱,地位低下。⑦ 辟陋:地处僻远而风俗粗鄙。辟,同"僻"。⑧ 幸天下:指亲自执掌天下大权,亦即当皇帝之意。封建时代称皇帝亲临为"幸"。⑨ 叔孙通:汉初名儒。薛(今山东滕州南)人。秦时任待诏博士。入汉,仍为博士,负责制定礼仪,号稷嗣君。详见《汉书》卷四十三《叔孙通传》。二月甲午:指汉高祖五年(前202)农历二月初三。⑩ 汜(fàn)水之阳:汜水的北岸。汜水,古济水的支流,故道在今山东省曹县北,东北流至定陶县北注入古荷泽,久湮。阳,古代称山之南或水之北为阳。

诏曰:"故衡山王吴芮与子二人、兄子一人,从百粤之兵①,以佐诸侯,诛暴秦,有大功,诸侯立以为王。项羽侵夺之地,谓之番君。其以长沙、豫章、象郡、桂林、南海立番君芮为长沙王②。"又曰:"故粤王亡诸世奉粤祀③,秦侵夺其地,使其社稷不得血食④。诸侯伐秦,亡诸身帅闽中兵以佐灭秦⑤,项羽废而弗立。今以为闽粤王,王闽中地,勿使失职。"

【注释】

① 百粤:即百越。古民族名,亦即古越族。秦汉以前就已广泛分布于长江中下游以南地区。从事农耕、渔猎,以水上航行、金属冶炼著称。有断发纹身习俗。因其支系很多,"各有种姓",故称"百越"。秦汉以后,部分与汉人融合,部分与今壮、黎、傣等族有密切的渊源关系。② 长沙:秦郡名,郡治临湘(今湖南长沙市)。豫章:秦郡名,郡治南昌(今江西南昌

市)。象郡：秦郡名,郡治临尘(今广西崇左)。桂林：秦郡名,郡治在今广西桂平西南。南海：秦郡名,郡治番禺(今广东广州市)。③ 亡诸：一作"无诸"。越王勾践的后代。④ 血食：古时祭祀要宰杀牛马羊等牲畜上供,故称祭礼为血食。⑤ 闽中：秦郡名,郡治东冶(今福建福州市)。

帝乃西都洛阳。夏五月,兵皆罢归家。诏曰："诸侯子在关中者,复之十二岁,其归者半之。民前或相聚保山泽①,不书名数②,今天下已定,令各归其县,复故爵田宅,吏以文法教训辨告③,勿笞辱④。民以饥饿自卖为人奴婢者,皆免为庶人。军吏卒会赦,其亡罪而亡爵及不满大夫者⑤,皆赐爵为大夫。故大夫以上,赐爵各一级。其七大夫以上⑥,皆令食邑⑦；非七大夫以下,皆复其身及户,勿事。"又曰："七大夫、公乘以上,皆高爵也。诸侯子及从军归者,甚多高爵,吾数诏吏先与田宅,及所当求于吏者,亟与。爵或人君,上所尊礼,久立吏前⑧,曾不为决,其亡谓也⑨。异日秦民爵公大夫以上⑩,令丞与亢礼⑪。今吾于爵非轻也,吏独安取此！且法以有功劳行田宅,今小吏未尝从军者多满,而有功者顾不得,背公立私,守尉长吏教训甚不善。其令诸吏善遇高爵,称吾意。且廉问⑫,有不如吾诏者,以重论之。"

【注释】

① 前：先前,从前。保：依。此指依靠深山大泽而建寨自保。② 名数：户籍。③ 文法：法律条文。辨告：布告。辨,同"辩"。④ 笞：用竹板或鞭、杖抽打。⑤ 不满大夫：指爵位不到大夫一级的。⑥ 七大夫：即公大夫。秦汉时爵位分成二十级,公大夫是爵位的第七级,故称七大夫。其二十等爵制由低到高依次为：一公士、二上造、三簪袅、四不更、五大夫、六官大夫、七公大夫、八公乘、九五大夫、十左庶长、十一右庶长、十二左更、十三中更、十四右更、十五少上造、十六大上造、十七驷车庶长、十八大庶长、十九关内侯、二十彻侯(亦作"列侯"、"通侯")。⑦ 食邑：收取封邑的租税。⑧ 久立：指长时间等待解决问题。⑨ 亡谓：同"无谓"。没有道理。⑩ 异日：往日,从前。⑪ 亢礼：行平等的礼节。亢,同"抗"。⑫ 廉问：察访。

帝置酒雒阳南宫。上曰："通侯诸将毋敢隐朕,皆言其情。吾所以有天下者何?项氏之所以失天下者何?"高起、王陵对曰①:"陛下嫚而侮人②,项羽仁而敬人。然陛下使人攻城略地,所降下者,因以与之,与天下同利也。项羽妒贤嫉能,有功者害之③,贤者疑之,战胜而不与人功,得地而不与人利,此其所以失天下也。"上曰:"公知其一,未知其二。夫运筹帷幄之中④,决胜千里之外,吾不如子房;填国家⑤,抚百姓,给饷馈⑥,不绝粮道,吾不如萧何;连百万之众,战必胜,攻必取,吾不如韩信。三者皆人杰,吾能用之,此吾所以取天下者也。项羽有一范增而不能用,此所以为我禽也⑦。"群臣说服⑧。

【注释】

① 高起:事迹不详。或以为二字乃衍文。② 嫚:傲慢,轻视。③ 害:嫉恨。④ 运筹:谋划战略战术。帷幄:帐幕。此指军营。⑤ 填:同"镇"。安定。⑥ 饷馈:粮饷。⑦ 禽:同"擒"。⑧ 说:同"悦"。

初,田横归彭越。项羽已灭,横惧诛,与宾客亡入海。上恐其久为乱,遣使者赦横,曰:"横来,大者王,小者侯;不来,且发兵加诛。"横惧,乘传诣雒阳①,未至三十里,自杀。上壮其节,为流涕,发卒二千人,以王礼葬焉。

戍卒娄敬求见②,说上曰:"陛下取天下与周异,而都雒阳,不便,不如入关,据秦之固。"上以问张良,良因劝上。是日,车驾西都长安。拜娄敬为奉春君,赐姓刘氏。

六月壬辰,大赦天下。

【注释】

① 乘传(zhuàn):古代驿站转送公文、人员的一种传车,以四马牵引。② 娄敬:汉初谋士。齐(故治在今山东省淄博市)人。因建议刘邦定都关中有功,拜郎中,赐姓刘氏,号奉春君,后封关内侯。详见《汉书》卷四十三《娄敬传》。

秋七月,燕王臧荼反,上自将征之。九月,虏荼。诏诸侯王视有功者

立以为燕王。荆王臣信等十人皆曰①："太尉长安侯卢绾功最多,请立以为燕王。"使丞相哙将兵平代地②。

利几反③,上自击破之。利几者,项羽将。羽败,利几为陈令,降,上侯之颍川。上至雒阳,举通侯籍召之④,而利几恐,反。

后九月,徙诸侯子关中。治长乐宫⑤。

六年冬十月,令天下县邑城⑥。

【注释】

① 荆王臣信:即楚王韩信。② 哙:即樊哙。③ 利几:项羽部将。曾任陈县令,亦称"陈公"。后归刘邦,被封为颍川侯。④ 举:全部。通侯:即彻侯,因避汉武帝刘彻讳而改。⑤ 长乐宫:古宫名。故址在今陕西省西安市西北郊汉长安城南隅。因在未央宫之东,亦称东宫。汉高祖五年(前202)以秦兴乐宫改建,至七年建成。⑥ 城:筑城。

人告楚王信谋反,上问左右,左右争欲击之。用陈平计,乃伪游云梦①。十二月,会诸侯于陈,楚王信迎谒,因执之。诏曰:"天下既安,豪桀有功者封侯,新立,未能尽图其功。身居军九年,或未习法令,或以其故犯法,大者死刑,吾甚怜之。其赦天下。"田肯贺上曰②:"甚善,陛下得韩信,又治秦中③。秦,形胜之国也④,带河阻山⑤,县隔千里⑥,持戟百万⑦,秦得百二焉⑧。地势便利,其以下兵于诸侯,譬犹居高屋之上建瓴水也⑨。夫齐,东有琅邪、即墨之饶⑩,南有泰山之固,西有浊河之限⑪,北有勃海之利⑫,地方二千里,持戟百万,县隔千里之外,齐得十二焉,此东西秦也⑬。非亲子弟,莫可使王齐者。"上曰:"善。"赐金五百斤。上还至雒阳,赦韩信,封为淮阴侯。

【注释】

① 云梦:古薮泽名。原为云、梦二泽,分跨大江中游南北,后逐渐淤积成为陆地,遂合称"云梦",亦称"云梦泽",是战国至汉初著名的围猎之地,其具体范围历来说法不一。汉时的云梦约在今湖南省洞庭湖一带。② 田肯:西汉初人。《史记》作"田宵"。刘邦曾依其计封子刘肥为齐王。

③ 治秦中:指建都关中。④ 形胜:形势险固,足以取胜。⑤ 带:围绕。⑥ 县隔:相隔,远隔。县,同"悬"。⑦ 持戟:指手持武器的士兵。戟是一种戈、矛合一的兵器,这里泛指兵器。⑧ 百二:说法不一。一说为百的二倍,以二为倍,谓凭借秦地山河之险,其势自增百倍,一百万兵可抵挡二百万兵;一说为百分之二,即二万,谓秦地险要,二万兵可抵挡一百万兵。下文"十二"与此同例。⑨ 居高屋之上建瓴(líng)水:在高屋上从房顶往下顺势泻水。比喻居高临下,势不可挡。成语"高屋建瓴"源此。瓴,古代一种盛水的瓶子,装于檐角,形如竹筒,一头大,一头小,作泻水之用。⑩ 琅邪:秦县名,治所在今山东胶南琅玡台西北。即墨:秦县名,治所在今山东平度东南。⑪ 浊河:即黄河。因河水混浊而得名。限:险阻,隔断。⑫ 勃海之利:指渤海出产的鱼盐资源。勃,同"渤"。⑬ 东西秦:指齐秦东西对峙,齐可与秦相抗衡。

甲申①,始剖符封功臣曹参等为通侯②。诏曰:"齐,古之建国也,今为郡县,其复以为诸侯。将军刘贾数有大功,及择宽惠修絜者③,王齐、荆地。"春正月丙午④,韩王信等奏请以故东阳郡、鄣郡、吴郡五十三县立刘贾为荆王⑤;以砀郡、薛郡、郯郡三十六县立弟文信君交为楚王⑥。壬子⑦,以云中、雁门、代郡五十三县立兄宜信侯喜为代王⑧;以胶东、胶西、临淄、济北、博阳、城阳郡七十三县立子肥为齐王⑨;以太原郡三十一县为韩国,徙韩王信都晋阳。

【注释】

① 甲申:指汉六年(前201)农历十二月二十八日。② 剖符:古代帝王分封诸侯、功臣时,以竹符为凭证,剖分为二,君臣各执其一,以示信用。后因以"剖符"为分封、授官之称。③ 宽惠修絜:指性情宽厚、品行端正。絜,同"洁"。④ 丙午:指汉六年农历正月二十一日。⑤ 东阳郡:郡名,一说可能为秦置,一说楚汉之际新置。初属楚国,后属汉,郡治广陵(故址在今江苏扬州西北),武帝时改为广陵郡。鄣郡:郡名,秦末析会稽郡置,一说楚汉之际新置。郡治故鄣(今浙江安吉西北),武帝时改为丹阳郡。吴郡:郡名,秦末楚汉之际项羽析会稽郡置,汉初因之,武帝时废。故治在今

江苏苏州一带。⑥ 砀郡：秦郡名，郡治砀县（今河南夏邑东南）。薛郡：秦郡名，郡治鲁县（今山东曲阜西南）。郯郡：郡名，楚汉之际改秦东海郡置，郡治郯县（今山东郯城北）。汉时复为东海郡。⑦ 壬子：农历正月二十七日。⑧ 云中：郡名，战国时赵武灵王始置，秦、汉因之，郡治云中县（今内蒙古托克托东北）。雁门：郡名，原为楼烦地，战国时赵武灵王破林胡、楼烦后置郡。因雁门山而得名。秦、汉因之，郡治善无（今山西右玉县南）。代郡：郡名，战国时赵武灵王置，因原为代国，故名。秦、汉因之，郡治代县（今河北蔚县东北）。⑨ "以胶东"句：楚汉之际，项羽曾三分齐地：中部为齐国，都临淄（今山东淄博临淄）；东部为胶东国，都即墨（今山东平度东南）；西部为济北国，都博阳（今山东泰安东南）。后田荣又将三齐合并，仍称齐国，而临淄、胶东、济北和博阳皆为郡，胶西、城阳二郡也于此时分立。临淄亦作"临菑"、"临甾"。胶西郡治高密（今山东高密西南），城阳郡治莒县（今山东莒县）。

上已封大功臣二十余人，其余争功，未得行封。上居南宫，从复道上见诸将往往耦语①，以问张良。良曰："陛下与此属共取天下，今已为天子，而所封皆故人所爱，所诛皆平生仇怨。今军吏计功，以天下为不足用遍封，而恐以过失及诛，故相聚谋反耳。"上曰："为之奈何？"良曰："取上素所不快，计群臣所共知最甚者一人，先封以示群臣。"三月，上置酒，封雍齿，因趣丞相急定功行封②。罢酒，群臣皆喜，曰："雍齿且侯，吾属亡患矣！"

【注释】

① 复道：楼阁之间架空而建的通道。耦语：相对私语。耦，通"偶"。
② 趣：催促。

上归栎阳，五日一朝太公。太公家令说太公曰①："天亡二日②，土亡二王。皇帝虽子，人主也；太公虽父，人臣也。奈何令人主拜人臣！如此，则威重不行。"后上朝，太公拥彗③，迎门却行④。上大惊，下扶太公。太公曰："帝，人主，奈何以我乱天下法！"于是上心善家令言，赐黄金五百斤。

夏五月丙午，诏曰："人之至亲，莫亲于父子，故父有天下传归于子，子有天下尊归于父，此人道之极也。前日天下大乱，兵革并起，万民苦殃，朕亲被坚执锐⑤，自帅士卒，犯危难，平暴乱，立诸侯，偃兵息民⑥，天下大安，此皆太公之教训也。诸王、通侯、将军、群卿、大夫已尊朕为皇帝，而太公未有号，今上尊太公曰太上皇。"

【注释】

① 太公家令：主管太公家事的官员。② 天亡二日：天上没有两个太阳。旧喻一国不能同时有两个国君。比喻凡事应统于一，不能两大并存。亡，通"无"。③ 拥彗：抱着扫帚。表示对来人的尊敬。④ 却行：倒退着行走以引导来人。也是表示恭敬的动作。⑤ 被坚执锐：穿着铁甲，拿着武器。形容全副武装。被，同"披"。坚，指甲胄之类坚固的防护工具。锐，指戈矛之类锋利的兵器。⑥ 偃兵息民：结束战争，让百姓休养生息。偃，停止。兵，兵器，代指战争。息，休养，蓄息。

秋九月，匈奴围韩王信于马邑①，信降匈奴。

七年冬十月，上自将击韩王信于铜鞮②，斩其将。信亡走匈奴，其将曼丘臣、王黄共立故赵后赵利为王③，收信散兵，与匈奴共距汉。上从晋阳连战，乘胜逐北，至楼烦④，会大寒，士卒堕指者什二三⑤。遂至平城⑥，为匈奴所围，七日，用陈平秘计得出⑦。使樊哙留定代地。

【注释】

① 匈奴：古代北方游牧民族名。由商周以来鬼方、獯鬻、猃狁、戎、狄等族经过长期融合而成。秦汉之际冒顿单于统一各部，势力强大，曾屡次南下侵扰，汉初对其采取防御政策。马邑：县名，秦置，汉因之，治所在今山西朔城。② 铜鞮（dī）：古县名，故治在今山西沁县南古城。③ 曼丘臣：姓曼丘，名臣。④ 楼烦：古县名，故治在今山西宁武县。⑤ 堕指：指手指被冻坏。什二三：十分之二三。什，通"十"。⑥ 平城：秦县名，治所在今山西大同市东北。⑦ 陈平秘计：指陈平设计厚赂阏氏（yān zhī，匈奴王后名），阏氏以"两主不相困"等语劝冒顿单于解围一角，汉军得以趁大雾突

围而出。详见《汉书》卷九十四《匈奴传》。

十二月,上还过赵,不礼赵王①。是月,匈奴攻代,代王喜弃国②,自归雒阳,赦为合阳侯③。辛卯④,立子如意为代王⑤。

春,令郎中有罪耐以上⑥,请之⑦。民产子,复勿事二岁⑧。

【注释】

① 赵王:指张耳之子张敖,刘邦女婿。② 代王喜:即刘邦的二哥刘仲,名喜(一作"嘉")。③ 赦为合阳侯:代王喜擅自弃国而走是有罪的,按照法律须治罪,而刘邦仅将其降为侯,算是从轻发落,故称"赦"。合阳,即郃阳,县名,故治在今陕西合阳东南。④ 辛卯:汉七年十二月辛亥朔,当月无辛卯日,疑此有误。⑤ 如意:刘邦第四子,为戚夫人所生。⑥ 耐:同"耏",刑罚名。一种仅剃去胡须鬓毛而留下头发的轻刑。⑦ 请:请示。⑧ 复勿事二岁:汉初实行休养生息政策,奖励生育以发展人口,生了孩子的可免除两年徭役。

二月,至长安。萧何治未央宫①,立东阙、北阙、前殿、武库、大仓②。上见其壮丽,甚怒,谓何曰:"天下匈匈③,劳苦数岁,成败未可知,是何治宫室过度也!"何曰:"天下方未定,故可因以就宫室④。且夫天子以四海为家,非令壮丽亡以重威⑤,且亡令后世有以加也⑥。"上说。自栎阳徙都长安。置宗正官以序九族⑦。夏四月,行如雒阳⑧。

【注释】

① 未央宫:宫名,遗址在今陕西西安西北郊马家寨村,在当时京城长安城内西南隅。包括前殿、宣室、麒麟、金华、承明、武台、钩弋等三四十座大殿及其它台阁和重要建筑,是汉朝主要宫殿之一,常为朝见之所。② 立东阙、北阙:在未央宫东门、北门立阙。阙,古代宫殿门外两侧的高台状建筑物,台上可以起楼观,以两阙之间有空缺,故名阙或双阙。武库:西汉储藏武器的仓库,毁于王莽末年战火。大仓:亦作"太仓"。京城储藏粮食的国家仓库。③ 匈匈:形容纷扰、动乱。④ 因:借此机会。就:建成。

⑤亡:通"无"。重威:充分显示威严。⑥加:超过。⑦宗正:官名,掌管皇家宗族事务。序:按次序编排。九族:指从自己往上推到父、祖、曾祖、高祖四代,往下推到子、孙、曾孙、玄孙四代,连同自己一代,共为九族。一说是父族四、母族三、妻族二,共为九族。⑧行:指皇帝巡行的车驾。代指皇帝。如:到,往。

八年冬,上东击韩信余寇于东垣①。还过赵,赵相贯高等耻上不礼其王,阴谋欲弑上②。上欲宿,心动,问:"县名何?"曰:"柏人③。"上曰:"柏人者,迫于人也。"去弗宿。

十一月,令士卒从军死者,为椟归其县④,县给衣衾棺葬具,祠以少牢⑤,长吏视葬。十二月,行自东垣至。

【注释】

①韩信:指韩王信。东垣:县名,治所在今河北正定西南。②弑:臣下杀君上叫"弑"。③柏人:县名,治所在今河北隆尧西。④椟(huì):一种制作粗陋且薄的小棺材。⑤少牢:古代祭祀、宴享时,牛、羊、豕(猪)三牲齐全称"太牢",单用羊、豕则称"少牢"。后又以"少牢"专指用羊。

春三月,行如雒阳。令吏卒从军至平城及守城邑者皆复终身勿事。爵非公乘以上毋得冠刘氏冠。贾人毋得衣锦、绣、绮、縠、绨、纻、罽①,操兵②,乘骑马③。

【注释】

①贾人:商人。绮:有纹彩的丝织品。縠(hú):有皱纹的纱。绨(chī):质地较细的葛布。纻(zhù):苎麻纤维织成的布。罽(jì):用毛做成的毡子一类的东西。②操兵:携带武器。③乘骑马:乘坐马车或骑马。

秋八月,吏有罪未发觉者,赦之。

九月,行自雒阳至,淮南王、梁王、赵王、楚王皆从。

九年冬十月,淮南王、梁王、赵王、楚王朝未央宫。置酒前殿,上奉玉卮为太上皇寿①,曰:"始大人常以臣亡赖②,不能治产业,不如仲力③。今某之业所就孰与仲多?"殿上群臣皆称万岁,大笑为乐。

十一月,徙齐、楚大族昭氏、屈氏、景氏、怀氏、田氏五姓关中④,与利田宅。

十二月,行如雒阳。

【注释】

① 玉卮:玉制的酒器。寿:祝寿。② 大人:这里是对父母叔伯等长辈的敬称。亡赖:没有赖以谋生的本领,亦即没有出息。亡,通"无"。赖,依赖,依靠。③ 仲:老二。此指刘邦的二哥刘仲。古代常以伯仲叔季排行兄弟。力:勤劳。④ 昭氏、屈氏、景氏、怀氏:此四姓都是楚国王族后裔。田氏:战国时齐国王族后裔。刘邦采纳娄敬的建议,将原楚、齐王族后裔迁入关中,既可以充实关中户口,又可以避免强宗豪族在外地作乱,对中央集权十分有利。

贯高等谋逆发觉,逮捕高等,并捕赵王敖下狱。诏敢有随王,罪三族①。郎中田叔、孟舒等十人自髡钳为王家奴②,从王就狱。王实不知其谋。

春正月,废赵王敖为宣平侯。徙代王如意为赵王,王赵国。丙寅③,前有罪殊死以下,皆赦之。

二月,行自雒阳至。贤赵臣田叔、孟舒等十人,召见与语,汉廷臣无能出其右者④。上说,尽拜为郡守、诸侯相。

【注释】

① 三族:指父族、母族、妻族。② 髡钳:剃去头发,并用铁圈束颈。这是古代的刑罚。③ 丙寅:农历正月二十八日。④ 右:古人以右为尊。这里是"上"的意思。

夏六月乙未晦,日有食之。

十年冬十月,淮南王、燕王、荆王、梁王、楚王、齐王、长沙王来朝。

夏五月,太上皇后崩①。秋七月癸卯,太上皇崩,葬万年②。赦栎阳囚死罪以下。

【注释】

① 崩:古代称帝王死为"崩"。太上皇和太上皇后是皇帝的父、母亲,也可这样称呼。② 万年:原为当时栎阳县境内的北原,因刘邦之父刘太公葬于此,故特分其地而另设万年县,治所在今陕西高陵县东北。

八月,令诸侯王皆立太上皇庙于国都。

九月,代相国陈豨反①。上曰:"豨尝为吾使,甚有信。代地吾所急②,故封豨为列侯,以相国守代,今乃与王黄等劫掠代地!吏民非有罪也,能去豨、黄来归者,皆赦之。"上自东,至邯郸③。上喜曰:"豨不南据邯郸而阻漳水④,吾知其亡能为矣。"赵相周昌奏常山二十五城亡其二十城⑤,请诛守、尉。上曰:"守、尉反乎?"对曰:"不。"上曰:"是力不足,亡罪。"上令周昌选赵壮士可令将者,白见四人⑥。上嫚骂曰⑦:"竖子能为将乎⑧!"四人惭,皆伏地。上封各千户,以为将。左右谏曰:"从入蜀、汉,伐楚,赏未遍行,今封此,何功?"上曰:"非汝所知。陈豨反,赵、代地皆豨有。吾以羽檄征天下兵⑨,未有至者,今计唯独邯郸中兵耳。吾何爱四千户,不以慰赵子弟!"皆曰:"善。"又求:"乐毅有后乎⑩?"得其孙叔,封之乐乡⑪,号华成君。问豨将,皆故贾人。上曰:"吾知与之矣⑫。"乃多以金购豨将⑬,豨将多降。

【注释】

① 陈豨:西汉诸侯、高祖功臣。宛句(今山东菏泽西南)人。秦二世元年聚众数百人加入刘邦军,任特将。从入关,至霸上,曾封侯。楚汉战争中历任游击将军、郎中等职。又参加平定代地,击灭燕王臧荼叛乱,以功封阳夏侯,并监管赵、代两国边防部队。素慕战国魏信陵君之为人,招蓄宾客数千,为刘邦所忌,召其入京,却托病不往。后与王黄等勾结匈奴叛乱,自立为代王,终为周勃击杀。② 急:紧要,看重。③ 邯郸:都邑名,汉初为赵国国都。故址在今河北邯郸市西南。④ 阻:凭恃。漳水:水名,

即漳河。发源于山西省境,有清漳、浊漳两支,合流后经今河北、河南两省交界处注入卫河(古黄河支流),今已湮灭。⑤ 周昌:汉初开国功臣。沛人。周苛堂弟。秦末为泗水小吏,随刘邦起义,历任中尉、御史大夫等职,封汾阴侯。详见《汉书》卷四十二《周昌传》。常山:郡名。辖今河北省西北部。郡治元氏(今河北元氏西北)。⑥ 白:报告,告诉。见:召见。⑦ 嫚骂:同"谩骂"。任意辱骂。嫚,轻视,侮辱。⑧ 竖子:小子。骂人的话。⑨ 羽檄:插有鸟羽的紧急文书。⑩ 乐毅:战国时燕国名将。灵寿(今河北灵寿西北)人。曾率秦、赵、燕、韩、魏五国联军伐齐,连下七十余城,因功封昌国君。⑪ 乐乡:县名,治所在今河北深县东南。⑫ 与:对付。⑬ 购:重金收买。

十一年冬,上在邯郸。豨将侯敞将万余人游行①,王黄将骑千余军曲逆②,张春将卒万余人度河攻聊城③。汉将军郭蒙与齐将击,大破之。太尉周勃道太原入定代地④,至马邑,马邑不下,攻残之。豨将赵利守东垣,高祖攻之不下。卒骂,上怒。城降,卒骂者斩之。诸县坚守不降反寇者,复租赋三岁。

春正月,淮阴侯韩信谋反长安,夷三族⑤。将军柴武斩韩王信于参合⑥。

【注释】

① 游行:打游击,运动作战。② 曲逆:秦县名,治所在今河北顺平东南。③ 度:同"渡"。聊城:秦县名,治所在今山东聊城西北。④ 周勃:西汉开国功臣。沛人。随刘邦起兵反秦,率军转战各地,以功任将军,后为太尉,封绛侯。详见《汉书》卷四十《周勃传》。道:取道,经过。⑤ 夷:诛灭。⑥ 柴武:汉初功臣。一作"陈武",亦称"柴将军",薛(今山东枣庄西)人。秦二世元年响应刘邦起兵,率众起义于薛,被任为将军,从入关破秦。以功封棘蒲侯。高后时任大将军,曾参与迎立文帝。参合:县名,治所在今山西阳高县东南。

上还雒阳。诏曰:"代地居常山之北①,与夷狄边②,赵乃从山南有之,远,数有胡寇③,难以为国。颇取山南太原之地益属代④,代之云中以西为云中郡,则代受边寇益少矣。王、相国、通侯、吏二千石择可立为代王者。"燕王绾、相国何等三十三人皆曰:"子恒贤知温良⑤,请立以为代王,都晋阳。"大赦天下。

【注释】

①常山:山名。本名恒山,因避汉文帝刘恒名讳改。在今河北曲阳县西北。②夷狄:古代对少数民族的泛称。边:毗邻,接近。③胡:指匈奴。④益:增加。属代:这里指划归代国管辖。⑤恒:刘恒,刘邦第三子。即后来的孝文帝。详见《汉书》卷四《文帝纪》。贤知:指德才兼备。知,同"智",才智。

二月,诏曰:"欲省赋甚①。今献未有程②,吏或多赋以为献,而诸侯王尤多,民疾之③。令诸侯王、通侯常以十月朝献,及郡各以其口数率④,人岁六十三钱,以给献费。"又曰:"盖闻王者莫高于周文⑤,伯者莫高于齐桓⑥,皆待贤人而成名。今天下贤者智能,岂特古之人乎⑦?患在人主不交故也⑧,士奚由进⑨!今吾以天之灵、贤士大夫定有天下,以为一家,欲其长久,世世奉宗庙亡绝也⑩。贤人已与我共平之矣,而不与吾共安利之,可乎?贤士大夫有肯从我游者,吾能尊显之。布告天下,使明知朕意。御史大夫昌下相国⑪,相国酂侯下诸侯王⑫,御史中执法下郡守⑬,其有意称明德者⑭,必身劝⑮,为之驾⑯,遣诣相国府,署行义年⑰。有而弗言,觉,免⑱。年老癃病⑲,勿遣。"

【注释】

①省:减轻。赋:赋税。此指土地税和人口税。甚:很。②献:进献贡品。程:章程,法式。③疾:疾苦。④率(lǜ):按某种要求计算。⑤周文:指周文王姬昌。以关心民间疾苦、礼贤下士和重视教化等著称,是古代有名的贤君。⑥伯:同"霸"。诸侯盟长。齐桓:指齐桓公姜小白。春秋时五霸之一。任用管仲为相,曾多次会盟诸侯,首开春秋时代大国称雄争霸的局面。⑦岂:难道。特:仅,只有。⑧患:忧虑。交:交接,往来。

⑨ 奚由：何从。进：进身。⑩ 宗庙：天子或诸侯祭祀祖先的专用房屋。古代封建帝王将天下据为自己一家所有，世代相传，所以宗庙也作为王室或国家的代称。⑪ 御史大夫：官名。主管朝廷文书和监察事务，地位相当于副丞相。昌：周昌。下：将诏书下达。当时诏令皆先由御史起草，再付外实施。⑫ 酂侯：即萧何。时任相国，封地在酂（今河南永城西北），故称"相国酂侯"。⑬ 御史中执法：即御史中丞。为御史大夫佐官两丞之一，主掌监察，兼管图书秘籍。因居殿中，受公卿奏事，负责察举非法，故称中执法。其地位相当重要，常可与御史大夫抗衡。⑭ 意称：美称。意，通"懿"，美好。⑮ 身：亲自。⑯ 驾：指安排车马。⑰ 署：写明。行：行状，品行。义：通"议"，选择，裁断。年：年龄。⑱ 免：免职，撤职。⑲ 癃病：身体衰弱病情沉重。

三月，梁王彭越谋反，夷三族。诏曰："择可以为梁王、淮阳王者。"燕王绾、相国何等请立子恢为梁王①，子友为淮阳王②。罢东郡，颇益梁；罢颍川郡，颇益淮阳③。

【注释】

① 恢：刘恢。刘邦第五子。后徙为赵王，即赵共王。详见《汉书》卷三十八《高五王传》。② 友：刘友。刘邦第六子。后徙为赵王，即赵幽王。详见《汉书》卷三十八《高五王传》。③ 淮阳：封国名。辖今河南省太康、柘城、鹿邑、淮阳等县地。都城在陈县（今河南淮阳）。

夏四月，行自雒阳至。令丰人徙关中者皆复终身①。

五月，诏曰："粤人之俗，好相攻击，前时秦徙中县之民南方三郡②，使与百粤杂处。会天下诛秦，南海尉它居南方长治之③，甚有文理④，中县人以故不耗减，粤人相攻击之俗益止⑤，俱赖其力。今立它为南粤王。"使陆贾即授玺、绶⑥。它稽首称臣⑦。

【注释】

① 丰人徙关中者：指迁到新丰居住的丰邑人。刘太公到关中后常常

思念故乡,刘邦为了安慰父亲,特意仿照家乡丰邑的形式,在京城长安东北置新丰县,并将许多丰邑人迁往此地。② 中县之民:指中原各郡县的百姓。南方三郡:指秦时新置的桂林郡、象郡和南海郡。③ 南海尉它:即赵佗。真定(今河北正定县)人。秦始皇时为南海龙川(今广东龙川西南)县令。二世时,命行南海郡尉事,故又名"尉佗",也作"尉他"、"尉它"。秦亡,即并桂林、象郡,自立为南越王。汉初,刘邦派遣陆贾出使招抚,正式封他为南粤王。详见《汉书》卷九十五《南粤传》。长:做首领。④ 文理:条理。⑤ 益:渐渐。⑥ 玺:印玺。绶:系印玺的丝带。⑦ 稽首:叩头下拜。这是一种最恭敬的礼节。

六月,令士卒从入蜀、汉、关中者皆复终身。

秋七月,淮南王布反。上问诸将,滕公言故楚令尹薛公有筹策①。上召见,薛公言布形势②,上善之,封薛公千户。诏王、相国择可立为淮南王者,群臣请立子长为王③。上乃发上郡、北地、陇西车骑④,巴、蜀材官及中尉卒三万人为皇太子卫⑤,军霸上。布果如薛公言,东击杀荆王刘贾,劫其兵,度淮击楚,楚王交走入薛。上赦天下死罪以下,皆令从军;征诸侯兵,上自将以击布。

十二年冬十月,上破布军于会缶⑥。布走,令别将追之。

【注释】

① 薛公:滕公夏侯婴的门客。姓薛,名字、生平不详。筹策:谋略。② 言布形势:指薛公对英布的战略战术等情况进行分析与估计。详见《汉书》卷三十四《英布传》。③ 长:刘长。刘邦的第七子。详见《汉书》卷四十四《淮南厉王刘长传》。④ 上郡:郡名。战国时魏文侯置。秦、汉因之。郡治肤施(今陕西榆林东南)。北地:郡名。原为义渠地。秦置北地郡,郡治义渠(今甘肃庆阳西南)。汉因之,移治马岭(今甘肃庆阳西北马岭镇)。车骑:战车部队。宜于平地作战。⑤ 材官:秦汉地方兵名。亦称"材士",属征兵。又有"材官引强"、"材官蹶张"等名。善射,宜于步战与山地作战。遇有战事,由中央统一征调戍卫京师或驻屯边塞,间或用于仪仗。⑥ 会缶:乡邑名。一作"会甀(kuài zhuì)"。当时属蕲县,在今安徽宿州市东南。

上还,过沛,留,置酒沛宫,悉召故人父老子弟佐酒①。发沛中儿得百二十人,教之歌。酒酣②,上击筑③,自歌曰:"大风起兮云飞扬④,威加海内兮归故乡,安得猛士兮守四方!"令儿皆和习之⑤。上乃起舞,忼慨伤怀⑥,泣数行下。谓沛父兄曰:"游子悲故乡⑦。吾虽都关中,万岁之后吾魂魄犹思家沛⑧。且朕自沛公以诛暴逆,遂有天下,其以沛为朕汤沐邑⑨,复其民,世世无有所与⑩。"沛父老诸母故人日乐饮极欢⑪,道旧故为笑乐⑫。十余日,上欲去,沛父兄固请。上曰:"吾人众多,父兄不能给。"乃去。沛中空县皆之邑西献⑬。上留止,张饮三日⑭。沛父兄皆顿首曰⑮:"沛幸得复,丰未得,唯陛下哀矜⑯。"上曰:"丰者,吾所生长,极不忘耳。吾特以其为雍齿故反我为魏⑰。"沛父兄固请之,乃并复丰,比沛⑱。

【注释】

① 佐酒:陪酒。② 酒酣:喝酒喝得很畅快。③ 筑:古代弦乐器,形似琴,有十三弦。演奏时,左手按弦的一端,右手执竹尺击弦发音。④ 兮:语助词,相当于现代的"啊"或"呀"。⑤ 和(hè)习:和谐地跟着学唱。⑥ 忼慨:同"慷慨"。⑦ 游子:离家远游的人。悲:思,想念。⑧ 万岁之后:死后的讳称。⑨ 汤沐邑:本指周天子在王畿内赐给来朝诸侯住宿和斋戒沐浴用的封邑。汉时指皇帝、皇后、公主以及诸侯王、列侯收取赋税以供私人奉养的封邑。⑩ 无有所与:与应征徭役没有关系,亦即不再缴纳赋税、服劳役。⑪ 诸母:大娘们。日:天天。乐饮:开怀畅饮。⑫ 道:谈论。旧故:往事。⑬ 空县:县城空无一人。指全县出动。献:呈献。此指献酒食。⑭ 张饮:同"帐饮"。搭起帐篷聚饮。⑮ 顿首:叩头。⑯ 哀矜:哀怜。⑰ 特:只是。⑱ 比沛:与沛视同一例。比,比照。

汉别将击布军洮水南北①,皆大破之,追斩布番阳②。

周勃定代,斩陈豨于当城③。

【注释】

① 洮水:古水名。说法不一:一说"在江淮间";一说为"零陵之洮水";或以为即九江之沘水,今称淠水,源出安徽大别山,流经霍山、六安入

淮河。② 番阳:县名,治所在今江西波阳县西北。③ 当城:古邑名,在今河北蔚县东北。城当常山,故曰当城。汉置当城县于此。

  诏曰:"吴,古之建国也。日者荆王兼有其地①,今死亡后。朕欲复立吴王,其议可者。"长沙王臣等言②:"沛侯濞重厚③,请立为吴王。"已拜④,上召谓濞曰:"汝状有反相。"因拊其背⑤,曰:"汉后五十年东南有乱⑥,岂汝邪? 然天下同姓一家,汝慎毋反。"濞顿首曰:"不敢。"

【注释】

  ① 日者:从前,往日。荆王:荆王刘贾,为英布叛军所杀。② 臣:吴臣。长沙王吴芮之子。③ 濞:刘濞。刘邦二哥刘仲之子。随刘邦破英布有功,封吴王。景帝时反对削藩,挑起七国之乱,兵败后为越人所杀。详见《汉书》卷三十五《吴王刘濞传》。重厚:稳重敦厚。④ 拜:指授封。⑤ 拊:拍。⑥ 汉后五十年东南有乱:此处说刘邦能看相预卜五十年后之事,明显是神化帝王之笔。

  十一月,行自淮南还。过鲁①,以大牢祠孔子②。
  十二月,诏曰:"秦皇帝、楚隐王、魏安釐王、齐愍王、赵悼襄王皆绝亡后③。其与秦始皇帝守冢二十家,楚、魏、齐各十家,赵及魏公子亡忌各五家④,令视其冢,复,亡与它事⑤。"

【注释】

  ① 鲁:县名,治所在今山东曲阜市。② 大牢:即"太牢"。古代用牛、羊、猪三牲作祭品,称太牢。③ 楚隐王:指陈胜。"隐"为其谥号。魏安釐王:战国时魏昭王之子。前276年至前243年在位。齐愍王:即齐闵王。齐宣王之子。前301年至前284年在位。赵悼襄王:赵孝成王之子。前244年至前236年在位。④ 魏公子亡忌:即魏公子无忌,亦即战国时著名的四公子之一的信陵君。魏安釐王异母弟。曾窃符率兵救赵,又曾率五国联军击败过秦军。⑤ 亡与它事:不再负担应征服役等义务。亡,通"无"。

陈豨降将言豨反时燕王卢绾使人之豨所阴谋①。上使辟阳侯审食其迎绾,绾称疾。食其言绾反有端②。春二月,使樊哙、周勃将兵击绾。诏曰:"燕王绾与吾有故,爱之如子,闻与陈豨有谋,吾以为亡有,故使人迎绾。绾称疾不来,谋反明矣。燕吏民非有罪也,赐其吏六百石以上爵各一级。与绾居③,去来归者④,赦之,加爵亦一级。"诏诸侯王议可立为燕王者。长沙王臣等请立子建为燕王⑤。

【注释】

① 阴谋:秘密策划。② 端:苗头,迹象。③ 居:指跟随在一起。④ 去来归者:指脱离卢绾而前来归附的。⑤ 建:刘建。刘邦第八子。详见《汉书》卷三十八《燕灵王刘建传》。

诏曰:"南武侯织亦粤之世也①,立以为南海王。"

三月,诏曰:"吾立为天子,帝有天下,十二年于今矣。与天下之豪士贤大夫共定天下,同安辑之②。其有功者上致之王,次为列侯,下乃食邑。而重臣之亲③,或为列侯,皆令自置吏,得赋敛,女子公主④。为列侯食邑者,皆佩之印,赐大第室⑤。吏二千石,徙之长安,受小第室。入蜀、汉定三秦者,皆世世复。吾于天下贤士功臣,可谓亡负矣。其有不义背天子擅起兵者,与天下共伐诛之。布告天下,使明知朕意。"

【注释】

① 织:人名,姓氏不详。初为南武侯,后封南海王。其地在今福建长汀、广东潮州和江西赣州之间。文帝时曾两度为乱,被汉将军简忌所灭。② 安辑:安定。辑,和睦。③ 重臣:居于重要职位的大臣。亲:亲属。④ 女子公主:指诸侯王的女儿成为公主。⑤ 第室:贵族的住宅。室有甲乙次第,故称第室。

上击布时,为流矢所中①,行道疾②。疾甚,吕后迎良医。医入见,上问医。曰:"疾可治。"于是上嫚骂之,曰:"吾以布衣提三尺取天下③,此非天命乎?命乃在天,虽扁鹊何益④!"遂不使治疾,赐黄金五十斤,罢之。

吕后问曰:"陛下百岁后⑤,萧相国既死,谁令代之?"上曰:"曹参可。"问其次,曰:"王陵可,然少戆⑥,陈平可以助之。陈平知有余⑦,然难独任。周勃重厚少文⑧,然安刘氏者必勃也,可令为太尉。"吕后复问其次,上曰:"此后亦非乃所知也⑨。"

【注释】

① 流矢:乱箭。② 行道疾:在行进途中患病。③ 布衣:平民。古代平民通常只穿粗麻布或葛布制作的衣服,故以"布衣"代称平民。三尺:指剑。剑长约三尺,故称。④ 扁鹊:战国时名医,姓秦,名越人,因医术高超,被人比为黄帝时的神医扁鹊。⑤ 百岁后:"死"的委婉说法。⑥ 少:稍微。戆:刚直而固执。⑦ 知:通"智",才智,智谋。⑧ 重厚少文:稳重敦厚,不事文饰。⑨ 乃:你。

卢绾与数千人居塞下候伺①,幸上疾愈②,自入谢。夏四月甲辰③,帝崩于长乐宫④。卢绾闻之,遂亡入匈奴。

【注释】

① 候伺:侦察,打探观望。② 幸:希望。③ 四月甲辰:指汉高祖十二年(前195)农历四月二十五日。④ 长乐宫:宫名。由秦兴乐宫改建而成。故址在今陕西西安西北汉长安城东南隅。因在未央宫之东,亦称东宫。

吕后与审食其谋曰:"诸将故与帝为编户民①,北面为臣,心常鞅鞅②,今乃事少主③,非尽族是④,天下不安。"以故不发丧。人或闻,以语郦商⑤。郦商见审食其曰:"闻帝已崩四日,不发丧,欲诛诸将。诚如此,天下危矣。陈平、灌婴将十万守荥阳,樊哙、周勃将二十万定燕、代,此闻帝崩,诸将皆诛,必连兵还乡⑥,以攻关中。大臣内畔,诸将外反,亡可跂足待也⑦。"审食其入言之,乃以丁未发丧⑧,大赦天下。

【注释】

① 编户民:编入户籍的平民,亦即普通百姓。② 鞅鞅:同"怏怏",心

中不满而郁郁不乐的样子。③少主:指汉惠帝刘盈。④非尽族是:若不把这些人全都族灭。是,这些人,指诸将。⑤语:告诉。⑥连兵:联军。还乡:调转方向,回过头来。乡,通"向"。⑦可跷足待:抬腿的工夫就可以等到。形容迅速。⑧丁未:农历四月二十八日。

五月丙寅①,葬长陵②。已下③,皇太子、群臣皆反至太上皇庙④。群臣曰:"帝起细微⑤,拨乱世反之正⑥,平定天下,为汉太祖,功最高。"上尊号曰高皇帝⑦。

【注释】

①五月丙寅:农历五月十七日。②长陵:刘邦的陵墓,在今陕西咸阳东北。③已下:指棺木已经下葬。④反:同"返"。⑤细微:指地位低贱。⑥拨乱世反之正:拨正乱世,使之回到正常秩序。⑦尊号:谥号。

初,高祖不修文学①,而性明达②,好谋,能听,自监门戍卒③,见之如旧。初顺民心作三章之约。天下既定,命萧何次律令④,韩信申军法⑤,张苍定章程⑥,叔孙通制礼仪,陆贾造《新语》。又与功臣剖符作誓⑦,丹书铁契⑧,金匮石室⑨,藏之宗庙。虽日不暇给⑩,规摹弘远矣⑪。

【注释】

①修:钻研,学习。文学:指文章、学术、礼仪等。②明达:明智通达。③监门:看门的小吏。戍卒:守边的小卒。④次:编定。⑤申:申明,申述。⑥张苍:汉初大臣。一作"张仓"。阳武(今河南原阳县东南)人。秦时为御史。归附刘邦后历任常山郡守、代相、赵相等,以功封北平侯,迁计相,主持列国上计。后出任淮南相十余年。高后时迁御史大夫,文帝时代灌婴为丞相。精通律历、算学,曾主持改定历法。详见《汉书》卷四十二《张苍传》。章程:历数和度量衡的推算法式。⑦作誓:据《史记·高祖功臣侯者年表序》载,当时封爵的誓文为:"使河如带,泰山若厉,国以永宁,爰及苗裔。"⑧丹书铁契:古代帝王赐给功臣使其世代享受免罪等特权的凭证。因其以丹砂(朱砂)书写于铁板之上而得名。⑨金匮石室:铜制的

柜子和石头建造的房子。古代用以保存重要的书契文献。⑩ 日不暇给：每天的时间没有多余的，亦即时间不够用。⑪ 规摹：规划。摹，计划，谋算。弘远：广大深远。

赞曰①：《春秋》晋史蔡墨有言②：陶唐氏既衰③，其后有刘累④，学扰龙⑤，事孔甲⑥，范氏其后也⑦。而大夫范宣子亦曰⑧："祖自虞以上为陶唐氏⑨，在夏为御龙氏⑩，在商为豕韦氏⑪，在周为唐杜氏⑫，晋主夏盟为范氏⑬。"范氏为晋士师⑭，鲁文公世奔秦⑮。后归于晋，其处者为刘氏⑯。刘向云战国时刘氏自秦获于魏⑰。秦灭魏，迁大梁⑱，都于丰，故周市说雍齿曰："丰，故梁徙也。"是以颂高祖云⑲："汉帝本系，出自唐帝。降及于周，在秦作刘。涉魏而东，遂为丰公。"丰公，盖太上皇父。其迁日浅㉑，坟墓在丰鲜焉㉒。及高祖即位，置祠祀官，则有秦、晋、梁、荆之巫㉓，世祠天地，缀之以祀㉔，岂不信哉㉕！由是推之㉖，汉承尧运㉗，德祚已盛㉘，断蛇著符㉙，旗帜上赤㉚，协于火德㉛，自然之应，得天统矣㉜。

【注释】

① 赞：《汉书》仿照《史记》"太史公曰"体例，于各篇之后都附有短评，表明作者对所叙人事的评价，称为"赞"。后来成为一种文体，也称"论赞"或"传赞"。②《春秋》：儒家经典之一。相传为孔丘依据鲁国史官所编《春秋》整理而成。它是一部编年体史书，起鲁隐公元年（前722），迄鲁哀公十四年（前481）。《左传》、《公羊传》、《谷梁传》是著名的"《春秋》三传"。晋史蔡墨：晋国的史官蔡墨。有言：蔡墨说过的话，详见《左传》昭公二十九年。③ 陶唐氏：唐尧的别称。传说中炎黄部族联盟的首领。因先居于陶，后迁于唐，故称。④ 刘累：夏朝臣。相传学御龙（养龙）术以事夏帝孔甲，夏帝嘉奖之，赐氏御龙。⑤ 扰龙：即御龙。扰，驯服。⑥ 孔甲：夏朝第十四代君主。⑦ 范氏：春秋时晋国大夫士会的采邑在范（今河南范县东南），遂以邑为姓，称范氏。⑧ 范宣子：春秋时晋国正卿士匄，士会之孙。下文所引范宣子的话详见《左传》襄公二十四年。⑨ 虞：虞舜。⑩ 御龙氏：即刘累。⑪ 豕韦氏：传说中部落名，为商朝方国，在今河南滑县东南。⑫ 唐杜氏：商朝末年，豕韦氏迁居于唐（今山西翼城县西）。周成王

灭唐后,将其迁至杜(今陕西西安市东南),号为杜伯。晋士会即杜伯六世孙。⑬ 晋主夏盟:春秋时晋国称霸,曾主持过华夏诸侯的盟会。⑭ 士师:官名。掌管监察、狱讼事务,相当于现在的最高法官。范宣子执掌晋国国政后,继承其祖范武子(即士会)、父范文子(即士燮)"宣法"精神,曾依据赵宣子(即赵盾)试行的"常法"著成《刑书》。范宣子死后,赵鞅把《刑书》铸于鼎公布。⑮ 鲁文公:春秋时鲁国国君,前626年至前609年在位。奔秦:鲁文公六年(前621),晋襄公去世,士会和先蔑前往秦国迎接公子雍回国,准备立他为晋君。次年,当秦国派军队护送公子雍回国时,赵盾已经立了晋灵公,并派兵击退秦军,士会和先蔑只得逃奔到秦国。⑯ 处者为刘氏:鲁文公十三年(前614),晋国设计骗回士会,秦国遂将其家属送回。其别族留在秦国的,既无官职,又无食邑,于是不再姓范,而恢复了刘累的姓。处,居住。⑰ 刘向:西汉学者。本名更生,字子政。沛人。楚元王刘交四世孙。曾任谏大夫、中垒校尉等。博极群书,著有《新序》、《说苑》等。详见《汉书》卷三十三《楚元王传》附传。自秦获于魏:战国时,秦伐魏,刘氏随军为魏所获,遂留居魏国。⑱ 大梁:古城名,在今河南开封市西北。战国魏惠王六年(前364)自安邑(今山西夏县)迁都大梁,从此魏国亦称梁国。⑲ 颂:颂扬。以下引文出自刘向所撰《高祖颂》。⑳ 涉:入,进入。㉑ 日浅:日子不多,亦即时间较短。㉒ 鲜:少。㉓ 秦、晋、梁、荆之巫:刘氏先人所在之国,全都置祠巫祝,博求神灵。范氏在晋世代为官,所以祭祀时有晋巫;范氏别族留居秦国,改姓刘氏,所以祭祀时有秦巫;刘氏后入魏,魏迁都大梁,故有梁巫;后来又迁居丰,丰属荆楚,故又有荆巫。㉔ 缀:连绵不绝。㉕ 信:可靠。㉖ 推:推论。㉗ 运:气数。㉘ 德祚:德泽。祚,福。盛:深厚。㉙ 断蛇著符:指高祖斩蛇显露天命征兆。著,显明,显出。符,符应,征兆。㉚ 上:通"尚",崇尚。㉛ 协于火德:根据古代五行学说,历史上每个王朝都与五行中某种物质的德性相应。汉儒认为刘氏乃唐尧后裔,唐尧属火德,而汉承尧运,自然汉朝也属于火德。协,合。㉜ 天统:天之统绪,天之正统。

【导读】

　　本篇选自《汉书》卷一《高帝纪》,原为上、下两个分卷,选入时合成一篇,记录了汉高祖刘邦开创西汉基业的一生经历,展示了这位秦汉风云际会中杰出人物的独特风貌。纪文首先记叙了刘邦的出生、秉性、婚姻及其远大志向;接着从刘邦沛县起兵、受命西进、降下宛城、袭破武关和入关后深得人心的种种表现,一直写到刘邦在楚汉战争中由弱变强并最终消灭项羽、登上帝位的全过程;最后写刘邦称帝后的政治措施,兼及他死后安排的一些情况,并对他逐步削平异姓诸侯王、诛灭叛乱诸将的经过做了重点描写;末尾"论赞"部分还追叙了从尧舜到刘邦的刘氏世系。《高帝纪》记时书事,详明而系统,作者特别善于在波澜壮阔的时代背景下去塑造人物,并善于把思想感情深藏在不动声色的字里行间,使刘邦的英雄豪杰形象跃然纸上。平民出身的刘邦,原先免不了有些无赖习气和恶劣行为,如不好好从事农业生产、吹牛撒谎、好酒好色、轻浮狎友、恣意辱骂儒生等,常为人所诟病。但随着角色的转换,其性格也有变化,更多地体现出超凡的特质,如为人豁达大度、敢作敢为、知人善任、见善即从、用人不疑、从谏如流、见机趋时等等,由此可见刘邦从一介平民登上最高历史舞台绝非偶然!至于其中有关刘邦种种神异的描写,固然出于班固强调天命的需要,实际上也是汉初统治者自神其事的客观记录,并非作者有意要神化刘邦。比较而言,《高帝纪》文字和内容大多来源于《史记·高祖本纪》,但决不是简单的照搬与因袭,相反作了许多别出心裁的重新组织和加工。如《史记》为项羽立本纪,排在《高祖本纪》之前,因此,有关楚汉战争的许多重要事件,都先在《项羽本纪》中叙述,往下的篇章则略提或不提。而《高帝纪》是《汉书》开卷第一篇,项羽改为列传后,许多重大事情都必须从项羽篇中剔出,补入《高帝纪》中加以叙述,这类事件有:鸿门宴上刘邦脱险;刘邦彭城失败后路遇惠帝和鲁元公主,同载一车逃走;刘邦采用张良计策,分封韩信、彭越二人为王,实现对项羽的包围等。又如《高帝纪》中补写"元年破秦,萧何尽收秦丞相府图籍文书"与"十二年过鲁,以太牢祠孔子"二事,以及增加不少重要诏令等,皆较《高祖本纪》为详。唐代著名史学家刘知几赞之为《汉书》帝纪中"最胜"者,李景星《四史评议》称其"以庄严胜",评价公允,绝非虚言!读者在阅读过程中如能与《史记》仔细对看,从出身、心理、品德和角色转换等多重角度来看刘邦,不仅能体会到二书的编排特色以及各自作者不同的价值取向,还能了解《汉书》的用字特点,岂不是更有意义?

高帝纪

百官公卿表序

　　《易》叙宓羲、神农、黄帝作教化民①，而《传》述其官②，以为宓羲龙师名官，神农火师火名，黄帝云师云名，少昊鸟师鸟名③。自颛顼以来④，为民师而命以民事⑤，有重黎、句芒、祝融、后土、蓐收、玄冥之官⑥，然已上矣⑦。《书》载唐、虞之际⑧，命羲、和四子顺天文⑨，授民时⑩；咨四岳⑪，以举贤材，扬侧陋⑫；十有二牧⑬，柔远能迩⑭，禹作司空⑮，平水土⑯；弃作后稷⑰，播百谷；卨作司徒⑱，敷五教⑲；咎繇作士⑳，正五刑㉑；垂作共工㉒，利器用；益作朕虞㉓，育草木鸟兽；伯夷作秩宗㉔，典三礼㉕；夔典乐㉖，和神人㉗；龙作纳言㉘，出入帝命。夏、殷亡闻焉㉙，周官则备矣㉚。天官冢宰，地官司徒，春官宗伯，夏官司马，秋官司寇，冬官司空，是为六卿㉛，各有徒属职分，用于百事。太师、太傅、太保，是为三公㉜，盖参天子㉝，坐而议政，无不总统，故不以一职为官名㉞。又立三少为之副㉟，少师、少傅、少保，是为孤卿㊱，与六卿为九焉。记曰三公无官㊲，言有其人然后充之，舜之于尧，伊尹于汤㊳，周公、召公于周㊴，是也。或说司马主天，司徒主人，司空主土，是为三公。四岳谓四方诸侯。自周衰，官失而百职乱，战国并争，各变异。秦兼天下，建皇帝之号，立百官之职。汉因循而不革㊵，明简易，随时宜也。其后颇有所改。王莽篡位㊶，慕从古官，而吏民弗安，亦多虐政，遂以乱亡。故略表举大分㊷，以通古今，备温故知新之义云㊸。

【注释】

　　①《易》：书名，指《周易》。汉武帝独尊儒术，将《易》列入五经之一，故又称《易经》。宓羲：或作伏羲、庖羲、包牺、伏戏等，古史传说中人物，风姓，号羲皇。一说宓羲即太皞。相传他与女娲系兄妹婚配，始创嫁娶。又创八卦，造书契，作琴瑟，正姓氏。教民结网，从事渔猎畜牧，由血缘家族向氏族过渡。《周易·系辞》记载宓羲作八卦之事。神农：古史传说中人物，姜姓，亦称"烈山氏"、"连山氏"等。一说即炎帝。相传他用木制作耒耜，教民种植五谷。又亲尝百草，作医书以疗民疾，后世传为《神农本草》。

《周易·系辞》记载神农为耒耜之事。黄帝：传说中原始社会末期部落联盟首领，姬姓，号轩辕氏、有熊氏。相传他在阪泉（今河北涿鹿东南）打败炎帝，又东进攻杀九黎族首领蚩尤。传说黄帝时创造发明甚多，如仓颉造字、螺祖养蚕、容成造历等，后人称其"能成命百物"。《周易·系辞》记载黄帝作衣裳之事。作：发明创造。化：教化。②《传》：解释儒家经文的著作称"传"，此指《春秋左氏传》。《左传》记载郯子朝鲁所讲古帝职官之事。③ 少昊：或作少皞，号金天氏。传说中古代东夷族的首领。师：师长。名：命名，称呼。相传伏羲氏时有龙马衔图之瑞，乃以龙名其百官师长。神农时，有火星之瑞，乃以火名其百官师长。黄帝受命有云瑞，乃以云名其百官师长。少昊时，凤鸟飞来，乃以鸟名其百官师长。④ 颛顼：传说中古代部族首领，号高阳氏。据有帝丘（今河南濮阳东南），重视发展农业，并设官分职，以教化人民。⑤ 为民师而命以民事：设置民师，以民事（即职事）命名官职。⑥ 重黎：相传为颛顼之后裔。帝喾高辛时任火正。共工氏作乱，帝喾命其诛之而不尽，被杀。一说重、黎为二官。句芒：神话传说中人物。相传为少昊的后代，名重。曾任主管树木之官，后人尊为木神。祝融：或作祝诵、祝和等，相传为颛顼之后裔，名重黎，号赤帝，兽身人面，乘两龙，后人尊为火神。后土：相传为上古时共工氏之子句龙，曾任后土之职，管理土地有功，后人尊为土神。蓐（rù）收：神话传说中人物。少昊四叔之一，名胲，掌管秋收科藏之事。亦为"西方之神"。玄冥：神话传说中人物。少昊四叔修及熙为玄冥，是古代的雨神或水神，北方黑帝之佐。自句芒以下五人，或被列为五官，分掌木、火、土、金、水五行诸事。⑦ 上：久远。⑧《书》：书名，指《尚书》。汉武帝独尊儒术，将《书》列入五经之一，故又称《书经》。唐、虞：唐尧、虞舜。都是古代传说中人物，父系氏族社会后期部落联盟首领。唐尧名放勋，为陶唐氏部落长；虞舜名重华，为有虞氏部落长；尧以二女妻舜，并推举舜为继承人。⑨ 羲、和四子：羲、和，古史传说中人物，重黎之后。尧时命羲氏，和氏掌管天地四时。四子指羲仲、羲叔、和仲、和叔四人。天文：天象，指日月星辰的运行规律。旧时风云雨露霜雪等自然现象亦统属于天文。⑩ 民时：农时，指民众农事季节。⑪ 咨：询考。四岳：四方诸侯。一说为官名，掌管四方诸侯或四岳（四山）之祭祀。⑫ 扬：显扬。侧陋：指卑贱、低微之人。⑬ 牧：州牧，指一方之长。⑭ 柔：安辑，怀柔。能：亲善，友好。迩：近。⑮ 禹：传说中古代部落联盟首领。姒姓，亦称大禹、夏禹等，鲧子。原为夏后氏部落首领，奉舜命治理洪水，后接替舜为部落联盟首领。司空：古官名，主管土木建筑与水利等事。⑯ 平：治理。⑰ 弃：传说中古代周民族的始祖。神话传说姜嫄踏巨人脚印怀孕而生之，因一度被弃，故名弃。善于种植各种粮食作物，曾任尧舜时代农官后稷，故又称"后稷"。⑱ 卨（xiè）：传说中古代商民族始祖，亦名契。司徒：古官名，掌管土地、人民、教育。⑲ 敷：推行，布告。五教：父义、母慈、兄友、弟恭和子孝。⑳ 咎繇：一作皋陶。传说中东夷族首领。偃姓，传说曾被舜任命为掌管刑法的官。士：狱官之长。㉑ 五刑：五种轻重不等刑罚的总称，即墨刑（在额头上刻字涂墨）、劓刑（割鼻子）、剕刑（砍脚）、宫刑（毁坏生殖器）、大辟（死刑）。㉒ 垂：一作倕，传说中舜的臣子。共工：管理百工之事的官员。㉓ 益：或作翳、伯益、大费等。相传为古代嬴姓各族祖先，善于畜牧狩猎。朕：舜的第一人称。虞：主管山林川泽的官员。㉔ 伯夷：传说中舜的臣子。秩宗：掌管祭天地鬼神之礼的官员。㉕ 典：主持，典掌。三礼：指天神、地祇、人鬼三礼。㉖ 夔：传说中舜时乐官。㉗ 和：和谐，协调。㉘ 龙：传说中舜臣。纳言：宣达帝命的官员。㉙ 亡：通"无"。"夏殷亡闻"是说夏、商职官没有经典记载。㉚ 备：完备。周代职官有《尚书》、《周礼》等书记载。㉛ 六卿：据《周礼》记载，周代官僚机构非常完备，号称"六卿"，按天、地、春、夏、秋、冬命名。其中冢宰掌邦治，司徒掌邦教，宗伯掌邦礼，司马掌邦政，司寇掌邦禁，司空掌邦土。㉜ 三公：说见《尚书·周官》、《韩诗外传》等。师，训导；傅，辅佐；保，保养。太师、太傅、太保皆为辅弼天子之官，通常由德高望重者担任。㉝ 盖：发语词，承上文说明原因。参：辅佐，帮助。㉞ 不以一职为官名：不用一件具体的政事作为官员的名称。㉟ 副：副职。㊱ 孤卿：古时三公坐而论道，与王同职，故又称"王公"；而三少则称为"王孤"、"孤卿"，又称"三孤"。《尚书·周官》孔传云："孤，特也，言卑于公，尊于卿，特置此三者。"㊲ 记：记载，泛指记载事物的书籍或文章。无官：无固定官员，亦即不必备员。㊳ 伊尹：商初大臣，姓伊，名挚，尹是官名。曾助商汤攻灭夏桀，又相继辅助外丙、中壬、太甲三代幼主。太甲无道，伊尹将其放逐而自摄王政，三年后待太甲痛改前非始迎还复位，是古代著名的贤臣。

汤:亦称商汤、成汤等,商朝建立者,子姓,是古代著名的明君。㊴ 周公:指周公旦,亦称叔旦,周武王之弟,因采邑在周(今陕西岐山县北),故称周公。曾助武王伐纣灭商,又于周成王年幼时摄政,平定叛乱,制礼作乐,是古代著名的政治家。召公:指召公奭,亦称召康公,一作邵公,因采邑在召(今陕西岐山县西南),故称召公或召伯。曾助武王灭商,周成王时任太保,与周公分陕(今河南陕县)而治,自陕以西,召公主之。㊵ 革:改变。㊶ 王莽:新莽皇帝。字巨君,东平陵(今山东济南东)人。西汉末年以外戚辅政,初始元年(公元8年)篡汉称帝,改国号为"新"。在位期间实行"改制",名天下田为"王田",奴婢为"私属",均不得买卖;推行"五均"、"六管"等措施,屡改官制、币制、地名等,企图挽救统治危机,最终失败被杀。详见《汉书》卷九十九《王莽传》。㊷ 略:要略。表:列表。举:记录。大分:大体。指最基本的官职职分。㊸ 温故知新:语见《论语·为政》及《礼记·中庸》。意为博古始能通今。

相国、丞相①,皆秦官,金印紫绶②,掌丞天子助理万机③。秦有左右④,高帝即位,置一丞相,十一年更名相国,绿绶⑤。孝惠、高后置左右丞相⑥,文帝二年复置一丞相。有两长史⑦,秩千石⑧。哀帝元寿二年更名大司徒⑨。武帝元狩五年初置司直⑩,秩比二千石⑪,掌佐丞相举不法。

【注释】

① 相国、丞相:二者为一职两名,是总领百官、辅佐皇帝的朝中最高官职,相国位尊于丞相。秦时始置丞相,也称相邦。汉承秦制,避刘邦讳,改称相国。② 印:图章,戳记。绶:丝带。古代用以系佩玉、官印等。古时印绶是官吏权柄和地位的象征,可根据材质、色彩等加以区别。金印紫绶指金质印章、紫色绶带,下文"银印青绶"、"铜印黄绶"等可以此类推。③ 丞:通"承"。万机:指头绪纷繁的各种政务。丞相即上承天子命令以助理朝政之意。④ 秦有左右:秦武王时始置丞相,以甘茂为左丞相、樗里疾为右丞相。秦代尚左,左丞相位尊于右丞相。⑤ 绿绶:一种黑黄而近绿色的丝带。⑥ 左右丞相:汉代尚右,右丞相位尊于左丞相。如周勃为右丞相,位次第一;陈平为左丞相,位次第二。⑦ 长史:丞相府总管,相当

于秘书长之类。⑧ 秩：官阶，即官职级别。古代官吏按照不同的级别享受相应的俸禄。石(dàn)：秦汉时期表示官吏秩俸的单位。有二义：表示重量单位时，"三十斤为钧，四钧为石"，一石即一百二十斤；表示容量单位时，十升为一斗，十斗为一石。汉承秦制，以粟谷数量划分秩俸等级，以俸禄多少来表明其职位之尊卑。而在按秩发放俸禄粟谷时，则使用斛的名称来计算。斛是实俸，石是等级标志。秦汉时一斛即一石（一斛本为十斗，后来改为五斗）。一般说来，九卿是中二千石，郡守次一等，是二千石，其他再次一等的是比二千石。据颜师古注说，汉时三公号称"万石"，其月俸为三百五十斛谷，此"谷"指原粮。其它各等级月俸大致如下：中二千石一百八十斛，二千石一百二十斛，比二千石百斛，千石九十斛，比千石八十斛，六百石七十斛，比六百石六十斛，四百石五十斛，比四百石四十五斛，三百石四十斛，比三百石三十七斛，二百石三十斛，比二百石二十七斛，一百石十六斛。此外，又有"真二千石"，月俸为一百五十斛。⑨ 更名大司徒：指将丞相更名为大司徒。系于古官"六卿"之一"司徒"上加冠一"大"字，下文"大司马"、"大司空"类此。⑩ 司直：丞相府最高属吏，职掌佐助丞相检举不法、监察官吏，位在司隶校尉之上。⑪ 比二千石：次于二千石。比，从，接近。

太尉①，秦官，金印紫绶，掌武事。武帝建元二年省②。元狩四年初置大司马，以冠将军之号③。宣帝地节三年置大司马，不冠将军，亦无印绶官属④。成帝绥和元年初赐大司马金印紫绶，置官属，禄比丞相，去将军。哀帝建平二年复去大司马印绶、官属，冠将军如故。元寿二年复赐大司马印绶，置官属，去将军，位在司徒上。有长史，秩千石。

【注释】

① 太尉：古代武官多称尉，太尉是全国最高军事官员。汉初沿用，武帝以后时置时废，不常设，基本上属于皇帝军事顾问性质，很少掌管实际军政职务。② 省：免除，撤销。③ 冠将军之号：加上将军的名号，共为一官。如大司马大将军。④ 官属：下属官员。

御史大夫①,秦官,位上卿②,银印青绶,掌副丞相③。有两丞④,秩千石。一曰中丞,在殿中兰台⑤,掌图籍秘书,外督部刺史⑥,内领侍御史员十五人⑦,受公卿奏事,举劾按章⑧。成帝绥和元年更名大司空,金印紫绶,禄比丞相,置长史如中丞,官职如故。哀帝建平二年复为御史大夫,元寿二年复为大司空,御史中丞更名御史长史。侍御史有绣衣直指⑨,出讨奸猾⑩,治大狱⑪,武帝所制,不常置。

【注释】

① 御史大夫:御史,君主左右掌管文书档案的官员。御史大夫为御史之长。秦汉时,御史大夫掌中央秘书、监察等事,地位仅次于丞相而高于诸卿。② 位上卿:位次列于上卿,亦即位在诸卿之上之意。先秦时各诸侯国都有卿,为高级长官,分上、中、下三级。战国时上卿亦作为爵位的称谓。③ 副:副贰,动词。④ 丞:佐官,即主官的副手。汉代各级主官一般皆有丞。⑤ 兰台:汉代宫中藏书处。⑥ 外:朝廷之外,指地方。督:察看,监管。部刺史:官名,即州刺史,为朝廷派往地方的监察官。汉武帝时分全国为十三州部,每部置刺史一人,故名。⑦ 内:指朝廷之内。侍御史:在殿中负责监察和执法的御史,具体执行御史中丞分派的任务。若专做某事,则可称为某某侍御史。⑧ 举:检举,提出。劾:劾奏,弹劾。按:考查,审察。章:章奏。⑨ 绣衣直指:亦称绣衣御史、绣衣直指御史、直指使者等。因身着绣衣而得名,是皇帝派遣查办案件的特使。出使时手执斧钺节杖,衣绣衣,有权发郡国兵,以行赏罚,甚至诛杀地方官,地位尊宠,权力极大。⑩ 奸猾:指奸恶、狡诈之人。⑪ 狱:案件。

太傅,古官①,高后元年初置,金印紫绶。后省,八年复置。后省,哀帝元寿二年复置。位在三公上②。

【注释】

① 古官:指周代以前的职官。② 位在三公上:太傅与太师、太保古时合称"三公",其后大司徒、大司空、大司马亦并称"三公"。此处"三公"当指后者而言。

太师、太保,皆古官,平帝元始元年皆初置,金印紫绶。太师位在太傅上,太保次太傅。

前后左右将军①,皆周末官,秦因之,位上卿,金印紫绶。汉不常置,或有前后,或有左右,皆掌兵及四夷②。有长史,秩千石。

【注释】

① 前后左右将军:指前将军、后将军、左将军、右将军。皆为武官名。
② 兵:指军事行动。四夷:四方边境少数民族。此代指边事。

奉常①,秦官,掌宗庙礼仪,有丞。景帝中六年更名太常②。属官有太乐、太祝、太宰、太史、太卜、太医六令丞③,又均官、都水两长丞④,又诸庙寝园食官令长丞⑤,有雍太宰、太祝令丞⑥,五畤各一尉⑦。又博士及诸陵县皆属焉⑧。景帝中六年更名太祝为祠祀,武帝太初元年更曰庙祀,初置太卜。博士,秦官,掌通古今,秩比六百石,员多至数十人。武帝建元五年初置《五经》博士⑨,宣帝黄龙元年稍增员十二人。元帝永光元年分诸陵邑属三辅⑩。王莽改太常曰秩宗。

【注释】

① 奉常:掌管国家宗庙祭祀礼仪和文化教育等。因为汉朝非常重视宗庙祭祀和礼仪教化,所以列此职于诸卿之首。② 太常:《通典》卷二五说:"欲令国家盛大长存,故称太常。"③ 太乐:掌管祭祀及宴飨时的乐舞。太祝:掌管祭祀祝文诵读及迎送神灵之事。太宰:掌管祭祀时牺牲牛羊及馔具陈设之事。太史:掌天象历法,兼修国史。太卜:掌占卜之事。太医:掌管宫中诸医及药物,专门为帝王和百官等服务。④ 均官:掌管皇家山陵。都水:掌管京畿水渠堤坝之事。⑤ 庙寝园食官令长丞:皆是掌管皇家庙宇陵寝的官员。⑥ 雍:即雍县(今陕西凤翔县南),是西汉皇帝郊祀五畤的地方,故专设太宰。太祝令丞:掌管皇陵祭祀祈祷。⑦ 五畤:汉代皇帝祭祀青帝、黄帝、赤帝、白帝、黑帝五天帝的场所。畤,祭祀天地或帝王的所在。⑧ 博士:文职散官,不治事,无印绶。各守其专业知识,掌顾问议政之事,又兼职教育,参与制定礼仪等。陵县:帝陵所在之县。

⑨《五经》：指《诗》、《书》、《礼》、《易》、《春秋》五部儒家经典著作。武帝建太学，每一经均设博士教授弟子，称"《五经》博士"。⑩ 三辅：左、右内史与主爵都尉所掌京兆尹、左冯翊、右扶风三地，皆在长安京畿地区，为京师辅佐，故称"三辅"。

　　郎中令①，秦官，掌宫殿掖门户②，有丞。武帝太初元年更名光禄勋。属官有大夫、郎、谒者，皆秦官。又期门、羽林皆属焉③。大夫掌论议，有太中大夫、中大夫、谏大夫，皆无员④，多至数十人。武帝元狩五年初置谏大夫，秩比八百石，太初元年更名中大夫为光禄大夫，秩比二千石，太中大夫秩比千石如故。郎掌守门户，出充车骑⑤，有议郎、中郎、侍郎、郎中，皆无员，多至千人。议郎、中郎秩比六百石，侍郎比四百石，郎中比三百石。中郎有五官、左、右三将，秩皆比二千石。郎中有车、户、骑三将，秩皆比千石。谒者掌宾赞受事⑥，员七十人，秩比六百石，有仆射⑦，秩比千石。期门掌执兵送从，武帝建元三年初置，比郎，无员，多至千人，有仆射，秩比千石。平帝元始元年更名虎贲郎⑧，置中郎将，秩比二千石。羽林掌送从，次期门，武帝太初元年初置，名曰建章营骑⑨，后更名羽林骑。又取从军死事之子孙养羽林，官教以五兵⑩，号曰羽林孤儿。羽林有令丞。宣帝令中郎将、骑都尉监羽林，秩比二千石。仆射，秦官，自侍中、尚书、博士、郎皆有。古者重武官，有主射以督课之⑪，军屯吏、驺、宰、永巷宫人皆有⑫，取其领事之号。

【注释】

　　① 郎中令：为皇帝左右亲近官员，掌管守卫宫殿门户，属官甚多。郎，通"廊"，郎中即朝廊之中。② 掖：掖门，即宫殿正门两旁的边门。③ 期门：期，约会，等待。武帝时出行，选禁军中勇力者执兵器随行，在京城诸门等待，所以叫期门。羽林：形容像翅膀一样迅疾、像林木一样众多。一说像羽翼一样保护天子。④ 无员：无定员，亦即没有固定名额。⑤ 出充车骑：皇帝外出时，郎官乘车骑护卫、陪从。⑥ 宾赞受事：指接待与传达之事。宾，通"傧"，接引宾客。赞，主持礼仪。受事，接受职事或职务，此处指传达诏命和出使。⑦ 仆射(yè)：部门主管官员。博士、尚书、谒者

等各类官职中的主管多称仆射。⑧ 虎贲：意为如猛虎之奔，骁勇异常。贲，通"奔"。⑨ 建章营骑：保卫建章宫的禁军。建章宫为武帝所建，位于长安城外西南隅，周围三十里，规模很大，号称千门万户。⑩ 五兵：弓矢、殳、矛、戈、戟五种兵器。⑪ 课：监督，督促完成指定的工作。⑫ 驺：养马驾车的官员。宰：掌管膳食的官员。永巷宫人：管理永巷的服务人员，由宦者担任。永巷为宫中之长巷，系幽闭宫女的处所，亦即宫中监狱。

卫尉①，秦官，掌宫门卫屯兵，有丞。景帝初更名中大夫令，后元年复为卫尉。属官有公车司马、卫士、旅贲三令丞②。卫士三丞。又诸屯卫候、司马二十二官皆属焉③。长乐、建章、甘泉卫尉皆掌其宫④，职略同，不常置。

【注释】

① 卫尉：守卫宫禁之官。② 公车司马：掌守司马门，接待朝廷征诣公车之士以及吏民上书、四方贡献等。因用公家之车，设署在司马门，故称公车司马令，简称公车令。旅贲：掌奔走之事。旅，众多。贲，通"奔"。③ 卫候：负责守卫瞭望的官员。④ 甘泉：古宫名，又名"云阳宫"。故址在今陕西淳化县西北甘泉山上。

太仆①，秦官，掌舆马，有两丞。属官有大厩、未央、家马三令②，各五丞一尉。又车府、路軨、骑马、骏马四令丞③；又龙马、闲驹、橐泉、駼騊、承华五监长丞④；又边郡六牧师苑令各三丞⑤；又牧橐、昆蹄令丞皆属焉⑥。中太仆掌皇太后舆马，不常置也。武帝太初元年更名家马为挏马⑦，初置路軨。

【注释】

① 太仆：管理皇家车驾马匹的官员。② 大厩：皇家马厩，规模较大，故称大厩。厩，马棚。③ 路軨：路即路车，皇帝乘坐的大马车。軨是小马车上横木，代指皇帝乘坐的小马车。车府令、路軨令掌管皇帝车舆。骑马令、骏马令掌管皇帝马骑。④ 监：养马场所，略同于厩。自龙马至承华都

是汉代御马监名,或因地命名,如橐泉为橐泉宫下养马所;或因马的特性命名,如龙马为西域大宛汗血马,駧駼(táo tú)为北方高原所产骏马;或取普通佳名,如承华为承接光华之意,闲驹为围栏饲养宝马良驹之意。闲通"阑",栏杆。⑤ 边郡六牧师苑令:汉代西部边地河西六郡的国家牧场。苑,通"苑",牧马场所。⑥ 牧橐:饲养骆驼的官员。橐,指橐佗,即骆驼。昆蹏:骏马名,善于走山路。蹏,古蹄字。⑦ 挏(dòng)马:负责专养乳马的官员。挏,推引,摇动。此指取马乳制酪。

廷尉①,秦官,掌刑辟②,有正、左右监,秩皆千石。景帝中六年更名大理,武帝建元四年复为廷尉。宣帝地节三年初置左右平③,秩皆六百石。哀帝元寿二年复为大理。王莽改曰作士。

【注释】

① 廷尉:掌管刑法的官员,是国家最高法官。廷,公平之意。② 刑辟:刑法。辟,法律,法度。③ 左右平:廷尉左平和廷尉右平,统称"廷尉平",主管判案,相当于后世专职审判员。

典客①,秦官,掌诸归义蛮夷②,有丞。景帝中六年更名大行令,武帝太初元年更名大鸿胪。属官有行人、译官、别火三令丞及郡邸长丞③。武帝太初元年更名行人为大行令,初置别火。王莽改大鸿胪曰典乐。初,置郡国邸属少府,中属中尉,后属大鸿胪。

【注释】

① 典客:掌管少数民族及外国使节等事务。② 归义:归顺汉朝之意。归,归顺。义,正义所在,特指中原华夏国家,此指汉朝。③ 行人:掌管接待礼仪。别火:掌改火之事。因归义蛮夷不习惯中国饮食,故另起炉灶。译官:掌通译。郡邸:地方各郡国在京都设置的办事机构,类似于后世的驻京办事处或招待所。郡邸长丞负责接待郡国首脑入京及接收贡品等。

宗正①,秦官,掌亲属,有丞。平帝元始四年更名宗伯。属官有都司

空令丞、内官长丞②。又诸公主家令、门尉皆属焉。王莽并其官于秩宗。初，内官属少府，中属主爵，后属宗正。

【注释】

① 宗正：管理皇室亲属及外戚事务的官员，常由皇室宗族中德高望重者担任。② 都司空令丞：狱官，负责关押宗族或外戚有罪者，督造砖瓦等用以修葺宫殿和各城门楼。内官长丞：秦汉时掌管分、寸、尺、丈等长度标准的机关，称内官，官署长官称内官长，副职称内官丞。

治粟内史①，秦官，掌谷货②，有两丞。景帝后元年更名大农令，武帝太初元年更名大司农。属官有太仓、均输、平准、都内、籍田五令丞③，斡官、铁市两长丞④。又郡国诸仓农监、都水六十五官长丞皆属焉⑤。骏粟都尉⑥，武帝军官，不常置。王莽改大司农曰羲和，后更为纳言。初，斡官属少府，中属主爵，后属大司农。

【注释】

① 治粟内史：掌管国家财政的官员。② 谷货：粮食、钱币，亦即财政。③ 太仓：管理中央粮食仓库。均输：掌管各地进贡物资的运输与供应。平准：掌管物价调节。都内：掌管设在京师的国家钱库。籍田：掌管皇帝亲耕之事。籍通"借"，籍田亦即借助民力以耕公田，为古时遗制。相传天子籍田千亩，诸侯百亩。每逢春耕前，由天子、诸侯执耒耜在籍田上三推或一拨，称为"籍礼"，以示对农业的重视。④ 斡官：管理盐铁及酒类专卖事务。一说兼管铸钱之事。铁市：专管铁器买卖。⑤ 农监：掌管督课农业。都水：掌管渔业水利。⑥ 骏（sōu）粟都尉：本为武职，也监管一般农事。骏，同"搜"。

少府①，秦官，掌山海池泽之税，以给共养②，有六丞。属官有尚书、符节、太医、太官、汤官、导官、乐府、若卢、考工室、左弋、居室、甘泉居室、左右司空、东织、西织、东园匠十六官令丞③，又胞人、都水、均官三长丞④，又上林中十池监⑤，又中书谒者、黄门、钩盾、尚方、御府、永巷、内者、宦者八官令丞⑥。诸仆射、署长、中黄门皆属焉。武帝太初元年更名考工室为考工,左弋为佽飞⑦,居室为保宫,甘泉居室为昆台,永巷为掖廷。佽飞掌弋射,有九丞两尉,太官七丞,昆台五丞,乐府三丞,掖廷八丞,宦者七丞,钩盾五丞两尉。成帝建始四年更名中书谒者令为中谒者令,初置尚书,员五人,有四丞。河平元年省东织,更名西织为织室。绥和二年,哀帝省乐府。王莽改少府曰共工。

【注释】

① 少府:掌管皇室财政,供养宫廷服务之用的物资等。② 共:通"供",供给。③ 尚书:掌管图书、奏章等。尚,通"掌"。符节:掌管印玺、符节。太医:掌管医药,主治宫廷人员之病。太官:掌管宫廷饮食。汤官:掌管正餐以外饮食,供应饼饵果实等。导官:掌管宫廷主食原料米面之类的选择与供应。乐府:掌管皇帝私人和宫廷享用的乐歌。若卢:掌管库藏兵器。考工室:主管器械制造。左弋:职掌佐助弋射之事,兼造弓弩等。左,通"佐"。居室:职掌宫内房屋及建筑。甘泉居室:专管甘泉宫所属房舍。左右司空:负责宫室砖瓦、石刻等土木建筑工艺。东织、西织:东织室和西织室,主管织女,专门负责织造朝廷所用纹绣祭服等。东园匠:专门负责制作皇陵殉葬器物,号称东园秘器。④ 胞人:掌管庖宰,供应宫内肉食。胞,同"庖"。⑤ 上林:古苑囿名,即上林苑,故址在今陕西西安西及户县、周至界。秦时所建,汉初荒废,武帝时扩建,周围绵亘数百里,为皇帝射猎、游乐之所。十池:上林苑中池沼。十池说法不一,一说为初池、麋池、牛首池、蒯池、积草池、东陂池、西陂池、当路池、犬台池、郎池等。⑥ 中书谒者:掌内廷传宣。中,宫中。凡以"中"字冠于官名者多由宦官担任。黄门:宫廷中的禁门。在黄门内服务者多为阉宦,由黄门令掌管。钩盾:掌管京城附近的小园囿。尚方:掌管制造、供应帝王所用金银、珠玉等禁中器物。御府:掌管天子衣服及金钱、刀剑等珍贵物品。内者:掌管宫廷布张(帷帐之类)及诸衣服。宦者:主管内廷宦者。⑦ 佽(cī)飞:或作次非、次蜚。取其轻疾如飞之意以喻勇士。佽飞勇士武帝时在上林射雁供宗庙祭祀,后参加征战,成为禁军一种。

中尉①，秦官，掌徼循京师②，有两丞、候、司马、千人③。武帝太初元年更名执金吾④。属官有中垒、寺互、武库、都船四令丞⑤。都船、武库有三丞，中垒两尉。又式道左右中候、候丞及左右京辅都尉、尉丞兵卒皆属焉⑥。初，寺互属少府，中属主爵，后属中尉。

【注释】

① 中尉：掌管京城警卫治安与巡察缉捕。② 徼：巡逻，巡察。循：同"巡"，巡视。③ 候、司马、千人：三者皆为军官名称。④ 执金吾：汉时中尉拿着金吾为皇帝出行做先导，故名执金吾。金吾，两端涂金的铜棒。⑤ 中垒：军中壁垒之意。掌治安，武帝时更名为中垒校尉。寺互：掌管门禁。寺，官舍、官府。互，本作"枑"，古代官府门前阻拦人马通行的木架子。武库：掌管兵器收藏。都船：掌管治水行船之事。⑥ 式道左右中候：皇帝车驾出行时的清道官员。皇帝出行时，左、中、右三式道候在前清道。皇帝返回时，三式道候持麾先到宫门报启，宫门方开。京辅都尉：负责分区徼巡京师。

自太常至执金吾①，秩皆中二千石②，丞皆千石③。

【注释】

① 自太常至执金吾：此指奉常（太常）、郎中令（光禄勋）、卫尉、太仆、廷尉、典客（大鸿胪）、宗正、治粟内史（大司农）、少府、中尉（执金吾）十位正卿，不包括其属官。② 中二千石：汉代正卿官秩。中，满的意思。③ 丞：此指各正卿之丞，非其属官令丞之丞。

太子太傅、少傅①，古官。属官有太子门大夫、庶子、先马、舍人②。

【注释】

① 太子太傅、少傅：皇太子的两位师傅。太傅为主，少傅为辅，负责教导太子，兼管太子的部分官属。② 太子门大夫、庶子、先马、舍人：都是太子的侍从官员。太子门大夫、太子庶子、太子舍人分掌太子东宫护卫与

更直宿卫。太子先马又作"太子洗马",掌宾赞受事,太子出行则为前导。先马即前驱之意。

将作少府①,秦官,掌治宫室,有两丞、左右中候。景帝中六年更名将作大匠。属官有石库、东园主章、左右前后中校七令丞②,又主章长丞③。武帝太初元年更名东园主章为木工。成帝阳朔三年省中候及左右前后中校五丞。

【注释】

① 将作少府:主管皇家宫室建造,兼及宗庙、陵园的营建。② 石库:主管石材的储藏及其加工。东园主章:主管木材加工。③ 主章:职掌大型木材的调运与保管。

詹事①,秦官,掌皇后、太子家,有丞。属官有太子率更、家令丞②,仆、中盾、卫率、厨厩长丞③,又中长秋、私府、永巷、仓、厩、祠祀、食官令长丞④。诸宦官皆属焉。成帝鸿嘉三年省詹事官,并属大长秋⑤。长信詹事掌皇太后宫⑥,景帝中六年更名长信少府,平帝元始四年更名长乐少府。

【注释】

① 詹事:负责皇后、太子宫中事务的官员。詹,同"瞻",省视。② 太子率更:掌知漏刻。家令:太子家令,掌管太子汤沐邑及仓谷饮食、仓狱等。③ 中盾:或作"中允",主管周卫徼巡。卫率:职掌守门。④ 中长秋:皇后属官,职掌奉宣中宫之命,关通内外。一说为"中宫大长秋"之省称。私府:负责后宫钱物的贮藏。⑤ 大长秋:即下文"将行",为皇后近侍,负责宣达皇后旨意,管理宫中事宜,多由宦官(即"中人")担任。⑥ 长信詹事:皇太后也设置詹事,以其所居之宫命名,如太后居长信宫,则称长信詹事。下文"长乐"亦宫名。

将行,秦官,景帝中六年更名大长秋,或用中人,或用士人。

典属国①,秦官,掌蛮夷降者。武帝元狩三年昆邪王降②,复增属国,

置都尉、丞、候、千人。属官,九译令③。成帝河平元年省并大鸿胪。

【注释】

① 典属国:负责归附诸少数民族事务。② 昆(hún)邪(yé)王:亦作"昆邪"、"浑邪王"、"混邪王"等。原为匈奴诸王,常犯汉边境。武帝元狩二年(前121),霍去病屡挫其军,匈奴伊稚斜单于欲加问罪,昆邪王遂率兵数万降汉,汉封其为湿阴侯,并设置安定、天水、上郡、河西、五原五属国以安置之。③ 九译令:掌管语言翻译事务。九译,意为能翻译多种少数民族或外国语言。

水衡都尉①,武帝元鼎二年初置,掌上林苑,有五丞。属官有上林、均输、御羞、禁圃、辑濯、钟官、技巧、六厩、辩铜九官令丞②。又衡官、水司空、都水、农仓③,又甘泉、上林、都水七官长丞皆属焉。上林有八丞十二尉,均输四丞,御羞两丞,都水三丞。禁圃两尉,甘泉上林四丞。成帝建始二年省技巧、六厩官。王莽改水衡都尉曰予虞。初,御羞、上林、衡官及铸钱皆属少府。

【注释】

① 水衡都尉:主管皇家园林上林苑,兼管皇家财务及铸钱。因"古山林之官曰衡",故称此"掌诸池苑"之官为水衡。② 上林:管理苑内一般事务。均输:负责将苑内产物出售牟利,供皇帝私用。御羞:掌管为皇帝生产珍馐食品。禁圃:掌管禁苑园圃。辑濯:掌管苑内船只制造等。钟官、技巧:分管钱币冶铸与刻范。六厩:主管上林苑内六厩的养马事宜。辩铜:掌管分辨铜的种类,供应铸钱原料。辩,通"辨"。③ 衡官:掌管山林。水司空:掌管治水。农仓:掌管谷物贮藏。

内史,周官,秦因之,掌治京师。景帝二年,分置左、右内史。右内史武帝太初元年更名京兆尹①,属官有长安市、厨两令丞②,又都水、铁官两长丞。左内史更名左冯翊③,属官有廪牺令丞尉④。又左都水、铁官、云垒、长安四市四长丞皆属焉⑤。

【注释】

①京兆尹：掌管京师长安及其下属十二县。与左冯翊、右扶风并称"三辅"，分治关中京畿地区。京，大；兆，众；尹，治。京兆尹即主管京师长安大众之意。②长安市、厨两令丞：长安市令丞主管长安城内贸易；长安厨令丞负责天子巡幸境内离宫别馆时的衣食住行。③左冯（píng）翊（yì）：汉时"三辅"之一，职掌相当于郡太守，辖境包括京师长安一部分及长陵以北地区。冯，辅；翊，佐。冯翊即京师辅佐之意。④廪牺：廪掌管粮食储藏，牺掌管牲畜饲养，以供祭祀之用。⑤云垒：职掌不详。

主爵中尉①，秦官，掌列侯。景帝中六年更名都尉，武帝太初元年更名右扶风②，治内史右地。属官有掌畜令丞③。又右都水、铁官、厩、雍厨四长丞皆属焉。与左冯翊、京兆尹是为三辅，皆有两丞。列侯更属大鸿胪。元鼎四年更置三辅都尉、都尉丞各一人。

【注释】

①主爵中尉：掌管诸侯封爵。②右扶风：汉时"三辅"之一，职掌相当于郡太守，辖境包括京师长安一部分及渭城以西地区。扶，助；风，化。扶风即辅助京师长安风化之意。③掌畜令丞：掌管畜牧，以供京师之用。

自太子太傅至右扶风，皆秩二千石，丞六百石。

护军都尉①，秦官，武帝元狩四年属大司马，成帝绥和元年居大司马府比司直②，哀帝元寿元年更名司寇，平帝元始元年更名护军。

【注释】

①护军都尉：朝廷特设以监领军队的军官，掌管派遣安排诸将等事。②比：相当于。

司隶校尉①，周官，武帝征和四年初置。持节②，从中都官徒千二百人③，捕巫蛊④，督大奸猾。后罢其兵。察三辅、三河、弘农⑤。元帝初元四年去节。成帝元延四年省。绥和二年，哀帝复置，但为司隶，冠进贤冠⑥，

百官公卿表序

属大司空,比司直。

【注释】

①司隶校尉:本为纠察重大案件临时而设,后逐渐成为定制,主管察举京城百官及附近官民一切不法事务。②持节:持有天子符节,可代表天子行使权力。③中都官:指京师中诸官府。徒:服役的徒隶。④巫蛊:古代的一种巫术,以为诅咒及射、埋木偶人等可以害人。武帝晚年曾发生著名的"巫蛊之祸"。详见《汉书》卷六《武帝纪》、卷四十五《江充传》、卷六十三《戾太子刘据传》等。⑤三河:指河东、河内、河南三郡。弘农:郡名,治所在弘农(今河南灵宝市北)。⑥冠进贤冠:戴进贤冠。进贤冠为古代儒者所戴的一种缁布冠。一说此与本表体例不合,疑是后人注语窜入正文。

　　城门校尉掌京师城门屯兵,有司马、十二城门候。中垒校尉掌北军垒门内①,外掌西域②。屯骑校尉掌骑士。步兵校尉掌上林苑门屯兵。越骑校尉掌越骑③。长水校尉掌长水宣曲胡骑④。又有胡骑校尉,掌池阳胡骑⑤,不常置。射声校尉掌待诏射声士⑥。虎贲校尉掌轻车。凡八校尉,皆武帝初置,有丞、司马。自司隶至虎贲校尉,秩皆二千石。西域都护加官,宣帝地节二年初置,以骑都尉、谏大夫使护西域三十六国,有副校尉,秩比二千石,丞一人,司马、候、千人各二人。戊己校尉,元帝初元元年置,有丞、司马各一人,候五人,秩比六百石。

【注释】

①北军:汉代京师的屯卫兵,驻扎在长安城内北部。②外掌西域:此句疑有误。王念孙据《孝惠纪》以为当连上句读作"掌北军垒门内外,及掌四城"。③越骑:汉代长江中下游越族的骑兵。一说"取其材力超越"以为名。④长水宣曲胡骑:屯驻于宣曲宫(故址在今陕西长安昆明池西)的长水胡骑兵。⑤池阳:池阳宫,故址在今陕西泾阳县西北。⑥待诏射声士:比喻善于射箭之士。待诏谓待诏而射,射声谓闻声则中。闻声便可射中,箭术可谓高超,由此等射手组成的是一支特种部队。

奉车都尉掌御乘舆车,驸马都尉掌驸马①,皆武帝初置,秩比二千石。侍中、左右曹、诸吏、散骑、中常侍②,皆加官③,所加或列侯、将军、卿大夫、将、都尉、尚书、太医、太官令至郎中,亡员,多至数十人。侍中、中常侍得入禁中,诸曹受尚书事,诸吏得举法④,散骑骑并乘舆车。给事中亦加官,所加或大夫、博士、议郎,掌顾问应对,位次中常侍。中黄门有给事黄门,位从将大夫。皆秦制。

【注释】

① 驸马:副车之马。驸,通"副"。② 左右曹:亦称"诸曹",掌尚书受事。因为尚书是在皇帝左右处理文书的官员,所以左右曹实际上就是分科办事的尚书。③ 加官:加领的官衔,即正规官在本官以外的名号。汉时加官皆为内朝官,地位显要,与闻政事,权力很大。④ 得举法:给予举劾不法行为的权利。

爵①:一级曰公士,二上造,三簪袅②,四不更,五大夫,六官大夫,七公大夫,八公乘,九五大夫,十左庶长,十一右庶长,十二左更,十三中更,十四右更,十五少上造,十六大上造,十七驷车庶长,十八大庶长,十九关内侯③,二十彻侯。皆秦制,以赏功劳。彻侯金印紫绶,避武帝讳,曰通侯,或曰列侯,改所食国令长名相,又有家丞、门大夫、庶子。

【注释】

① 爵:爵位,爵禄。据钱大昭说,从公士到公乘八级,是赐给百姓的爵位,"生以为禄位,死以为号谥",史书中凡称"赐民爵"者即指此而言;而从五大夫以至彻侯,则是官爵。② 簪袅:用一种丝带装饰自己的马。簪,插,戴。袅,同"褭",以丝带系马。③ 关内侯:封侯爵,居京畿,没有国邑。关内,指关中(今陕西关中地区),秦汉京畿之地。关内侯有侯爵而享受身居京畿的待遇。

诸侯王①,高帝初置,金玺盭绶②,掌治其国。有太傅辅王,内史治国民,中尉掌武职,丞相统众官,群卿大夫都官如汉朝。景帝中五年令诸侯

王不得复治国,天子为置吏,改丞相曰相,省御史大夫、廷尉、少府、宗正、博士官,大夫、谒者、郎诸官长丞皆损其员。武帝改汉内史为京兆尹,中尉为执金吾,郎中令为光禄勋,故王国如故。损其郎中令,秩千石;改太仆曰仆,秩亦千石。成帝绥和元年省内史,更令相治民,如郡太守,中尉如郡都尉。

【注释】

① 诸侯王:汉制,皇子皆封为王,相当于周代的诸侯,统称诸侯王。② 金玺:金质印章。玺本来专指帝王的玉制印章,秦始皇曾规定只有天子印章才可以用玉称玺,汉初诸侯王地位尊宠,所用之印亦称玺,但为金质而非玉制。盭(lì):通"绿",苍绿色。

监御史①,秦官,掌监郡。汉省,丞相遣史分刺州,不常置。武帝元封五年初置部刺史②,掌奉诏条察州,秩六百石,员十三人。成帝绥和元年更名牧,秩二千石。哀帝建平二年复为刺史,元寿二年复为牧。

【注释】

① 监御史:亦称"监察御史"或"监察史",由朝廷派驻各郡,代表中央监察郡政。② 刺史:汉时十三州部各有一名。职掌巡察州下郡国,纠察不法之事。

郡守,秦官,掌治其郡,秩二千石。有丞,边郡又有长史,掌兵马,秩皆六百石。景帝中二年更名太守。

郡尉,秦官,掌佐守典武职甲卒,秩比二千石。有丞,秩皆六百石。景帝中二年更名都尉。

关都尉①,秦官。农都尉、属国都尉②,皆武帝初置。

【注释】

① 关都尉:镇守各险要关卡要塞的中级武官。② 农都尉:设置在边疆,管理屯田。属国都尉:设置在边疆少数民族地区,管理民事。

县令、长,皆秦官,掌治其县。万户以上为令,秩千石至六百石。减万户为长①,秩五百石至三百石。皆有丞、尉,秩四百石至二百石,是为长吏。百石以下有斗食、佐史之秩②,是为少吏。大率十里一亭,亭有长;十亭一乡,乡有三老、有秩、啬夫、游徼。三老掌教化;啬夫职听讼,收赋税;游徼徼循禁贼盗。县大率方百里,其民稠则减,稀则旷,乡、亭亦如之。皆秦制也。列侯所食县曰国,皇太后、皇后、公主所食曰邑,有蛮夷曰道。凡县、道、国、邑千五百八十七,乡六千六百二十二,亭二万九千六百三十五。

【注释】

① 减万户:不满万户。减是减少于之意。② 斗食:下级官吏俸禄不满百石的,每月或计日给予口粮,用斗计算,故亦以"斗食"代称下级官吏。

凡吏秩比二千石以上,皆银印青绶,光禄大夫无。秩比六百石以上,皆铜印黑绶,大夫、博士、御史、谒者、郎无。其仆射、御史治书尚符玺者,有印绶。比二百石以上,皆铜印黄绶。成帝阳朔二年除八百石、五百石秩。绥和元年,长、相皆黑绶。哀帝建平二年,复黄绶。吏员自佐史至丞相,十三万二百八十五人。

【导读】

本篇节选自《汉书》卷十九《百官公卿表》。《百官公卿表》是班固首创的记载汉代中央主要职官历任情况的史表,原为上、下两个分卷,卷上是长序,叙述秦汉朝廷与地方的职官及爵禄的制度;卷下是表,以年代为经,以官职为纬,按三公、列将军、九卿、三辅的次序列了十四栏,罗列自高帝元年(前206)至平帝元始五年(5)西汉一代公卿职位变动的情况。该表对汉承秦制以来的设官分职和各级官员的权限、俸禄、爵位、等级及任、免、迁、死等情况,都做了简明的记载,既叙述秦汉官制演变,又记录汉代三公九卿任免升黜,将官制具体地凸显出来,使读者一目了然,可以看作秦汉职官辞典。本篇即其上卷长序,概述自上古至先秦各代设官分职的源流、沿革,全面系统地记载了秦汉从中央到地方各级各类职官的设置及其职守、品秩,以及变动更名的情况,还叙述了秦汉爵位的设置。中国古

百官公卿表序

代的职官制度,至秦汉为一大变局。虽然《周礼》所载的周代官制分工细密,排列整齐,但事实上不过是战国时的学者加上自己合理想象而构建的所谓的中央王朝职官体系,其任职是以宗法世袭为基础,盛行世卿世禄的贵族自治方式,无多少中央集权可言。而秦汉中央集权的国家政权组织形式则完全不同,且基本上为以后的历代王朝所沿袭,因而本篇不仅是研究秦汉职官制度的重要资料,也是研究中国古代官制史和政治制度史的珍贵材料。此外,阅读史书常常会遇到职官的问题,职官制度在某种程度上来说是开启历史大门的钥匙,《百官公卿表》正好为我们提供了这方面的知识,可以说,只要了解了秦汉时的职官制度,就打下了古代职官知识的基础。

食货志(上)

《洪范》八政①,一曰食,二曰货。食谓农殖嘉谷可食之物,货谓布帛可衣,及金、刀、龟、贝②,所以分财布利通有无者也。二者,生民之本,兴自神农之世。"斫木为耜,煣木为耒,耒耨之利以教天下"③,而食足;"日中为市,致天下之民,聚天下之货,交易而退,各得其所"④,而货通。食足货通,然后国实民富,而教化成。黄帝以下"通其变,使民不倦"。尧命四子以"敬授民时"⑤,舜命后稷以"黎民祖饥"⑥,是为政首。禹平洪水,定九州⑦,制土田⑧,各因所生远近,赋入贡棐⑨,楙迁有无⑩,万国作乂⑪。殷周之盛,《诗》、《书》所述,要在安民,富而教之。故《易》称:"天地之大德曰生,圣人之大宝曰位;何以守位曰仁,何以聚人曰财⑫。"财者,帝王所以聚人守位,养成群生,奉顺天德,治国安民之本也。故曰:"不患寡而患不均,不患贫而患不安;盖均亡贫,和亡寡,安亡倾⑬。"是以圣王域民⑭,筑城郭以居之;制庐井以均之⑮;开市肆以通之⑯;设庠序以教之⑰;士、农、工、商,四民有业。学以居位曰士,辟土殖谷曰农,作巧成器曰工⑱,通财鬻货曰商⑲。圣王量能授事,四民陈力受职⑳,故朝亡废官,邑亡敖民㉑,地亡旷土。

【注释】

①《洪范》:《尚书》篇名。主要记载了箕子与周武王的问答,其中箕子陈述了八条重要政事,称为八政。八政:一曰食,二曰货,三曰祀,四曰司空,五曰司徒,六曰司寇,七曰宾,八曰师。②金:五色金属总称。包括金(黄)、银(白)、铅(青)、铜(赤)、铁(黑)。刀:古代钱币名。龟:龟甲。可用于占卜,亦用作货币。贝:用作货币或装饰物。③斫(zhuó):用刀斧等砍或削。耜(sì):耒下铲土的部件,初以木制,后以金属制作,可拆卸置换。一说,耒、耜为独立的两种翻土农具。煣:用火烤木材使弯曲或伸直。耒(lěi):古代一种可以脚踏的木制翻土农具。耒耨(nòu),犁与锄。亦泛指农具。引文见《易·系辞下》。④日中:指从天亮到正午的半天时间。引文见《易·系辞下》。⑤四子:指羲仲、羲叔、和仲、和叔。引文见《尚书·尧典》。⑥后稷:周之先祖。相传姜嫄践天帝足迹,怀孕生子,因曾弃而不养,故名之为"弃"。虞舜命为农官,教民耕稼,称为"后稷"。祖:初,开始。引文见《尚书·舜典》。⑦九州:古代分中国为九州。说法不一。《尚书·禹贡》作冀、兖、青、徐、扬、荆、豫、梁、雍。⑧制土田:指物土之性,区分土壤等差,制定贡赋等级。⑨贡篚(fěi):盛贡品的竹筐。篚,通"篚",盛物的椭圆形竹器。⑩楙迁:贩运,买卖。楙,通"贸",交易。⑪万国:万邦,天下各国。作:始。乂(yì):安定。⑫引文见《易·系辞下》。⑬引文见《论语·季氏》。⑭域民:划分区域让百姓居住,亦即处民之意。⑮庐井:古代井田制,八家共一井,因称共一井的八家庐舍为庐井。庐,庐舍。井,井田。⑯市肆:市场,市中店铺。⑰庠序:古代的地方学校。后亦泛称学校。⑱作巧:谓施展技巧。⑲鬻(yù):卖。⑳陈力:贡献、施展才力。㉑敖民:游民。敖,通"傲",逸游。

理民之道,地著为本①。故必建步立亩,正其经界②。六尺为步,步百为亩,亩百为夫,夫三为屋,屋三为井,井方一里,是为九夫。八家共之,各受私田百亩,公田十亩,是为八百八十亩,余二十亩以为庐舍。出入相友,守望相助③,疾病相救,民是以和睦,而教化齐同,力役生产可得而平也④。

【注释】

①地著:附着于土地,即安居于一地。著,附。②经界:土地、疆域的分界。③守望相助:谓相互共同防御。④力役:服役,干体力活。此指人民向国家服劳役。

民受田:上田夫百亩,中田夫二百亩,下田夫三百亩。岁耕种者为不易上田①;休一岁者为一易中田②;休二岁者为再易下田,三岁更耕之,自爰其处③。农民户人已受田,其家众男为余夫④,亦以口受田如比⑤。土、工、商家受田,五口乃当农夫一人。此谓平土可以为法者也。若山林、薮泽、原陵、淳卤之地⑥,各以肥硗多少为差⑦。有赋有税。税谓公田什一及工、商、衡虞之入也⑧。赋共车马、甲兵、士徒之役,充实府库、赐予之用⑨。税给郊、社、宗庙、百神之祀,天子奉养、百官禄食庶事之费。民年二十受田,六十归田。七十以上,上所养也;十岁以下,上所长也;十一以上,上所强也。种谷必杂五种⑩,以备灾害。田中不得有树,用妨五谷。力耕数耘⑪,收获如寇盗之至。还庐树桑,菜茹有畦⑫,瓜瓠、果蓏殖于疆易⑬。鸡、豚、狗、彘毋失其时,女修蚕织,则五十可以衣帛,七十可以食肉。

【注释】

①岁:岁岁,年年。易:替换,更换。此指轮耕。②休:休耕。③爰:更换,改变。④余夫:古代指法定受田人口之外的人。一说十六岁以上、十九岁以下的男子为余夫。⑤如比:照此为例。⑥薮(sǒu):湖泽。亦指水少而草木丰茂的沼泽。原陵:平原与丘陵。淳卤:瘠薄的盐碱地。⑦硗(qiāo):指土质坚硬瘠薄。⑧衡虞:守护山林的官。⑨府库:旧指国家贮藏财物、兵甲的处所。⑩五种:五种谷物。所指不一,一说为麻、黍、稷、麦、豆,一说为稻、黍、稷、麦、菽。⑪耘:除草。⑫菜茹:蔬菜。畦(qí):有一定界限的长条田块。泛指田园。⑬瓜瓠(hù):泛指瓜类作物。瓠,瓠瓜,亦称葫芦。果蓏(luǒ):瓜果的总称。蓏,瓜类植物的果实。疆易:即疆场,此指田界、田边。

在野曰庐,在邑曰里。五家为邻,五邻为里,四里为族,五族为党,五党为州,五州为乡。乡,万二千五百户也。邻长位下士,自此以上,稍登一级,至乡而为卿也。于是里有序而乡有庠。序以明教,庠则行礼而视化焉。春令民毕出在野,冬则毕入于邑。其《诗》曰:"四之日举止,同我妇子,馌彼南亩①。"又曰:"十月蟋蟀,入我床下","嗟我妇子,聿为改岁②,入此室处。"所以顺阴阳,备寇贼,习礼文也。春,将出民,里胥平旦坐于右塾③,邻长坐于左塾,毕出然后归,夕亦如之。入者必持薪樵,轻重相分,班白不提挈④。冬,民既入,妇人同巷,相从夜绩⑤,女工一月得四十五日⑥。必相从者,所以省费燎火⑦,同巧拙而合习俗也。男女有不得其所者,因相与歌咏,各言其伤⑧。

【注释】

① 止:足,脚。后通作"趾"。馌(yè):往田野送饭。南亩:谓农田。南坡向阳,利于农作物生长,古人田土多向南开辟,故称。引文见《诗经·豳风·七月》。② 聿(yù):曰。助词,用于句首或句中。改岁:由旧岁进入新年,即过年。③ 里胥:指里长,亦称里正,即一里之长。平旦:清晨。右塾:里门右侧的堂屋。④ 班白:指须发花白的老人。班,通"斑"。提挈:用手提着。⑤ 绩:把麻搓捻成线或绳,泛指纺织。⑥ 一月得四十五日:妇女日夜纺织,白天一整天,夜里常到夜半,而夜半可算半日,故一月下来总共可得四十五日。⑦ 省费燎火:即省燎火费。燎火,延烧着的火。用以照明和取暖。⑧ 伤:忧思。

是月,余子亦在于序室①。八岁入小学,学六甲、五方、书计之事②,始知室家长幼之节。十五入大学③,学先圣礼乐,而知朝廷君臣之礼。其有秀异者,移乡学于庠序④。庠序之异者,移国学于少学⑤。诸侯岁贡小学之异者于天子⑥,学于大学,命曰造士⑦。行同能偶⑧,则别之以射⑨,然后爵命焉⑩。

【注释】

① 余子:年幼未服役的男子。序室:古代幼童就学之所。② 六甲:用天干地支相配计算时日,其中有甲子、甲戌、甲申、甲午、甲辰、甲寅,故称。

五方:东、南、西、北和中央。书计:文字与筹算。六艺中六书九数之学。③ 大学:太学,即国学,古代设于京城的最高学府。④ 乡学:古代地方学校,庠序之总名。与"国学"相别。⑤ 少学:古代学校名,即小学,相对于太学而言。⑥ 岁贡:古代诸侯郡国定期向朝廷推荐人才的制度。⑦ 造士:学业有成就的士子。造,成就。⑧ 行同能偶:品行相同,才能相等。⑨ 射:射箭的技术。古代六艺之一。⑩ 爵命:封爵受职。

孟春之月①,群居者将散,行人振木铎徇于路②,以采诗③,献之大师④,比其音律⑤,以闻于天子。故曰王者不窥牖户而知天下⑥。

【注释】

① 孟春:农历春季的第一个月,即正月。古时以孟、仲、季依次排列春、夏、秋、冬一年四季十二个月。② 行人:官名。掌管朝觐聘问的官。木铎:以木为舌的大铃,铜质。古代宣布政教法令时,巡行振鸣以引起众人注意。徇:巡视,巡行。③ 采诗:采集民间歌谣。④ 大师:即太师,乐官之长。⑤ 比:配合,适合。⑥ 牖户:窗与门。

此先王制土处民、富而教之之大略也。故孔子曰:"道千乘之国,敬事而信,节用而爱人,使民以时①。"故民皆劝功乐业,先公而后私。其《诗》曰:"有渰淒淒,兴云祁祁,雨我公田,遂及我私②。"民三年耕,则余一年之畜。衣食足而知荣辱,廉让生而争讼息,故三载考绩。孔子曰"苟有用我者,期月而已可也,三年有成"③,成此功也。三考黜陟④,余三年食,进业曰登⑤;再登曰平,余六年食;三登曰泰平,二十七岁,遗九年食⑥。然后至德流洽,礼乐成焉。故曰"如有王者,必世而后仁"⑦,繇此道也⑧。

【注释】

① 道:治理。千乘:战国时期诸侯国,小者称千乘,大者称万乘。引文见《论语·学而》。② 渰(yǎn):阴云密布的样子。淒淒:一作"萋萋",云多的样子。祁祁:徐缓的样子。私:指私田。引文见《诗经·小雅·大田》。③ 期月:一整年。引文见《论语·子路》。④ 黜陟:指人才的进退,

官吏的升降。黜,降职或罢免。陟,晋升,进用。⑤ 进业:成业,指五谷丰登。登:成熟,丰收。⑥ 遗:留,储备。⑦ 世:三十年。引文见《论语·子路》。⑧ 繇:通"由"。

周室既衰,暴君污吏慢其经界①,繇役横作②,政令不信,上下相诈,公田不治。故鲁宣公"初税亩"③,《春秋》讥焉。于是上贪民怨,灾害生而祸乱作。

【注释】

① 慢:轻视,忽视。② 繇役:同"徭役"。③ 鲁宣公:春秋时鲁国的第七位国君,公元前608年—前591年在位。初税亩:开始按亩征税。

陵夷至于战国①,贵诈力而贱仁谊②,先富有而后礼让。是时,李悝为魏文侯作尽地力之教③,以为地方百里,提封九万顷④,除山泽、邑居参分去一⑤,为田六百万亩,治田勤谨则亩益三升,不勤则损亦如之。地方百里之增减,辄为粟百八十万石矣。又曰:籴甚贵伤民⑥,甚贱伤农。民伤则离散,农伤则国贫,故甚贵与甚贱,其伤一也。善为国者,使民毋伤而农益劝。今一夫挟五口⑦,治田百亩,岁收亩一石半,为粟百五十石,除十一之税十五石,余百三十五石。食,人月一石半,五人终岁为粟九十石,余有四十五石。石三十,为钱千三百五十,除社闾尝新、春秋之祠⑧,用钱三百,余千五十。衣,人率用钱三百,五人终岁用千五百,不足四百五十。不幸疾病死丧之费,及上赋敛,又未与此。此农夫所以常困,有不劝耕之心,而令籴至于甚贵者也。是故善平籴者,必谨观岁有上、中、下孰⑨。上孰其收自四,余四百石;中孰自三,余三百石;下孰自倍,余百石。小饥则收百石⑩,中饥七十石,大饥三十石。故大孰则上籴三而舍一,中孰则籴二,下孰则籴一,使民适足,贾平则止⑪。小饥则发小孰之所敛、中饥则发中孰之所敛、大饥则发大孰之所敛而粜之⑫。故虽遇饥馑、水旱,籴不贵而民不散,取有余以补不足也。行之魏国,国以富强。

【注释】

① 陵夷:由盛到衰,衰落。② 诈力:欺诈与暴力。仁谊:即仁义。

③李悝：魏文侯的宰相。魏文侯：名魏斯，战国时魏国的建立者，公元前445年—前396年在位。尽地力：即充分利用土地。教：教令。④提封：通共，总计。⑤参：同"叁"（三）。⑥籴（dí）：买进谷物。⑦挟：携带。⑧社：古代谓土地神。闾：民户聚居处，里巷。二十五家为闾。尝新：古代于孟秋以新收获的五谷祭祀祖先，然后尝食新谷。春秋：指春秋两季的祭祀。春祭以祈福，秋祭以报功。⑨孰：通"熟"。庄稼丰收。⑩饥：灾荒。⑪贾：同"价"。⑫粜（tiào）：卖出谷物。

及秦孝公用商君①，坏井田，开仟伯②，急耕战之赏③，虽非古道，犹以务本之故，倾邻国而雄诸侯。然王制遂灭，僭差亡度④。庶人之富者累巨万，而贫者食糟糠；有国强者兼州域，而弱者丧社稷。至于始皇，遂并天下，内兴功作，外攘夷狄⑤，收泰半之赋⑥，发闾左之戍⑦。男子力耕不足粮饷，女子纺绩不足衣服⑧。竭天下之资财以奉其政，犹未足以澹其欲也⑨。海内愁怨，遂用溃畔⑩。

【注释】

①秦孝公：战国时秦国的国君，公元前361年—前338年在位。任用商鞅实行变法，使秦国日益强盛。商君：即商鞅。②仟伯：亦作"阡陌"，田间小道。仟，通"阡"。③急：以……为急务。④僭差：僭越失度。⑤攘：排斥，斥逐。⑥泰半：大半，过半。汉代称三分之二为泰半，三分之一为少半。⑦闾左：说法不一，或以为居住于闾巷左侧的平民，或以为贫弱者，或以为亡命者。戍：服徭役。⑧纺绩：把丝麻等纤维纺成纱或线。古代纺指纺丝，绩指缉麻。⑨澹：通"赡"。满足，供给。⑩溃畔：即"溃叛"。逃亡叛乱。

汉兴，接秦之敝①，诸侯并起，民失作业②，而大饥馑③。凡米石五千，人相食，死者过半。高祖乃令民得卖子，就食蜀、汉。天下既定，民亡盖臧④，自天子不能具醇驷⑤，而将相或乘牛车。上于是约法省禁，轻田租，什五而税一，量吏禄，度官用，以赋于民。而山川、园池、市肆租税之入，自天子以至封君汤沐邑，皆各为私奉养，不领于天子之经费。漕转关东粟以

给中都官⑥,岁不过数十万石。孝惠、高后之间,衣食滋殖⑦。文帝即位,躬修俭节,思安百姓。时民近战国,皆背本趋末⑧,贾谊说上曰⑨:

【注释】

① 敝:凋敝。指社会经济。② 作业:赖以谋生的生产工作。③ 饥馑:饥荒。④ 盖臧:隐藏,储藏。臧,同"藏"。⑤ 醇驷:指四匹马的毛色一样。醇,纯一不杂。驷,四马。古代一车套四马,因以驷称驾一车之四马或四马所驾之车。⑥ 漕:水道运输。转:车运,陆运。关东:指函谷关、潼关以东地区。中都官:汉代京师各官署的统称。⑦ 滋殖:增加。⑧ 背本趋末:谓弃农务商。我国古代以农为本、商为末。⑨ 贾谊:西汉政论家、文学家。上:指文帝。以下引文出自贾谊所作《论积贮疏》。

管子曰①:"仓廪实而知礼节②。"民不足而可治者,自古及今,未之尝闻。古之人曰:"一夫不耕,或受之饥;一女不织,或受之寒。"生之有时,而用之亡度,则物力必屈③。古之治天下,至孅至悉也④,故其畜积足恃。今背本而趋末,食者甚众,是天下之大残也⑤;淫侈之俗,日日以长,是天下之大贼也⑥。残贼公行,莫之或止;大命将泛⑦,莫之振救。生之者甚少而靡之者甚多,天下财产何得不蹶⑧!汉之为汉几四十年矣,公私之积犹可哀痛。失时不雨,民且狼顾⑨;岁恶不入,请卖爵、子。既闻耳矣,安有为天下阽危者若是而上不惊者⑩!

【注释】

① 管子:即管仲,名夷吾,春秋时期著名政治家,曾辅佐齐桓公称霸诸侯。著有《管子》一书。② 仓廪:贮藏米谷的仓库。引文见《管子·牧民》。③ 屈:竭尽,穷尽。④ 孅:同"纤",细小,微细。悉:尽,全。⑤ 大残:指大灾难。⑥ 大贼:指大祸害。⑦ 大命将泛:指国家将倾覆。泛,覆灭,覆亡。⑧ 蹶:竭尽,穷尽。⑨ 狼顾:狼性胆怯,行走时,常转过头看,以防袭击。比喻人有所畏惧。⑩ 阽(diàn)危:临近危险。

世之有饥穰①,天之行也,禹、汤被之矣。即不幸有方二三千里

之旱,国胡以相恤②?卒然边境有急③,数十百万之众,国胡以馈之④?兵旱相乘,天下大屈,有勇力者聚徒而衡击⑤,罢夫羸老易子而咬其骨⑥。政治未毕通也,远方之能疑者并举而争起矣⑦,乃骇而图之⑧,岂将有及乎?

【注释】

①饥穰:饥荒与丰收。穰,庄稼丰收。②胡:什么。表示疑问或反诘。③卒:突然。后多写作"猝"。④馈:运送、输送粮食等。⑤衡:通"横"。⑥罢:通"疲"。羸(léi):瘦弱,困惫。⑦疑:通"拟",比拟。能疑者,谓能与天子相比拟。⑧骇:惊骇。图:图谋,想办法。

夫积贮者,天下之大命也。苟粟多而财有余,何为而不成?以攻则取,以守则固,以战则胜。怀敌附远①,何招而不至?今驱民而归之农②,皆著于本,使天下各食其力,末技游食之民转而缘南亩③,则畜积足而人乐其所矣。可以为富安天下,而直为此廪廪也④,窃为陛下惜之⑤!

【注释】

①怀敌:怀柔敌方。附远:使疏远者亲附,使边远者归附。②殴:通"驱",驱赶,驱使。③末技:指工商业。游食:游手好闲,不劳而食。缘:依附。④廪廪(lǐn):危殆。廪,通"懔"。⑤窃:私自,暗中。

于是上感谊言,始开籍田,躬耕以劝百姓①。晁错复说上曰②:

【注释】

①躬耕:亲耕。躬,亲自。汉文帝开籍田,并亲自率耕,是其重农政策的一种表现。②晁错:西汉政论家。以下引文出自晁错所作《论贵粟疏》。

圣王在上而民不冻饥者,非能耕而食之,织而衣之也,为开其资财之道也。故尧、禹有九年之水,汤有七年之旱,而国亡捐瘠者①,以畜积多而备先具也。今海内为一,土地人民之众不避汤、禹②,加以亡天灾数年之水旱,而畜积未及者,何也?地有遗利③,民有余力,生谷之土未尽垦,山泽之利未尽出也,游食之民未尽归农也。民贫,则奸邪生。贫生于不足,不足生于不农,不农则不地著,不地著则离乡轻家,民如鸟兽,虽有高城深池,严法重刑,犹不能禁也。

【注释】

① 捐:抛弃。瘠:瘦弱。捐瘠者指被遗弃的和身体瘦弱的人。② 不避:不让,不亚于。③ 遗利:未尽其用的利益。亦即尚未充分利用。

夫寒之于衣,不待轻暖①;饥之于食,不待甘旨②;饥寒至身,不顾廉耻。人情,一日不再食则饥③,终岁不制衣则寒。夫腹饥不得食,肤寒不得衣,虽慈母不能保其子,君安能以有其民哉!明主知其然也,故务民于农桑,薄赋敛,广畜积,以实仓廪,备水旱,故民可得而有也。

民者,在上所以牧之④,趋利如水走下,四方亡择也。夫珠玉金银,饥不可食,寒不可衣,然而众贵之者,以上用之故也。其为物轻微易臧,在于把握,可以周海内而亡饥寒之患。此令臣轻背其主,而民易去其乡,盗贼有所劝,亡逃者得轻资也⑤。粟米布帛生于地,长于时,聚于力,非可一日成也;数石之重,中人弗胜⑥,不为奸邪所利,一日弗得而饥寒至。是故明君贵五谷而贱金玉。

【注释】

① 轻暖:轻软而暖和。② 甘旨:甜美。此指美味的食物。③ 再食:指每日两餐。再,两次。④ 牧:统治,驾驭。⑤ 轻资:便于携带的财物。⑥ 中人:中等之人,亦即常人。

今农夫五口之家,其服役者不下二人,其能耕者不过百亩,百亩之收不过百石。春耕、夏耘、秋获、冬臧,伐薪樵,治官府①,给繇役;春不得避风尘,夏不得避暑热,秋不得避阴雨,冬不得避寒冻,四时之间亡日休息;又私自送往迎来,吊死问疾②,养孤长幼在其中③。勤苦

如此,尚复被水旱之灾,急政暴赋,赋敛不时,朝令而暮改。当具有者半贾而卖,亡者取倍称之息④,于是有卖田宅、鬻子孙以偿责者矣。而商贾大者积贮倍息,小者坐列贩卖⑤,操其奇赢⑥,日游都市,乘上之急,所卖必倍。故其男不耕耘,女不蚕织,衣必文采⑦,食必粱肉⑧;亡农夫之苦,有仟伯之得⑨。因其富厚,交通王侯⑩,力过吏势,以利相倾;千里游敖,冠盖相望⑪,乘坚策肥⑫,履丝曳缟⑬。此商人所以兼并农人,农人所以流亡者也。

【注 释】

① 治官府:为官府修建房屋。治,修建,修缮。② 吊:亦作"弔"。祭奠死者或对遭丧事及不幸者给予慰问。③ 长幼:抚养儿童。长,抚育,培养。④ 倍称:加倍偿还,借一还二。⑤ 坐列:谓坐在店铺内。⑥ 奇赢:指商人所获的赢利。⑦ 文采:指华美的纺织品或衣服。⑧ 粱肉:以粱为饭,以肉为肴。指精美的膳食。粱,即粟,特指精细的小米,引申为精美的饭食。⑨ 仟伯:千钱与百钱。借指盈余、利息。仟,通"千"。伯,通"百"。⑩ 交通:交往,往来。⑪ 冠盖相望:指使者或仕宦富豪之人,一路上往来不绝。冠,礼帽;盖,车盖。冠盖泛指官员的冠服和车乘。⑫ 乘坚策肥:亦作"乘坚驱良"。乘好车,驱良马。形容生活奢华。坚,好车。肥,良马。⑬ 履丝曳缟:穿丝履,着缟衣。形容奢侈。缟,细白的生绢。

今法律贱商人,商人已富贵矣;尊农夫,农夫已贫贱矣。故俗之所贵,主之所贱也;吏之所卑,法之所尊也。上下相反,好恶乖迕,而欲国富法立,不可得也。方今之务,莫若使民务农而已矣。欲民务农,在于贵粟;贵粟之道,在于使民以粟为赏罚。今募天下入粟县官①,得以拜爵,得以除罪。如此,富人有爵,农民有钱,粟有所渫②。夫能入粟以受爵,皆有余者也;取于有余,以供上用,则贫民之赋可损,所谓损有余补不足,令出而民利者也。顺于民心,所补者三:一曰主用足,二曰民赋少,三曰劝农功。今令民有车骑马一匹者,复卒三人。车骑者,天下武备也,故为复卒③。神农之教曰:"有石城十仞④,汤池百步⑤,带甲百万⑥,而亡粟,弗能守也。"以是观之,粟者,王者大用,政之本务。令民入粟受爵至五大夫以上⑦,乃复一人耳,此其与骑马之功相去远矣。爵者,上之所擅,出于口而亡穷;粟者,民之所种,生于地而不乏。夫得高爵与免罪,人之所甚欲也。使天下人人粟于边,以受爵免罪,不过三岁,塞下之粟必多矣。

【注释】
① 县官:朝廷,官府。② 渫(xiè):散,发散。③ 复卒:免服兵役或免纳赋税。④ 仞:古代长度单位。七尺为一仞。一说,八尺为一仞。⑤ 汤池:指难以逾越的护城河。形容城池防守严固。⑥ 带甲:披甲的将士。⑦ 五大夫:爵位名,为二十等爵的第九级。

于是文帝从错之言,令民入粟边,六百石爵上造①,稍增至四千石为五大夫,万二千石为大庶长②,各以多少级数为差。错复奏言:"陛下幸使天下入粟塞下以拜爵,甚大惠也。窃恐塞卒之食不足用大渫天下粟。边食足以支五岁,可令入粟郡、县矣;足支一岁以上,可时赦,勿收农民租。如此,德泽加于万民,民俞勤农③。时有军役,若遭水旱,民不困乏,天下安宁;岁孰且美,则民大富乐矣。"上复从其言,乃下诏赐民十二年租税之半。明年,遂除民田之租税。

【注释】
① 上造:爵位名,为二十等爵位的第二级。② 大庶长:爵位名,为二十等爵位的第十八级。③ 俞:通"愈",更加,越发。

后十三岁,孝景二年,令民半出田租,三十而税一也。其后,上郡以西旱,复修卖爵令,而裁其贾以招民①,及徒复作②,得输粟于县官以除罪。始造苑马以广用③,宫室、列馆、车马益增修矣④。然娄敕有司以农为务⑤,民遂乐业。至武帝之初七十年间,国家亡事,非遇水旱,则民人给家足,都鄙廪庾尽满⑥,而府库余财。京师之钱累百巨万,贯朽而不可校⑦。太仓之粟陈陈相因⑧,充溢露积于外,腐败不可食⑨。众庶街巷有马,仟伯之间成群,乘牸牝者摈而不得会聚⑩。守闾阎者食粱肉⑪;为吏者长子孙⑫;居

官者以为姓号⑬。人人自爱而重犯法,先行谊而黜愧辱焉⑭。于是罔疏而民富⑮,役财骄溢,或至并兼;豪党之徒以武断于乡曲⑯。宗室有土⑰,公卿大夫以下争于奢侈,室庐车服僭上亡限⑱。物盛而衰,固其变也。

【注释】

① 裁:删除,削减。贾:通"价"。② 复作:汉刑律名。亦指按其刑服劳役的妇女。犯者不服刑具,刑期一年。③ 苑马:谓为苑以牧马。在西部边郡设六牧师苑,共养马三十万匹。④ 列馆:高大的客舍。⑤ 娄敕:经常告诫。娄,通"屡",多次。⑥ 都鄙:京城和边邑。廪庾(lǐn yǔ):粮仓。廪,同"廪"。⑦ 贯:串钱的绳索。校:计数,查点。⑧ 太仓:古代京师储谷的大仓。陈陈相因:谓陈谷逐年增积。⑨ 腐败:腐烂。⑩ 牸牝(zì pìn):指母马。摈:排斥。⑪ 守闾阎者:指平民。闾阎,里巷内外的门。⑫ 为吏者长子孙:为吏者久任其职,子孙长大而本人仍在官位。⑬ 居官者以为姓号:为官者以官职为姓。如掌仓库之吏,曰仓氏、库氏。⑭ 黜:贬斥。愧辱:羞辱。⑮ 罔:通"网"。此喻法网。⑯ 乡曲:偏僻的村野。⑰ 有土:指有封地。⑱ 僭上:谓越分冒用尊者的仪制或宫室、器物等。

是后,外事四夷,内兴功利,役费并兴,而民去本。董仲舒说上曰①:"《春秋》它谷不书,至于麦禾不成则书之,以此见圣人于五谷最重麦与禾也。今关中俗不好种麦,是岁失《春秋》之所重,而损生民之具也。愿陛下幸诏大司农,使关中民益种宿麦②,令毋后时③。"又言:"古者税民不过什一,其求易共;使民不过三日,其力易足。民财内足以养老尽孝,外足以事上共税,下足以畜妻子极爱,故民说从上。至秦则不然,用商鞅之法,改帝王之制,除井田,民得卖买,富者田连仟伯,贫者无立锥之地。又颛川泽之利④,管山林之饶,荒淫越制,逾侈以相高⑤;邑有人君之尊,里有公侯之富,小民安得不困?又加月为更卒已⑥,复为正⑦。一岁屯戍⑧,一岁力役,三十倍于古;田租口赋⑨,盐铁之利,二十倍于古。或耕豪民之田,见税什五⑩。故贫民常衣牛马之衣,而食犬彘之食。重以贪暴之吏,刑戮妄加,民愁亡聊,亡逃山林,转为盗贼,赭衣半道⑪,断狱岁以千万数。汉兴,循而未改。古井田法虽难卒行,宜少近古,限民名田⑫,以澹不足,塞并兼之路。盐铁皆归于民。去奴婢,除专杀之威⑬。薄赋敛,省繇役,以宽民力。然后可善治也。"仲舒死后,功费愈甚,天下虚耗,人复相食。

【注释】

　　① 董仲舒:西汉哲学家,今文经学大师。② 宿麦:经冬的小麦。③ 后时:指错过农时。④ 颛:通"专",专利。⑤ 逾侈:过度奢华。⑥ 更卒:汉代徭役之一。男子二十三岁至五十六岁,都得服役。每人每年在本郡或本县服役一个月,称为更卒。每人按一定次序轮流到京师服役一年,称为正卒。⑦ 正:即正卒。⑧ 屯戍:也称"徭戍"或"戍边"。成年男子调到边疆,从事边防事宜。汉制,每人在一生中都要到边郡守烽火台三日,但实际上最少是一年。⑨ 田租:即田赋,按田亩所征之税。古时以征自农田的收入称"租",而征自工商货物的收入称"税",后世合称"租税"。口赋:古代的人口税。汉有口赋、算赋之分。七岁至十四岁,每人每年出二十钱以供天子,为口赋。武帝时增至二十三钱,以补车骑马匹之费。自十五岁至五十六岁,每人每年出百二十钱,为算赋。⑩ 见:被。税什五:征收十分之五的地税。⑪ 赭衣:古代囚衣。因以赤土染成赭色,故称。⑫ 名田:以私名占有田地。⑬ 专杀:擅自杀人。

　　武帝末年,悔征伐之事,乃封丞相为富民侯①。下诏曰:"方今之务,在于力农。"以赵过为搜粟都尉。过能为代田②,一亩三甽③。岁代处④,故曰代田,古法也。后稷始甽田,以二耜为耦,广尺、深尺曰甽,长终亩⑤。一亩三甽,一夫三百甽,而播种于甽中。苗生叶以上,稍耨陇草⑥,因隤其土以附苗根⑦。故其《诗》曰:"或芸或芋,黍稷儗儗⑧。"芸,除草也。芋,附根也。言苗稍壮,每耨辄附根。比盛暑⑨,陇尽而根深,能风与旱⑩,故儗儗而盛也。其耕耘下种田器,皆有便巧。率十二夫为田一井一屋,故亩五顷,用耦犁⑪,二牛三人,一岁之收常过缦田亩一斛以上⑫,善者倍之。过使教田太常、三辅,大农置工巧奴与从事⑬,为作田器⑭。二千石遣令长、三老、力田及里父老善田者受田器⑮,学耕种养苗状。民或苦少牛,亡以趋泽⑯,故平都令光教过以人挽犁⑰。过奏光以为丞,教民相与庸挽犁⑱。

率多人者田日三十亩,少者十三亩,以故田多垦辟。过试以离宫卒田其宫壖地⑲,课得谷皆多其旁田⑳,亩一斛以上。令命家田三辅公田㉑,又教边郡及居延城㉒。是后边城、河东、弘农、三辅、太常民皆便代田,用力少而得谷多。

【注释】

① 丞相:指田千秋。详见《汉书》卷六十六《车千秋传》。② 代田:西汉时赵过在畎田法基础上发展而成的一种轮作法。将一亩地分为三畎三垄,每年轮流耕种,以保养地力,获得较高的收成。古代曾通行于北方干旱地带。③ 甽(quǎn):通"畎",田间小水沟。④ 岁代处:每亩地有休有种,互相更代。⑤ 长终亩:指田畎长六百尺。亩长百步,一步六尺,故亩长为六百尺。⑥ 耨:锄草。陇:田垄,土埂。⑦ 隤(tuí):指使埒下。⑧ 芸:通"耘",除草。芓:同"秄",以土壅禾根。儗(nǐ)儗:茂盛貌。引文见《诗经·小雅·甫田》。⑨ 比:及,等到。⑩ 能:通"耐",受得住。⑪ 耦犁:二人一犁。⑫ 缦田:古代不作垄沟耕作的土地。⑬ 工巧奴:有技艺的奴隶。工,擅长,善于。⑭ 田器:农具。⑮ 令长:秦汉时治万户以上县者为令,不足万户者为长。后因以"令长"泛指县令。三老:古代掌教化之官。乡、县、郡均曾先后设置。力田:古时乡官名。汉置。从民间选拔有生产经验的农官督劝农事。⑯ 趣泽:谓雨后土润及时耕种。⑰ 平都:县名,故址在今陕西子长县西南。⑱ 相与庸:相互换工。庸,更代。⑲ 离宫:别宫,帝王不常到的宫。田:耕种。宫壖(ruán)地:指宫外墙之内、内墙之外的空地。壖,空地,边缘余地。⑳ 课:索取,要求。㉑ 家田:即列侯之田。汉代列侯称家。公田:或称"官田",公家之田。亦即官府控制的土地。三辅公田指在三辅管辖区域内的公田。㉒ 居延城:古城名,在今内蒙古额济纳旗东南。

至昭帝时,流民稍还,田野益辟,颇有畜积。宣帝即位,用吏多选贤良,百姓安土,岁数丰穰①,谷至石五钱,农人少利。时大司农中丞耿寿昌以善为算能商功利②,得幸于上,五凤中奏言③:"故事④,岁漕关东谷四百万斛以给京师,用卒六万人。宜籴三辅、弘农、河东、上党、太原郡谷,足供京师,可以省关东漕卒过半。"又白增海租三倍⑤,天子皆从其计。御史大夫萧望之奏言⑥:"故御史属徐宫家在东莱⑦,言往年加海租,鱼不出。长老皆言武帝时县官尝自渔,海鱼不出,后复予民,鱼乃出。夫阴阳之感,物类相应,万事尽然。今寿昌欲近籴漕关内之谷,筑仓治船,费直二万万余,有动众之功,恐生旱气,民被其灾。寿昌习于商功分铢之事⑧,其深计远虑,诚未足任,宜且如故。"上不听。漕事果便,寿昌遂白令边郡皆筑仓,以谷贱时增其贾而籴,以利农,谷贵时减贾而粜,名曰常平仓。民便之。上乃下诏,赐寿昌爵关内侯。而蔡癸以好农使劝郡国⑨,至大官。

【注释】

① 丰穰:丰收。穰,庄稼丰熟。② 商功:古代九章算术之一,即测量体积,计算工程用工的方法。此指计算。③ 五凤:汉宣帝年号。公元前57年—前54年。④ 故事:先例,旧日的典章制度。⑤ 海租:海产物的赋税。⑥ 萧望之:西汉大儒。详见《汉书》卷七十八《萧望之传》。⑦ 东莱:郡名,郡治掖县(今属山东)。⑧ 分铢:一分一铢。比喻极其微小。⑨ 蔡癸:邯郸人,常上书言事,官至弘农太守。

元帝即位,天下大水,关东郡十一尤甚。二年①,齐地饥,谷石三百余,民多饿死,琅邪郡人相食②。在位诸儒多言盐、铁官及北假田官、常平仓可罢③,毋与民争利。上从其议,皆罢之。又罢建章、甘泉宫卫、角抵、齐三服官④,省禁苑以予贫民⑤,减诸侯王庙卫卒半。又减关中卒五百人,转谷振贷穷乏。其后用度不足,独复盐铁官。

【注释】

① 二年:指汉元帝初元二年,即公元前47年。② 琅邪郡:秦置,汉因之,郡治东武(今山东诸城)。③ 北假:地名。秦汉时称今内蒙古河套以北,阴山以南之夹山带河地区为"北假"。汉时属五原郡。④ 角抵:起源于战国,其称始于秦汉。表演时两人互相角力,类似现代的摔跤。三服官:设在齐国临淄,掌管织造宫廷所用的春、夏、冬三季衣服。⑤ 禁苑:帝王的园林。

成帝时,天下亡兵革之事①,号为安乐,然俗奢侈,不以畜聚为意。永始二年②,梁国、平原郡比年伤水灾③,人相食,刺史、守、相坐免④。

【注释】

① 兵革之事:代指战争。② 永始二年:公元前15年。③ 梁国:西汉封国名,治睢阳(今河南商丘南)。平原郡:郡名,郡治平原(今山东平原西南)。比年:连年。④ 坐免:因犯罪或犯错误被免职。

哀帝即位,师丹辅政①,建言:"古之圣王莫不设井田,然后治乃可平。孝文皇帝承亡周乱秦兵革之后,天下空虚,故务劝农桑,帅以节俭②。民始充实,未有并兼之害,故不为民田及奴婢为限。今累世承平,豪富吏民訾数巨万③,而贫弱俞困。盖君子为政,贵因循而重改作,然所以有改者,将以救急也。亦未可详,宜略为限。"天子下其议。丞相孔光、大司空何武奏请④:"诸侯王、列侯皆得名田国中⑤。列侯在长安,公主名田县道⑥,及关内侯、吏、民名田,皆毋过三十顷。请侯王奴婢二百人,列侯、公主百人,关内侯、吏、民三十人。期尽三年,犯者没入官。"时田宅奴婢贾为减贱,丁、傅用事⑦,董贤隆贵⑧,皆不便也⑨。诏书:"且须后"⑩,遂寝不行⑪。宫室、苑囿、府库之臧已侈,百姓訾富虽不及文、景,然天下户口最盛矣。

【注释】

① 师丹:西汉大臣。详见《汉书》卷八十六《师丹传》。② 帅:表率,楷模。③ 訾:通"赀",钱财。④ 孔光、何武:西汉大臣。详见《汉书》卷八十一《孔光传》、卷八十六《何武传》。⑤ 国:指诸侯王、列侯的封国。⑥ 县道:县和道。汉制,邑有少数民族杂居者称道,无者称县。⑦ 丁、傅:指哀帝时专权用事的外戚丁明、傅晏。⑧ 董贤:哀帝宠臣。详见《汉书》卷九十三《佞幸传》。⑨ 不便:以为对自己不利。⑩ 须:待。⑪ 寝:止,息。指搁置不办。

平帝崩,王莽居摄①,遂篡位。王莽因汉承平之业,匈奴称藩,百蛮宾服,舟车所通,尽为臣妾,府库百官之富,天下晏然②。莽一朝有之,其心意未满,狭小汉家制度③,以为疏阔④。宣帝始赐单于印玺,与天子同,而西南夷鉤町称王⑤。莽乃遣使易单于印,贬鉤町王为侯。二方始怨,侵犯边境。莽遂兴师,发三十万众,欲同时十道并出,一举灭匈奴;募发天下囚徒、丁男、甲卒转委输兵器⑥,自负海江、淮而至北边⑦,使者驰传督趣⑧,海内扰矣⑨。又动欲慕古,不度时宜,分裂州郡,改职作官,下令曰:"汉氏减轻田租,三十而税一,常有更赋⑩,罢癃咸出⑪,而豪民侵陵⑫,分田劫假⑬,厥名三十⑭,实十税五也。富者骄而为邪,贫者穷而为奸,俱陷于辜⑮,刑用不错⑯。今更名天下田曰王田,奴婢曰私属,皆不得卖买。其男口不满八,而田过一井者,分余田与九族乡党。"犯令,法至死,制度又不定,吏缘为奸,天下謷謷然⑰,陷刑者众。

【注释】

①居摄:因皇帝年幼不能亲政,由大臣代居其位处理政务,称"居摄"。②晏然:安定。③狭小:鄙陋之意。④疏阔:宽大,不完备。⑤鉤(qú)町:鉤町地在今云南广南县境内。鉤町侯毋波,昭帝时因功封为鉤町王。详见《汉书》卷九十五《西南夷传》。⑥委输:转运。亦指转运的物资。⑦负海:沿海。负,背。⑧驰传(zhuàn):古代驿站所备传车的一种,四马中足。督趣:亦作"督促",督责催促。⑨扰:扰攘,纷乱。⑩更赋:汉代以纳钱代更役的赋税。男子年二十三至五十六,按规定轮番戍边服兵役,称为更。不能行者,得出钱入官,雇役以代。⑪罢癃:老病残疾,不能任事。癃,旧指年老衰弱多病。⑫侵陵:侵逼欺凌。⑬分田:指豪富人家分其田地佃与农民耕种。劫假:劫夺田租。假,税。⑭厥:代词,其。⑮辜:罪。⑯错:通"措",放置,安置。⑰謷謷(áo):众人愁怨声。

后三年,莽知民愁①,下诏诸食王田及私属皆得卖买,勿拘以法。然刑罚深刻,它政悖乱②。边兵二十余万人仰县官衣食③,用度不足,数横赋敛,民俞贫困④。常苦枯旱,亡有平岁⑤,谷贾翔贵⑥。

【注释】

①愁:怨。②悖乱:悖谬错乱。③仰:依赖。④俞:通"愈",更加。

⑤平岁:普通丰收之年。⑥贾:同"价"。翔贵:指价格飞涨。

末年,盗贼群起,发军击之,将吏放纵于外。北边及青、徐地人相食①,雒阳以东米石二千。莽遣三公将军开东方诸仓振贷穷乏,又分遣大夫谒者教民煮木为酪②;酪不可食,重为烦扰③。流民入关者数十万人,置养赡官以禀之④,吏盗其禀,饥死者什七八。莽耻为政所至,乃下诏曰:"予遭阳九之厄、百六之会⑤,枯、旱、霜、蝗,饥馑荐臻⑥,蛮夷猾夏⑦,寇贼奸轨,百姓流离。予甚悼之⑧,害气将究矣⑨。"岁为此言,以至于亡。

【注释】

①青、徐:指青州和徐州,皆为汉武帝时所置十三刺史部之一,青州辖境相当于今山东省北部,徐州辖境相当于今江苏省北部及山东省东南部。②酪:泛指半凝固的酪状食品。③重:甚,很。烦扰:烦琐搅扰。④养赡官:官名。养赡,即"养赡",供给生活所需。禀(lǐn):亦作"禀",同"廪",粮食。⑤阳九、百六:汉代阴阳家推算的厄运之期。借指灾荒年景和厄运。⑥荐臻:接连到来,屡次降临。荐,通"洊",屡次,接连。臻,到,来到。⑦猾夏:扰乱中原。猾,扰乱,侵犯。夏,华夏。⑧悼:悲伤。⑨究:穷尽,终极。

【导读】

本篇节选自《汉书》卷二十四《食货志》。全志原为上、下两个分卷,分述食、货两部分。本篇是其上卷,着重写"食",也就是农业生产的状况,包括土地制度和赋税制度的发展演变。纵观全篇,班固系统地叙述了上古神农氏至王莽时期历代经济制度和社会生产发展的状况,尤其对西汉时期的经济制度和生产力发展状况有着更为详细的记载。本篇是在《史记·平准书》的基础上加以修补而成,但它在内容上更加完善。在《史记》中,司马迁偏重于对工商业政策的叙述,而班固则兼记农业、手工业和商业的发展,详细记载了有关议论,内容具体丰富。班固将重点放在与农业生产和人民生活有着密切关系的土地制度和赋税制度的演变情况上,为后代研究古代社会的生产关系和阶级关系提供了重要的资料。《食货志》

所记载的实际上就是一部西汉经济史,它是研究先秦秦汉财政经济史以及王莽改制的重要参考文献。此后,历代史家以班固为榜样,续写各个朝代的《食货志》。将这些《食货志》串连起来,就构成了整个中国古代的经济史。可见其意义之巨大,影响之深远。

艺文志序

昔仲尼没而微言绝①,七十子丧而大义乖②。故《春秋》分为五③,《诗》分为四④,《易》有数家之传⑤。战国从衡⑥,真伪分争⑦,诸子之言纷然淆乱⑧。至秦患之⑨,乃燔灭文章⑩,以愚黔首⑪。汉兴,改秦之败⑫,大收篇籍⑬,广开献书之路。迄孝武世,书缺简脱⑭,礼坏乐崩⑮,圣上喟然而称曰⑯:"朕甚闵焉⑰!"于是建藏书之策⑱,置写书之官⑲,下及诸子传说⑳,皆充秘府㉑。至成帝时,以书颇散亡,使谒者陈农求遗书于天下㉒。诏光禄大夫刘向校经传诸子诗赋㉓,步兵校尉任宏校兵书㉔,太史令尹咸校数术㉕,侍医李柱国校方技㉖。每一书已,向辄条其篇目㉗,撮其指意㉘,录而奏之。会向卒,哀帝复使向子侍中奉车都尉歆卒父业㉙。歆于是总群书而奏其《七略》㉚,故有《辑略》,有《六艺略》,有《诸子略》,有《诗赋略》,有《兵书略》,有《术数略》,有《方技略》。今删其要㉛,以备篇籍。

【注释】

① 仲尼:孔子,名丘,字仲尼。微言:含蓄而精微要妙的语言。② 七十子:指孔子的七十二位高足弟子。举其成数,故言七十。乖:差缪。③《春秋》分为五:汉代传《春秋》一书的有五家,即《春秋左氏传》、《春秋公羊传》、《春秋谷梁传》、《春秋邹氏传》、《春秋夹氏传》。④《诗》分为四:汉代传《诗》的有《毛诗》、《齐诗》、《鲁诗》、《韩诗》四家。⑤《易》有数家之传:汉代传《易》有《施氏易》、《孟氏易》、《梁丘氏易》、《京氏易》及《费氏易》、《高氏易》等数家之说。⑥ 从衡:"合纵连横"的简称。从,同"纵"。衡,通"横"。⑦ 真伪分争:战国时儒家分为八派,墨家分为三派,都自称是儒墨的真传,而攻击别派是假的。⑧ 淆乱:混淆,杂乱。⑨ 患:忧虑。

⑩燔(fán)灭:焚烧毁灭。燔,通"焚",焚烧。⑪黔首:百姓,黎民。黔,黑色。秦时百姓头裹黑巾,故以黔首代称平民百姓。⑫败:弊端。⑬篇籍:书籍。⑭书缺简脱:古书刻写在竹木简上,以绳编连,简片有散失,叫"脱简",简脱则书有缺文。⑮礼坏乐崩:礼乐制度遭到破坏。礼,泛指奴隶社会或封建社会贵族等级制的社会规范和道德规范。乐,音乐。⑯圣上:指汉武帝。⑰闵:通"悯",忧愁。⑱建藏书之策:制定藏书的政策。汉代藏书处,在宫内有延阁、广内和秘室,在宫外有太常、太史和博士。⑲写书:抄书。⑳传说:传述经义和解说经籍的书。㉑秘府:汉代皇家藏书的地方称秘府。㉒谒者:官名。掌宾赞受事,即为天子传达。陈农:人名。生平不详。遗书:流散在民间的图书。㉓校:核对书籍文字,纠正其中讹误。㉔任宏:人名。字伟公。成帝时任步兵校尉,以通兵法奉诏与刘向等校书。后改护军都尉。元延三年(前10)任太仆,三年后徙执金吾,旋贬为代郡太守。㉕尹咸:人名。汝南(今河南上蔡西南)人。尹更始之子。少从父学经,治《左氏春秋》,又通数术。成帝时任太史令,奉诏与刘向等校书。哀帝时任丞相史,平帝时任大司农。曾与刘歆共校经传,并传《左传》于刘歆。数术:指天文、历法、占卜、五行等书。㉖侍医:为帝王及皇室成员治病的宫廷医师。李柱国:人名。曾官太医监。生平不详。方技:指医药、卫生等书。㉗条:分条列举。㉘撮:摘取。指意:旨意,要点。㉙歆:刘歆。西汉经学家、目录学家。字子骏。后改名秀,字颖叔。沛人。楚元王刘交五世孙。历任黄门郎、中垒校尉、侍中太中大夫、骑都尉、奉车光禄大夫等。他继承父业,主持西汉末年大规模校书工程,编制了我国第一部系统完备的目录学著作——《七略》,贡献极大。详见《汉书》卷三十三《楚元王传》附传。㉚《七略》:书名。刘歆总校群书后所写的提要式的图书目录。全书分《辑略》、《六艺略》、《诸子略》、《诗赋略》、《兵书略》、《术数略》、《方技略》七个部分,其中,《辑略》系全书总论,辑,同"集",总要;略,概要,亦即简单叙述之意。故虽名为七,实将所有图书分为六大类,创制图书"六分法",在中国目录学发展史上占有重要地位。原书已亡佚,今存清代洪颐煊、马国翰、姚振宗、严可均等诸家辑本。㉛删其要:删其浮冗,取其指要。

《易》曰："宓戏氏仰观象于天，俯观法于地，观鸟兽之文，与地之宜，近取诸身，远取诸物，于是始作八卦，以通神明之德，以类万物之情①。"至于殷、周之际，纣在上位，逆天暴物，文王以诸侯顺命而行道，天人之占可得而效，于是重《易》六爻②，作上下篇③。孔氏为之《彖》、《象》、《系辞》、《文言》、《序卦》之属十篇④。故曰《易》道深矣，人更三圣⑤，世历三古⑥。及秦燔书，而《易》为筮卜之事，传者不绝。汉兴，田何传之⑦。讫于宣、元，有施、孟、梁丘、京氏列于学官⑧，而民间有费、高二家之说⑨。刘向以中《古文易经》校施、孟、梁丘经⑩，或脱去"无咎"、"悔亡"⑪，唯费氏经与古文同。

【注释】

① 宓(fú)戏氏：即伏羲氏。鸟兽之文：指鸟兽留下的痕迹。八卦：指先天八卦，即乾、坤、离、坎、兑、巽、震、艮。引文见《易·系辞下》。② 六爻：《易经》八八六十四卦的每卦有六爻。爻，画。③ 上下篇：《易经》六十四卦中前三十卦为上篇，后三十四卦为下篇。④ 孔氏：指孔子。《彖(tuàn)》：即《彖辞》，又称《彖传》，分上、下两篇，内容为论断六十四卦卦名、卦辞的意义。《象》：即《象辞》，分为《大象》、《小象》，分别是解释卦象与爻象之辞。《系辞》：据说是集录孔子论《易》的言辞。《文言》：专门用来解释乾坤二卦。《序卦》：用来说明六十四卦的排列次序。《彖》、《象》、《系辞》各二篇，加上《文言》、《序卦》以及《说卦》、《杂卦》各一篇，统称为《易》之十翼。⑤ 三圣：指伏羲氏、周文王和孔子。⑥ 三古：上古、中古、下古的合称。这里分别相当于伏羲氏、周文王和孔子的时代。⑦ 田何：战国、秦、汉时人。齐国田氏宗族，字子庄，因徙杜陵，亦称杜田生。汉时诸儒治《易》皆本之田何。参见卷八十八《儒林传》。⑧ 施、孟、梁丘、京氏：分别指施雠、孟喜、梁丘贺、京房。学官：指古时主管学务的官员和官学教师。此指汉代设置的五经博士、博士祭酒等的传习。⑨ 费、高：指费直、高相。⑩ 中《古文易经》：指汉代皇家图书馆所藏的用古字抄写的《易经》。中，特指宫禁之内的皇家藏书，亦称"中秘书"。古文，汉代称用古字传抄的经书为古文，而称用隶书传抄的为今文。⑪ "无咎"、"悔亡"：二者是《易经》上经常使用的说明吉凶的术语。

《易》曰："河出图，雒出书，圣人则之①。"故《书》之所起远矣，至孔子纂焉②，上断于尧，下讫于秦，凡百篇，而为之序，言其作意③。秦燔书禁学，济南伏生独壁藏之④。汉兴亡失，求得二十九篇，以教齐鲁之间。讫孝宣世，有《欧阳》、大小《夏侯氏》⑤，立于学官。《古文尚书》者，出孔子壁中⑥。武帝末，鲁共王坏孔子宅⑦，欲以广其宫，而得《古文尚书》及《礼记》、《论语》、《孝经》凡数十篇，皆古字也。共王往入其宅，闻鼓琴瑟钟磬之音，于是惧，乃止不坏。孔安国者⑧，孔子后也，悉得其书，以考二十九篇，得多十六篇。安国献之。遭巫蛊事，未列于学官。刘向以中古文校欧阳、大小夏侯三家经文，《酒诰》脱简一⑨，《召诰》脱简二。率简二十五字者⑩，脱亦二十五字，简二十二字者，脱亦二十二字，文字异者七百有余，脱字数十。《书》者，古之号令，号令于众，其言不立具⑪，则听受施行者弗晓。古文读应尔雅⑫，故解古今语而可知也。

【注释】

① 河出图，雒出书：相传伏羲时有龙马出于黄河，马背有旋毛如星点，称作龙图。伏羲取法以画八卦，所以八卦也称为《河图》。夏禹治水时有神龟出于洛水，背上有裂纹，纹如文字，禹取法而作《尚书·洪范》"九畴"，所以《洪范》也称为《洛书》。雒，同"洛"。圣人：指伏羲氏和大禹。则：效法，学习。引文见《易·系辞上》。② 纂：汇集，编撰。③ 作意：著作的本意。孔子选编《尚书》百篇，并为之作《书序》，阐明各篇作者意旨及篇中思想内容。④ 伏生：名胜，济南人。秦时为博士，汉时曾以《尚书》二十九篇教授齐、鲁，影响很大。⑤ 欧阳：指欧阳生。大小夏侯氏：指夏侯胜与夏侯建。⑥ 孔子壁：指孔子旧宅墙壁。汉武帝时，鲁共王因扩建宫室而拆坏孔子旧宅，于墙壁之中发现许多藏匿的秦代禁毁图书，史称"壁中书"，最终导致汉代今、古文经学之争，影响极大。相传今山东曲阜孔府中的"鲁壁"即其遗址。⑦ 鲁共王：景帝子，名刘馀。详见《汉书》卷五十三《景十三王传》。⑧ 孔安国：西汉经学家。字子国，鲁（今山东曲阜）人，孔子十二世孙。曾从申公学《诗经》，从伏生学《尚书》。武帝时历任博士、谏大夫、临淮太守等。孔壁中古书发现后，当时无人能解，由他进行整理。曾奉诏作《书传》，定《尚书》为五十八篇。又作《古文孝经传》、《论语训解》

等。古文经书遂开始流传。今存《尚书孔氏传》,系后人伪托。⑨《酒诰》:与下《召诰》皆为《尚书》篇名。⑩率:大概,大略。⑪立具:具体,确定。⑫尔雅:合乎正规标准之意。尔,通"迩",近。雅,正。

《书》曰:"诗言志,歌咏言①。"故哀乐之心感,而歌咏之声发。诵其言谓之诗,咏其声谓之歌。故古有采诗之官,王者所以观风俗,知得失,自考正也。孔子纯取周诗,上采殷,下取鲁,凡三百五篇,遭秦而全者,以其讽诵,不独在竹帛故也②。汉兴,鲁申公为《诗》训故③,而齐辕固、燕韩生皆为之传④。或取《春秋》⑤,采杂说,咸非其本义。与不得已,鲁最为近之。三家皆列于学官。又有毛公之学⑥,自谓子夏所传⑦,而河间献王好之⑧,未得立。

【注释】

①引文见《尚书·舜典》。②竹帛:竹简和绢帛。古代初无纸,用竹帛书写文字。③申公:申培。汉代著名儒者。曾为楚元王太子傅,武帝时官至太中大夫。训故:即训诂。注释经文,对古书字句作出解释。训,解说。诂,古言古义。④韩生:即韩婴。与辕固皆为汉代名儒。⑤《春秋》:泛指古代编年体史书。⑥毛公:指大毛公毛亨、小毛公毛苌。汉代传《诗》名儒。其中毛亨作《毛诗故训传》,毛苌为河间献王博士。⑦子夏:春秋卫人。姓卜名商,字子夏。孔子弟子。相传子夏传《易》,田子方、段干木、禽滑里、吴起等皆曾受业于他。⑧河间献王:名刘德,景帝子。爱好儒学,家中藏书与朝廷大致相当。详见《汉书》卷五十三《景十三王传》。

《易》曰:"有夫妇父子君臣上下,礼义有所错①。"而帝王质文世有损益②,至周曲为之防③,事为之制,故曰:"礼经三百,威仪三千。"及周之衰,诸侯将逾法度,恶其害己,皆灭去其籍,自孔子时而不具,至秦大坏。汉兴,鲁高堂生传《士礼》十七篇④。讫孝宣世,后仓最明。戴德、戴圣、庆普皆其弟子,三家立于学官。《礼古经》者,出于鲁淹中及孔氏⑤,与十七篇文相似,多三十九篇。及《明堂阴阳》、《王史氏记》所见⑥,多天子、诸侯、卿大夫之制,虽不能备,犹瘉仓等推《士礼》而致于天子之说⑦。

【注释】

① 错：通"措"，放置，安置。引文见《易·序卦》。② 质文：质朴与华美。殷尚质，周尚文。损益：增减，盈亏。③ 曲：细事，小事。以下引文见《礼记·中庸》。④ 高唐生：西汉今文礼学的最早传授者。复姓高堂，生为先生、儒生之义。《士礼》十七篇：即现在通行《十三经》中的《仪礼》。⑤ 淹中：春秋鲁国里名。在今山东省曲阜市。⑥《明堂阴阳》、《王史氏记》：前者记古明堂之遗事，后者为七十子后学所作，二书均已亡佚。⑦ 瘉：同"愈"，胜过，高过。

《易》曰："先王作乐崇德，殷荐之上帝，以享祖考①。"故自黄帝下至三代，乐各有名。孔子曰："安上治民，莫善于礼；移风易俗，莫善于乐②。"二者相与并行。周衰俱坏，乐尤微眇③，以音律为节，又为郑、卫所乱，故无遗法。汉兴，制氏以雅乐声律④，世在乐官，颇能纪其铿锵鼓舞，而不能言其义。六国之君，魏文侯最为好古，孝文时得其乐人窦公，献其书，乃《周官·大宗伯》之《大司乐》章也⑤。武帝时，河间献王好儒，与毛生等共采《周官》及诸子言乐事者，以作《乐记》，献八佾之舞⑥，与制氏不相远。其内史丞王定传之，以授常山王禹。禹，成帝时为谒者，数言其义，献二十四卷记。刘向校书，得《乐记》二十三篇，与禹不同，其道浸以益微⑦。

【注释】

① 殷：盛情，周到。祖考：祖先。引文见于《易·豫卦·象辞》。② 引文见于《孝经·广要道章》。③ 眇：细小，微小。④ 制氏：春秋时鲁国人。擅音乐。⑤《周官》：即《周礼》。⑥ 八佾（yì）：古代天子用的一种乐舞。佾，舞列，纵横都是八人，共六十四人。⑦ 浸：副词。逐渐。

古之王者世有史官。君举必书①，所以慎言行、昭法式也②。左史记言，右史记事③，事为《春秋》，言为《尚书》，帝王靡不同之④。周室既微，载籍残缺，仲尼思存前圣之业，乃称曰："夏礼吾能言之，杞不足征也；殷礼吾能言之，宋不足征也。文献不足故也，足则吾能征之矣⑤。"以鲁周公之国，礼文备物⑥，史官有法，故与左丘明观其史记⑦，据行事，仍人道⑧，因兴以立功，就败以成罚，假日月以定历数，借朝聘以正礼乐⑨。有所褒讳贬损，不可书见，口授弟子，弟子退而异言。丘明恐弟子各安其意，以失其真，故论本事而作传⑩，明夫子不以空言说经也。《春秋》所贬损大人当世君臣，有威权势力，其事实皆形于传，是以隐其书而不宣，所以免时难也。及末世口说流行，故有《公羊》、《谷梁》、《邹》、《夹》之《传》。四家之中，《公羊》、《谷梁》立于学官，邹氏无师，夹氏未有书。

【注释】

①举：言行，举动。书：记录。②昭：明。法式：法度，制度。③左史、右史：官名。周代史官有左史、右史之分。左史记行动，右史记言语。④靡：无，没有。⑤杞：春秋时国名。相传武王伐纣后，封夏禹后代东楼公于杞，称杞国。征：证明，证验。宋：周代诸侯国名。子姓。周武王灭商后，封商王纣子武庚于商旧都（今河南商丘）。成王时，武庚叛乱，被杀。又以其地封予纣的庶兄微子启，号宋公，为宋国。文献：有关典章制度的文字资料和多闻熟悉掌故的人。引文见《论语·八佾》。⑥礼文：指礼乐仪制。备物：备办各种器物。⑦史记：史官所记之国事。⑧仍：依照，沿袭。⑨朝聘：古代诸侯亲自或派使臣按期朝见天子。⑩本事：原事，旧事。

《论语》者，孔子应答弟子时人及弟子相与言而接闻于夫子之语也①。当时弟子各有所记。夫子既卒，门人相与辑而论纂②，故谓之《论语》。汉兴，有齐、鲁之说。传《齐论》者，昌邑中尉王吉、少府宋畸、御史大夫贡禹、尚书令五鹿充宗、胶东庸生③，唯王阳名家。传《鲁论语》者，常山都尉龚奋、长信少府夏侯胜、丞相韦贤、鲁扶卿、前将军萧望之、安昌侯张禹④，皆名家。张氏最后，而行于世。

【注释】

①接闻：受闻。指弟子之言被孔子辗转听到。②辑：同"集"。论纂：编撰。论，条理，编辑。纂，同"撰"。③王吉：皋虞（今山东即墨东北）人。名吉，字子阳，亦称"王阳"。贡禹：琅玡（今山东诸城）人，字少翁。王吉和贡禹详见《汉书》卷七十二《王贡两龚鲍传》。五鹿充宗：姓五鹿，名充宗。

庸生：名谭。④ 鲁扶卿：孔安国的弟子。

《孝经》者，孔子为曾子陈孝道也。夫孝，天之经，地之义，民之行也。举大者言，故曰《孝经》。汉兴，长孙氏、博士江翁、少府后仓、谏大夫翼奉、安昌侯张禹传之，各自名家。经文皆同，唯孔氏壁中古文为异。"父母生之，续莫大焉"，"故亲生之膝下"①，诸家说不安处，古文字读皆异②。

【注释】

① 续：嗣续，子孙后代相继承。两处引文均出自于《孝经·圣治》。② 读（dòu）：语句中的停顿。古代诵读文章，分句和读，短的停顿叫读，稍长的停顿叫句。

《易》曰："上古结绳以治，后世圣人易之以书契，百官以治，万民以察，盖取诸《夬》①。""夬，扬于王庭"②，言其宣扬于王者朝廷，其用最大也。古者八岁入小学，故《周官》保氏掌养国子③，教之六书，谓象形、象事、象意、象声、转注、假借，造字之本也。汉兴，萧何草律，亦著其法，曰："太史试学童，能讽书九千字以上④，乃得为史⑤。又以六体试之，课最者以为尚书御史史书令史⑥。吏民上书，字或不正，辄举劾。"六体者，古文、奇字、篆书、隶书、缪篆、虫书⑦，皆所以通知古今文字⑧，摹印章，书幡信也⑨。古制，书必同文，不知则阙，问诸故老，至于衰世，是非无正，人用其私。故孔子曰："吾犹及史之阙文也，今亡矣夫⑩！"盖伤其浸不正。《史籀篇》者⑪，周时史官教学童书也，与孔氏壁中古文异体。《苍颉》七章者，秦丞相李斯所作也；《爰历》六章者，车府令赵高所作也⑫；《博学》七章者，太史令胡母敬所作也⑬；文字多取《史籀篇》，而篆体复颇异，所谓秦篆者也。是时始造隶书矣，起于官狱多事，苟趋省易⑭，施之于徒隶也⑮。汉兴，闾里书师合《苍颉》、《爰历》、《博学》三篇⑯，断六十字以为一章，凡五十五章，并为《苍颉篇》。武帝时司马相如作《凡将篇》，无复字。元帝时黄门令史游作《急就篇》，成帝时将作大匠李长作《元尚篇》，皆《苍颉》中正字也。《凡将》则颇有出矣。至元始中⑰，征天下通小学者以百数⑱，各令记字于庭中。扬雄取其有用者以作《训纂篇》，顺续《苍颉》，又易《苍颉》中重复之字，凡八十九章。臣复续扬雄作十三章，凡一百二章，无复字，六艺群书所载略备矣。《苍颉》多古字，俗师失其读，宣帝时征齐人能正读者，张敞从受之，传至外孙之子杜林，为作训故，并列焉。

【注释】

①书契：指文字。《夬（guài）》：《周易》六十四卦之一。乾下兑上。引文见于《易·系辞下》。②引文出自《易·夬卦》。③保氏：古代职掌以礼义匡正君王、教育贵族子弟的官员。国子：公卿大夫的子弟。④讽书：背书。⑤史：地方政府的下级佐史。⑥课最：古时朝廷对官吏定期考核，检查政绩，政绩最好的称"课最"。此处指考试成绩最好的。⑦缪篆：用以摹刻印章的字体，字形屈曲缠绕。也称摹印篆。虫书：旗帜符信上所用的字体，字形如虫。⑧通知：犹通晓。⑨幡信：又称信幡。古代题表官号以为符信的旗帜。⑩引文出自于《论语·卫灵公》。⑪《史籀篇》：相传为周宣王时太史籀所作，所用字体为大篆。⑫车府令：古代执掌乘舆之官。⑬胡母敬：姓胡母，名敬。⑭省易：简易，方便。⑮徒隶：刑徒奴隶，服劳役的犯人。⑯闾里：里巷，平民聚居之处。书师：犹塾师。⑰元始：汉平帝年号。⑱小学：汉代称文字学为小学。因儿童入小学先学文字，故名。隋唐以后为文字学、训诂学、音韵学之总称。

六艺之文：《乐》以和神①，仁之表也；《诗》以正言②，义之用也；《礼》以明体③，明者著见，故无训也；《书》以广听④，知之术也；《春秋》以断事⑤，信之符也。五者，盖五常之道⑥，相须而备⑦，而《易》为之原。故曰"《易》不可见，则乾坤或几乎息矣"⑧，言与天地为终始也。至于五学⑨，世有变改，犹五行之更用事焉⑩。古之学者耕且养，三年而通一艺，存其大体，玩经文而已⑪，是故用日少而畜德多，三十而五经立也⑫。后世经传既已乖离，博学者又不思多闻阙疑之义⑬，而务碎义逃难⑭，便辞巧说⑮，破坏形体⑯，说五字之文，至于二三万言。后进弥以驰逐⑰，故幼童而守一艺，白首而后能言；安其所习，毁所不见，终以自蔽。此学者之大患也。序六艺为九种⑱。

艺文志序

【注释】

① 和神：和悦神志，调理心态。② 正言：端正言论，纯洁语言。③ 明体：制定制度，规范行为。④ 广听：扩大听闻，增长见识。⑤ 断事：处理问题。⑥ 五常：指上文提到的仁、义、礼、智、信。⑦ 相须：亦作"相需"。互相依存，互相配合。⑧ 引文见《易·系辞上》。⑨ 五学：指上述《乐》、《诗》、《礼》、《书》、《春秋》五者之学。⑩ 五行：指金、木、水、火、土。更用事：指五行按相生相克的规律相互更替。⑪ 玩：研讨，反复体会。此指熟读。⑫ 三十而五经立：指十五始学，三年通一艺，则至三十岁时五经皆通。⑬ 多闻阙疑：多听多读，有怀疑的地方则加以保留。语出《论语·为政》。⑭ 碎义：支离破碎的解说。逃难：逃避别人的攻击责难。⑮ 便辞巧说：牵强附会，花言巧语。⑯ 破坏形体：指乱加分析，破坏了文字的形体结构。⑰ 后进：后辈，后来的人。弥：更加。驰逐：指追随、效法。⑱ 序六艺为九种：指上述《易》、《诗》、《书》、《礼》、《乐》、《春秋》、《论语》、《孝经》、小学九种。

儒家者流①，盖出于司徒之官，助人君顺阴阳明教化者也②。游文于六经之中③，留意于仁义之际，祖述尧、舜，宪章文、武④，宗师仲尼，以重其言⑤，于道最为高。孔子曰："如有所誉，其有所试⑥。"唐、虞之隆，殷、周之盛，仲尼之业，已试之效者也。然惑者既失精微，而辟者又随时抑扬⑦，违离道本，苟以哗众取宠。后进循之，是以《五经》乖析⑧，儒学浸衰，此辟儒之患。

【注释】

① 流：流派，学派。② 阴阳：古代哲学名词。儒家所说的阴阳之道，指天地人事自然之理。③ 游文：习文。亦即学习、钻研。④ 宪章：遵守典章制度。⑤ 以重其言：抬高自己学说的地位。⑥ 引文见《论语·卫灵公》。⑦ 辟：同"僻"，片面，邪僻不正。抑扬：浮沉，进退。⑧ 乖析：支离破碎。

道家者流，盖出于史官，历记成败存亡祸福古今之道，然后知秉要执本①，清虚以自守，卑弱以自持，此君人南面之术也②。合于尧之克攘③，《易》之嗛嗛④，一谦而四益⑤，此其所长也。及放者为之⑥，则欲绝去礼学，兼弃仁义,曰独任清虚可以为治。

【注释】

①秉要执本:抓住要点,掌握根本。②君人:做老百姓的君主。南面之术:指帝王运用君权治理国家的方法。古代以坐北朝南为尊位,故居帝位亦称"南面"。③克攘:能谦让。克,能。攘,同"让"。④嗛嗛(qiān):谦逊貌。嗛,同"谦"。⑤一谦而四益:语出《易·谦卦·象辞》,即:"天道亏盈而益谦,地道变盈而流谦,鬼神害盈而福谦,人道恶盈而好谦。"⑥放:放任不拘。

阴阳家者流①,盖出于羲和之官,敬顺昊天②,历象日月星辰,敬授民时,此其所长也。及拘者为之③,则牵于禁忌④,泥于小数⑤,舍人事而任鬼神⑥。

【注释】

①阴阳家:研究阴阳律历的一个学派。②昊天:苍天。昊,元气博大貌。③拘:固执不通。④牵:牵制。禁忌:有关吉凶的忌讳。⑤泥:拘泥,拘执。小数:有关禁忌的小术数。泛指阴阳卜筮、鬼神仙道、祈禳厌胜之类。⑥舍:放弃,舍弃。人事:人力所能及的事。任:听凭。

法家者流,盖出于理官①。信赏必罚,以辅礼制。《易》曰"先王以明罚饬法"②,此其所长也。及刻者为之③,则无教化,去仁爱,专任刑法而欲以致治,至于残害至亲,伤恩薄厚④。

【注释】

①理官:治狱之官。②饬:整饬。引文见《易·噬嗑卦·象辞》。③刻:刻薄。与"仁厚"相反。④伤恩薄厚:使有恩者受到伤害,使仁厚者变得刻薄。

名家者流①,盖出于礼官②。古者名位不同,礼亦异数。孔子曰:"必也正名乎! 名不正则言不顺,言不顺则事不成③。"此其所长也。及警者

为之④,则苟钩鈲析乱而已⑤。

【注释】

① 名家:战国时代的一个学派,该学派企图用比较严密的推理方法来辩论问题,常有诡辩的倾向。② 礼官:掌礼仪教化之官。③ 正名:辨正名称、名分,使名实相符。引文见《论语·子路》。④ 警(jiǎo):挑剔,找茬。⑤ 钩鈲(pī)析乱:钩取诡怪的道理而破坏名实,分析得支离破碎。钩,钩取。鈲,刺破,割裂。

墨家者流,盖出于清庙之守①。茅屋采椽②,是以贵俭;养三老五更③,是以兼爱;选士大射,是以上贤④;宗祀严父,是以右鬼⑤;顺四时而行,是以非命;以孝视天下,是以上同:此其所长也。及蔽者为之⑥,见俭之利,因以非礼,推兼爱之意,而不知别亲疏。

【注释】

① 清庙之守:掌管宗庙的官。清庙,即太庙。古代帝王的宗庙。一说"守"字为"官"字之误。② 采椽:用栎木或柞木做椽子。指生活俭朴。采,木名,即栎木。③ 三老五更:古代设三老五更之位,天子以父兄之礼养之。依郑玄所言:三老五更各一人也,皆年老更事致仕者也,天子以父兄养之,示天下之孝悌也。名以三五者,取象三辰五星,天所因以照明天下者。更,指年老致仕而经验丰富的人。一说"更"字为"叟"字之误。④ 上:同"尚"。⑤ 右鬼:相信、推崇鬼神。右,古代崇右,故以右为尊。⑥ 蔽者:指片面狭隘地实行墨子主张的人。蔽,见解不全面。

从横家者流,盖出于行人之官①。孔子曰:"诵《诗》三百,使于四方,不能颛对,虽多,亦奚以为②?"又曰:"使乎,使乎③!"言其当权事制宜,受命而不受辞。此其所长也。及邪人为之,则上诈谖而弃其信④。

【注释】

① 行人之官:掌管朝觐聘问的职官。② 颛对:谓任使节时能独自随

机应答。颛,通"专"。引文见《论语·子路》。③ 引文见《论语·宪问》。④ 诈谖:欺诈,弄虚作假。

杂家者流①,盖出于议官②。兼儒、墨,合名、法,知国体之有此,见王治之无不贯,此其所长也。及荡者为之③,则漫羡而无所归心④。

【注释】

① 杂家:不主一说而糅合诸家之说的一个学派,其学说以《吕氏春秋》、《淮南子》等为代表。② 议官:言官,谏官。③ 荡:放荡不羁,学识浮泛。④ 漫羡:即漫衍,散漫。指牵涉面很广而抓不住要点。

农家者流,盖出于农稷之官①。播百谷,劝耕桑,以足衣食,故八政一曰食、二曰货②。孔子曰"所重民食"③,此其所长也。及鄙者为之④,以为无所事圣王,欲使君臣并耕,悖上下之序⑤。

【注释】

① 农稷之官:即农官。因周的始祖弃曾在尧时任主管农事之官后稷,故称。② 八政:参见《食货志》注。③ 引文见《论语·尧曰》。④ 鄙者:鄙陋粗野之人。此指参加农业生产劳动的人。儒家认为劳动是鄙事,含有轻视之意。⑤ 悖:悖乱。

小说家者流①,盖出于稗官②。街谈巷语,道听涂说者之所造也③。孔子曰:"虽小道,必有可观者焉,致远恐泥,是以君子弗为也④。"然亦弗灭也。闾里小知者之所及,亦使缀而不忘⑤。如或一言可采,此亦刍荛狂夫之议也⑥。

【注释】

① 小说家:战国、秦、汉时期的一个学派。该学派收集神话传说、街谈巷语、道听途说等编辑成书,成为后世小说发展的先河。② 稗官:古代的一种小官,专给帝王述说街谈巷议、市井传闻。稗,稗米,颗粒极细,比

喻微小、琐碎。后世也把"稗官"作为小说家或小说的代称。③ 涂：通"途"。④ 引文见《论语·子张》。⑤ 缀：联缀。此指联缀辞句记录下来。⑥ 刍荛(chú ráo)：割草砍柴之人。狂夫：无知妄为之人。

诸子十家，其可观者九家而已①。皆起于王道既微，诸侯力政②，时君世主，好恶殊方，是以九家之术蜂出并作，各引一端，崇其所善，以此驰说，取合诸侯。其言虽殊，辟犹水火③，相灭亦相生也。仁之与义，敬之与和，相反而皆相成也。《易》曰："天下同归而殊涂，一致而百虑④。"今异家者各推所长，穷知究虑，以明其指，虽有蔽短，合其要归，亦《六经》之支与流裔⑤。使其人遭明王圣主，得其所折中⑥，皆股肱之材已⑦。仲尼有言："礼失而求诸野⑧。"方今去圣久远，道术缺废，无所更索⑨，彼九家者，不犹瘉于野乎⑩？若能修六艺之术，而观此九家之言，舍短取长，则可以通万方之略矣⑪。

【注释】

① 九家：即从儒、道、阴阳、法、名、墨、纵横、杂、农、小说十家中除去小说家后剩下的九家学派。亦称"九流"。小说家不入流，故有"九流十家"之说。② 力政：犹力征。谓以武力征伐。③ 辟：通"譬"。譬喻。④ 同归而殊涂：谓天下万事初虽异，然终究同归于一。一致而百虑：趋向虽然相同，却有各种考虑。引文见《易·系辞下》。⑤ 支：支流。流裔：末流。⑥ 折中：亦作"折衷"。综合调节，使合乎中道。⑦ 股肱之材：比喻左右辅佐之臣。股肱，大腿和胳膊。⑧ 野：指民间。⑨ 更索：重新寻找。⑩ 瘉：同"愈"，越，更加。⑪ 万方：万邦，各方诸侯。引申指全国各地。

传曰："不歌而诵谓之赋，登高能赋可以为大夫①。"言感物造耑②，材知深美，可与图事，故可以为列大夫也③。古者诸侯卿大夫交接邻国，以微言相感，当揖让之时④，必称《诗》以谕其志，盖以别贤不肖而观盛衰焉。故孔子曰"不学《诗》，无以言"也⑤。春秋之后，周道浸坏，聘问歌咏不行于列国，学《诗》之士逸在布衣⑥，而贤人失志之赋作矣。大儒孙卿及楚臣屈原离谗忧国⑦，皆作赋以风⑧，咸有恻隐古诗之义⑨。其后宋玉、唐勒，汉兴,枚乘、司马相如,下及扬子云⑩,竞为侈俪闳衍之词⑪,没其风谕之义。是以扬子悔之,曰:"诗人之赋丽以则,辞人之赋丽以淫。如孔氏之门人用赋也,则贾谊登堂,相如入室矣,如其不用何⑫!"自孝武立乐府而采歌谣,于是有代赵之讴⑬,秦楚之风,皆感于哀乐,缘事而发,亦可以观风俗,知薄厚云。序诗赋为五种⑭。

【注释】

① 引文见《毛诗·卫风·定之方中》毛传。② 耑:"端"的古字。开头。③ 列大夫:秦汉时爵位名。列第七级,亦称七大夫或公大夫。④ 揖让:宾主相见的礼仪,互相作揖表示谦让。⑤ 引文见《论语·季氏》。⑥ 逸在布衣:指隐遁在老百姓之中。布衣,代指老百姓。⑦ 孙卿:即荀卿,因避汉宣帝刘询讳,故改称孙卿。离:同"罹",遭受。⑧ 风:通"讽",劝谏,讽谏。⑨ 恻隐:同情,悲痛。⑩ 扬子云:即扬雄,字子云。西汉文学家、哲学家。著有《法言》、《太玄》等。详见《汉书》卷八十七《扬雄传》。⑪ 侈俪闳衍:形容文辞华丽繁富。闳,大,宏大。衍,广博。⑫ 则:法度。登堂、入室:比喻学艺造诣精绝,深得师传。引文见扬雄《法言·吾子》。⑬ 讴:歌曲,民歌。⑭ 五种:分别为屈原赋、陆贾赋、孙卿赋、杂赋、歌诗。

　　权谋者,以正守国,以奇用兵,先计而后战,兼形势,包阴阳,用技巧者也。
　　形势者,雷动风举,后发而先至,离合背乡①,变化无常,以轻疾制敌者也。
　　阴阳者,顺时而发,推刑德②,随斗击③,因五胜④,假鬼神而为助者也。
　　技巧者,习手足,便器械,积机关,以立攻守之胜者也。

【注释】

① 乡:同"向"。② 推刑德:推测阴阳相生相克。古代阴阳家以刑(刑罚)为阴克,以德(德化)为阳生,以附会五行生克之说。一说日为德、月为刑。③ 随斗击:随北斗星转移所指的月份、方向来决定用兵的时机和对象。④ 五胜:五行相克。胜,克。古代阴阳五行家认为,水克火、火克金、

金克木、木克土、土克水为五行相克,而水生木、木生火、火生土、土生金、金生水为五行相生。

兵家者,盖出古司马之职,王官之武备也①。《洪范》八政,八曰师。孔子曰为国者"足食足兵","以不教民战,是谓弃之"②,明兵之重也。《易》曰"古者弦木为弧,剡木为矢,弧矢之利,以威天下"③,其用上矣。后世镕金为刃④,割革为甲,器械甚备。下及汤、武受命,以师克乱而济百姓,动之以仁义,行之以礼让,《司马法》是其遗事也⑤。自春秋至于战国,出奇设伏,变诈之兵并作。汉兴,张良、韩信序次兵法,凡百八十二家,删取要用,定著三十五家。诸吕用事而盗取之。武帝时,军政杨仆捃摭遗逸⑥,纪奏兵录,犹未能备。至于孝成,命任宏论次兵书为四种⑦。

【注释】

① 武备:军备。指武装力量、军事装备等。② 以不教民战,是谓弃之:驱赶未经教化的人民去作战,等于是在糟蹋生灵。引文分别见于《论语·颜渊》、《论语·子路》。③ 弦:安上弓弦。弧:木弓。剡(yǎn):削,刮。引文见《易·系辞下》。④ 镕:通"铄",销熔。⑤《司马法》:古兵书。相传为司马穰苴所作。⑥ 军政:军中执法官。政,通"正"。杨仆:武帝时曾任御史,后以楼船将军率军击南越、破东胡、攻朝鲜,因过失免为庶人。捃摭(jùn zhí):采取,采集。⑦ 四种:指兵权谋、兵形势、兵阴阳、兵技巧。

天文者,序二十八宿①,步五星日月②,以纪吉凶之象,圣王所以参政也。《易》曰:"观乎天文,以察时变③。"然星事凶悍,非湛密者弗能由也④。夫观景以谴形⑤,非明王亦不能服听也。以不能由之臣,谏不能听之王,此所以两有患也。

【注释】

① 二十八宿:我国古代天文学家把周天黄道(太阳和月亮所经天区)的恒星分成二十八个星座,叫做二十八宿,东西南北四方各七宿。东方苍龙七宿是角、亢、氐(dī)、房、心、尾、箕;北方玄武七宿是斗、牛、女、虚、危、

室、壁；西方白虎七宿是奎、娄、胃、昴（mǎo）、毕、觜（zī）、参（shēn）；南方朱雀七宿是井、鬼、柳、星、张、翼、轸（zhěn）。② 步：指天文、历法方面的测量计算。五星：指水、木、金、火、土五大行星，即东方岁星（木星）、南方荧惑（火星）、中央镇星（土星）、西方太白（金星）、北方辰星（水星）。此五星与日、月合称"七燿"。③ 引文见《易·贲卦·彖辞》。④ 湛密：精密。由：任用，使用。⑤ 观景以谴形：观察天上星宿变化以指责政治得失。景，同"影"。

历谱者，序四时之位①，正分至之节②，会日月五星之辰，以考寒暑杀生之实③。故圣王必正历数，以定三统服色之制④，又以探知五星日月之会。凶厄之患，吉隆之喜，其术皆出焉。此圣人知命之术也，非天下之至材，其孰与焉！道之乱也，患出于小人而强欲知天道者，坏大以为小，削远以为近，是以道术破碎而难知也。

【注释】

① 四时之位：古时以日行北陆为冬，西陆为春，南陆为夏，东陆为秋，是为四时之位。四时，四季。② 分至：指春分、秋分、冬至、夏至。③ 寒暑杀生：古代气象家认为，春天生物萌生，夏天生物成长，秋天果实成熟，可以收割、摘取，冬天收藏，故以生代春、夏，以杀代秋冬。④ 三统：古历法名，即三统历。指夏、商、周三代的正朔。亦称"三正"。夏正建寅为人统，商正建丑为地统，周正建子为天统。夏商周三代因历法不同而服制颜色也不相同。

五行者，五常之形气也①。《书》云"初一曰五行，次二曰羞用五事"②，言进用五事以顺五行也。貌、言、视、听、思心失，而五行之序乱，五星之变作，皆出于律历之数而分为一者也。其法亦起五德终始③，推其极则无不至。而小数家因此以为吉凶④，而行于世，浸以相乱。

【注释】

① 五常：谓仁、义、礼、智、信。② 羞：进。五事：指古代统治者修身的

五件事,谓貌(恭)、言(从)、视(明)、听(聪)、思(睿)。引文见《尚书·洪范》。③ 五德终始:战国末期阴阳家邹衍的学说。指水、木、金、火、土五种物质德性相生相克和终而复始的循环变化,论者并用以推断自然的命运和王朝兴亡的原因。④ 小数:术数。泛指阴阳卜筮、鬼神仙道、祈禳厌胜之类。

蓍龟者①,圣人之所用也。《书》曰:"女则有大疑,谋及卜筮②。"《易》曰:"定天下之吉凶,成天下之亹亹者,莫善于蓍龟③。""是故君子将有为也,将有行也,问焉而以言,其受命也如向,无有远近幽深,遂知来物。非天下之至精,其孰能与于此④!"及至衰世,解于齐戒⑤,而娄烦卜筮⑥,神明不应。故筮渎不告,《易》以为忌⑦;龟厌不告,《诗》以为刺⑧。

【注释】

① 蓍龟:古人以蓍草与龟甲占卜凶吉,因以指占卜。② 女:通"汝",你。引文见《尚书·洪范》。③ 亹(wěi)亹:勤勉不倦貌。引文见《易·系辞上》。④ 如向:言反应迅速。向,同"响"。无有:不论。引文见《易·系辞上》。⑤ 解:通"懈"。齐戒:即"斋戒",古人在祭祀前沐浴更衣、整洁身心,以示虔诚。齐,通"斋"。⑥ 娄:通"屡"。⑦ 渎:亵渎,轻慢。忌:忌讳。语出《易·蒙卦》。⑧ 厌:厌烦。刺:讽刺。语出《诗经·小雅·小旻》。

杂占者,纪百事之象,候善恶之征①。《易》曰:"占事知来②。"众占非一,而梦为大,故周有其官③。而《诗》载熊罴虺蛇众鱼旐旟之梦④,著明大人之占,以考吉凶,盖参卜筮。《春秋》之说訞也⑤,曰:"人之所忌,其气炎以取之,訞由人兴也。人失常则訞兴,人无衅焉⑥,訞不自作。"故曰:"德胜不祥,义厌不惠。"桑穀共生⑦,大戊以兴⑧;雊雉登鼎⑨,武丁为宗⑩。然惑者不稽诸躬⑪,而忌訞之见,是以《诗》刺"召彼故老,讯之占梦"⑫,伤其舍本而忧末,不能胜凶咎也。

【注释】

① 征:证明,证验。② 引文见《易·系辞下》。③ 周有其官:据《周

礼》,春官宗伯属官有大卜,又有占梦。颜师古注:"谓大卜掌三梦之法,又占梦中士二人,皆宗伯之属官。"④ 羆(pí):熊的一种。俗称人熊或马熊。虺(huǐ):古称蝮蛇一类的毒蛇。通常指土虺蛇,色如泥土。旐(zhào):古代画有龟蛇图像的旗。旟(yú):古代画有鸟隼图像的军旗。关于《诗经》所载占梦之法,以及释熊、羆、虺、蛇、众鱼、旐、旟为吉祥之兆,可参见《小雅·斯干》、《小雅·无羊》等篇。⑤ 訞:同"妖",怪异。⑥ 衅:过失,缺陷。"人之所忌"等引文见《左传》庄公十四年。⑦ 穀:落叶乔木。亦即楮树。皮可制桑皮纸。⑧ 大戊:即太戊,商代国君,太庚之子。因任用伊陟、巫咸等治国而致昌盛。关于"桑穀共生,大戊以兴",说见《郊祀志》。⑨ 雊:野鸡鸣叫。雉:野鸡。⑩ 武丁:商代国君,亦即殷高宗,盘庚弟小乙之子。任用傅说为相,国力强盛,号称"中兴"。关于"雊雉登鼎,武丁为宗",说见《五行志》。⑪ 稽:考。⑫ 故老:元老,旧臣。讯:询问。引文见《诗经·小雅·正月》。

形法者①,大举九州之势以立城郭室舍形,人及六畜骨法之度数、器物之形容以求其声气贵贱吉凶②。犹律有长短③,而各征其声,非有鬼神,数自然也。然形与气相首尾④,亦有有其形而无其气,有其气而无其形,此精微之独异也。

【注释】

① 形法:指堪舆、骨相等方术。② 形容:外貌,模样。声气:声音气息。③ 律:古代用竹管或金属管制成的定音仪器。以管的长短确定音阶高低,分为十二律。④ 相首尾:相互关联,相互影响。

数术者①,皆明堂羲和史卜之职也②。史官之废久矣,其书既不能具,虽有其书而无其人。《易》曰:"苟非其人,道不虚行③。"春秋时鲁有梓慎,郑有裨灶,晋有卜偃,宋有子韦④。六国时楚有甘公,魏有石申夫⑤。汉有唐都⑥,庶得粗觕⑦。盖有因而成易,无因而成难,故因旧书以序数术为六种⑧。

【注释】

①数术：即术数。古代关于天文、历法、占卜的学问。②明堂：古代帝王宣明政教的地方。凡朝会、祭祀、庆赏、选士、养老、教学等大典，都在此举行。史卜：指太史、太卜等官。③引文见《易·系辞下》。意思是：如果不是合适的人，道就不能推行。④"春秋"句：梓慎，见《左传》襄公十五年。裨灶，见《左传》襄公二十八年。卜偃，见《左传》闵公元年。子韦，宋景公时人。⑤"六国"句：甘公，即甘德。石申夫，或作"石申"。相传甘德和石申合著有《甘石星经》一书。⑥唐都：西汉天文学家。曾授天官之学予司马迁。⑦庶：也许，或许，差不多。觕（cū）：粗略，粗疏。⑧六种：指天文、历谱、五行、蓍龟、杂占、形法。

医经者，原人血脉经落骨髓阴阳表里①，以起百病之本②，死生之分③，而用度箴石汤火所施④，调百药齐和之所宜⑤。至齐之得⑥，犹慈石取铁⑦，以物相使。拙者失理，以瘉为剧⑧，以生为死。

【注释】

①原：推求。经落：即经络。中医学名词。②起：揭示起因。本：根源。③死生之分：死与生的界限。④箴石：或作"针石"。石制的针。古代治病之具。⑤齐：同"剂"。将多种药料按一定比例配制而成的药物。⑥至齐：同"至剂"，即最好的药剂。⑦慈石：同"磁石"。⑧瘉：同"愈"，病愈。剧：厉害，严重。

经方者①，本草石之寒温，量疾病之浅深，假药味之滋，因气感之宜，辩五苦六辛②，致水火之齐③，以通闭解结④，反之于平。及失其宜者，以热益热，以寒增寒，精气内伤，不见于外，是所独失也。故谚曰："有病不治，常得中医。"

【注释】

①经方：中医称汉代以前的医方。②五苦：指五种苦味药，即黄连、苦参、黄芩、黄柏、大黄。六辛：指六种辣味药，即干姜、附子、肉桂、吴萸、

蜀椒、细辛。③ 水火之齐:制剂有水、火之分。火制者有煅、煨、炙、炒四种;水制者有浸、泡、洗三种;水火共制者有蒸、煮二种。齐,同"剂"。④ 通闭解结:打通堵塞,化解郁结。

房中者①,情性之极,至道之际②,是以圣王制外乐以禁内情③,而为之节文④。传曰:"先王之所乐,所以节百事也。"乐而有节,则和平寿考⑤。及迷者弗顾,以生疾而陨性命。

【注释】

① 房中:本指男女交合之事。房中术为古代关于性生活与男女生理卫生健康的理论与方法,其中亦包含一些有益的养生长寿之道。② 至道:大道,常理。③ 制外乐:节制外形的过分淫乐。④ 节文:节制过分淫乐的规定或措施。⑤ 考:老,年纪大。

神仙者①,所以保性命之真②,而游求于其外者也。聊以荡意平心,同死生之域,而无怵惕于胸中③。然而或者专以为务④,则诞欺怪迂之文弥以益多⑤,非圣王之所以教也。孔子曰:"索隐行怪,后世有述焉,吾不为之矣⑥。"

【注释】

① 神仙:古代注重练功养生的人常常具有健康长寿的身体,且气度神采异于常人,即被称为神仙。② 真:本原,本性。类似于道家追求的一种自然之道。③ 怵惕:敬畏,戒惧。④ 或:同"惑"。⑤ 诞欺:虚妄,欺骗。怪迂:怪异,迂腐。弥:更加。⑥ 索隐:探求隐晦之事。语出《礼记·中庸》。

方技者,皆生生之具①,王官之一守也②。太古有岐伯、俞拊③,中世有扁鹊、秦和④,盖论病以及国,原诊以知政。汉兴有仓公⑤。今其技术晻昧⑥,故论其书,以序方技为四种⑦。

【注释】

① 生生之具：人们赖以生存的工具。生生，养生，生活。② 王官之一守：王朝官府的职责之一。③ 太古：远古，上古。岐伯、俞拊：相传为黄帝时的名医。④ 中世：犹中古。扁鹊：战国时名医，其事详见《史记·扁鹊仓公列传》。秦和：春秋时秦国名医。⑤ 仓公：西汉名医，名淳于意。详见《史记·扁鹊仓公列传》。⑥ 晻昧：昏暗不明。晻，通"暗"。⑦ 四种：指医经、经方、房中、神仙。

【导读】

本篇节选自《汉书》卷三十《艺文志》，由于篇幅关系，只保留了前序和各略总序、小序，而将具体书目和统计数字一概省略。《艺文志》是班固在对刘歆《七略》删繁取要的基础上，吸收刘氏观点并掺杂班氏学术见解而成。因为刘歆的《七略》早已亡佚，所以《汉书·艺文志》既是当时公家藏书的分类目录，也是我国现存最早的一部文献目录。"艺"指《诗》、《书》、《礼》、《易》、《春秋》、《乐》六者；"文"是针对文学百家之说而言。《艺文志》共收书三十八种，五百九十六家，一万三千二百六十九卷。班固将这些书分为六艺、诸子、诗赋、兵书、术数、方技六大类。其体例为开始有前序，每略之后有总序，每种之后又有小序，这些序对先秦至汉代学术思想的源流和演变，都作了简明的叙述，并且分析了各个学派的源流、盛衰及其长短得失，起到了"辨章学术、考镜源流"之功效。《汉书·艺文志》在学术上有极其重要的地位，是今人研究先秦秦汉文化学术史的重要参考资料。正如清代学者金榜所说："不通《汉·艺文志》，不可读天下书。《艺文志》者，学问之眉目，著述之门户也。"自班氏之后，历代史家竞相仿效续写《艺文志》。将历代史家所撰《艺文志》联缀起来，就是一部详细的中国古代文化发展史。

叔孙通传

叔孙通，薛人也①。秦时以文学征②，待诏博士③。数岁，陈胜起，二世召博士诸儒生问曰:"楚戍卒攻蕲入陈④,于公何如?"博士诸生三十余人前曰:"人臣无将⑤,将则反,罪死无赦。愿陛下急发兵击之。"二世怒,作色。通前曰:"诸生言皆非。夫天下为一家,毁郡县城,铄其兵⑥,视天下弗复用⑦。且明主在上,法令具于下,吏人人奉职,四方辐辏⑧,安有反者!此特群盗,鼠窃狗盗,何足置齿牙间哉⑨?郡守尉今捕诛,何足忧?"二世喜,尽问诸生,诸生或言反,或言盗。于是二世令御史按诸生言反者下吏⑩,非所宜言⑪。诸生言盗者皆罢之。乃赐通帛二十匹,衣一袭⑫,拜为博士。通已出,反舍⑬,诸生曰:"生何言之谀也⑭?"通曰:"公不知,我几不免虎口⑮!"乃亡去,之薛,薛已降楚矣。

【注释】

① 薛:县名,在今山东滕州市南。② 文学:文章博学。征:征召。③ 待诏:候命,等待任用。博士:秦及汉初备位顾问,保管书籍。④ 蕲(qí):县名,在今安徽宿州东南。陈:县名,在今河南淮阳县。⑤ 无:通"毋",不要,不可以。将:谓蓄意谋乱。⑥ 铄(shuò):熔化,销铄。兵:武器。⑦ 视:通"示",表示。⑧ 辐辏:集中,聚集。比喻各地服从朝廷。⑨ 何足置齿牙间:犹言何足挂齿。⑩ 按:查究,考问。下吏:交付法吏处治。⑪ 非所宜言:意谓所言不当。⑫ 一袭:一套。⑬ 反:同"返"。⑭ 谀:奉承,谄媚。⑮ 几:将近,差一点。

及项梁之薛,通从之。败定陶,从怀王。怀王为义帝,徙长沙,通留事项王。汉二年,汉王从五诸侯入彭城,通降汉王。

通儒服,汉王憎之,乃变其服,服短衣,楚制。汉王喜。

通之降汉,从弟子百余人,然无所进①,剸言诸故群盗壮士进之②。弟子皆曰:"事先生数年,幸得从降汉,今不进臣等,剸言大猾③,何也?"通乃谓曰:"汉王方蒙矢石争天下④,诸生宁能斗乎?故先言斩将搴旗之士⑤。诸生且待我,我不忘矣。"汉王拜通为博士,号稷嗣君⑥。

【注释】

① 进:举荐,推荐。② 剸:同"专"。③ 大猾:非常狡猾奸诈之人,亦

即大奸贼、大刁徒。④ 蒙:冒犯。矢石:箭和垒石,古时守城的武器。⑤ 搴(qiān):拔取,采取。⑥ 稷嗣君:谓叔孙通的德业足以继承齐国稷下的风流。战国时齐威王、宣王曾在稷下(齐都城临淄西门稷门附近,在今山东淄博东北临淄镇)建学宫,广招文学游说之士讲学议论,成为各学派活动的中心。嗣,接续,继承。

汉王已并天下,诸侯共尊为皇帝于定陶,通就其仪号①。高帝悉去秦仪法②,为简易。群臣饮争功,醉或妄呼,拔剑击柱,上患之。通知上亦厌之,说上曰:"夫儒者难与进取,可与守成。臣愿征鲁诸生③,与臣弟子共起朝仪④。"高帝曰:"得无难乎?"通曰:"五帝异乐,三王不同礼。礼者,因时世人情为之节文者也⑤。故夏、殷、周礼所因损益可知者⑥,谓不相复也。臣愿颇采古礼与秦仪杂就之⑦。"上曰:"可试为之,令易知,度吾所能行为之。"

【注释】

① 就:成,制定。仪号:礼仪与名号。这里指礼仪制度。② 悉:全,尽。秦仪法:《史记》作"秦苛仪法"。仪法,礼仪规则。③ 鲁:指先秦时鲁国之地,在今山东省西南部。④ 朝仪:朝廷的礼仪。⑤ 节文:礼节,仪式。此指规范与修饰。⑥ 因损益:谓随时而有所增补和减少。损益,增减。⑦ 杂就:参杂而成。

于是通使征鲁诸生三十余人。鲁有两生不肯行,曰:"公所事者且十主①,皆面谀亲贵。今天下初定,死者未葬,伤者未起,又欲起礼乐。礼乐所由起,百年积德而后可兴也。吾不忍为公所为。公所为不合古,吾不行。公往矣,毋污我!"通笑曰:"若真鄙儒②,不知时变。"遂与所征三十人西,及上左右为学者与其弟子百余人为绵蕞野外③。习之月余,通曰:"上可试观。"上使行礼,曰:"吾能为此。"乃令群臣习肄④,会十月⑤。

【注释】

① 十主:指秦始皇、秦二世、项梁、楚怀王、项羽、刘邦等,"十"乃举其成数。② 鄙儒:迂儒。指拘执、不达事理的儒生。③ 为学:谓素有学术修

养。绵蕞(zuì)：指演习朝仪。引绳为"绵"(古时以绳索围圈出一块演习之地)，束茅以表位为"蕞"(以茅草插排出尊卑位次)。后因称制订整顿朝仪典章为"绵蕞"或"绵蕝"。④ 习肄：学习，练习。⑤ 会：举行朝会。十月：汉初沿用秦历，以夏历十月为岁首。

汉七年，长乐宫成，诸侯群臣朝十月。仪：先平明①，谒者治礼②，引以次入殿门。廷中陈车骑戍卒卫官，设兵，张旗志③。传曰："趋④。"殿下郎中侠陛⑤，陛数百人。功臣、列侯、诸将军、军吏以次陈西方，东乡；文官丞相以下陈东方，西乡。大行设九宾⑥，胪句传⑦。于是皇帝辇出房，百官执戟传警⑧，引诸侯王以下至吏六百石以次奉贺。自诸侯王以下莫不震恐肃敬。至礼毕，尽伏，置法酒⑨。诸侍坐殿下皆伏抑首，以尊卑次起上寿⑩。觞九行⑪，谒者言"罢酒"。御史执法举不如仪者辄引去。竟朝置酒，无敢讙哗失礼者⑫。于是高帝曰："吾乃今日知为皇帝之贵也！"拜通为奉常⑬，赐金五百斤。

通因进曰："诸弟子儒生随臣久矣，与共为仪，愿陛下官之。"高帝悉以为郎。通出，皆以五百金赐诸生。诸生乃喜曰："叔孙生圣人，知当世务。"

【注释】

① 先平明：平明之前。② 谒者：官名。掌宾赞受事，即为天子传达。③ 旗志：即旗帜。志，同"帜"。④ 趋：疾行。古代的一种礼节，以碎步疾行表示敬意。⑤ 侠：通"夹"。陛：台阶，此处专指宫殿的台阶。⑥ 大行：官名。汉初称典客(古代接待宾客的官吏)，后改称大行，掌礼仪。九宾：九个传达人员。⑦ 胪(lú)句传：上传语告下为胪，下告上为句。⑧ 传警：古代礼仪，帝王车驾启行时，左右侍者传声，以示警清道，叫作传警。⑨ 法酒：古代朝廷举行大礼时的酒宴。因进酒有礼法，故称。⑩ 上寿：谓向人敬酒，祝颂长寿。⑪ 觞：盛满酒的杯。亦泛指酒器。这里是敬酒之意。九行：犹言九巡，九遍。⑫ 讙哗：喧哗，大声说笑或叫喊。⑬ 奉常：官名。掌宗庙礼仪。景帝中六年更名太常。

九年，高帝徙通为太子太傅①。十二年，高帝欲以赵王如意易太子，

通谏曰:"昔者晋献公以骊姬故②,废太子,立奚齐,晋国乱者数十年,为天下笑。秦以不早定扶苏③、胡亥诈立,自使灭祀④,此陛下所亲见。今太子仁孝,天下皆闻之;吕后与陛下攻苦食啖⑤,其可背哉!陛下必欲废適而立少⑥,臣愿先伏诛,以颈血污地。"高帝曰:"公罢矣,吾特戏耳。"通曰:"太子天下本,本壹摇天下震动,奈何以天下戏!"高帝曰:"吾听公。"及上置酒,见留侯所招客从太子入见⑦,上遂无易太子志矣。

【注释】

① 太子太傅:官名。辅导太子的官。② 晋献公:春秋时晋国国君,因宠幸骊姬而欲立其子奚齐,迫使太子申生自杀,放逐诸子,导致长期内乱。③ 扶苏:秦始皇长子。始皇生前未立太子,死后,赵高与李斯合谋,伪造始皇诏书,命扶苏自杀,而拥立胡亥。④ 灭祀:断绝宗庙祭祀。指朝代灭亡。⑤ 攻苦食啖:经历苦难,饮食粗淡。⑥ 適:同"嫡"。指嫡长子。⑦ 留侯:张良。客:指四皓,即秦末隐居商山的东园公、甪里先生、绮里季、夏黄公。四人须眉皆白,故称商山四皓。高祖召,不应。后高祖欲废太子,吕后用张良计,迎四皓,使辅太子,高祖以太子羽翼已成,乃消除改立太子之意。事见《史记·留侯世家》、《汉书·张良传》等。

高帝崩,孝惠即位,乃谓通曰:"先帝园陵寝庙①,群臣莫习。"徙通为奉常,定宗庙仪法。及稍定汉诸仪法,皆通所论著也。惠帝为东朝长乐宫②,及间往③,数跸烦民④,作复道⑤,方筑武库南⑥,通奏事,因请间,曰:"陛下何自筑复道高帝寝,衣冠月出游高庙?子孙奈何乘宗庙道上行哉⑦!"惠帝惧,曰:"急坏之。"通曰:"人主无过举⑧。今已作,百姓皆知之矣。愿陛下为原庙渭北⑨,衣冠月出游之,益广宗庙,大孝之本。"上乃诏有司立原庙。

惠帝常出游离宫⑩,通曰:"古者有春尝果⑪,方今樱桃孰,可献,愿陛下出,因取樱桃献宗庙。"上许之。诸果献由此兴⑫。

【注释】

① 园:帝王、后妃的墓地。陵:指帝王的坟墓。寝:古代帝王宗庙之后殿,为放置祖宗衣冠之处。庙:祭祀祖先之庙,指宗庙的前殿。② 东朝

长乐宫:当时惠帝所居未央宫在长安故城西南隅,吕后所居长乐宫在长安故城东南隅,故称朝长乐宫为东朝。③ 间(jiàn)往:非正式朝拜,而是平时谒见。④ 跸(bì):古代帝王出行时,禁止行人以清道。⑤ 复道:楼阁或悬崖间有上下两重通道,称复道。此指楼阁间架空的通道。⑥ 武库:储藏兵器的仓库。属未央宫的一部分。⑦ "衣冠月出游高庙"等句:汉制,高帝衣冠藏于陵寝,每月初一持出衣冠备法驾游于庙,已而复之,名曰"游衣冠"。这里指出筑复道于宗庙道(即衣冠出游之道)上欠妥。⑧ 无过举:举事不当有过失。⑨ 原庙:在正庙以外另立的宗庙。渭北:渭水北岸。⑩ 离宫:皇帝在正宫以外临时居住的宫殿。⑪ 春尝果:古代春季鲜果成熟时,帝王最先享用,并以其进献于宗庙祭祀祖先。⑫ 果献:将鲜果献于宗庙的祭礼。

【导读】

　　本篇节选自《汉书》卷四十三《郦陆朱刘叔孙传》,原传是一篇汉初智辩之士的类传,记载郦食其、陆贾、朱建、娄敬、叔孙通等人的事迹。本篇主要叙述叔孙通的事迹及其作为。对于叔孙通,后世有不同的看法:司马迁称赞叔孙通因时而变,为大义而不拘小节,称叔孙通为"汉家儒宗"。司马光则指责叔孙通制订礼乐只为逞一时之功,结果使古礼失传;又认为他对汉惠帝建原庙的建议是教导汉惠帝文过饰非。然而"一千个读者有一千个哈姆雷特"。总的来说,叔孙通是一个懂得权变、顺应时势的人。他本为秦朝博士,但却毫不迂腐,无论是事秦还是辅汉,他都做到适应时局,与时俱进。班固赞语称"叔孙通舍桴鼓而立一王之仪,遇其时也",正是这个意思。值得肯定的是,他通过制订礼仪以及力劝刘邦不要废长立幼等一系列事情,对稳定西汉初期动荡的政局起到了重要的作用,叔孙通贡献了自己的智慧,因而名垂青史。

贾 谊 传

　　贾谊,雒阳人也,年十八,以能诵诗书属文称于郡中①。河南守吴公

闻其秀材②,召置门下,甚幸爱。文帝初立,闻河南守吴公治平为天下第一③,故与李斯同邑④,而尝学事焉⑤,征以为廷尉。廷尉乃言谊年少,颇通诸家之书。文帝召以为博士。

【注释】

① 属文:为文,写文章。属,连缀。称:闻名。② 吴公:名字不详。秀材:优秀人才。③ 治平:谓政治清明,社会安定。④ 李斯:秦朝丞相。⑤ 学事:从某人学习并侍奉之。

是时,谊年二十余,最为少。每诏令议下①,诸老先生未能言,谊尽为之对,人人各如其意所出。诸生于是以为能。文帝说之,超迁②,岁中至太中大夫③。

【注释】

① 诏令议下:皇帝发下诏令,要求廷臣议论。② 超迁:越级升迁,即破格提拔。③ 岁中:一年之内。太中大夫:官名。掌议论,备顾问。

谊以为汉兴二十余年,天下和洽①,宜当改正朔②,易服色制度,定官名,兴礼乐。乃草具其仪法③,色上黄,数用五,为官名悉更,奏之。文帝谦让未皇也④。然诸法令所更定,及列侯就国,其说皆谊发之。于是天子议以谊任公卿之位。绛、灌、东阳侯、冯敬之属尽害之⑤,乃毁谊曰⑥:"雒阳之人年少初学,专欲擅权,纷乱诸事。"于是天子后亦疏之,不用其议,以谊为长沙王太傅⑦。

【注释】

① 和洽:和谐,安定。② 正朔:正月初一。古代帝王易姓,改正朔。汉初用秦历,以十月为岁首,至汉武帝始改用夏历。③ 草具:草拟,初步制定。仪法:礼仪制度。④ 谦让:谦虚退让。未皇:即"未遑",顾不及之意。皇,通"遑",闲暇,空闲。⑤ 绛:绛侯周勃。灌:颍阴侯灌婴。东阳侯:张相如。冯敬:时任御史大夫。⑥ 毁:诋毁。⑦ 长沙王:指吴差。太

傅：官名，汉时由中央任命派驻诸侯国以辅导监护诸侯王的官员。

　　谊既以適去①，意不自得，及渡湘水②，为赋以吊屈原③。屈原，楚贤臣也，被谗放逐④，作《离骚赋》，其终篇曰："已矣！国亡人，莫我知也。"遂自投江而死⑤。谊追伤之，因以自谕⑥。其辞曰：

【注释】

　　① 適：通"谪"。官员被降职流放。② 湘水：即湘江。今湖南省最大的河流。③ 赋：指贾谊所作《吊屈原赋》。吊：凭吊，祭奠死者。屈原：名平。战国末年楚国人，爱国诗人。曾任三闾大夫、左徒等职。著有《离骚》《九歌》等。④ 谗：说坏话。⑤ 江：指汨罗江，湘江支流。在今湖南省东北部。上游汨水有东西两源：东源出江西省修水县境，西源出湖南省平江县东北境龙璋山。两源在平江县城西汇合后称汨罗江，西流到湘阴县北注入洞庭湖。⑥ 谕：同"喻"，比喻。

　　恭承嘉惠兮①，俟罪长沙②。仄闻屈原兮③，自湛汨罗④。造托湘流兮⑤，敬吊先生⑥。遭世罔极兮⑦，乃殒厥身⑧。乌呼哀哉兮，逢时不祥！鸾凤伏窜兮⑨，鸱鸮翱翔⑩。阘茸尊显兮⑪，谗谀得志；贤圣逆曳兮⑫，方正倒植⑬。谓随、夷溷兮⑭，谓跖、蹻廉；莫邪为钝兮⑯，铅刀为铦⑰。于嗟默默⑱，生之亡故兮⑲！斡弃周鼎兮⑳，宝康瓠兮㉑。腾驾罢牛㉒，骖蹇驴兮㉓；骥垂两耳㉔，服盐车兮㉕。章父荐屦㉖，渐不可久兮㉗；嗟苦先生，独离此咎兮㉘！

【注释】

　　① 嘉惠：对他人所给予的恩惠的敬称，亦即美好的恩惠。此指皇帝的诏命。② 俟罪：待罪。古代官吏供职的谦词。俟，待。③ 仄闻：从旁听说，即传闻。仄，同"侧"。④ 湛：同"沈"，沉没。⑤ 造：到达。托：寄托。湘流：即湘江。⑥ 先生：指屈原。⑦ 罔极：没有准则。罔，无。极，准则。⑧ 殒：通"殒"，死亡。厥：其。⑨ 鸾凤：传说为吉祥的神鸟。⑩ 鸱鸮（chī xiāo）：亦作"鸱枭"。鸟名。俗称猫头鹰。常用以比喻贪恶之人。⑪ 阘

(tà)茸:指才能庸碌、品格低下的人。⑫ 逆曳:谓受迫而不能按照正道行事。⑬ 倒植:倒置。⑭ 随:卞随,商汤时贤人。夷:伯夷,周初贤人。溷:同"混",污秽。⑮ 跖:盗跖。春秋大盗。蹻:庄蹻,楚国大盗。⑯ 莫邪:莫邪剑。传说春秋吴王阖庐使干将铸剑,铁汁不下,其妻莫邪自投炉中,铁汁乃出,铸成二剑。雄剑名干将,雌剑名莫邪。后因用作宝剑名。钝:不锋利。⑰ 铅刀:铅质之刀。铦(xiān):锋利。⑱ 于嗟:叹息声。于,同"吁"。默默:不得意。⑲ 生:先生的简称。⑳ 斡弃:犹抛弃。斡,转。周鼎:周朝传国之宝鼎。㉑ 康瓠:破裂的瓦壶。㉒ 腾:乘。罢:通"疲"。㉓ 骖:古代驾在车前两侧的马。蹇驴:瘸腿驴。蹇,跛。㉔ 骥:宝马。㉕ 服:驾。盐车:运载盐的车子。后以"盐车"为典,多用于喻贤才屈沉于天下。㉖ 章父:商代的一种礼帽。荐屦:垫鞋。以礼帽垫鞋喻贵贱失其用。荐,垫。屦,鞋子。㉗ 渐:浸渍,沾湿。㉘ 离:通"罹",遭受。咎:灾祸。

讯曰①:已矣!国其莫吾知兮,子独壹郁其谁语②?凤缥缥其高逝兮③,夫固自引而远去。袭九渊之神龙兮④,沕渊潜以自珍⑤;偭蠙獭以隐处兮⑥,夫岂从虾与蛭螾⑦?所贵圣之神德兮,远浊世而自臧。使麒麟可系而羁兮,岂云异夫犬羊?般纷纷其离此邮兮⑧,亦夫子之故也!历九州而相其君兮,何必怀此都也?凤凰翔于千仞兮⑨,览德辉而下之;见细德之险征兮⑩,遥增击而去之⑪。彼寻常之污渎兮⑫,岂容吞舟之鱼!横江湖之鱣鲸兮⑬,固将制于蝼蚁⑭。

【注释】

① 讯(suì):一作"讯"。告知。"讯曰"为辞赋篇末总括全篇要旨的话,相当于《离骚》的"乱曰"。② 壹郁:郁闷不乐。③ 缥缥:轻轻飞翔的样子。逝:往,去。④ 袭:效法。九渊:深渊。⑤ 沕:潜藏。⑥ 偭:背,违背。舍弃。蠉(xiāo)獭:水中食鱼动物。⑦ 蛭:水蛭,即蚂蟥。螾:同"蚓",蚯蚓。⑧ 般纷纷:乱纷纷。邮:通"尤",过失,罪过。⑨ 千仞:形容极高或极深。古以八尺为仞。⑩ 细德:虚伪的道德。⑪ 增击:指展翅高飞。⑫ 寻常:平常。污渎:死水沟。⑬ 鱣(zhān)鲸:皆海中大鱼。鱣,即鲟鳇鱼。⑭ 蝼蚁:蝼蛄和蚂蚁。

谊为长沙傅三年,有服飞入谊舍①,止于坐隅②。服似鸮③,不祥鸟也。谊既以適居长沙,长沙卑湿④,谊自伤悼,以为寿不得长,乃为赋以自广⑤。其辞曰:

【注释】
① 服:同"鵩",鸟名。旧时相传为一种不吉祥的鸟,形似猫头鹰。② 止:停歇。坐:坐席。隅:边角。③ 鸮:猫头鹰。④ 卑湿:地势低洼而潮湿。⑤ 赋:指《服鸟赋》。广:宽慰。

单阏之岁①,四月孟夏,庚子日斜②,服集余舍,止于坐隅,貌甚闲暇。异物来崪③,私怪其故,发书占之,谶言其度④。曰:"野鸟入室,主人将去。"问于子服⑤:"余去何之?吉乎告我,凶言其灾。淹速之度⑥,语余其期⑦。"

【注释】
① 单阏:太岁在卯为单阏。贾谊此赋作于丁卯年,即文帝六年。② 庚子:四月二十三日。日斜:太阳偏西。③ 崪(cuì):聚集,会集。崪,古同"萃"。④ 谶言:古代巫师、方士等以谶术所作的预言。⑤ 子服:对服鸟的美称。⑥ 淹速:迟速。这里指寿命长短。淹,迟。⑦ 语:告诉。

服乃太息,举首奋翼,口不能言,请对以意。万物变化,固亡休息。斡流而迁①,或推而还。形气转续,变化而嬗②。沕穆亡间③,胡可胜言④!祸兮福所倚,福兮祸所伏;忧喜聚门,吉凶同域。彼吴强大,夫差以败⑤;粤栖会稽⑥,句践伯世⑦。斯游遂成⑧,卒被五刑⑨;傅说胥靡⑩,乃相武丁⑪。夫祸之与福,何异纠缠⑫!命不可说,孰知其极?水激则旱⑬,矢激则远。万物回薄⑭,震荡相转。云蒸雨降,纠错相纷。大钧播物⑮,坱圠无垠⑯。天不可与虑,道不可与谋。迟速有命,乌识其时⑰?

【注释】
① 斡流:流转。② 嬗:更替。③ 沕穆:精微深远的样子。亡:同

"无"。④ 胡:何。胜:尽。⑤ 夫差:春秋末年吴国国王。⑥ 粤:通"越",越国。会稽:山名。在今浙江绍兴市东南。⑦ 句践:春秋末年越国国王。伯世:称霸于世。伯,通"霸"。⑧ 斯:李斯。游:游说。⑨ 卒:最终。被:同"披",遭受。五刑:五种轻重不等的刑法。⑩ 傅说:人名。胥靡:古代服劳役的奴隶或刑徒。相传傅说在傅岩服劳役,被商王武丁选拔为相。⑪ 武丁:商王,即殷高宗。⑫ 纠纆:亦作"纠墨",多股绞成的绳索。两股绳拧在一起称"纠",三股绳拧在一起称"纆"。⑬ 激:阻挡水流,使之腾涌、飞溅。旱:通"悍"。迅猛,强劲。⑭ 回:运转。薄:逼迫。⑮ 大钧:指天或自然界。钧,制作陶器所用的转轮。自然界形成万物,就如陶钧能制造出各种陶器一般。⑯ 块圠(yǎng yà):亦作"块轧",漫无边际的样子。圠:边,岸,界限。⑰ 乌:何,怎么。识:知道。

且夫天地为炉,造化为工①;阴阳为炭,万物为铜,合散消息,安有常则?千变万化,未始有极。忽然为人,何足控揣②;化为异物③,又何足患!小智自私,贱彼贵我;达人大观④,物亡不可。贪夫徇财,列士徇名⑤;夸者死权⑥,品庶每生⑦。怵迫之徒⑧,或趋西东;大人不曲,意变齐同⑨。愚士系俗⑩,僒若囚拘⑪;至人遗物⑫,独与道俱⑬。众人惑惑,好恶积意;真人恬漠⑭,独与道息。释智遗形,超然自丧;寥廓忽荒⑮,与道翱翔。乘流则逝,得坎则止⑯;纵躯委命,不私与已。其生兮若浮,其死兮若休。澹乎若深渊之靓⑰,泛乎若不系之舟⑱。不以生故自保,养空而浮。德人无累,知命不忧。细故蒂芥⑲,何足以疑⑳!

【注释】

① 造化:自然界的创造者。亦指自然。工:工匠。② 控揣:引持,控制。控,引。揣,持。③ 异物:死人,鬼魂。古时传闻说人死后会变成另一种形体,故称"异物"。④ 达人:通达事理、道德高尚的人。下文"大人"、"至人"、"真人"、"德人"意同。⑤ 徇:通"殉"。⑥ 夸者:指贪慕、追求富贵名利的人。⑦ 品庶:众人。每:贪恋。指众人贪生怕死。⑧ 怵:通"訹(xù)",引诱,诱惑。迫:为贫所迫。⑨ 意变:千变万化。意,通"亿"。

齐同:同样。⑩ 系俗:拘于习俗。⑪ 僒(jiǒng):困窘。⑫ 遗物:谓超脱于世物之外。⑬ 道:指道家所谓的"大道"。⑭ 恬漠:宁静淡泊。⑮ 忽荒:亦作"忽忙"、"忽恍"、"忽慌"。谓似有似无,模糊不分明。⑯ 坎:低注。⑰ 澹:水面平静。这里指人心安静。靓:同"静"。⑱ 泛:泛滥。这里指人心波动。⑲ 蒂芥:细小的梗塞物。比喻积在心中的怨恨、不满或不快。⑳ 疑:疑虑,忧虑。

后岁余,文帝思谊,征之。至,入见,上方受釐①,坐宣室②。上因感鬼神事,而问鬼神之本。谊具道所以然之故。至夜半,文帝前席③。即罢,曰:"吾久不见贾生,自以为过之,今不及也。"乃拜谊为梁怀王太傅④。怀王,上少子,爱,而好书,故令谊傅之,数问以得失。

【注释】

① 受釐(xī):汉制祭天地五畤,皇帝派人祭祀或郡国祭祀后,皆以祭余之肉归致皇帝,以示受福,称"受釐"。釐,即"胙",祭余之肉。此指受神之福。② 宣室:未央宫前殿正室。③ 前席:古人席地而坐,文帝倾听贾谊陈述,不知不觉地向前移动。④ 梁怀王:刘揖,又名胜。

是时,匈奴强,侵边。天下初定,制度疏阔①。诸侯王僭拟②,地过古制,淮南、济北王皆为逆诛③。谊数上疏陈政事,多所欲匡建,其大略曰④:

【注释】

① 疏阔:粗略,不周密。② 僭拟:越分妄比。指在下者自比于尊者。③ 淮南、济北王:指刘长和刘兴居。④ 以下引文为贾谊《陈政事疏》,亦称《治安策》。

臣窃惟事埶①,可为痛哭者一,可为流涕者二,可为长太息者六,若其它背理而伤道者,难遍以疏举。进言者皆曰天下已安已治矣,臣独以为未也。曰安且治者,非愚则谀,皆非事实知治乱之体者也。夫抱火厝之积薪之下而寝其上②,火未及燃,因谓之安,方今之埶,何以

异此！本末舛逆③，首尾衡决④，国制抢攘⑤，非甚有纪⑥，胡可谓治！陛下何不壹令臣得孰数之于前⑦，因陈治安之策，试详择焉！

【注释】

① 埶："势"的古字。② 抱：通"抛"。厝（cuò）：放置。积薪：积聚的柴堆。③ 舛逆：颠倒，悖逆。④ 衡决：横断，脱裂。⑤ 抢攘：纷乱。⑥ 纪：条理，秩序。⑦ 陛下：对帝王的代称。陛，台阶。壹：同"一"，这里是试一次的意思。孰：同"熟"，仔细，详尽。数：列举。

夫射猎之娱，与安危之机孰急？使为治，劳智虑，苦身体，乏钟鼓之乐，勿为可也。乐与今同，而加之诸侯轨道①，兵革不动，民保首领②，匈奴宾服③，四荒乡风④，百姓素朴，狱讼衰息。大数既得，则天下顺治，海内之气，清和咸理，生为明帝，没为明神，名誉之美，垂于无穷。《礼》祖有功而宗有德，使顾成之庙称为太宗⑤，上配太祖，与汉亡极。建久安之埶，成长治之业，以承祖庙，以奉六亲⑥，至孝也；以幸天下，以育群生，至仁也；立经陈纪，轻重同得，后可以为万世法程⑦，虽有愚幼不肖之嗣，犹得蒙业而安，至明也。以陛下之明达，因使少知治体者得佐下风⑧，致此非难也。其具可素陈于前，愿幸无忽。臣谨稽之天地，验之往古，按之当今之务，日夜念此至孰也，虽使禹、舜复生，为陛下计，亡以易此。

【注释】

① 轨道：遵循法制。② 首领：头和脖子。③ 宾服：归顺，臣服。④ 四荒：四方荒远之地。乡风：仰慕风化，甘心归依。乡，通"向"。⑤ 顾成：汉文帝庙名。⑥ 六亲：说法不一。贾谊《新书·六术》篇，以父、昆弟、从父昆弟、从祖昆弟、从曾祖昆弟、族兄弟为"六亲"。⑦ 法程：法则，程式。⑧ 少：稍许。佐下风：在下面辅佐。

夫树国固必相疑之埶①，下数被其殃，上数爽其忧②，甚非所以安上而全下也。今或亲弟谋为东帝③，亲兄之子西乡而击④，今吴又见告矣⑤。天子春秋鼎盛⑥,行义未过,德泽有加焉,犹尚如是,况莫大诸侯,权力且十此者乎!

【注释】

① 树国:建立诸侯王国。固:本来。相疑:互相猜疑。② 上:与上文"下"相对,上指帝王,下指民众。爽:受伤害。③ 亲弟:指文帝之弟淮南王刘长。④ 亲兄之子:指文帝之侄济北王刘兴居。⑤ 吴:指吴王刘濞。⑥ 春秋鼎盛:正当壮年。春秋,指年龄。

然而天下少安,何也?大国之王幼弱未壮,汉之所置傅、相方握其事①。数年之后,诸侯之王大抵皆冠②,血气方刚,汉之傅、相称病而赐罢,彼自丞、尉以上偏置私人③,如此,有异淮南、济北之为邪!此时而欲为治安,虽尧、舜不治。

【注释】

① 傅、相:此指汉诸侯国的太傅与丞相。② 冠:古代男子一般到二十岁则举行成年加冠礼,叫做"冠"。③ 丞、尉:县丞、县尉的合称。偏:或作"徧",通"遍"。

黄帝曰:"日中必熭,操刀必割①。"今令此道顺而全安,甚易,不肯早为,已乃堕骨肉之属而抗刭之②,岂有异秦之季世乎!夫以天子之位,乘今之时,因天之助,尚惮以危为安,以乱为治,假设陛下居齐桓之处,将不合诸侯而匡天下乎?臣又知陛下有所必不能矣。假设天下如曩时,淮阴侯尚王楚,黥布王淮南,彭越王梁,韩信王韩,张敖王赵,贯高为相,卢绾王燕,陈豨在代,令此六七公者皆亡恙,当是时而陛下即天子位,能自安乎?臣有以知陛下之不能也。天下淆乱,高皇帝与诸公并起,非有仄室之势以豫席之也③。诸公幸者,乃为中涓④,其次廑得舍人⑤,材之不逮至远也⑥。高皇帝以明圣威武即天子位,割膏腴之地以王诸公,多者百余城,少者乃三四十县,德至渥也⑦,然其后十年之间,反者九起。陛下之与诸公,非亲角材而臣之

也⑧,又非身封王之也,自高皇帝不能以是一岁为安,故臣知陛下之不能也。然尚有可诿者,曰疏。臣请试言其亲者。假令悼惠王王齐⑨,元王王楚⑩,中子王赵⑪,幽王王淮阳⑫,共王王梁⑬,灵王王燕⑭,厉王王淮南⑮,六七贵人皆亡恙,当是时陛下即位,能为治乎?臣又知陛下之不能也。若此诸王,虽名为臣,实皆有布衣昆弟之心,虑亡不帝制而天子自为者。擅爵人,赦死罪,甚者或戴黄屋⑯,汉法令非行也。虽行不轨如厉王者,令之不肯听,召之安可致乎!幸而来至,法安可得加!动一亲戚,天下圜视而起⑰,陛下之臣虽有悍如冯敬者,适启其口,匕首已陷其匈矣⑱。陛下虽贤,谁与领此?故疏者必危,亲者必乱,已然之效也。其异姓负强而动者,汉已幸胜之矣,又不易其所以然。同姓袭是迹而动,既有征矣,其势尽又复然。殃祸之变,未知后移,明帝处之尚不能以安,后世将如之何!

【注释】

① 爇(wèi):晒干,烤干。引文见《六韬》。② 堕:通"隳",毁坏。刭:用刀割颈。③ 仄室:侧室。借指庶子。仄,同"侧"。豫:同"预",预先。席:凭借,依仗。④ 中涓:古代君主亲近的侍从官。⑤ 廑:同"仅",才,只。舍人:门客。⑥ 材:同"才",才能。逮:及。⑦ 渥:优厚。⑧ 角材:考量才能。角,较量。⑨ 悼惠王:刘邦之子刘肥。⑩ 元王:刘邦之弟刘交。⑪ 中子:刘邦之子刘如意。⑫ 幽王:刘邦之子刘友。⑬ 共王:刘邦之子刘恢。⑭ 灵王:刘邦之子刘建。⑮ 厉王:刘长。⑯ 黄屋:皇帝车上丝织的黄色车盖。⑰ 圜视:环视。圜,通"环"。⑱ 匈:同"胸"。

屠牛坦一朝解十二牛①,而芒刃不顿者②,所排击剥割③,皆众理解也④。至于髋髀之所⑤,非斤则斧⑥。夫仁义恩厚,人主之芒刃也;权势法制,人主之斤斧也。今诸侯王皆众髋髀也,释斤斧之用,而欲婴以芒刃⑦,臣以为不缺则折。胡不用之淮南、济北?势不可也。

【注释】

① 坦:人名。春秋时著名屠牛者。② 芒刃:指刀剑锐利处。俗称刀

尖、刀口。顿：通"钝"，不锋利。③排击剥割：解剖牛的各种动作。④理：肌肉纹理。⑤髋髀（kuān bì）：胯骨与大腿骨。下文"髋髀"比喻互相勾结、势力强大的诸侯王。⑥斤：砍刀。⑦婴：通"撄"，接触，施加。

臣窃迹前事①，大抵强者先反。淮阴王楚最强，则最先反；韩信倚胡，则又反；贯高因赵资②，则又反；陈豨兵精，则又反；彭越用梁，则又反；黥布用淮南，则又反；卢绾最弱，最后反。长沙乃在二万五千户耳③，功少而最完，执疏而最忠，非独性异人也，亦形执然也。曩令樊、郦、绛、灌据数十城而王，今虽以残亡可也；令信、越之伦列为彻侯而居④，虽至今存可也。然则天下之大计可知已。欲诸王之皆忠附，则莫若令如长沙王；欲臣子之勿菹醢⑤，则莫若令如樊、郦等；欲天下之治安，莫若众建诸侯而少其力。力少则易使以义，国小则亡邪心。令海内之执如身之使臂，臂之使指，莫不制从，诸侯之君不敢有异心，辐凑并进而归命天子⑥，虽在细民⑦，且知其安，故天下咸知陛下之明。割地定制，令齐、赵、楚各为若干国，使悼惠王、幽王、元王之子孙毕以次各受祖之分地⑧，地尽而止，及燕、梁它国皆然。其分地众而子孙少者，建以为国，空而置之，须其子孙生者，举使君之。诸侯之地其削颇入汉者，为徙其侯国及封其子孙也，所以数偿之；一寸之地，一人之众，天子亡所利焉，诚以定治而已，故天下咸知陛下之廉。地制壹定，宗室子孙莫虑不王，下无倍畔之心，上无诛伐之志，故天下咸知陛下之仁。法立而不犯，令和而不逆，贯高、利几之谋不生⑨，柴奇、开章之计不萌⑩，细民乡善，大臣致顺，故天下咸知陛下之义。卧赤子天下之上而安⑪，植遗腹⑫，朝委裘⑬，而天下不乱，当时大治，后世诵圣。壹动而五业附⑭，陛下谁惮而久不为此？

【注释】

①迹：考核，推究。②贯高：赵王张敖之臣，曾劝敖反汉。③长沙：指长沙王吴芮。④伦：辈，类。⑤菹醢：亦作"菹醯"，肉酱。古代把人剁成肉酱的酷刑。后亦用以泛指处死。⑥辐凑：集中，聚集。辐，车轮中凑集于中心毂上的直木。⑦细民：平民。⑧毕：统统，全部。次：顺序，次

序。此指长幼顺序。⑨ 利几：人名，原为项羽将，降汉，后因谋反被诛。参见《高帝纪》。⑩ 柴奇、开章：二人均为参与淮南王刘长谋反者。萌：发生。⑪ 卧：放置。赤子：婴儿。⑫ 遗腹：指遗腹子。⑬ 朝委裘：古代新君未立时，常虚设帝位，置故君遗衣于座而受朝。委，放置。⑭ 五业：指上文所说的"明"、"廉"、"任"、"义"、"圣"。

　　天下之执方病大瘇①。一胫之大几如要②，一指之大几如股③，平居不可屈信④，一二指搐⑤，身虑亡聊⑥。失今不治，必为锢疾⑦，后虽有扁鹊，不能为已。病非徒瘇也⑧，又苦蹠盭⑨。元王之子，帝之从弟也；今之王者，从弟之子也⑩。惠王，亲兄子也；今之王者，兄子之子也。亲者或亡分地以安天下，疏者或制大权以偪天子⑪，臣故曰非徒病瘇也，又苦蹠盭。可痛哭者，此病是也。

【注释】

① 瘇（zhǒng）：脚肿病。② 胫：小腿。要：同"腰"。③ 指：脚趾。股：大腿。④ 平居：平躺，平卧。屈信：弯曲和伸直。信，通"伸"。⑤ 搐：抽搐。⑥ 亡聊：无所依靠，难以支撑。亡，同"无"。⑦ 锢疾：积久难治的病。⑧ 徒：只，仅仅。⑨ 蹠盭（zhí lì）：脚掌扭曲反戾。蹠，亦作"跖"，足跟，脚掌。盭，古"戾"字，弯曲。⑩ 从弟之子：指楚王刘戊。⑪ 偪：同"逼"，威胁。

　　天下之执方倒县①。凡天子者，天下之首，何也？上也。蛮夷者，天下之足，何也？下也。今匈奴嫚侮侵掠，至不敬也，为天下患，至亡已也，而汉岁致金絮采缯以奉之②。夷狄征令③，是主上之操也④；天子共贡，是臣下之礼也。足反居上，首顾居下⑤，倒县如此，莫之能解，犹为国有人乎？非直倒县而已⑥，又类辟⑦，且病痱⑧。夫辟者一面病，痱者一方痛。今西边北边之郡，虽有长爵不轻得复⑨，五尺以上不轻得息⑩，斥候望烽燧不得卧⑪，将吏被介胄而睡，臣故曰一方病矣。医能治之，而上不使，可为流涕者此也。

【注释】

① 倒县:即"倒悬"。② 致:奉献,献纳。缯:古代丝织品的总称。③ 征令:征召及施令。④ 操:掌握,控制。⑤ 顾:反。⑥ 亶:通"但",仅,只。⑦ 辟:通"躄",瘸腿。⑧ 痱(féi):中风,偏瘫。⑨ 长爵:高爵位。复:谓免除徭役或赋税。⑩ 五尺:指尚未成年的儿童。汉制一尺约当今0.231米。⑪ 斥候:亦作"斥堠",侦察,候望。此指侦察瞭望敌情的哨兵。烽燧:古代边防报警的信号,白天放烟称烽,夜间举火称燧。

陛下何忍以帝皇之号为戎人诸侯,埶既卑辱,而祸不息,长此安穷!进谋者率以为是①,固不可解也,亡具甚矣②。臣窃料匈奴之众不过汉一大县,以天下之大困于一县之众,甚为执事者羞之。陛下何不试以臣为属国之官以主匈奴③?行臣之计,请必系单于之颈而制其命,伏中行说而笞其背④,举匈奴之众唯上之令。今不猎猛敌而猎田彘⑤,不搏反寇而搏畜菟⑥,玩细娱而不图大患⑦,非所以为安也。德可远施,威可远加,而直数百里外威令不信⑧,可为流涕者此也。

【注释】

① 率:大都。② 亡具:没有才能。③ 属国:官名,典属国的省称。掌管归附的各少数民族事务。④ 中行(háng)说(yuè):姓中行,名说,文帝时宦官。曾于伴送汉公主去匈奴和亲时叛汉,并多次策动匈奴侵犯汉地边境。详见卷九十四《匈奴传》。⑤ 田彘:即"田豕",野猪。⑥ 畜菟:家兔。菟,通"兔"。⑦ 细娱:指精妙的音乐。⑧ 直:仅仅。信:通"伸",伸张,伸展。

今民卖僮者①,为之绣衣丝履偏诸缘②,内之闲中③,是古天子后服,所以庙而不宴者也,而庶人得以衣婢妾。白縠之表④,薄纨之里⑤,緁以偏诸⑥,美者黼绣⑦,是古天子之服,今富人大贾嘉会召客者以被墙。古者以奉一帝一后而节适⑧,今庶人屋壁得为帝服,倡优下贱得为后饰,然而天下不屈者,殆未有也。且帝之身自衣皁绨⑨,而富民墙屋被文绣;天子之后以缘其领,庶人孽妾缘其履⑩:此臣所谓舛也。夫百人作之不能衣一人,欲天下亡寒,胡可得也?一人耕之,

贾谊传

十人聚而食之,欲天下亡饥,不可得也。饥寒切于民之肌肤,欲其亡为奸邪,不可得也。国已屈矣,盗贼直须时耳,然而献计者曰"毋动为大"耳⑪。夫俗至大不敬也,至亡等也,至冒上也,进计者犹曰"毋为",可为长太息者此也。

【注释】

①僮:奴婢。②偏诸:衣服、鞋子和帘帷的花边。缘:边缘,此指衣服边上的镶绲。③内:通"纳",放入。闲:通"阑",用于遮拦阻隔的栅栏。此指卖奴婢的栅栏。④白縠:白色绉纱。⑤纨:白色细绢。⑥緁(jī):同"缉",缝衣边。⑦黼(fǔ)绣:古代绣有斧形花纹的衣服。黼,古代礼服上白黑相间的花纹,取斧形,象征临事决断。⑧节适:谓有节制而适度。⑨皁:同"皂",黑色。绨(tí):厚实平滑而有光泽的丝织物。⑩孽:地位低贱。⑪毋动为大:即"毋动为上"之意。汉初统治者尚黄老之学,主张清静无为,采取修养生息政策,反对轻举妄动,故以"毋动"为上策。

商君遗礼义,弃仁恩,并心于进取,行之二岁,秦俗日败。故秦人家富子壮则出分,家贫子壮则出赘①。借父耰锄②,虑有德色③;母取箕帚,立而谇语④。抱哺其子,与公并倨⑤;妇姑不相说⑥,则反唇而相稽⑦。其慈子耆利,不同禽兽者亡几耳。然并心而赴时,犹曰蹶六国⑧,兼天下。功成求得矣,终不知反廉愧之节,仁义之厚。信并兼之法,遂进取之业,天下大败;众掩寡,智欺愚,勇威怯,壮陵衰,其乱至矣。是以大贤起之⑨,威震海内,德从天下。曩之为秦者⑩,今转而为汉矣。然其遗风余俗,犹尚未改。今世以侈靡相竞⑪,而上亡制度,弃礼谊,捐廉耻⑫,日甚,可谓月异而岁不同矣。逐利不耳,虑非顾行也,今其甚者杀父兄矣。盗者剟寝户之帘⑬,搴两庙之器⑭,白昼大都之中剽吏而夺之金⑮。矫伪者出几十万石粟⑯,赋六百余万钱,乘传而行郡国,此其亡行义之尤至者也。而大臣特以簿书不报⑰,期会之间⑱,以为大故⑲。至于俗流失,世坏败,因恬而不知怪⑳,虑不动于耳目,以为是适然耳㉑。夫移风易俗,使天下回心而乡道,类非俗吏之所能为也。俗吏之所务,在于刀笔筐箧㉒,而不知大体。陛下又不自忧,窃为陛下惜之。

【注释】

① 出赘:男子就婚于女家。古时贫家子弟常典卖于富家,过期不赎身,则沦为奴隶,富人给予婚配,称"赘婿"。② 耰:碎土的农具。③ 德色:自以为有恩德于人而喜形于色。④ 谇:斥责,责骂。⑤ 倨:通"踞",张开两腿坐着。这是极其无礼的行为。⑥ 妇姑:婆媳。⑦ 反唇:指责,顶嘴。相稽:相互计较。⑧ 蹶:颠覆。⑨ 大贤:指汉高祖刘邦。⑩ 曩:从前,以往。⑪ 侈靡:奢侈。⑫ 捐:舍弃。⑬ 剟(duō):割,割取。寝:指陵寝。秦汉以后帝王陵墓上的正殿。户:单扇门。亦泛指门户。⑭ 搴:取。两庙:指汉高祖刘邦和汉惠帝刘盈之庙。⑮ 剽:抢劫。⑯ 矫伪者:伪造公文之人。⑰ 簿书:官署中的文书簿册。⑱ 期会:谓在规定的期限内实施政令。多指有关朝廷或官府的财物出入。⑲ 大故:重大的事故。多指对国家、社会有重大影响的祸患,如灾害、兵寇、国丧等。⑳ 恬:安然,满不在乎。㉑ 适然:当然。㉒ 刀笔:古代书写工具。古时书写于竹简,有误则用刀削去重写。这里代指写公文。筐箧(qiè):用竹枝等编制的狭长形箱子。这里代指储藏财物的器具。

夫立君臣,等上下,使父子有礼,六亲有纪,此非天之所为,人之所设也。夫人之所设,不为不立,不植则僵①,不修则坏。《管子》曰:"礼义廉耻,是谓四维;四维不张,国乃灭亡②。"使管子愚人也则可,管子而少知治体,则是岂可不为寒心哉!秦灭四维而不张,故君臣乖乱,六亲殃戮,奸人并起,万民离叛,凡十三岁,而社稷为虚③。今四维犹未备也,故奸人几幸,而众心疑惑。岂如今定经制,令君君臣臣,上下有差,父子六亲各得其宜,奸人亡所几幸,而群臣众信,上不疑惑!此业壹定,世世常安,而后有所持循矣④。若夫经制不定,是犹度江河亡维楫⑤,中流而遇风波,船必覆矣。可为长叹息者此也。

【注释】

① 植:树立,建立。僵:倒下。② 引文见《管子·牧民》。四维:旧时

以礼、义、廉、耻为治国之四纲,称为"四维"。③虚:同"墟",废墟,荒地。④持循:遵循。⑤度:同"渡"。亡:通"无"。维楫:系船之绳和船桨。

夏为天子,十有余世,而殷受之。殷为天子,二十余世,而周受之。周为天子,三十余世,而秦受之。秦为天子,二世而亡。人性不甚相远也,何三代之君有道之长,而秦无道之暴也?其故可知也。古之王者,太子乃生①,固举以礼②,使士负之,有司斋肃端冕③,见之南郊④,见于天也。过阙则下⑤,过庙则趋⑥,孝子之道也。故自为赤子而教固已行矣。昔者成王幼在襁抱之中⑦,召公为太保,周公为太傅,太公为太师。保,保其身体;傅,傅之德义;师,道之教训:此三公之职也。于是为置三少,皆上大夫也,曰少保、少傅、少师,是与太子宴者也⑧。故乃孩提有识⑨,三公、三少固明孝仁礼义以道习之,逐去邪人,不使见恶行。于是皆选天下之端士孝悌博闻有道术者以卫翼之⑩,使与太子居处出入。故太子乃生而见正事,闻正言,行正道,左右前后皆正人也。夫习与正人居之,不能毋正,犹生长于齐不能不齐言也;习与不正人居之,不能毋不正,犹生长于楚之地不能不楚言也。故择其所耆,必先受业,乃得尝之;择其所乐,必先有习,乃得为之。孔子曰:"少成若天性,习惯如自然⑪。"及太子少长⑫,知妃色⑬,则入于学。学者,所学之官也⑭。《学礼》曰⑮:"帝入东学,上亲而贵仁,则亲疏有序而恩相及矣;帝入南学,上齿而贵信,则长幼有差而民不诬矣;帝入西学,上贤而贵德,则圣智在位而功不遗矣;帝入北学,上贵而尊爵,则贵贱有等而下不逾矣;帝入太学,承师问道,退习而考于太傅,太傅罚其不则而匡其不及,则德智长而治道得矣。此五学者既成于上,则百姓黎民化辑于下矣⑯。"及太子既冠成人,免于保傅之严,则有记过之史⑰,彻膳之宰⑱,进善之旌⑲,诽谤之木⑳,敢谏之鼓㉑。瞽史诵诗㉒,工诵箴谏㉓,大夫进谋,士传民语。习与智长,故切而不愧;化与心成,故中道若性㉔。三代之礼:春朝朝日㉕,秋暮夕月㉖,所以明有敬也;春秋入学,坐国老㉗,执酱而亲馈之㉘,所以明有孝也;行以鸾和㉙,步中《采齐》,趣中《肆夏》㉚,所以明有度也㉛;其于禽兽,见其生不食其死,闻其声不食其肉,故远庖厨㉜,所以长恩,且明有仁也。

【注释】

① 乃：始，刚刚。② 固：必。举：教养，教导。③ 有司：官吏。古代设官分职，各有专司，故称。斋肃：庄重敬慎。端冕：玄衣和大冠。古代帝王、贵族的礼服与礼帽。④ 南郊：古代天子在京都南面的郊外筑圆丘以祭天的地方。⑤ 阙：宫门、城门两侧的高台，中间有道路，台上起楼观。⑥ 庙：宗庙。趋：古代的一种礼节，以碎步疾行表示敬意。⑦ 襁抱：亦作"襁褓"，包裹婴儿的被服。⑧ 宴：闲居。指平时陪伴太子，以供随时辅导。⑨ 孩提：幼儿。⑩ 端士：正直的人。道术：治国之术。卫翼：辅佐。⑪ "孔子曰"二句：引文见《大戴礼记·保傅》。⑫ 少：稍微。⑬ 妃色：女色。⑭ 官：官舍。⑮《学礼》：《礼古经》五十六篇之一，引文见《大戴礼记·保傅》。已失传。⑯ 化辑：亦作"化缉"，谓受教化而和睦相处。⑰ 史：史官。⑱ 彻膳：古代遇有灾患变异时，帝王撤减膳食，以示自责。彻，通"撤"。宰：古代官吏的通称。⑲ 进善之旌：官府外悬挂旌旗，让人在旗下进献善言。⑳ 诽谤之木：官府外竖立木牌，供人书写政治缺失，进行讽谏。㉑ 敢谏之鼓：官府外放置大鼓，供进谏的人击鼓上闻。㉒ 瞽：盲人。古代以瞽者为乐官。㉓ 工：乐工。箴谏：规戒劝谏的话。㉔ 中道：符合准则，合乎道义。性：本性。㉕ 春朝：春天的早晨。亦泛指春天。朝日：古代帝王祭日之礼。㉖ 秋暮：秋日的傍晚。夕月：指古代帝王祭月的仪式。㉗ 国老：指告老退职的卿、大夫、士。㉘ 酱：用盐醋等调料腌制而成的肉酱。馈：赠送。㉙ 鸾和：鸾与和。古代车上的两种铃子。㉚《采齐》、《肆夏》：古代乐曲名。趣：同"趋"，小步快走。㉛ 度：法度。指礼节标准。㉜ 远：避开。庖厨：厨房。

　　夫三代之所以长久者，以其辅翼太子有此具也①。及秦而不然。其俗固非贵辞让也，所上者告讦也②；固非贵礼义也，所上者刑罚也。使赵高傅胡亥而教之狱，所习者非斩劓人③，则夷人之三族也。故胡亥今日即位而明日射人，忠谏者谓之诽谤，深计者谓之妖言，其视杀人若艾草菅然④。岂惟胡亥之性恶哉？彼其所以道之者非其理

故也。

【注释】

①具：道，方法。②告讦(jié)：告发，责人过失或揭人阴私。③劓(yì)：割鼻。古代五种酷刑之一。④艾(yì)：通"刈"，刈割，斩除。草菅(jiān)：草茅。比喻微贱。菅，茅草。

鄙谚曰①："不习为吏，视已成事。"又曰："前车覆，后车诫。"夫三代之所以长久者，其已事可知也；然而不能从者，是不法圣智也。秦世之所以亟绝者②，其辙迹可见也；然而不避，是后车又将覆也。夫存亡之变，治乱之机，其要在是矣。天下之命，县于太子③；太子之善，在于早谕教与选左右。夫心未滥而先谕教，则化易成也；开于道术智谊之指④，则教之力也。若其服习积贯⑤，则左右而已。夫胡、粤之人⑥，生而同声，耆欲不异，及其长而成俗，累数译而不能相通，行者有虽死而不相为者⑦，则教习然也。臣故曰选左右早谕教最急。夫教得而左右正，则太子正矣，太子正而天下定矣。《书》曰："一人有庆，兆民赖之⑧。"此时务也。

【注释】

①鄙谚：俗语。②亟绝：快速灭亡。亟，急，疾速。③县：同"悬"。维系。④开：开导，领悟。道术：道德学问。谊：同"义"，符合正义或道德规范，亦指按照正义或道德规范的要求。⑤服习积贯：经过反复练习积久养成的习惯。⑥胡：泛指北方少数民族。粤：泛指南方少数民族。⑦为：帮助。一说为改变之意。⑧一人：指天子。庆：福，善。兆民：亿万民众。指百姓。引文见《尚书•吕刑》。

凡人之智，能见已然①，不能见将然②。夫礼者禁于将然之前，而法者禁于已然之后，是故法之所用易见，而礼之所为生难知也。若夫庆赏以劝善，刑罚以惩恶，先王执此之政，坚如金石，行此之令，信如四时，据此之公，无私如天地耳，岂顾不用哉？然而曰礼云礼云者，贵绝恶于未萌,而起教于微眇③,使民日迁善远罪而不自知也④。孔子曰:"听讼,吾犹人也,必也使毋讼乎⑤!"为人主计者,莫如先审取舍;取舍之极定于内⑥,而安危之萌应于外矣⑦。安者非一日而安也,危者非一日而危也,皆以积渐然,不可不察也。人主之所积,在其取舍。以礼义治之者,积礼义;以刑罚治之者,积刑罚。刑罚积而民怨背,礼义积而民和亲。故世主欲民之善同,而所以使民善者或异。或道之以德教,或驱之以法令。道之以德教者,德教洽而民气乐;驱之以法令者,法令极而民风哀。哀乐之感,祸福之应也。秦王之欲尊宗庙而安子孙,与汤、武同,然而汤、武广大其德行,六七百岁而弗失,秦王治天下,十余岁则大败。此亡它故矣,汤、武之定取舍审而秦王之定取舍不审矣。夫天下,大器也⑧。今人之置器,置诸安处则安,置诸危处则危。天下之情与器亡以异,在天子之所置之。汤、武置天下于仁义礼乐,而德泽洽⑨,禽兽草木广裕⑩,德被蛮貊四夷⑪,累子孙数十世,此天下所共闻也。秦王置天下于法令刑罚,德泽亡一有,而怨毒盈于世,下憎恶之如仇雠,祸几及身,子孙诛绝,此天下之所共见也。是非其明效大验邪!人之言曰:"听言之道,必以其事观之,则言者莫敢妄言。"今或言礼谊之不如法令,教化之不如刑罚,人主胡不引殷、周、秦事以观之也?

【注释】

① 已然:已经如此,即已经发生的事。② 将然:指将要发生的事。③ 微眇:细小,微末。④ 迁善:去恶为善,改过向善。远罪:远离罪恶。⑤ 听讼:审理诉讼,即审案。引文见《论语·颜渊》。⑥ 极:中,中正的准则。⑦ 萌:开始,产生。⑧ 大器:比喻国家、帝位。⑨ 洽:周遍,广博。⑩ 广裕:繁庶。⑪ 蛮貊:亦作"蛮貉"。古代称南方和北方落后部族。亦泛指四方落后部族。四夷:古代华夏族对四方少数民族的统称。含有轻蔑之意。

  人主之尊譬如堂①,群臣如陛,众庶如地。故陛九级上,廉远地②,则堂高;陛亡级,廉近地,则堂卑。高者难攀,卑者易陵③,理执

贾谊传

然也。故古者圣王制为等列，内有公卿、大夫、士，外有公、侯、伯、子、男，然后有官师小吏，延及庶人，等级分明，而天子加焉，故其尊不可及也。里谚曰④："欲投鼠而忌器。"此善谕也。鼠近于器，尚惮不投，恐伤其器，况于贵臣之近主乎！廉耻节礼以治君子，故有赐死而亡戮辱。是以黥、劓之罪不及大夫，以其离主上不远也。礼不敢齿君之路马⑤，蹴其刍者有罚⑥；见君之几杖则起，遭君之乘车则下，入正门则趋；君之宠臣虽或有过，刑戮之罪不加其身者，尊君之故也。此所以为主上豫远不敬也，所以体貌大臣而厉其节也⑦。今自王侯三公之贵，皆天子之所改容而礼之也，古天子之所谓伯父、伯舅也⑧，而令与众庶同黥、劓、髡、刖、笞、傌、弃市之法⑨，然则堂不亡陛乎？被戮辱者不泰迫乎？廉耻不行，大臣无乃握重权，大官而有徒隶亡耻之心乎？夫望夷之事⑩，二世见当以重法者⑪，投鼠而不忌器之习也。

【注释】

① 堂：殿堂。② 廉：侧边。此指殿堂地基的侧边。③ 陵：登上，跨越。④ 里谚：民间谚语。⑤ 齿：谓计算牛马的岁数。路马：古代指为君主驾车的马。因君主之车名路车，故称。⑥ 蹴：踩，踏。刍：饲草。即马吃的草料。⑦ 体貌：谓以礼相待，敬重。体，通"礼"。厉："砺"的古字，磨砺。⑧ 伯父：周王朝天子对同姓年长诸侯的称呼。伯舅：周王朝天子对异姓年长诸侯的称呼。⑨ 黥（qíng）：黥刑，墨刑。古代五刑之一。刺字于被刑者的面额上，染以黑色，作为处罚的标志。劓：割鼻。古代五刑之一。髡（kūn）：古代剃发之刑。刖（yuè）：砍掉脚或脚趾。古代酷刑之一。笞（chī）：古代刑罚之一。用荆条或竹板敲打臀、腿或背。傌（mà）：骂。古代刑罚之一。弃市：弃之于市。谓处死刑。⑩ 望夷：秦代宫名。故址在今陕西省泾阳县东南，因东北临泾水以望北夷，故名。秦末，赵高迫杀秦二世于此。⑪ 见：被。当：判处。

臣闻之，履虽鲜不加于枕①，冠虽敝不以苴履②。夫尝已在贵宠之位，天子改容而体貌之矣，吏民尝俯伏以敬畏之矣，今而有过，帝令废之可也，退之可也，赐之死可也，灭之可也；若夫束缚之，系绁之③，输之司寇,编之徒官④,司寇小吏詈骂而榜笞之⑤,殆非所以令众庶见也。夫卑贱者习知尊贵者之一旦吾亦乃可以加此也,非所以习天下也,非尊尊贵贵之化也。夫天子之所尝敬,众庶之所尝宠,死而死耳,贱人安宜得如此而顿辱之哉⑥!

【注释】

①履:鞋。②苴(jū):草垫。此指用来垫鞋。③系绁(xiè):用长绳捆绑住。绁,牵犯人或牲畜的绳索。④徒官:管理犯人的小吏。⑤詈(lì):骂,责备。榜笞:鞭笞拷打。⑥顿辱:折磨,凌辱。

豫让事中行之君①,智伯伐而灭之②,移事智伯。及赵灭智伯,豫让衅面吞炭③,必报襄子④,五起而不中⑤。人问豫子⑥,豫子曰:"中行众人畜我⑦,我故众人事之;智伯国士遇我⑧,我故国士报之。"故此一豫让也,反君事仇,行若狗彘,已而抗节致忠⑨,行出乎列士⑩,人主使然也。故主上遇其大臣如遇犬马,彼将犬马自为也;如遇官徒,彼将官徒自为也。顽顿亡耻,奊诟亡节⑪,廉耻不立,且不自好,苟若而可,故见利则逝,见便则夺。主上有败,则因而挺之矣⑫;主上有患,则吾苟免而已,立而观之耳;有便吾身者,则欺卖而利之耳。人主将何便于此?群下至众,而主上至少也,所托财器职业者粹于群下也⑬。俱亡耻,俱苟妄,则主上最病。故古者礼不及庶人,刑不至大夫,所以厉宠臣之节也。古者大臣有坐不廉而废者,不谓不廉,曰"簠簋不饰"⑭;坐污秽淫乱男女亡别者,不曰污秽,曰"帷薄不修"⑮;坐罢软不胜任者,不谓罢软,曰"下官不职"。故贵大臣定有其罪矣,犹未斥然正以呼之也,尚迁就而为之讳也。故其在大谴大何之域者,闻谴何则白冠氂缨⑯,盘水加剑⑰,造请室而请罪耳⑱,上不执缚系引而行也。其有中罪者,闻命而自弛⑲,上不使人颈盩而加也⑳。其有大罪者,闻命则北面再拜,跪而自裁,上不使捽抑而刑之也㉑,曰:"子大夫自有过耳!吾遇子有礼矣。"遇之有礼,故群臣自憙㉒;婴以廉耻㉓,故人矜节行。上设廉耻礼义以遇其臣,而臣不以节行报其上者,则非人类也。故化成俗定,则为人臣者主耳忘身,国耳忘家,公耳忘私,利不

苟就,害不苟去,唯义所在。上之化也,故父兄之臣诚死宗庙,法度之臣诚死社稷㉔,辅翼之臣诚死君上,守圄扞敌之臣诚死城郭封疆㉕。故曰圣人有金城者㉖,比物此志也㉗。彼且为我死,故吾得与之俱生;彼且为我亡,故吾得与之俱存;夫将为我危,故吾得与之皆安。顾行而忘利,守节而仗义,故可以托不御之权,可以寄六尺之孤㉘。此厉廉耻行礼谊之所致也,主上何丧焉!此之不为,而顾彼之久行,故曰可为长叹息者此也。

【注释】

① 豫让:春秋末年晋国人,著名刺客。中行之君:指晋国卿大夫荀寅。因其封于中行,故名。② 智伯:智瑶,晋国卿大夫。③ 衅面吞炭:以漆涂面,毁坏容貌;吞食火炭,使声音变哑。衅,涂。④ 报:报复。襄子:赵襄子,名毋恤,晋国卿大夫。⑤ 五起而不中:据《史记·刺客列传》等记载,豫让曾两次蓄意刺杀赵襄子,均未成功;赵襄子认为豫让重义,答应让其斩刺衣服以替代,豫让拔剑跳起击杀三次后自杀身亡。⑥ 豫子:对豫让的尊称。⑦ 畜:供养。⑧ 国士:一国之中杰出的人才。遇:礼遇,对待。⑨ 抗节:坚持高尚的节操。⑩ 列士:古代指重义轻生、行为壮烈之人。列,同"烈"。⑪ 奊(xǐ)诟:甘受辱骂。指无志气节操。奊,通"謑",耻辱。⑫ 挻(shān):篡取,夺取。⑬ 财器:财产器物。职业:官事和士农工商四民之常业。粹:通"萃",集聚。群下:群臣。⑭ 簠(fǔ)簋(guǐ)不饰:古时对做官不廉正者的一种婉转的说法。簠簋,古时宴享或祭祀时盛放黍稷稻粱等食品的两种礼器。其中簠为长方形,口外侈,有四短足及二耳。簋一般为圆腹,侈口,圈足。不饰,不整饬。⑮ 帷薄不修:古时对男女关系不清者的一种婉转的说法。帷,帐幕。薄,帘子。⑯ 何:通"呵",呵斥。白冠:白色帽子,丧服。氂缨:用牦尾作缨(系冠的带子),为丧家的服装。⑰ 盘水加剑:以盘盛水,加剑其上,表示请罪自刎。⑱ 请室:清洗罪过之室,即囚禁有罪官吏的牢狱。请,通"清"。⑲ 弛:毁坏,败坏。自弛即自毁容貌。⑳ 戆:"戾"的古字,屈曲,扭曲。颈戆即扭着脖子。㉑ 捽(zuó):抓,揪。指抓住头发。抑:按住,向下压。㉒ 自憙:自喜,自爱。憙,同"喜"。㉓ 婴:施加。㉔ 法度之臣:指参与制订与推行法令制度的大

臣。㉕ 守围:同防守,防御。围,通"御"。扞:抵御,抵抗。㉖ 金城:用金属铸成的坚固的城墙。比喻国家政权的稳固。㉗ 比物:以物作比喻。㉘ 六尺之孤:指未成年而父亲已死的皇帝,即小皇帝。

是时,丞相绛侯周勃免就国①,人有告勃谋反,逮系长安狱治,卒亡事,复爵邑,故贾谊以此讥上②。上深纳其言,养臣下有节。是后大臣有罪,皆自杀,不受刑。至武帝时,稍复入狱③,自宁成始④。

【注释】

① 就国:回到自己的封地。就,归,返回。国,古代王、侯的封地。② 讥:规劝,劝谏。③ 稍:逐渐。④ 宁成:西汉时的酷吏。详见卷九十《酷吏传》。

初,文帝以代王入即位,后分代为两国,立皇子武为代王,参为太原王,小子胜则梁王矣。后又徙代王武为淮阳王,而太原王参为代王,尽得故地。居数年,梁王胜死,亡子。谊复上疏曰①:

【注释】

① 疏:指《请封建子弟疏》。

陛下即不定制,如今之执,不过一传再传,诸侯犹且人恣而不制①,豪植而大强②,汉法不得行矣。陛下所以为蕃扞及皇太子之所恃者③,唯淮阳、代二国耳。代北边匈奴,与强敌为邻,能自完则足矣。而淮阳之比大诸侯,廑如黑子之著面④,适足以饵大国耳⑤,不足以有所禁御。方今制在陛下,制国而令子适足以为饵,岂可谓工哉!人主之行异布衣。布衣者,饰小行,竞小廉,以自托于乡党,人主唯天下安社稷固不耳。高皇帝瓜分天下以王功臣,反者如猬毛而起⑥,以为不可,故蕲去不义诸侯而虚其国⑦。择良日,立诸子雒阳上东门之外⑧,毕以为王,而天下安。故大人者,不牵小行,以成大功。

【注释】

①犹且:尚且。恣:放纵,放肆。②植:立。③蕃扞:藩屏,护卫。蕃,通"藩"。④廑:通"仅"。黑子:黑痣。⑤饵:吞食,侵吞。⑥猬毛:比喻众多而强硬。⑦薪(shān):通"芟",剪灭,芟除。⑧上东门:洛阳东面最北的城门。

今淮南地远者或数千里,越两诸侯①,而县属于汉。其吏民繇役往来长安者,自悉而补②,中道衣敝,钱用诸费称此,其苦属汉而欲得王至甚,逋逃而归诸侯者已不少矣。其势不可久。臣之愚计,愿举淮南地以益淮阳,而为梁王立后,割淮阳北边二三列城与东郡以益梁③;不可者,可徙代王而都睢阳④。梁起于新郪以北著之河⑤,淮阳包陈以南揵之江⑥,则大诸侯之有异心者,破胆而不敢谋。梁足以扞齐、赵,淮阳足以禁吴、楚,陛下高枕,终亡山东之忧矣,此二世之利也⑦。当今恬然,适遇诸侯之皆少,数岁之后,陛下且见之矣。夫秦日夜苦心劳力以除六国之祸,今陛下力制天下,颐指如意⑧,高拱以成六国之祸⑨,难以言智。苟身亡事,畜乱宿祸,孰视而不定,万年之后,传之老母弱子,将使不宁,不可谓仁。臣闻圣主言问其臣而不自造事,故使人臣得毕其愚忠。唯陛下财幸⑩!

文帝于是从谊计,乃徙淮阳王武为梁王,北界泰山⑪,西至高阳⑫,得大县四十余城;徙城阳王喜为淮南王,抚其民。

【注释】

①两诸侯:指梁王、淮阳王。②自悉而补:自己用尽家财,以添补衣服。③列城:县。东郡:郡名,郡治濮阳(今河南濮阳西南)。④睢阳:县名,治所在今河南商丘南。⑤新郪:县名,治所在今安徽太和县北。⑥陈:县名,治所在今河南淮阳。揵(jiàn):接,接壤。⑦二世:《新书》作"世世"。吴恂以为"二世"二字误倒,"二"系重文符号。⑧颐指:亦作"颐旨"。指以下巴的动作表情示意而指挥人。常以形容指挥别人时的傲慢态度。⑨高拱:两手相抱,高抬于胸前。安坐时的姿势。⑩财幸:旧时对尊长的敬辞。谓以裁取为幸。财,通"裁"。⑪界:接界,接连。⑫高阳:

小邑名。在今河南杞县西南。

时又封淮南厉王四子皆为列侯①。谊知上必将复王之也,上疏谏曰②:"窃恐陛下接王淮南诸子,曾不与如臣者孰计之也。淮南王之悖逆亡道,天下孰不知其罪?陛下幸而赦迁之,自疾而死,天下孰以王死之不当?今奉尊罪人之子,适足以负谤于天下耳③。此人少壮,岂能忘其父哉?白公胜所为父报仇者④,大父与伯父、叔父也⑤。白公为乱,非欲取国代主也,发愤快志,剡手以冲仇人之匈⑥,固为俱靡而已⑦。淮南虽小,黥布尝用之矣,汉存特幸耳。夫擅仇人足以危汉之资,于策不便。虽割而为四,四子一心也。予之众,积之财,此非有子胥、白公报于广都之中⑧,即疑有剸诸、荆轲起于两柱之间⑨,所谓假贼兵为虎翼者也⑩。愿陛下少留计⑪!"

梁王胜坠马死,谊自伤为傅无状⑫,常哭泣,后岁余,亦死。贾生之死,年三十三矣。

【注释】

① 淮南厉王四子:即衡山王刘勃、城阳王刘喜、淮南王刘安、庐江王刘赐。② 疏:即《谏立淮南诸子疏》。③ 负谤:蒙受责难。④ 白公胜:春秋时楚平王的孙子。其父太子建因遭陷害而出逃,他自己则随伍子胥逃到吴国,后回国发动政变,曾攻占郢都,最终兵败自缢而死。⑤ 大父:祖父,指楚平王。伯父、叔父:指楚平王诸子。⑥ 剡(yǎn):锐利。冲:穿,刺。匈:"胸"的古字,指胸部。⑦ 靡:碎,烂。俱靡亦即同归于尽之意。⑧ 子胥:即伍子胥。白公:即白公胜。广都:大都。⑨ 剸诸:一作"专诸"。春秋时人,曾奉吴国公子光之命刺杀吴王僚。荆轲:战国末年人,曾受燕太子丹之命刺杀秦王嬴政。二人事迹详见《史记·刺客列传》。两柱之间:指殿堂。⑩ 假:借。兵:兵器。⑪ 少:同"稍"。留计:留意,考虑。⑫ 自伤:自我伤感,内疚。无状:谓罪大不可言状,亦即失职之意。

后四岁,齐文王薨①,亡子。文帝思贾生之言,乃分齐为六国,尽立悼惠王子六人为王;又迁淮南王喜于城阳,而分淮南为三国,尽立厉王三子

以王之。后十年,文帝崩,景帝立;三年而吴、楚、赵与四齐王合从举兵②,西乡京师,梁王扞之③,卒破七国④。至武帝时,淮南厉王子为王者两国亦反诛⑤。

孝武初立,举贾生之孙二人至郡守⑥。贾嘉最好学,世其家⑦。

【注释】

① 齐文王:刘则,齐悼惠王刘肥之孙。薨:古称诸侯王死为"薨"。② 四齐王:即胶东王、胶西王、淄川王、济南王。③ 梁王:梁孝王刘武。扞:通"捍",抵御,抵抗。④ 卒:最终。⑤ 两国:指淮南王国和衡山王国。⑥ 举:选拔。⑦ 世:继承。

赞曰:刘向称"贾谊言三代与秦治乱之意,其论甚美,通达国体①,虽古之伊、管未能远过也②。使时见用③,功化必盛④。为庸臣所害,甚可悼痛"。追观孝文玄默躬行以移风俗⑤,谊之所陈略施行矣。及欲改定制度,以汉为土德,色上黄,数用五,及欲试属国,施五饵三表以系单于⑥,其术固以疏矣⑦。谊亦天年早终⑧,虽不至公卿,未为不遇也。凡所著述五十八篇,掇其切于世事者著于传云⑨。

【注释】

① 通达:通晓,洞达。国体:国家的典章制度,治国之法。② 伊、管:指伊尹、管仲,二者为古代著名贤相。③ 时:当时。见用:被重用。④ 功化:功业与教化。⑤ 玄默:清静无为。躬行:亲身实行。⑥ 五饵三表:为对付匈奴的两种政策。五饵是指用声色犬马的嗜好来诱惑匈奴人的眼、耳、口、腹、心。三表是指用仁、义、信三种策略来招徕匈奴人。详见《新书》。⑦ 疏:粗疏,粗略。⑧ 天年:自然的寿数。⑨ 掇:摘取,选取。切:切合。

【导读】

本篇选自《汉书》卷四十八《贾谊传》。贾谊是西汉初年著名的政治家、文学家。《汉书》为其单独列传,重点记载贾谊的事迹及其政论。贾谊年少能文,被文帝召为博士,一年之间破格提拔至太中大夫。建议适时改制,为文帝所欣赏,但被周勃等老臣排挤,辗转出任诸侯王太傅,后因梁王刘胜坠马而死,自感失职,悲伤过度而死,年仅33岁。作为一名传奇人物,贾谊在历史上俨然是位美德在当时未得到赏识的政治家的典型。贾谊自比屈原,然而相比较屈原,贾谊又是幸运的。作为一名杰出的政治家,贾谊的进步主张不仅在文帝一朝起了作用,甚至对整个西汉王朝的长治久安都有着卓越的贡献。他多次上疏陈说政事,建议"众建诸侯而少其力"以削弱诸侯王权力,主张禁止私人铸钱、由中央统一铸钱,建议抗击匈奴侵扰,倡导礼义教化,主张重农抑商等等。作为一名优秀的文学家,贾谊爱好辞赋,擅长政论,其观点洞识时势,其文章议论剀切,"通达国体"。他的散文和诗赋历来为人们所称颂,留传至今。贾谊是文学家,但他更是杰出的政治家,其文学作品与其政治思想是一脉相承的。班固在《汉书》中详载其论,如在《食货志》中录其《论积贮疏》,在《陈胜项籍传》中引用《过秦论》作赞语,在本传中则详载《陈政事疏》等,让我们看到了贾谊的政治思想在其文学作品中的体现,抓住了贾谊作为政论家的实质,是班固对贾谊政论家身份的肯定。贾谊作为杰出的政治家和思想家而被载入史册,其历史贡献是不可磨灭的。

晁 错 传

晁错,颍川人也①。学申、商刑名于轵张恢生所②,与雒阳宋孟及刘带同师。以文学为太常掌故③。

【注释】

① 颍川:郡名,郡治阳翟(今河南禹州)。② 申、商:申不害、商鞅,皆战国时期法家的代表人物。刑名:同"形名",法家循名责实、明赏慎罚的学说。轵(zhǐ):县名,在今河南济源县东南。张恢生:张恢先生的简称。所:处。汉人习俗语每称所。③ 文学:文章博学。泛指学问。太常掌故:太常的属官,职掌国家典章制度,备顾问。

错为人峭直刻深①。孝文时,天下亡治《尚书》者,独闻齐有伏生,故秦博士,治《尚书》,年九十余,老不可征。乃诏太常,使人受之。太常遣错受《尚书》伏生所,还,因上书称说②。诏以为太子舍人、门大夫③,迁博士。又上书言:"人主所以尊显功名扬于万世之后者,以知术数也④。故人主知所以临制臣下而治其众⑤,则群臣畏服矣;知所以听言受事,则不欺蔽矣;知所以安利万民,则海内必从矣;知所以忠孝事上,则臣子之行备矣:此四者,臣窃为皇太子急之。人臣之议或曰皇太子亡以知事为也,臣之愚,诚以为不然。窃观上世之君,不能奉其宗庙而劫杀于其臣者,皆不知术数者也。皇太子所读书多矣,而未深知术数者,不问书说也⑥。夫多诵而不知其说,所谓劳苦而不为功。臣窃观皇太子材智高奇,驭射技艺过人绝远,然于术数未有所守者,以陛下为心也⑦。窃愿陛下幸择圣人之术可用今世者,以赐皇太子,因时使太子陈明于前。唯陛下裁察。"上善之,于是拜错为太子家令。以其辩得幸太子⑧,太子家号曰"智囊"⑨。

【注释】

① 峭直:严厉,刚直。刻深:苛刻,严峻。指性情刚直严峻,待人处事刻薄厉害。② 称说:称引解说。③ 太子:即后来的汉景帝刘启。舍人、门大夫皆太子属官。④ 术数:指治国的方法和谋略。⑤ 临制:君临制约,驾驭。⑥ 不问书说:没有研究书中的道理。问,探讨,钻研。⑦ 以陛下为心:以皇帝的意旨为准。指自己不动脑筋,只听皇帝的意见。⑧ 辩:机辩,机智有口才。⑨ 智囊:指足智多谋的人。

是时匈奴强,数寇边,上发兵以御之。错上言兵事,曰:

臣闻汉兴以来,胡虏数入边地,小入则小利,大入则大利;高后时再入陇西①,攻城屠邑,驱略畜产;其后复入陇西,杀吏卒,大寇盗。窃闻战胜之威,民气百倍;败兵之卒,没世不复。自高后以来,陇西三困于匈奴矣,民气破伤,亡有胜意。今兹陇西之吏,赖社稷之神灵,奉陛下之明诏,和辑士卒②,底厉其节③,起破伤之民以当乘胜之匈奴,用少击众,杀一王,败其众而大有利。非陇西之民有勇怯,乃将吏之制巧拙异也。故兵法曰:"有必胜之将,无必胜之心。"繇此观之,安边境,立功名,在于良将,不可不择也。

【注释】

①再:两次。陇西:郡名,治狄道(今甘肃临洮)。②和辑:和睦团结。辑,同"集"。③底厉:砥砺,磨炼。底,通"砥"。厉,通"砺"。

　　臣又闻用兵,临战合刃之急者三①:一曰得地形,二曰卒服习②,三曰器用利。兵法曰:丈五之沟,渐车之水③,山林积石,经川丘阜④,草木所在,此步兵之地也,车骑二不当一。土山丘陵,曼衍相属⑤,平原广野,此车骑之地,步兵十不当一。平陵相远⑥,川谷居间,仰高临下,此弓弩之地也,短兵百不当一⑦。两陈相近⑧,平地浅草,可前可后,此长戟之地也,剑楯三不当一。萑苇竹萧⑨,草木蒙茏⑩,枝叶茂接,此矛鋋之地也⑪,长戟二不当一。曲道相伏⑫,险厄相薄⑬,此剑楯之地也⑭,弓弩三不当一。士不选练,卒不服习,起居不精⑮,动静不集,趋利弗及⑯,避难不毕⑰,前击后解⑱,与金鼓之指相失⑲,此不习勒卒之过也⑳,百不当十。兵不完利㉑,与空手同;甲不坚密㉒,与袒裼同㉓;弩不可以及远,与短兵同;射不能中,与亡矢同;中不能入,与亡镞同㉔:此将不省兵之祸也㉕,五不当一。故兵法曰:"器械不利,以其卒予敌也;卒不可用,以其将予敌也;将不知兵,以其主予敌也;君不择将,以其国予敌也。"四者,兵之至要也。

【注释】

①合刃:交战,交锋。急:要紧,重要。②服习:指习熟武艺,训练有素。③渐车之水:指浅水之河。渐,浸湿。④经川:常流不息的河水。丘阜:丘陵。阜,土山。⑤曼衍相属:绵延相连。曼衍,连绵不断。属,连接。⑥平陵:平地和丘陵。远:隔离。⑦短兵:指刀、剑之类短兵器。⑧陈:同"阵",阵地。⑨萑(huán)苇:芦苇之类的植物。萧:蒿草。⑩蒙茏:草木茂盛,互相遮掩。⑪鋋(chán):铁把短矛。⑫伏:埋伏,隐藏。⑬薄:迫近。⑭楯:同"盾",盾牌。⑮起居不精:动作不精熟。⑯趋利弗及:捕捉战机不准确及时。⑰避难不毕:逃避危难不迅速。毕,疾,迅

速。⑱ 前击后解：前锋在奋力搏斗而后续部队却松懈不堪。解，通"懈"。⑲ 金鼓之指：古代作战，击鼓进军，鸣金收兵。⑳ 勒卒：统驭兵士，按兵法严格要求训练士卒。勒，统率，部署。㉑ 完利：完整锐利。㉒ 坚密：坚固紧密。㉓ 袒裼(xī)：袒胸露体。㉔ 镞：箭头。㉕ 省兵：检验兵器。省，检视。

臣又闻小大异形，强弱异势，险易异备。夫卑身以事强，小国之形也；合小以攻大，敌国之形也；以蛮夷攻蛮夷，中国之形也①。今匈奴地形、技艺与中国异。上下山阪②，出入溪涧，中国之马弗与也③；险道倾仄，且驰且射，中国之骑弗与也；风雨罢劳，饥渴不困，中国之人弗与也：此匈奴之长技也。若夫平原易地，轻车突骑④，则匈奴之众易挠乱也⑤；劲弩长戟，射疏及远⑥，则匈奴之弓弗能格也⑦；坚甲利刃，长短相杂，游弩往来，什伍俱前，则匈奴之兵弗能当也；材官驺发⑧，矢道同的⑨，则匈奴之革笥木荐弗能支也⑩；下马地斗，剑戟相接，去就相薄⑪，则匈奴之足弗能给也⑫：此中国之长技也。以此观之，匈奴之长技三，中国之长技五。陛下又兴数十万之众，以诛数万之匈奴，众寡之计，以一击十之术也。

【注释】

① 中国：中原之国。此指汉朝。② 山阪：亦作"山坂"、"山岅"，即山坡。③ 弗与：不如。④ 突骑：用以突击敌人的精锐骑兵。⑤ 挠乱：扰乱。⑥ 射疏：射程阔远。⑦ 格：抵御，抵挡。⑧ 材官：汉代能用强弩的步兵。驺：通"骤"，急速。⑨ 的：目标。⑩ 革笥(sì)：用皮做的铠甲。木荐：用木做的盾牌。支：支撑。⑪ 去就：进退。薄：迫近。⑫ 给：连及，接续。

虽然，兵，凶器；战，危事也。以大为小，以强为弱，在俯卬之间耳①。夫以人之死争胜，跌而不振，则悔之亡及也。帝王之道，出于万全。今降胡义渠蛮夷之属来归谊者②，其众数千，饮食长技与匈奴同，可赐之坚甲絮衣，劲弓利矢，益以边郡之良骑。令明将能知其习俗和辑其心者，以陛下之明约将之。即有险阻，以此当之；平地通道，则以轻车材官制之。两军相为表里，各用其长技，衡加之以众③，此万全之术也。

传曰④:"狂夫之言⑤,而明主择焉。"臣错愚陋,昧死上狂言⑥,唯陛下财择。

文帝嘉之⑦,乃赐错玺书宠答焉⑧,曰:"皇帝问太子家令:上书言兵体三章,闻之。书言'狂夫之言,而明主择焉'。今则不然。言者不狂,而择者不明,国之大患,故在于此。使夫不明择于不狂,是以万听而万不当也。"

【注释】

① 俯卬:即俯仰。卬,同"仰"。② 义渠:汉代西北地区的一个民族。归谊:即归义。谊,通"义"。③ 衡:同"横"。④ 传:古代书传、著作。⑤ 狂夫:狂妄无知的人。⑥ 昧死:冒着死罪。古代奏章中表示敬畏的惯用语。⑦ 嘉:嘉许,赞许。⑧ 玺书:诏书。皇帝的诏敕,因为封口上盖有皇帝的玺印,故称"玺书"。

错复言守边备塞、劝农力本,当世急务二事,曰:

臣闻秦时北攻胡貉①,筑塞河上,南攻杨粤②,置戍卒焉。其起兵而攻胡、粤者,非以卫边地而救民死也,贪戾而欲广大也③,故功未立而天下乱。且夫起兵而不知其势,战则为人禽④,屯则卒积死⑤。夫胡貉之地,积阴之处也⑥,木皮三寸,冰厚六尺,食肉而饮酪⑦,其人密理⑧,鸟兽毳毛⑨,其性能寒⑩。杨粤之地,少阴多阳,其人疏理⑪,鸟兽希毛⑫,其性能暑。秦之戍卒不能其水土,戍者死于边,输者偾于道⑬。秦民见行,如往弃市,因以谪发之⑭,名曰"谪戍"。先发吏有谪及赘婿、贾人,后以尝有市籍者⑮,又后以大父母、父母尝有市籍者⑯,后入闾⑰,取其左⑱。发之不顺,行者深恐,有背畔之心⑲。凡民守战至死而不降北者⑳,以计为之也。故战胜守固则有拜爵之赏,攻城屠邑则得其财卤以富家室㉑,故能使其众蒙矢石,赴汤火,视死如生。今秦之发卒也,有万死之害,而亡铢两之报㉒,死事之后不得一算之复㉓,天下明知祸烈及己也。陈胜行戍,至于大泽,为天下先倡,天下从之如流水者,秦以威劫而行之之敝也㉔。

【注释】

① 胡貉：同"胡貊"。古代北方部族名。此指匈奴。② 杨粤：即南越（今广东广西一带）。③ 贪戾：贪婪残暴。④ 禽：同"擒"。⑤ 积死：病死。积，通"渍"，沾染疾病。⑥ 积阴：指酷寒之气。⑦ 酪：奶制饮料。⑧ 密理：肌肉紧密。⑨ 毳(cuì)毛：鸟兽所生细密之毛。⑩ 能：耐。⑪ 疏理：肌肉疏松。⑫ 希：同"稀"，稀少，稀疏。⑬ 输者：指输送军需物资的人。偾(fèn)：倒覆，僵仆。⑭ 谪：罚罪。特指古代官吏因罪而被降职或流放，亦指被流放戍边的罪人。⑮ 市籍：秦汉时为商人专列的户籍。秦汉时施行"重农抑商"政策，凡在籍的商贾及其子孙，与罪吏、亡命等同样看待，都要服役。汉时又规定凡有市籍的商贾不得坐车和穿丝绸衣服，其子孙不得做官。⑯ 大父母：祖父母。⑰ 闾：里巷的大门。⑱ 取其左：征发闾左之民。⑲ 畔：同"叛"。⑳ 降北：投降和败退。㉑ 财卤：掳掠的财物，战利品。卤，通"掳"。㉒ 铢两：古代重量单位，二十四铢为一两。引申为极轻的分量。比喻微小。㉓ 一算：汉代商贾税和对成年人所征人头税的一个计数单位。复：免除。㉔ 劫：强迫。敝：同"弊"，弊病。

　　胡人衣食之业不著于地①，其势易以扰乱边竟②。何以明之？胡人食肉饮酪，衣皮毛，非有城郭田宅之归居，如飞鸟走兽于广野，美草甘水则止，草尽水竭则移。以是观之，往来转徙，时至时去，此胡人之生业，而中国之所以离南亩也。今使胡人数处转牧行猎于塞下，或当燕、代，或当上郡、北地、陇西，以候备塞之卒③，卒少则入。陛下不救，则边民绝望而有降敌之心；救之，少发则不足，多发，远县才至，则胡又已去。聚而不罢，为费甚大；罢之，则胡复入。如此连年，则中国贫苦而民不安矣。

【注释】

① 不著于地：不固定于一地。著，固定。② 边竟：边境。竟，同"境"。③ 候：伺望，侦察。

　　陛下幸忧边境，遣将吏发卒以治塞，甚大惠也。然令远方之卒守塞,一岁而更,不知胡人之能,不如选常居者,家室田作,且以备之。以便为之高城深堑①,具蔺石②,布渠答③,复为一城其内,城间百五十步。要害之处,通川之道,调立城邑,毋下千家,为中周虎落④。先为室屋,具田器,乃募罪人及免徒复作令居之⑤;不足,募以丁奴婢赎罪及输奴婢欲以拜爵者⑥;不足,乃募民之欲往者。皆赐高爵,复其家。予冬夏衣,廪食⑦,能自给而止。郡县之民得买其爵,以自增至卿⑧。其亡夫若妻者⑨,县官买与之。人情非有匹敌⑩,不能久安其处。塞下之民,禄利不厚,不可使久居危难之地。胡人入驱而能止其所驱者,以其半予之⑪,县官为赎其民⑫。如是,则邑里相救助,赴胡不避死。非以德上也⑬,欲全亲戚而利其财也。此与东方之戍卒不习地势而心畏胡者,功相万也⑭。以陛下之时,徙民实边,使远方亡屯戍之事,塞下之民父子相保⑮,亡系虏之患⑯,利施后世,名称圣明,其与秦之行怨民,相去远矣。

【注释】

① 以便:根据山川形势。以,因,依。城:城墙。堑:绕城的水沟。② 具:准备。蔺石:擂石,可投掷以击杀敌人,为守御城塞之用。③ 布:铺设。渠答:铁蒺藜,用以对付敌人的骑兵。④ 中周虎落:在边城和居城中间设置用竹木枝编成的屏藩,可阻拦敌人临近攻城。中周,中间之周围。虎落,竹篱笆。⑤ 免徒复作:指免除徒刑而服劳役之人。⑥ 输奴婢欲以拜爵:交纳奴婢从朝廷获得爵位。输,交出,献纳。⑦ 廪食:公家供给口粮。⑧ 卿:汉爵二十级,卿指第十级左庶长以上的爵位。⑨ 若:或者。⑩ 匹敌:配偶。⑪ "胡人"二句:胡人入边为寇,抢劫人口及畜产,边塞居民中有能夺回其所抢之人畜的,物主应将一半分给他。驱,劫夺,言驱略汉人及畜产。⑫ 县官为赎其民:由公家出钱赎取该奴婢为民。⑬ 非以德上:并非只是想为皇上立德义。⑭ 功相万:言其功万倍于东方调来的戍卒。⑮ 保:依。⑯ 系虏:被掠去当奴隶。患:担忧。

上从其言,募民徙塞下。错复言:

陛下幸募民相徙以实塞下,使屯戍之事益省,输将之费益寡①,

甚大惠也。下吏诚能称厚惠,奉明法,存恤所徙之老弱,善遇其壮士,和辑其心而勿侵刻,使先至者安乐而不思故乡,则贫民相募而劝往矣②。臣闻古之徙远方以实广虚也③,相其阴阳之和,尝其水泉之味,审其土地之宜,观其草木之饶,然后营邑立城,制里割宅④,通田作之道,正阡陌之界,先为筑室,家有一堂二内⑤,门户之闭,置器物焉,民至有所居,作有所用,此民所以轻去故乡而劝之新邑也。为置医巫,以救疾病,以修祭祀,男女有昏⑥,生死相恤,坟墓相从,种树畜长⑦,室屋完安,此所以使民乐其处而有长居之心也。

【注释】

① 输将:输送,运输。② 相募:相慕。募,通"慕"。③ 广虚:空旷之墟。广,同"旷"。虚,同"墟"。④ 割宅:划分住宅区。⑤ 二内:指堂后的东房、西室。⑥ 昏:同"婚"。⑦ 种树:种植。指种植林木庄稼之类。畜长:畜养。指饲养六畜。

　　臣又闻古之制边县以备敌也,使五家为伍,伍有长;十长一里,里有假士;四里一连,连有假五百;十连一邑,邑有假候①:皆择其邑之贤材有护②,习地形知民心者,居则习民于射法③,出则教民于应敌。故卒伍成于内,则军正定于外④。服习以成,勿令迁徙,幼则同游,长则共事。夜战声相知,则足以相救;昼战目相见,则足以相识;欢爱之心,足以相死⑤。如此而劝以厚赏,威以重罚,则前死不还踵矣⑥。所徙之民非壮有材力,但费衣粮,不可用也;虽有材力,不得良吏,犹亡功也。

　　陛下绝匈奴不与和亲,臣窃意其冬来南也,壹大治⑦,则终身创矣。欲立威者,始于折胶⑧,来而不能困,使得气去⑨,后未易服也。愚臣亡识,唯陛下财察。

【注释】

① 假士、假五百、假候:古代对边县人民实行军事编制,设伍、里、连、邑四级,里之长称假士;连之长称假五百,亦称假率;一邑之长称假候。

②有护:有保护能力的人。③习:教习。④军正:军政。正,同"政"。⑤相死:相互之间为对方而死。⑥还踵:同"旋踵",掉转脚跟,后退之意。不还踵即一直往前之意。⑦治:惩治。⑧折胶:古代为了使弓更加坚硬,常将胶涂于弓上,但必须等到秋凉以后,胶始凝固,方可使弓坚劲可挽。折,取。后世因以"折胶"代指秋冬时节。而匈奴常于此时出军,则汉家立威亦当在此时。⑨得气:得意。得胜而逞其志气。

后诏有司举贤良文学士,错在选中。上亲策诏之,曰:

惟十有五年九月壬子①,皇帝曰:昔者大禹勤求贤士,施及方外②,四极之内③,舟车所至,人迹所及,靡不闻命,以辅其不逮;近者献其明,远者通厥聪,比善戮力④,以翼天子。是以大禹能亡失德,夏以长楙⑤。高皇帝亲除大害,去乱从⑥,并建豪英,以为官师,为谏争,辅天子之阙,而翼戴汉宗也。赖天之灵,宗庙之福,方内以安,泽及四夷。今朕获执天子之正,以承宗庙之祀,朕既不德,又不敏,明弗能烛⑦,而智不能治,此大夫之所著闻也。故诏有司、诸侯王、三公、九卿及主郡吏⑧,各帅其志,以选贤良明于国家之大体,通于人事之终始,及能直言极谏者,各有人数,将以匡朕之不逮⑨。二三大夫之行当此三道⑩,朕甚嘉之,故登大夫于朝,亲谕朕志。大夫其上三道之要,及永惟朕之不德⑪,吏之不平,政之不宣,民之不宁,四者之阙,悉陈其志,毋有所隐。上以荐先帝之宗庙,下以兴愚民之休利,著之于篇,朕亲览焉,观大夫所以佐朕,至与不至。书之,周之密之,重之闭之。兴自朕躬⑫,大夫其正论,毋柱执事⑬。乌乎,戒之!二三大夫其帅志毋怠!

【注释】

①十有五年:即汉文帝十五年(前165)。九月壬子:九月二十九日。②方外:境外。③四极之内:犹言世界之内。古人以四方(东南西北)之地有尽头之处称为"四极"。④比善:比较长处。戮力:勉力,同心协力。戮,通"勠"。⑤楙:同"茂",盛美。⑥除大害,去乱从:大害指秦,乱从指项羽集团。从,同"纵"。⑦烛:照射,洞察。⑧有司:官吏。古代设官分

职,各有专司,故称。三公:古代中央三种最高官衔的合称。西汉以丞相(大司徒)、太尉(大司马)、御史大夫(大司空)为三公。九卿:古代中央政府的九个高级官职。汉以太常、光禄勋、卫尉、廷尉、大鸿胪、太仆、宗正、司农、少府为九寺大卿。主郡吏:指郡守。⑨ 匡:救助,纠正。不逮:不及,比不上。⑩ 三道:指上文所讲的国体、人事、直言。⑪ 永惟:深思。⑫ 兴自朕躬:言由我亲自拆阅。⑬ 毋枉执事:不要因为顾忌当权官吏的从中作梗而不敢直陈。枉,屈从。执事,指皇帝左右亲近的官吏。

错对曰:

平阳侯臣窋、汝阴侯臣灶、颍阴侯臣何、廷尉臣宜昌、陇西太守臣昆邪所选贤良太子家令臣错昧死再拜言①:臣窃闻古之贤主莫不求贤以为辅翼,故黄帝得力牧而为五帝先②,大禹得咎繇而为三王祖③,齐桓得管子而为五伯长④。今陛下讲于大禹及高皇帝之建豪英也,退托于不明,以求贤良,让之至也。臣窃观上世之传⑤,若高皇帝之建功业,陛下之德厚而得贤佐,皆有司之所览,刻于玉版⑥,藏于金匮⑦,历之春秋,纪之后世,为帝者祖宗,与天地相终。今臣窋等乃以臣错充赋⑧,甚不称明诏求贤之意。臣错草茅臣,亡识知,昧死上愚对,曰:

【注释】

① 窋(zhú):曹窋,曹参之子。灶:夏侯灶,夏侯婴之子。何:灌何,灌婴之子。宜昌:人名,生平不详。昆邪:公孙昆邪。② 力牧:传说中黄帝的辅佐大臣。五帝:传说中五位上古帝王,一般指黄帝、颛顼、帝喾、唐尧、虞舜。③ 咎繇:即皋陶。三王:指夏禹、商汤、周文王(一说包括周武王)。④ 管子:即管仲。五伯:指春秋五霸,一说指齐桓公、晋文公、秦穆公、宋襄公、楚庄王,一说为齐桓公、晋文公、秦穆公、吴王阖闾、越王勾践。⑤ 传:指史传。⑥ 玉版:镌刻功勋之玉简。⑦ 金匮:铜制的柜。古时用以收藏文献或文物。⑧ 充赋:犹凑数。被官吏荐举给朝廷的谦词。

诏策曰"明于国家大体",愚臣窃以古之五帝明之①。臣闻五帝神圣,其臣莫能及,故自亲事②,处于法宫之中③,明堂之上④;动静上配天,下顺地,中得人。故众生之类亡不覆也⑤,根著之徒亡不载也⑥;烛以光明,亡偏异也;德上及飞鸟,下至水虫,草木诸产,皆被其泽。然后阴阳调,四时节,日月光,风雨时,膏露降,五谷孰,祅孽灭⑦,贼气息,民不疾疫,河出图,洛出书,神龙至,凤鸟翔,德泽满天下,灵光施四海⑧。此谓配天地,治国大体之功也。

【注释】

① 明:说明。② 亲事:亲自治理政事。③ 法宫:宫室的正殿,古代帝王处政事之处。④ 明堂:古代帝王宣明政教的地方。凡朝会、祭祀、庆赏、选士、养老、教学等大典,都在此举行。⑤ 众生之类:泛指人类及一切动物。⑥ 根著之徒:泛指一切植根于地的植物。根著,土著。⑦ 祅孽:古时对物类反常现象的称法。祅,同"妖"。⑧ 施:加,给予。

诏策曰"通于人事终始",愚臣窃以古之三王明之。臣闻三王臣主俱贤,故合谋相辅,计安天下,莫不本于人情。人情莫不欲寿,三王生而不伤也①;人情莫不欲富,三王厚而不困也;人情莫不欲安,三王扶而不危也②;人情莫不欲逸,三王节其力而不尽也。其为法令也,合于人情而后行之;其动众使民也,本于人事然后为之。取人以己③,内恕及人④。情之所恶,不以强人;情之所欲,不以禁民。是以天下乐其政,归其德,望之若父母,从之若流水;百姓和亲,国家安宁,名位不失,施及后世⑤。此明于人情终始之功也。

【注释】

① 生:生存。这里是使动用法,"使……生存"的意思。下文"厚(富裕)"用法同。② 扶:扶持,护持。③ 取人以己:严于律己才能要求别人。④ 内恕及人:宽恕自己同时也要宽恕别人。⑤ 施(yì):延续。

诏策曰"直言极谏",愚臣窃以五伯之臣明之。臣闻五伯不及其臣,故属之以国,任之以事。五伯之佐之为人臣也,察身而不敢诬①,

晁错传

奉法令不容私,尽心力不敢矜②,遭患难不避死,见贤不居其上,受禄不过其量,不以亡能居尊显之位。自行若此,可谓方正之士矣。其立法也,非以苦民伤众而为之机陷也③,以之兴利除害,尊主安民而救暴乱也。其行赏也,非虚取民财妄予人也,以劝天下之忠孝而明其功也。故功多者赏厚,功少者赏薄。如此,敛民财以顾其功④,而民不恨者,知与而安已也⑤。其行罚也,非以忿怒妄诛而从暴心也⑥,以禁天下不忠不孝而害国者也。故罪大者罚重,罪小者罚轻。如此,民虽伏罪至死而不怨者,知罪罚之至,自取之也。立法若此,可谓平正之吏矣。法之逆者⑦,请而更之,不以伤民;主行之暴者,逆而复之⑧,不以伤国。救主之失,补主之过,扬主之美,明主之功,使主内亡邪辟之行,外亡骞污之名⑨。事君若此,可谓直言极谏之士矣。此五伯之所以德匡天下,威正诸侯,功业甚美,名声章明⑩。举天下之贤主,五伯与焉,此身不及其臣而使得直言极谏补其不逮之功也。今陛下人民之众,威武之重,德惠之厚,令行禁止之势,万万于五伯,而赐愚臣策曰"匡朕之不逮",愚臣何足以识陛下之高明而奉承之!

【注释】

① 察身而不敢诬:检察自己的才能,不敢夸大以欺骗皇帝。② 矜:自夸,自恃。③ 机陷:设有机关的陷阱。比喻陷害人的圈套。陷,陷阱。④ 顾:通"雇",雇赁,酬赏。⑤ 知与而安己也:知道所偿付的,为保证自己安宁之用。⑥ 忿:同"愤"。⑦ 逆:不顺,不合理。⑧ 逆而复之:拂逆人主的意见,使返于正道。⑨ 骞(qiān):亏损。污:玷污,玷辱。⑩ 章:同"彰"。

诏策曰"吏之不平,政之不宣,民之不宁",愚臣窃以秦事明之。臣闻秦始并天下之时,其主不及三王,而臣不及其佐,然功力不迟者①,何也?地形便,山川利,财用足,民利战。其所与并者六国,六国者,臣主皆不肖,谋不辑②,民不用,故当此之时,秦最富强。夫国富强而邻国乱者,帝王之资也,故秦能兼六国,立为天子。当此之时,三王之功不能进焉③。及其末涂之衰也④,任不肖而信谗贼;宫室过度,耆欲亡极,民力罢尽,赋敛不节;矜奋自贤,群臣恐谀⑤,骄溢纵恣,不顾患祸;妄赏以随喜意,妄诛以快怒心,法令烦憯⑥,刑罚暴酷,轻绝人命,身自射杀⑦;天下寒心,莫安其处。奸邪之吏,乘其乱法,以成其威,狱官主断,生杀自恣。上下瓦解,各自为制。秦始乱之时,吏之所先侵者,贫人贱民也;至其中节,所侵者富人吏家也;及其末涂,所侵者宗室大臣也。是故亲疏皆危,外内咸怨,离散逋逃,人有走心。陈胜先倡,天下大溃,绝祀亡世,为异姓福。此吏不平,政不宣,民不宁之祸也。今陛下配天象地,覆露万民⑧,绝秦之迹,除其乱法;躬亲本事,废去淫末;除苛解娆⑨,宽大爱人;肉刑不用,罪人亡帑⑩,非谤不治,铸钱者除⑪;通关去塞⑫,不孽诸侯⑬;宾礼长老,爱恤少孤;罪人有期⑭,后宫出嫁⑮;尊赐孝悌,农民不租⑯;明诏军师,爱士大夫;求进方正,废退奸邪;除去阴刑⑰,害民者诛;忧劳百姓,列侯就都⑱;亲耕节用,视民不奢。所为天下兴利除害,变法易故,以安海内者,大功数十,皆上世之所难及,陛下行之,道纯德厚,元元之民幸矣⑲。

【注释】

① 功力:功业,功劳。迟:差,不如。② 辑:成。③ 进:超过。④ 末涂:谓晚年。此指后期。涂,同"途"。⑤ 恐谀:恐惧而谄谀。⑥ 烦:烦多。憯:同"惨",残忍。⑦ 身自射杀:谓秦二世亲手杀人。⑧ 覆露:荫庇,养育。⑨ 娆:烦扰,扰乱。⑩ 罪人亡帑(nú):废除收孥相坐律,只惩罚罪人自身,而不株连其家人。帑,通"孥",子女,亦指妻子和儿女。⑪ 铸钱者除:除去禁民铸钱的法律,听民自铸。⑫ 通关去塞:开通关隘而不用符传。是文帝十二年颁布的法令。⑬ 孽(niè):歧视,怀疑。⑭ 有期:判罪有期限,并按期处理。⑮ 后宫出嫁:放归宫女,任其出嫁。⑯ 不租:不多征收租税。⑰ 阴刑:宫刑。⑱ 就都:各归其封国治民,不得留长安。⑲ 元元之民:黎民百姓。

诏策曰"永惟朕之不德",愚臣不足以当之。

诏策曰"悉陈其志,毋有所隐",愚臣窃以五帝之贤臣明之。臣闻五帝其臣莫能及,则自亲之;三王臣主俱贤,则共忧之;五伯不及其

臣,则任使之。此所以神明不遗,而圣贤不废也,故各当其世而立功德焉。传曰"往者不可及,来者犹可待,能明其世者谓之天子"①,此之谓也。窃闻战不胜者易其地,民贫穷者变其业。今以陛下神明德厚,资财不下五帝,临制天下,至今十有六年,民不益富,盗贼不衰,边竟未安,其所以然,意者陛下未之躬亲,而待群臣也。今执事之臣皆天下之选已,然莫能望陛下清光②,譬之犹五帝之佐也。陛下不自躬亲,而待不望清光之臣,臣窃恐神明之遗也。日损一日,岁亡一岁,日月益暮,盛德不及究于天下③,以传万世,愚臣不自度量,窃为陛下惜之。昧死上狂惑草茅之愚④,臣言惟陛下财择。

时贾谊已死,对策者百余人,唯错为高第⑤,繇是迁中大夫。

【注释】

①能明其世:能使当世之人通达事理。引文见《吕氏春秋·听言篇》引《周书》曰,文句略异。②清光:清美的风采。多喻帝王的容颜。③究:周遍。④狂惑草茅:用为自谦之词。草茅,杂草,比喻鄙陋微贱。⑤高第:优等,名在前列。

错又言宜削诸侯事①,及法令可更定者,书凡三十篇。孝文虽不尽听,然奇其材②。当是时,太子善错计策③,爰盎诸大功臣多不好错④。

【注释】

①削诸侯事:削减诸侯王封地之事。②奇:赏识,看重。③善:赞赏。④爰盎:或作袁盎,字丝,文帝时为郎中。以直谏徙为陇西都尉、齐相、吴相。后为太常。《史记》、《汉书》中均与晁错合传,可参见。好:喜欢。

景帝即位,以错为内史①。错数请间言事②,辄听,幸倾九卿③,法令多所更定。丞相申屠嘉心弗便④,力未有以伤。内史府居太上庙壖中⑤,门东出,不便,错乃穿门南出,凿庙壖垣⑥。丞相大怒,欲因此过为奏请诛错。错闻之,即请间为上言之。丞相奏事,因言错擅凿庙垣为门,请下廷尉诛。上曰:"此非庙垣,乃壖中垣,不致于法。"丞相谢。罢朝,因怒谓长史曰:"吾当先斩以闻,乃先请,固误。"丞相遂发病死。错以此愈贵。

【注释】

① 内史:官名。掌治京师,相当于后来的京兆尹。② 请间:谓请求在空隙之时白事,不欲对众言之。③ 幸:宠幸。倾:压倒,超过。④ 申屠嘉:详见《汉书》卷四十二《申屠嘉传》。弗便:不满意,不舒服。便,安适,安宁。⑤ 壖(ruán):空地,边缘余地。⑥ 壖垣:宫外的矮墙。垣,矮墙。

迁为御史大夫,请诸侯之罪过①,削其支郡②。奏上,上令公卿、列侯、宗室杂议,莫敢难③,独窦婴争之④,繇此与错有隙⑤。错所更令三十章,诸侯谨哗⑥。错父闻之,从颍川来,谓错曰:"上初即位,公为政用事⑦,侵削诸侯,疏人骨肉⑧,口让多怨⑨,公何为也?"错曰:"固也⑩。不如此,天子不尊,宗庙不安。"父曰:"刘氏安矣,而晁氏危,吾去公归矣!"遂饮药死,曰:"吾不忍见祸逮身⑪。"

【注释】

① 请:向皇帝报请,亦即告发之意。② 支郡:指诸侯王封国四境之边郡。③ 莫:没有人。难:责难。④ 窦婴:详见卷五十二《窦婴传》。⑤ 隙:嫌隙,隔阂。⑥ 谨(huān)哗:喧哗,起哄。谨,同"喧"。⑦ 公:指晁错,当时错任御史大夫,位居三公之列。用事:执掌大权。⑧ 疏:离间。⑨ 口让:口头责备。⑩ 固也:本该这样做。固,本来,诚然。⑪ 逮:及,到。

后十余日,吴、楚七国俱反,以诛错为名。上与错议出军事,错欲令上自将兵,而身居守①。会窦婴言爰盎,诏召入见,上方与错调兵食②。上问盎曰:"君尝为吴相,知吴臣田禄伯为人乎③?今吴、楚反,于公意何如?"对曰:"不足忧也,今破矣。"上曰:"吴王即山铸钱④,煮海为盐,诱天下豪桀,白头举事⑤,此其计不百全⑥,岂发乎?何以言其无能为也?"盎对曰:"吴铜、盐之利则有之,安得豪桀而诱之!诚令吴得豪桀,亦且辅而为

谊⑦，不反矣。吴所诱，皆亡赖子弟⑧，亡命铸钱奸人⑨，故相诱以乱。"错曰："盎策之善。"上问曰："计安出？"盎对曰："愿屏左右⑩。"上屏人，独错在。盎曰："臣所言，人臣不得知。"乃屏错。错趋避东箱⑪，甚恨。上卒问盎⑫，对曰："吴、楚相遗书⑬，言高皇帝王子弟各有分地，今贼臣晁错擅適诸侯⑭，削夺之地，以故反名为西共诛错，复故地而罢。方今计，独有斩错，发使赦吴、楚七国，复其故地，则兵可毋血刃而俱罢。"于是上默然，良久曰："顾诚何如⑮，吾不爱一人谢天下⑯。"盎曰："愚计出此，唯上孰计之。"乃拜盎为泰常，密装治行⑰。

【注释】

①居守：留守。②调兵食：调度军队和粮食。③田禄伯：人名，吴楚叛乱时曾任吴国大将军。④即：就，接近，靠近。⑤白头：头发白。吴王刘濞举事时年已六十二。举事：发动大事。此指叛乱。⑥百全：非常周全。⑦谊：同"义"，指正当之事。⑧亡赖子弟：指无生计而又撒泼放刁之人。亡赖，同"无赖"。⑨亡命：犯法后逃亡在外的人。铸钱：指私铸钱币。⑩屏：屏退。⑪趋：快步走。箱：同"厢"，厢房，此指正堂两侧夹室之前的小堂。⑫卒：终于，最后。⑬遗(wèi)书：投书，寄信。⑭適：同"谪"，责罚。⑮顾诚何如：要考虑真实情况怎样。顾，念，考虑。诚，实。⑯爱：吝惜。谢：认错，道歉。⑰治行：整理行装。

后十余日，丞相青翟、中尉嘉、廷尉欧劾奏错曰①："吴王反逆亡道，欲危宗庙，天下所当共诛。今御史大夫错议曰：'兵数百万，独属群臣，不可信，陛下不如自出临兵，使错居守。徐、僮之旁吴所未下者可以予吴②。'错不称陛下德信，欲疏群臣百姓，又欲以城邑予吴，亡臣子礼，大逆无道。错当要斩③，父母妻子同产无少长皆弃市④。臣请论如法⑤。"制曰⑥："可。"错殊不知⑦。乃使中尉召错，给载行市⑧。错衣朝衣斩东市⑨。

【注释】

①青翟：当作"青"，"翟"字衍。当时丞相为陶青，可参见《百官公卿表》。嘉：人名，不知其姓。欧：张欧。详见卷四十六《张欧传》。劾：弹劾，

检举。②徐:县名,在今江苏泗洪县南。僮:县名,在今安徽泗县东北。旁:同"傍",靠近。③要斩:同"腰斩",古代的一种酷刑。④同产:同胞,兄弟姐妹。无:不论。弃市:在闹市处死并陈尸街头示众。⑤论如法:按法律论处。⑥制:皇帝的命令。⑦殊:竟,竟然。⑧绐:欺骗。载:乘车。行市:巡行市中。⑤衣朝衣:穿着上朝的礼服。东市:汉代长安九市之一。因汉代常在东市处决死刑犯,后遂以"东市"泛指刑场。

错已死,谒者仆射邓公为校尉①,击吴、楚为将。还,上书言军事,见上。上问曰:"道军所来②,闻晁错死,吴、楚罢不③?"邓公曰:"吴为反数十岁矣,发怒削地,以诛错为名,其意不在错也。且臣恐天下之士箝口不敢复言矣④。"上曰:"何哉?"邓公曰:"夫晁错患诸侯强大不可制,故请削之,以尊京师⑤,万世之利也。计划始行,卒受大戮⑥,内杜忠臣之口⑦,外为诸侯报仇,臣窃为陛下不取也。"于是景帝喟然长息⑧,曰:"公言善。吾亦恨之⑨!"乃拜邓公为城阳中尉⑩。

【注释】

①谒者仆射:官名。掌管接待宾客和传达事务。邓公:姓邓,史失其名。公,尊称。校尉:军职名。汉代始建为常职,其地位略次于将军,并各随其职务冠以各种名号。②道军所来:从前线回来。道,由,从。军所,军队指挥地。③罢:罢兵。不:通"否"。④箝(qián)口:闭口不言。⑤京师:京都。代指中央政权。⑥卒:竟。大戮:极刑。⑦杜:堵塞,封闭。⑧喟然:叹气的样子。⑨恨:憾,遗憾。⑩城阳中尉:城阳王国的中尉,负责王国的军事。

邓公,成固人也①,多奇计。建元年中②,上招贤良③,公卿言邓先④。邓先时免⑤,起家为九卿⑥。一年,复谢病免归⑦。其子章,以修黄老言显诸公间⑧。

【注释】

①成固:县名,在今陕西城固县。②建元:汉武帝年号(前140—前

135)。③ 贤良：汉代察举科目名。招收对象为才干出众、德高望重者。④ 邓先：邓先生。指邓公。⑤ 免：免官。⑥ 起家：起用于家而出任官职。⑦ 谢病：因病请求辞职。⑧ 修：研究。黄老言：指道家学说，主张无为而治。黄老，黄帝和老子。

赞曰：晁错锐于为国远虑①，而不见身害。其父睹之，经于沟渎②，亡益救败，不如赵母指括③，以全其宗。悲夫！错虽不终，世哀其忠。故论其施行之语著于篇。

【注释】

① 锐：锐意，专心一意。② 经于沟渎：谓死于荒野。经，自缢。沟渎，沟洫，水沟。③ 赵母指括：赵括为战国时赵国名将赵奢之子。战国后期，赵孝成王任命赵括为将，以击秦军。赵母认为赵括喜空谈兵法，徒有虚名，不可为将，上书劝阻赵王不成，乃请求不要因括罪而株连家族。后来赵括果然在长平之战中大败，赵母因有言在先而免祸。

【导读】

本篇节选自《汉书》卷四十九《爰盎晁错传》。《史记》、《汉书》皆以爰（袁）盎、晁错二人合传，记载了二人事迹及其互相倾轧的始末。本篇作了删节，只保留了晁错部分内容，主要叙述晁错的事迹。晁错是西汉时期的政治家，深受文帝、景帝重视。他有学问、有思想，时刻关心国家大事；能言善辩，深明时势，论证切要，上书言事凡三十篇。他总结与匈奴交往的战略战术以抵御匈奴的侵扰，先后提出劝农立本、徙民实边、"削藩"等具有真知灼见的建议。因其"削藩"之议触及诸侯王利益，吴、楚等七国以诛错为名举兵反叛，爰盎又从中谗毁，终于被斩。明代李贽曾说："晁错可以说他不善谋身，不可说他不善谋国。"热情赞扬了晁错为了国家利益而不顾个人安危的献身精神。班固亦赞扬其"锐于为国远虑"、"世哀其忠"。然而，晁错并不是完人，他也有着很明显的缺点。司马迁和班固在评价晁错时都用了四个字：峭、直、刻、深。正是因为这样的性格特点，使得他做事不会瞻前顾后，考虑全面；做人不知变通，锋芒太露。不过，晁错作为中国历史上一位悲剧性的人物,其悲剧的原因,表面上看有其性格的因素,事实上最根本的因素还是专制的政治制度,他是古代政治斗争不折不扣的牺牲品。值得肯定的是,晁错的血没有白流,他为"文景之治"的出现立下了汗马功劳。在那个时代,晁错是一个进步的杰出人物,是一个务实的政治家,能有条理和系统地分析问题并取得积极的成效,其疏论除了本篇所载几篇外,《食货志》中还收录有《论贵粟疏》,传诵至今,晁错应该是死可瞑目了。

李 陵 传

陵字少卿,少为侍中建章监①。善骑射,爱人,谦让下士,甚得名誉。武帝以为有广之风②,使将八百骑,深入匈奴二千余里,过居延视地形③,不见虏,还。拜为骑都尉④,将勇敢五千人⑤,教射酒泉、张掖以备胡⑥。数年,汉遣贰师将军伐大宛⑦,使陵将五校兵随后⑧。行至塞,会贰师还。上赐陵书,陵留吏士,与轻骑五百出敦煌⑨,至盐水⑩,迎贰师还,复留屯张掖。

【注释】

① 侍中:官名。职掌侍从皇帝左右,出入宫廷,与闻朝政。这里是建章监的加官。建章监:建章宫守卫营的长官。建章,汉代长安宫殿名。② 广:李广,汉代著名的飞将军。李陵祖父。③ 居延:泽名。又名居延泽,在今内蒙古额济纳旗东。④ 骑都尉:在边郡掌管骑马训练的长官。⑤ 勇敢:勇敢之士。⑥ 酒泉:郡名,治禄福(今甘肃酒泉)。张掖:郡名,治觻得(今甘肃张掖西北)。⑦ 贰师将军:指李广利,汉武帝李夫人之兄。因受汉武帝委派出征贰师城(大宛国城名)而得名。详见卷六十一《李广利传》。大宛(yuān):西域国名,在今中亚吉尔吉斯共和国境内。⑧ 校:汉代军队编制,一校七百人。⑨ 敦煌:郡名,治敦煌(今甘肃敦煌西)。⑩ 盐水:地名,在今新疆吐鲁番东。

天汉二年①,贰师将三万骑出酒泉,击右贤王于天山②。召陵,欲使为贰师将辎重③。陵召见武台④,叩头自请曰:"臣所将屯边者,皆荆楚勇士奇材剑客也,力扼虎,射命中,愿得自当一队,到兰干山南以分单于兵⑤,毋令专乡贰师军⑥。"上曰:"将恶相属邪⑦!吾发军多,毋骑予女⑧。"陵对:"无所事骑⑨,臣愿以少击众,步兵五千人涉单于庭⑩。"上壮而许之,因诏强弩都尉路博德将兵半道迎陵军⑪。博德故伏波将军,亦羞为陵后距⑫,奏言:"方秋匈奴马肥,未可与战,臣愿留陵至春,俱将酒泉、张掖骑各五千人并击东西浚稽⑬,可必禽也。"书奏,上怒,疑陵悔不欲出而教博德上书,乃诏博德:"吾欲予李陵骑,云'欲以少击众'。今虏入西河⑭,其引兵走西河,遮钩营之道⑮。"诏陵:"以九月发,出遮虏鄣⑯,至东浚稽山南龙勒水上⑰,徘徊观虏,即亡所见,从浞野侯赵破奴故道抵受降城休士⑱,因骑置以闻。所与博德言者云何?具以书对⑲。"陵于是将其步卒五千人出居延,北行三十日,至浚稽山止营,举图所过山川地形⑳,使麾下骑陈步乐还以闻。步乐召见,道陵将率得士死力,上甚说,拜步乐为郎。

【注释】

① 天汉二年:即公元前99年。② 右贤王:汉时匈奴官名。匈奴谓贤为"屠耆",故又称右屠耆王。天山:指南祁连山,在今甘肃、青海之间。匈奴人称"天"为"祁连"。③ 辎重:外出时携载的物资或随军运载的军用器械、粮秣等。这里指输送物资的运输部队。④ 武台:殿名,在未央宫内。⑤ 兰干山:山名,在今甘肃兰州市南。⑥ 专乡:同"专向",亦即集中力量对付之意。⑦ 恶:厌恶,不喜欢。⑧ 毋:通"无",没有。骑:指骑兵。女:同"汝"。⑨ 无所事骑:不需要骑兵。⑩ 涉:及,到达。单于庭:匈奴单于的王庭。⑪ 路博德:曾为伏波将军征南越。详见卷五十五《卫青霍去病传》附传。⑫ 后距:后援,后应。⑬ 浚稽:山名,在今蒙古国西南部戈壁阿尔泰山脉中段。⑭ 西河:郡名,治平定(今内蒙古自治区准格尔旗西南)。⑮ 遮:拦截,阻遏。钩营:地名,在今内蒙古境内,具体地点不详。⑯ 遮虏鄣:屏障名,在今内蒙古额济纳旗境内,汉武帝时所筑。鄣,通"障"。⑰ 龙勒水:水名,在今蒙古国杭爱山脉东南。⑱ 赵破奴:武帝时为骠骑将军司马,击匈奴有功,封浞野侯。详见卷五十五《卫青霍去病传》附传。

受降城:古城名,在今内蒙古白云鄂博西南。⑲ 具:同"俱",都,全部。
⑳ 举:全,都。图:绘图。

　　陵至浚稽山,与单于相直①,骑可三万围陵军②。军居两山间,以大车为营。陵引士出营外为陈,前行持戟盾③,后行持弓弩,令曰:"闻鼓声而纵,闻金声而止④。"虏见汉军少,直前就营。陵搏战攻之,千弩俱发,应弦而倒。虏还走上山,汉军追击,杀数千人。单于大惊,召左右地兵八万余骑攻陵⑤。陵且战且引⑥,南行数日,抵山谷中。连战,士卒中矢伤,三创者载辇⑦,两创者将车⑧,一创者持兵战。陵曰:"吾士气少衰而鼓不起者,何也?军中岂有女子乎⑨?"始军出时,关东群盗妻子徙边者随军为卒妻妇⑩,大匿车中⑪。陵搜得,皆剑斩之。明日复战,斩首三千余级。引兵东南,循故龙城道行四五日⑫,抵大泽葭苇中⑬,虏从上风纵火,陵亦令军中纵火以自救。南行至山下,单于在南山上,使其子将骑击陵。陵军步斗树木间,复杀数千人,因发连弩射单于⑭,单于下走。是日捕得虏,言:"单于曰:'此汉精兵,击之不能下,日夜引吾南近塞,得毋有伏兵乎?'诸当户君长皆言⑮:'单于自将数万骑击汉数千人不能灭,后无以复使边臣,令汉益轻匈奴。复力战山谷间,尚四五十里得平地⑯,不能破,乃还。'"

【注释】

　　① 相直:相遇。直,同"值"。② 可:大约。③ 行:队列。④ "闻鼓"二句:纵,冲击。金,指"钲",军中的一种乐器,形似钟,打击作声。古时作战,击鼓进军,鸣金收兵。⑤ 地兵:步兵。⑥ 引:后退。⑦ 创:创伤。由人推挽的小车。⑧ 将:扶。⑨ "吾士气"三句:少,同"稍",渐渐。古时军中有女子,则有士气不扬之说。⑩ 关东:指函谷关以东地区。卒妻妇:士卒的妻子。⑪ 大匿:隐藏得很深。大,或作"伏"。⑫ 循:沿着。龙城:或作"笼城"、"茏城",又称龙庭,汉时匈奴地名,为匈奴单于祭天及大会诸部之处,也是匈奴王庭所在地。汉初龙城在今内蒙古锡林郭勒盟东、西乌珠穆沁旗附近,元狩四年(前119)匈奴被卫青、霍去病击败后,王庭北迁到今蒙古国鄂尔浑河西侧和硕柴达木湖附近。故龙城,指元狩四年前的龙城。⑬ 葭苇:芦苇。⑭ 连弩:一种装有机括可以连续发射的弓弩。⑮ 当

户、君长:泛指匈奴大小各部的首领。⑯ 尚:差不多。

是时,陵军益急,匈奴骑多,战一日数十合,复伤杀虏二千余人。虏不利,欲去,会陵军候管敢为校尉所辱①,亡降匈奴,具言"陵军无后救,射矢且尽,独将军麾下及成安侯校各八百人为前行②,以黄与白为帜,当使精骑射之即破矣"。成安侯者,颍川人,父韩千秋,故济南相,奋击南越战死③,武帝封子延年为侯,以校尉随陵。单于得敢,大喜,使骑并攻汉军,疾呼曰:"李陵、韩延年趣降④!"遂遮道急攻陵⑤。陵居谷中,虏在山上,四面射,矢如雨下。汉军南行,未至鞮汗山⑥,一日五十万矢皆尽,即弃车去。士尚三千余人,徒斩车辐而持之⑦,军吏持尺刀,抵山入峡谷。单于遮其后,乘隅下垒石⑧,士卒多死,不得行。昏后,陵便衣独步出营,止左右:"毋随我,丈夫一取单于耳!"良久,陵还,大息曰:"兵败,死矣!"军吏或曰:"将军威震匈奴,天命不遂⑨,后求道径还归,如浞野侯为虏所得,后亡还,天子客遇之⑩,况于将军乎!"陵曰:"公止!吾不死,非壮士也。"于是尽斩旌旗,及珍宝埋地中⑪,陵叹曰:"复得数十矢,足以脱矣。今无兵复战⑫,天明坐受缚矣!各鸟兽散,犹有得脱归报天子者。"令军士人持二升糒⑬,一半冰⑭,期至遮虏鄣者相待⑮。夜半时,击鼓起士,鼓不鸣。陵与韩延年俱上马,壮士从者十余人。虏骑数千追之,韩延年战死。陵曰:"无面目报陛下!"遂降。军人分散,脱至塞者四百余人。

【注释】

① 军候:部曲中每曲有军候一人,掌侦察。管敢:人名。校尉:一校之尉,次于将军的武官。② 成安侯:韩延年。以父功封侯,曾任太常,后犯法免侯。③ 南越:国名,在今两广及越南一带。元鼎六年始改设九郡。④ 趣:急速,赶快。⑤ 遮道:拦路。⑥ 鞮(dī)汗山:在今蒙古西南部。⑦ 徒:只,但。⑧ 隅:角落。垒石:一种投掷敌人的石块。⑨ 遂:顺。⑩ 客遇:以客礼相待。⑪ 珍宝:珠玉宝石的总称。这里指将军所用的器具、衣物等。⑫ 兵:指矢、矛、戟等武器。⑬ 糒(bèi):干饭,干粮。⑭ 半:大片。⑮ 期:相约。

陵败处去塞百余里,边塞以闻。上欲陵死战,召陵母及妇,使相者视之①,无死丧色。后闻陵降,上怒甚,责问陈步乐,步乐自杀。群臣皆罪陵②,上以问太史令司马迁③,迁盛言④:"陵事亲孝,与士信,常奋不顾身以殉国家之急⑤。其素所畜积也⑥,有国士之风。今举事一不幸,全躯保妻子之臣随而媒蘖其短⑦,诚可痛也!且陵提步卒不满五千,深輮戎马之地⑧,抑数万之师⑨,虏救死扶伤不暇,悉举引弓之民共攻围之。转斗千里,矢尽道穷,士张空弮⑩,冒白刃,北首争死敌⑪,得人之死力,虽古名将不过也。身虽陷败,然其所摧败亦足暴于天下⑫。彼之不死,宜欲得当以报汉也⑬。"

【注释】

① 相者:看相的人。② 罪:谴责。③ 太史令:官名,掌天时星历。司马迁:详见《汉书》卷六十二《司马迁传》。④ 盛言:极力申说。以下引文出自司马迁《报任安书》,文字略异。⑤ 殉:舍身从事。⑥ 素:平素。畜积:蕴蓄,蕴藏。引申为涵养、修养之义。⑦ 全躯保妻子之臣:那些只顾保全自己和妻子儿女的大臣。媒蘖(niè):酝酿之意,比喻构陷害人以罪。媒,酒母。蘖,酒曲,酿酒用的发酵剂。⑧ 輮:通"蹂",践踏。⑨ 抑:遏制,压制。⑩ 弮:弩弓。空弮,谓有弓无箭。⑪ 北首:北向,头朝北面。比喻勇往直前不后退。⑫ 摧败:挫败。指被打败或打败敌人。暴:显示。⑬ 得当:指得到适合的机会。当,适合,适当。

初,上遣贰师大军出,财令陵为助兵①,及陵与单于相值,而贰师功少。上以迁诬罔②,欲沮贰师③,为陵游说④,下迁腐刑⑤。

久之,上悔陵无救,曰:"陵当发出塞,乃诏强弩都尉令迎军。坐预诏之⑥,得令老将生奸诈⑦。"乃遣使劳赐陵余军得脱者。

【注释】

① 财:通"才",仅仅。② 诬罔:捏造事实以诬陷或欺骗他人。③ 沮:诋毁,诽谤。④ 游说:四处奔走进行宣传。⑤ 腐刑:即宫刑,古代五刑之一。男子阉割生殖器,女子幽闭于宫中。⑥ 坐:指犯有过错。⑦ 老将生

奸诈：指路博德羞为李陵后距，而生诈上奏，致使李陵失败。

陵在匈奴岁余，上遣因杆将军公孙敖将兵深入匈奴迎陵①。敖军无功还，曰："捕得生口②，言李陵教单于为兵以备汉军，故臣无所得。"上闻，于是族陵家③，母弟妻子皆伏诛。陇西士大夫以李氏为愧④。其后，汉遣使使匈奴，陵谓使者曰："吾为汉将步卒五千人横行匈奴，以亡救而败，何负于汉而诛吾家？"使者曰："汉闻李少卿教匈奴为兵。"陵曰："乃李绪，非我也。"李绪本汉塞外都尉，居奚侯城⑤，匈奴攻之，绪降，而单于客遇绪，常坐陵上。陵痛其家以李绪而诛，使人刺杀绪。大阏氏欲杀陵⑥，单于匿之北方，大阏氏死乃还。

【注释】

①因杆：匈奴地名。因所征以名将军。公孙敖：北地义渠人。详见卷五十五《卫青霍去病传》附传。②生口：指俘虏。③族：族灭。④士大夫：指官僚阶层。以李氏为愧：耻李陵不能死节。⑤奚侯城：当时北方边地城邑，具体地址不详。⑥大阏氏：匈奴单于之母。

单于壮陵①，以女妻之，立为右校王②，卫律为丁灵王③，皆贵用事。卫律者，父本长水胡人④。律生长汉，善协律都尉李延年⑤，延年荐言律使匈奴。使还，会延年家收⑥，律惧并诛，亡还降匈奴。匈奴爱之，常在单于左右。陵居外，有大事，乃入议。

【注释】

①壮：推崇，赞许。②右校王：匈奴官名。③丁灵：古民族名，又称"丁令"、"丁零"。汉时为匈奴属国，游牧于我国北部和西北部广大地区。④长水胡：指屯居或生长于长水地区的胡人。长水，水名，发源于今陕西省蓝田县西北，流经西安东南汇入渭水。⑤协律都尉：官名，掌制乐律。李延年：中山（国名，治卢奴，在今河北定州）人。汉武帝宠姬李夫人之弟。⑥会：适逢。收：关押，拘捕。

昭帝立，大将军霍光、左将军上官桀辅政①，素与陵善，遣陵故人陇西任立政等三人俱至匈奴招陵②。立政等至，单于置酒赐汉使者，李陵、卫律皆侍坐。立政等见陵，未得私语，即目视陵，而数数自循其刀环，握其足，阴谕之，言可还归汉也③。后陵、律持牛酒劳汉使④，博饮⑤，两人皆胡服椎结⑥。立政大言曰⑦："汉已大赦，中国安乐，主上富于春秋⑧，霍子孟、上官少叔用事。"以此言微动之。陵墨不应⑨，孰视而自循其发⑩，答曰："吾已胡服矣！"有顷，律起更衣⑪，立政曰："咄⑫，少卿良苦！霍子孟、上官少叔谢女⑬。"陵曰："霍与上官无恙乎？"立政曰："请少卿来归故乡，毋忧富贵。"陵字立政曰⑭："少公，归易耳，恐再辱，奈何！"语未卒，卫律还，颇闻余语，曰："李少卿贤者，不独居一国。范蠡遍游天下⑮，由余去戎入秦⑯，今何语之亲也！"因罢去。立政随谓陵曰："亦有意乎？"陵曰："丈夫不能再辱。"

陵在匈奴二十余年，元平元年病死⑰。

【注释】

① 霍光：字子孟。上官桀：字少叔。上邽（今甘肃天水）人。曾与霍光共辅昭帝，后谋反被诛。② 故人：旧相知，老朋友。任立政：字少公。③ "立政"数句：此处写任立政以许多动作暗示李陵可以返还汉朝。目视，使眼色以眼神示意。数数，多次。循，抚摸。环，与"还"谐音。足，隐喻"走"。"环"与"足"相连的隐语即"还走"。阴，暗中。谕，告知。④ 牛酒：牛肉和酒。劳：慰劳。⑤ 博饮：以博为戏，论输赢饮酒。博，古代一种类似下棋的游戏。⑥ 椎结：头顶束发如椎，故称椎结，也作椎髻。胡服椎结为当时匈奴人打扮。⑦ 大言：大声说。意在提醒李陵。⑧ 富于春秋：指以后的岁月还很多，即年轻。⑨ 墨：通"默"。⑩ 孰视：仔细看。孰，同"熟"。循：抚摩。⑪ 更衣：如厕的委婉说法。⑫ 咄：叹词，表示嗟叹。⑬ 谢女：向你致意。女，通"汝"，你。⑭ 字：称字，表示尊敬。一说通"拊"，为抚、拍或轻叩之义。⑮ 范蠡：春秋末年楚国人，后为越国大夫，协助越王勾践灭吴后，游历齐国，改名陶朱公，以经商致富。⑯ 由余：春秋时晋国人，后归西戎，由西戎使于秦，为秦穆公留用，协助秦王征服西戎。⑰ 元平元年：即公元前74年。

【导读】

　　本篇节选自《汉书》卷五十四《李广苏建传》，主要叙述李陵的事迹，展示了李陵"誓扫匈奴不顾身"的英雄气概、战败被俘以至"终身夷狄"的悲惨结局。李陵是名将李广之后，司马迁在《史记·李将军列传》中仅有李陵附传二百余字，前人常引以为憾。班固为李陵写了两千余字的传记，详叙其战功，不但把李陵的英勇善战写得有声有色，而且把司马迁的仗义执言也写得刚正不阿。身为西汉有名的将领，李陵的一生充满国仇家恨的矛盾，正是因为这样特殊的经历，使其在历史上极具争议。有人以李陵投降匈奴而不耻于他，认为变节之罪不可恕；也有人认为李陵敢以"步卒五千人横行匈奴"，并非怕死，其悲剧值得同情。事实上，李陵投降匈奴是当时迫于无奈，并非真心。投降之初，李陵时刻不忘寻找机会"归报汉室"，而汉庭听信谣言诛杀李陵全家，使其最后一线希望破灭，终于走上不归之路。李陵的不幸既有其因故投降匈奴丧失气节的不幸，又有小人作祟、统治者的不仁义等所造成的不幸。正是这些阴差阳错的不幸最终构成了李陵的悲剧，这也是马、班二人均对其寄予深深同情的原因所在。李陵不是一个单一的历史人物，其多面性和复杂性需要我们结合当时的历史背景去全方位多角度地对他进行全面而公正的评价。《李陵传》既有很高的文学价值，又有珍贵的史料价值，是《汉书》写人记事的代表作之一，亦是《汉书》列传的精华之一。

苏　武　传

　　武字子卿，少以父任①，兄弟并为郎，稍迁至栘中厩监②。时汉连伐胡，数通使相窥观③，匈奴留汉使郭吉、路充国等④，前后十余辈。匈奴使来，汉亦留之以相当⑤。天汉元年⑥，且鞮侯单于初立⑦，恐汉袭之，乃曰："汉天子我丈人行也⑧。"尽归汉使路充国等。武帝嘉其义，乃遣武以中郎将使持节送匈奴使留在汉者⑨，因厚赂单于⑩，答其善意。武与副中郎将张胜及假吏常惠等募士斥候百余人俱⑪。既至匈奴，置币遗单于⑫。单于益骄，非汉所望也⑬。

【注释】

① 父任：以父荫而担任官职。汉制，凡俸禄为二千石以上的官员，任满三年，得任其子为郎。苏武的父亲苏建，以军功封平陵侯，官至代郡太守，因此苏武与其兄苏嘉、弟苏贤都被保任为郎官。② 栘(yí)中厩(jiù)监：官名，掌管宫中鞍马鹰犬等射猎用品。栘中厩，养马的厩名。西汉宫中马厩因设在栘园中，故名栘中厩。③ 通使：互派使者。窥观：暗中观看。④ 留：扣留。郭吉：汉武帝元封元年(前110)出使匈奴被扣留。路充国：汉武帝元封四年(前107)出使匈奴被扣留。⑤ 相当：相抵。⑥ 天汉元年：即公元前100年。⑦ 且(jū)鞮(dī)侯：匈奴单于之名，公元前100年至公元前96年在位。匈奴乌维单于的兄弟，此时初立为王。⑧ 丈人：古时对老人或前辈的尊称。行：辈。⑨ 中郎将：官名，统领皇帝的保卫。节：又称节符、旄节。古代使臣持之以作凭证。以竹为杆，其上饰以牦牛尾。⑩ 赂：赠送。⑪ 假吏：指临时充当使臣的小吏。募士：招募来的兵士。斥候：指侦察人员。⑫ 置币：备办礼物。币，缯帛，古代常用作馈赠的礼品。遗：赠送。⑬ 望：期望。

　　方欲发使送武等，会缑王与长水虞常等谋反匈奴中①。缑王者，昆邪王姊子也②，与昆邪王俱降汉，后随浞野侯没胡中③。及卫律所将降者，阴相与谋劫单于母阏氏归汉④。会武等至匈奴，虞常在汉时素与副张胜相知，私候胜曰⑤："闻汉天子甚怨卫律，常能为汉伏弩射杀之。吾母与弟在汉，幸蒙其赏赐。"张胜许之，以货物与常。后月余，单于出猎，独阏氏子弟在。虞常等七十余人欲发，其一人夜亡，告之。单于子弟发兵与战。缑王等皆死，虞常生得⑥。

【注释】

① 缑(gōu)王：匈奴亲王。② 昆邪(hùn yé)：匈奴部落之一，活动于今甘肃、内蒙古之西部。③ 浞(zhuó)野侯：汉将赵破奴的封爵。太初二年(前103)春率领两万骑兵抗击匈奴，兵败后投降匈奴。没：败亡，覆灭。④ 阴：暗地里，偷偷地。劫：劫持，胁迫。阏氏(yān zhī)：匈奴王后的称号。⑤ 私候：私自会见。候，拜访，探望。⑥ 生得：活捉。

单于使卫律治其事①。张胜闻之,恐前语发②,以状语武③。武曰:"事如此,此必及我。见犯乃死④,重负国⑤。"欲自杀,胜、惠共止之。虞常果引张胜⑥。单于怒,召诸贵人议⑦,欲杀汉使者。左伊秩訾曰⑧:"即谋单于⑨,何以复加? 宜皆降之。"单于使卫律召武受辞⑩,武谓惠等:"屈节辱命,虽生,何面目以归汉!"引佩刀自刺。卫律惊,自抱持武,驰召毉⑪。凿地为坎⑫,置煴火⑬,覆武其上⑭,蹈其背以出血⑮。武气绝半日,复息⑯。惠等哭,舆归营⑰。单于壮其节,朝夕遣人候问武,而收系张胜。

【注释】

①治:审理。②发:指被揭发。③状:情形,具体情况。语:告诉。④见犯:被侵犯,被侮辱。⑤重负国:指增加辜负国家的罪过。重,大,增加。⑥引:攀引,牵连。此指交代出张胜参与谋划之事。⑦贵人:指地位显贵之人。⑧左伊秩訾:匈奴官名,有左、右之分。⑨即:如果,假如。⑩受辞:录口供。⑪毉:同"医"。⑫坎:坑穴。⑬煴(yūn)火:无焰的微火。⑭覆:覆盖。⑮蹈:通"搯(tāo)",叩,轻敲。一说"蹈"字乃"焰"字之讹,用火熏的意思。据古书记载,边地风俗有用烧羊粪上熏或热敷以出凝血的急救方法。⑯息:呼吸。⑰舆:抬,扛。

武益愈①,单于使使晓武②。会论虞常③,欲因此时降武④。剑斩虞常已,律曰:"汉使张胜谋杀单于近臣,当死,单于募降者赦罪⑤。"举剑欲击之,胜请降。律谓武曰:"副有罪,当相坐⑥。"武曰:"本无谋,又非亲属,何谓相坐?"复举剑拟之⑦,武不动。律曰:"苏君,律前负汉归匈奴,幸蒙大恩,赐号称王,拥众数万,马畜弥山⑧,富贵如此。苏君今日降,明日复然⑨。空以身膏草野⑩,谁复知之!"武不应。律曰:"君因我降⑪,与君为兄弟,今不听吾计,后虽欲复见我,尚可得乎?"武骂律曰:"女为人臣子,不顾恩义,畔主背亲,为降虏于蛮夷,何以女为见⑫? 且单于信女,使决人死生⑬,不平心持正,反欲斗两主,观祸败。南越杀汉使者,屠为九郡⑭;宛王杀汉使者,头县北阙⑮;朝鲜杀汉使者⑯,即时诛灭⑰。独匈奴未耳。若知我不降明⑱,欲令两国相攻,匈奴之祸从我始矣。"

【注释】

①益:逐渐。愈:病情好转。②晓:开导,告知使明白。③会:会同。论:判罪,定罪。④因:趁。降:劝降。⑤募降者赦罪:招募投降的人,(投降的人)赦免罪过。⑥相坐:又叫"连坐",一人犯法,而牵连其他人。⑦拟:比划。此处指做出用剑刺杀的样子。⑧弥:满。⑨复然:也像这样。⑩身膏草野:把自己的血肉当作草野的肥料。谓流血牺牲。膏,沾溉,滋润,借指赴死或受死。⑪因:通过。⑫何以女为见:即"何以见女为?"见你干什么呢? 女,通"汝",你。⑬决:裁决。⑭"南越"二句:南越,国名,在今广东、广西一带。元鼎五年(前112),南越相吕嘉杀南越王及汉使者,自立为王。次年,汉武帝派兵讨伐南越,斩吕嘉,并把南越改置为南海、苍梧、郁林、合浦、交阯、九真、日南、珠匡、儋耳九郡。⑮"宛王"二句:宛即大宛,西域国名。汉武帝太初元年(前104)秋,宛王毋寡杀汉使。武帝大怒,于太初三年(前102)派大将军李广利讨伐大宛。次年,李广利获胜并携毋寡首级回京。县,同"悬"。⑯朝鲜杀汉使者:武帝元封二年(前109),朝鲜王右渠杀汉使涉何。武帝派兵讨伐,右渠部下杀右渠后投降。⑰即时:当下,立刻。⑱若知我不降明:你明明知道我不投降。若,汝,你。

　　律知武终不可胁①,白单于②。单于愈益欲降之,乃幽武置大窖中③,绝不饮食④。天雨雪,武卧啮雪与旃毛并咽之⑤,数日不死。匈奴以为神,乃徙武北海上无人处⑥,使牧羝,羝乳乃得归⑦。别其官属常惠等⑧,各置他所。

【注释】

①胁:威吓,逼迫。②白:禀告,禀报。③幽:囚禁。窖:地窖。贮藏物品的地洞或坑。此指空窖。④绝不饮(yìn)食(sì):断绝粮食和饮水,不让吃、喝。⑤啮(niè):噬,咬。旃(zhān):同"毡",指羊毛或其它动物毛经湿、热、压力等作用,缩制而成的块片状材料,可用作铺垫及制作御寒物品、鞋帽料等。⑥北海:即今俄罗斯境内的贝加尔湖,为当时匈奴的最北方,故称北海。⑦羝(dī):公羊。乳:产,生育。⑧别:别置,隔离。

武既至海上，廪食不至①，掘野鼠去草实而食之②。杖汉节牧羊③，卧起操持，节旄尽落。积五六年④，单于弟於靬王弋射海上⑤。武能网纺缴⑥，檠弓弩⑦，於靬王爱之，给其衣食。三岁余，王病，赐武马畜、服匿、穹庐⑧。王死后，人众徙去。其冬，丁令盗武牛羊⑨，武复穷厄⑩。

【注释】

①廪食：官府供给的粮食。②去(jǔ)：通"弆"，储藏，收藏。③杖：握，执持。④积：经过。⑤於靬(qián)王：匈奴王号。且鞮侯单于的弟弟。弋射：把绳子系在箭上而射。⑥网：结网之义。缴：生丝线绳。弋射时箭尾所用的丝线。⑦檠(qíng)：本指矫正弓弩的器具，此处用作动词，矫正。⑧服匿：匈奴人自制的陶器，盛酒酪的器具，小口、大腹、方底。穹庐：旃帐，圆顶的帐篷，类似于蒙古包。⑨丁令：即"丁零"。⑩穷厄：穷困。

初，武与李陵俱为侍中，武使匈奴明年，陵降，不敢求武。久之，单于使陵至海上，为武置酒设乐，因谓武曰："单于闻陵与子卿素厚，故使陵来说足下①，虚心欲相待。终不得归汉，空自苦亡人之地，信义安所见乎？前长君为奉车②，从至雍棫阳宫③，扶辇下除④，触柱折辕，劾大不敬，伏剑自刎，赐钱二百万以葬。孺卿从祠河东后土⑤，宦骑与黄门驸马争船⑥，推堕驸马河中溺死，宦骑亡，诏使孺卿逐捕不得，惶恐饮药而死。来时，大夫人已不幸⑦，陵送葬至阳陵⑧。子卿妇年少，闻已更嫁矣。独有女弟二人⑨，两女一男，今复十余年，存亡不可知。人生如朝露，何久自苦如此！陵始降时，忽忽如狂⑩，自痛负汉，加以老母系保宫⑪，子卿不欲降，何以过陵？且陛下春秋高⑫，法令亡常，大臣亡罪夷灭者数十家，安危不可知，子卿尚复谁为乎？愿听陵计，勿复有云。"武曰："武父子亡功德，皆为陛下所成就，位列将，爵通侯，兄弟亲近⑬，常愿肝脑涂地⑭。今得杀身自效，虽蒙斧钺汤镬⑮，诚甘乐之。臣事君，犹子事父也。子为父死亡所恨。愿勿复再言。"陵与武饮数日，复曰："子卿壹听陵言。"武曰："自分已死久矣⑯！王必欲降武，请毕今日之欢，效死于前！"陵见其至诚，喟然叹曰："嗟乎，义士！陵与卫律之罪上通于天。"因泣下沾衿⑰，与武决去⑱。

【注释】

①足下:古代同辈相称或下称上的敬词。②长君:指苏武之兄苏嘉,曾任奉车都尉,职掌皇帝的车驾。③雍:县名,在今陕西凤翔南。棫(yù)阳宫:秦昭王时所建的宫殿,故址在今陕西扶风县东北。④辇:原指人拉的车,秦汉后专指帝王后妃所乘的车。除:指宫殿的台阶。⑤孺卿:苏武之弟苏贤,字孺卿,曾任骑都尉。河东:郡名,治安邑(今山西夏县西北)。后土:土地神祠。⑥宦骑:指侍卫皇帝的宦官骑兵。黄门:本指黄色宫门,此指宫廷养马处。驸马:驸马都尉之简称,掌管帝王随从车辆马匹。驸马在黄门令属的,称为黄门驸马。⑦大夫人:汉制,列侯之母称太夫人。此指苏武之母。⑧阳陵:县名,在今陕西咸阳市东、高陵县西南,因景帝陵墓在此而得名。苏氏葬地在阳陵。⑨女弟:妹妹。⑩忽忽:失意的样子。⑪保宫:狱名,属少府,原名居室,武帝太初元年更名为保宫。是囚禁犯罪大臣及其家属之处。⑫春秋高:指年岁大。武帝此时已逾66岁。⑬亲近:指担任皇帝的近臣。⑭肝脑涂地:形容尽忠竭力,不惜一死。⑮蒙斧钺汤镬:指头被斧钺砍掉而放在锅中烹。钺,古兵器,青铜制,圆刃,形似斧而较大。镬,无足鼎,古时常用以为烹人的刑器。⑯自分:自度,自己料定。⑰沾衿:沾湿衣服。衿,同"襟"。⑱决:通"诀",诀别,辞别。

陵恶自赐武①,使其妻赐武牛羊数十头。后陵复至北海上,语武:"区脱捕得云中生口②,言太守以下吏民皆白服③,曰上崩④。"武闻之,南乡号哭⑤,欧血⑥,旦夕临数月⑦。

【注释】

①恶(wù):羞恶,不好意思。赐:给予。②区(ōu)脱:匈奴语。指汉朝与匈奴连接处所建的土堡哨所,是边境上两方不管的地方。云中:郡名,在今内蒙古自治区南部。生口:活口。③白服:指丧服。④崩:皇帝死亡。指汉武帝驾崩。⑤南乡:向南。乡,通"向"。因汉在匈奴之南,故苏武向南号哭。⑥欧血:吐血。欧,同"呕"。⑦旦夕临:指早晚哭吊。临,哭吊。

昭帝即位数年，匈奴与汉和亲。汉求武等，匈奴诡言武死①。后汉使复至匈奴，常惠请其守者与俱，得夜见汉使，具自陈道。教使者谓单于，言天子射上林中②，得雁，足有系帛书，言武等在荒泽中。使者大喜，如惠语以让单于③。单于视左右而惊，谢汉使曰："武等实在。"于是李陵置酒贺武曰："今足下还归，扬名于匈奴，功显于汉室，虽古竹帛所载④，丹青所画⑤，何以过子卿！陵虽驽怯⑥，令汉且贳陵罪⑦，全其老母，使得奋大辱之积志，庶几乎曹柯之盟⑧，此陵宿昔之所不忘也⑨。收族陵家，为世大戮，陵尚复何顾乎？已矣！令子卿知吾心耳。异域之人，壹别长绝。"陵起舞，歌曰："径万里兮度沙幕，为君将兮奋匈奴。路穷绝兮矢刃摧，士众灭兮名已隤⑩。老母已死，虽欲报恩将安归！"陵泣下数行，因与武决。单于召会武官属⑪，前以降及物故⑫，凡随武还者九人。

【注释】

①诡言：谎称。②上林：苑囿名，故址在今陕西省西安市西南。③让：责备，责问。④竹帛：指史书。古代初无纸，用竹帛书写文字，后来引申指书册、史籍。⑤丹青：绘画用的颜料。后亦用以指绘画。⑥驽怯：驽下怯弱。驽，劣马，喻低劣无能。这里是李陵的自谦之词。⑦令：假使，如果。贳(shì)：赦免，宽恕。⑧曹柯之盟：曹指曹沫，春秋时鲁国将领，曾率军与齐战，三战三败，鲁割地求和。鲁庄公十三年(前682)，鲁庄公与齐桓公在柯邑(今山东东阿县西南)结盟，在举行盟誓时，曹沫以匕首劫持齐桓公逼其归还鲁国的失地。此处李陵以曹沫自喻，想立功赎罪。⑨宿昔：即夙夜，往日，从前。⑩隤：败坏。⑪召会：召集，会集。⑫物故：死亡。

武以始元六年春至京师①。诏武奉一太牢谒武帝园庙②，拜为典属国，秩中二千石，赐钱二百万，公田二顷，宅一区③。常惠、徐圣、赵终根皆拜为中郎④，赐帛各二百匹。其余六人老归家，赐钱人十万，复终身⑤。常惠后至右将军，封列侯，自有传⑥。武留匈奴凡十九岁，始以强壮出，及还，须发尽白。

【注释】

① 始元六年:公元前81年,汉昭帝继位第六年。② 太牢:以一牛、一豕、一羊三牲为祭品的祭祀。园庙:皇帝墓地所在的宗庙。③ 区:建筑物的量词,相当于"一所"。④ 中郎:官名,掌守宫殿门户,出充车骑。分五官、左、右三中郎署,各署长官称中郎将,省称中郎。⑤ 复:谓免除徭役或赋税。⑥ 自有传:自己另有传文记载。常惠传载卷七十《傅常郑甘陈段传》。

武来归明年,上官桀、子安与桑弘羊及燕王、盖主谋反①。武子男元与安有谋②,坐死③。

初,桀、安与大将军霍光争权,数疏光过失予燕王④,令上书告之。又言苏武使匈奴二十年不降,还乃为典属国,大将军长史无功劳,为搜粟都尉,光颛权自恣⑤。及燕王等反诛,穷治党与⑥,武素与桀、弘羊有旧,数为燕王所讼⑦,子又在谋中,廷尉奏请逮捕武⑧。霍光寝其奏⑨,免武官。

【注释】

① 安:上官安。因其女为昭帝皇后,封安乐侯。桑弘羊:西汉大臣,洛阳人。因出身富商,善于理财,武帝时任治粟都尉,领大农丞,曾主持订立盐铁酒类的官营专卖政策,主管全国运输等。昭帝即位,任御史大夫,后参与谋反,遭族诛。燕王:指刘旦。武帝第三子,昭帝兄。为争夺皇位,与上官桀等谋反。盖(gě)主:武帝之女,昭帝之姐,封鄂邑(今湖北鄂城)长公主。因嫁武帝舅父盖侯王信之孙王受,王受袭封盖侯,故鄂邑长公主又称盖主。盖,县名,在今山东沂源县东南。谋反:事在昭帝始元七年,详见卷六十八《霍光传》。② 元:苏元。③ 坐死:受牵连而被处死。④ 疏:条陈,即分条记载下来。⑤ 颛权:同"专权"。自恣:自我放纵。⑥ 穷治:彻底查办。党与:同党之人。⑦ 讼:通"颂",赞扬。⑧ 廷尉:官名,掌刑狱。⑨ 寝:废置,搁置。

数年,昭帝崩,武以故二千石与计谋立宣帝①,赐爵关内侯,食邑三百户。久之,卫将军张安世荐武明习故事②,奉使不辱命,先帝以为遗言③。宣帝即时召武待诏宦者署④,数进见,复为右曹典属国。以武著节老臣⑤,

命朝朔望⑥,号称祭酒⑦,甚优宠之。

【注释】

①与:参与。②张安世:字子孺,张汤之子。昭帝时封为富平侯,宣帝时封为大司马。详见《汉书》卷五十九《张汤传》附传。明习故事:了解熟悉过去的典章制度。③先帝:指昭帝。遗言:留下的话。指上"奉使不辱命"而言。④宦者署:宦者令的衙门,靠近皇宫。⑤著节:节操昭著。⑥朝朔望:古时例于夏历每月的朔、望日举行朝会,称"朝朔望"。朔,农历每月初一。望,农历每月十五。⑦祭酒:古代举行宴会,必先由长者举酒以祭,后因称年长有德者为祭酒。此处给苏武加祭酒之号,是表示优宠之意。

武所得赏赐,尽以施予昆弟故人①,家不余财。皇后父平恩侯、帝舅平昌侯、乐昌侯、车骑将军韩增、丞相魏相、御史大夫丙吉皆敬重武②。武年老,子前坐事死,上闵之,问左右:"武在匈奴久,岂有子乎?"武因平恩侯自白③:"前发匈奴时④,胡妇适产一子通国⑤,有声问来⑥,愿因使者致金帛赎之⑦。"上许焉。后通国随使者至,上以为郎。又以武弟子为右曹。武年八十余,神爵二年病卒⑧。

【注释】

①昆弟:兄弟。②平恩侯:许伯。平昌侯:王无故。乐昌侯:王武。韩增:韩王信后裔,曾封龙额侯。详见卷三十三《韩王信传》附。魏相、丙吉:详见卷七十四《魏相丙吉传》。③因:通过。自白:指向皇帝汇报自己的情况。④前发:从匈奴出发以前。⑤胡妇:指苏武在匈奴时娶的妻子。适:正巧。通国:人名。⑥声问:音信,消息。⑦致:送达。⑧神爵二年:公元前60年。

甘露三年①,单于始入朝②。上思股肱之美③,乃图画其人于麒麟阁④,法其形貌⑤,署其官爵、姓名⑥。唯霍光不名,曰大司马大将军博陆侯姓霍氏,次曰卫将军富平侯张安世,次曰车骑将军龙额侯韩增,次曰后将军营平侯赵充国⑦,次曰丞相高平侯魏相,次曰丞相博阳侯丙吉,次曰御史大夫建平侯杜延年⑧,次曰宗正阳城侯刘德⑨,次曰少府梁丘贺⑩,次曰太子太傅萧望之,次曰典属国苏武。皆有功德,知名当世,是以表而扬之,明著中兴辅佐⑪,列于方叔、召虎、仲山甫焉⑫。凡十一人,皆有传。自丞相黄霸、廷尉于定国、大司农朱邑、京兆尹张敞、右扶风尹翁归及儒者夏侯胜等⑬,皆以善终,著名宣帝之世,然不得列于名臣之图,以此知其选矣。

赞曰:孔子称"志士仁人,有杀身以成仁,无求生以害仁","使于四方,不辱君命"⑭,苏武有之矣。

【注释】

① 甘露三年:公元前51年。② 单于:指匈奴呼韩邪单于。③ 股肱:大腿和胳膊。比喻得力的左右辅佐之臣。④ 图画:指画上画像。麒麟阁:元狩元年(前122)武帝获麟时所建,在未央宫内。⑤ 法:依照。⑥ 署:题写,署明。⑦ 赵充国:字翁孙,西汉著名将领,陇西上邽(今甘肃天水)人。善骑射,有谋略,熟悉边情。曾数击匈奴,平定西羌叛乱。历事武、昭、宣三帝。详见卷六十九《赵充国传》。⑧ 杜延年:字幼公,杜周第三子,南阳杜衍(今河南南阳市西南)人。明晓法律,论议持平。详见卷六十《杜周传》附传。⑨ 刘德:字路叔,楚元王刘交后裔,刘向父。修黄老术,有智略,武帝称之为"千里驹"。历任太中大夫、青州刺史等,官至宗正,封阳城侯。详见卷三十六《楚元王传》附传。⑩ 梁丘贺:字长翁,曾从京房学《易》,开创《易》梁丘学,宣帝时立为博士。历任大中大夫、给事中等,官至少府。详见卷八十八《儒林传》。⑪ 明著:明确记载。明,明确,公开。著,记载。⑫ 列:并列。方叔、召虎、仲山甫:三人均为辅佐周宣王中兴之功臣。⑬ 黄霸:字次公,淮阳阳夏(今河南太康)人。西汉循吏,官至丞相。为政外宽内明,重视农桑,政绩时称天下第一。详见卷八十九《循吏传》。于定国:字曼倩,东海郯(今山东郯城北)人。曾任廷尉十八年,官至丞相。详见卷七十一《于定国传》。朱邑:字仲卿,庐江舒(今安徽庐江西南)人。西汉循吏,廉正不阿,以治行第一拜为大司农,深受吏民敬爱与朝廷器重。详见卷八十九《循吏传》。张敞、尹翁归:张敞字子高,尹翁归字子兄(同"况"),皆西汉能吏。详见卷七十六《赵尹韩张两王传》。

夏侯胜：字长公，西汉著名学者。治今文《尚书》，其学称为大夏侯学。详见卷七十五《夏侯胜传》。⑭"孔子称"等句：分别见于《论语·卫灵公》和《论语·子路》篇。

【导读】

  本篇节选自《汉书》卷五十四《李广苏建传》，主要叙述苏武的事迹，突出地再现了苏武出使匈奴被困十九年而不辱汉朝使命的动人事迹。在这篇传记中，班固倾注心力，着意刻画了苏武这一不朽的英雄形象，其中有许多生动具体的细节描写，最著名的如"受审逼降"与"北海牧羊"二事，写得有声有色，波澜起伏，极具感染力。在面对卫律威逼利诱时，苏武誓死不屈，并义正词严地加以谴责，显示了大汉使者大义凛然、绝不可侮的气度，人物形象与性格跃然纸上。而无论条件多么艰苦，苏武都能想方设法进行克服，尽管被流放于北海之边，过着饮雪吞毡的艰苦生活，身心饱受折磨，但忠于大汉之心决不动摇，杖汉节视死如归的英雄形象栩栩如生。此外，写李陵与苏武的两次会面亦相当精彩，如劝降一节最后李陵仰天长叹并泣下沾衿，赞美苏武为"义士"而自认"罪上通于天"，通过寥寥数语的对话，将李陵的矛盾复杂心情与苏武的宁死不屈精神表现得淋漓尽致。需要指出的是，作者为塑造苏武形象，并未将李陵作为对立面来刻画，这从苏武归汉后曲折情事的详细叙述中亦能看出端倪：须发皆白的苏武回到长安，受拜典属国；宣帝时作为辅佐重臣，名标麒麟阁。就是这样一位彪炳千秋的人物，也因牵涉上官安谋反事件被廷尉奏请逮捕，只是由于老朋友霍光帮忙"寝其奏"才幸免一死，由此亦可见李陵心灵深处的生死畏惧事出有因，其"归易耳，恐再辱"的担忧也并非见识短浅。在这篇传记中，真正与苏武形象鲜明对照的是副使张胜以及卫律、虞常之辈，同为汉使，苏武重名节轻生死，张胜急功利贪生死，二者可谓天壤之别！"有杀身以成仁，无求生以害仁"，"使于四方，不辱君命"。班固借孔子之语对苏武作出了高度的评价，热情歌颂了苏武伟大的爱国主义精神和崇高的民族气节。《苏武传》号称"《汉书》第一传"，是《汉书》中人物传记的范例，亦是古代史传散文的典范之作，更是闪烁爱国主义情操的光辉篇章，其优秀的文学艺术手法足以与《史记》相媲美。苏武高风亮节、矢志不移，身在胡营心在汉,被后世称为"不灭之汉魂",这位大义凛然的民族英雄堪称两千年来家喻户晓的人物,直至今天仍然活跃在艺术舞台上。

卫青霍去病传

卫青字仲卿。其父郑季,河东平阳人也,以县吏给事侯家。平阳侯曹寿尚武帝姊阳信长公主①。季与主家僮卫媪通②,生青。青有同母兄卫长君及姊子夫,子夫自平阳公主家得幸武帝,故青冒姓为卫氏③。卫媪长女君孺,次女少儿,次女则子夫。子夫男弟步广,皆冒卫氏。

【注释】

① 曹寿:曹参之曾孙。以景帝四年嗣侯,立二十三年薨,正是郑季为县吏之时。阳信长公主:因嫁平阳侯曹寿,又称平阳公主、平阳主。② 僮:奴婢。卫媪:举其夫家之姓。通:私通。③ 冒:假冒,冒充。

青为侯家人,少时归其父,父使牧羊。民母之子皆奴畜之①,不以为兄弟数②。青尝从人至甘泉居室③,有一钳徒相青曰④:"贵人也,官至封侯。"青笑曰:"人奴之生,得无笞骂即足矣,安得封侯事乎!"

【注释】

① 民母:指卫青在民间的母亲,亦即郑季的正妻。古代妾所生之子皆称父亲正妻为嫡母,而郑季正妻本为编入户籍的平民,与在公主家者有别,故称"民母"以示区分。奴畜之:把他像奴仆一样对待。② 不以为兄弟数:不算入兄弟数量,亦即未能进入兄弟排行。③ 甘泉居室:指甘泉居室令的官署,设在甘泉宫内。④ 钳徒:受钳刑的犯人。相:相面。

青壮,为侯家骑①,从平阳主。建元二年春②,青姊子夫得入宫幸上。皇后③,大长公主女也④,无子,妒。大长公主闻卫子夫幸,有身,妒之,乃使人捕青。青时给事建章,未知名。大长公主执囚青,欲杀之。其友骑郎

公孙敖与壮士往篡之⑤,故得不死。上闻,乃召青为建章监,侍中。及母昆弟贵,赏赐数日间累千金。君孺为太仆公孙贺妻⑥。少儿故与陈掌通⑦,上召贵掌。公孙敖由此益显。子夫为夫人⑧。青为太中大夫。

【注释】

① 骑:骑士。② 建元二年:公元前139年。③ 皇后:指陈阿娇。武帝姑母之女,许配武帝,为皇后,后被废黜。④ 大长公主:指刘嫖,亦称馆陶长公主。文帝长女,武帝姑母。初嫁堂邑侯陈午(陈婴之孙),后与董偃同居十余年卒。汉制,皇帝姑母称大长公主。⑤ 骑郎:官名,职掌侍从皇帝,主管御马。篡:用强力夺取。⑥ 公孙贺:字子叔,义渠人。曾七任将军击匈奴,官至丞相,封侯两次。详见卷六十六《公孙贺传》。⑦ 故:原先。陈掌:陈平之曾孙。⑧ 夫人:诸侯之妻。汉代亦称列侯之妻。此指帝王的妾。

元光六年①,拜为车骑将军,击匈奴,出上谷②;公孙贺为轻车将军,出云中③;太中大夫公孙敖为骑将军,出代郡④;卫尉李广为骁骑将军,出雁门⑤:军各万骑。青至笼城⑥,斩首虏数百。骑将军敖亡七千骑,卫尉广为虏所得,得脱归,皆当斩,赎为庶人。贺亦无功。唯青赐爵关内侯。是后匈奴仍侵犯边⑦。语在《匈奴传》。

【注释】

① 元光六年:公元前129年。② 上谷:郡名,治沮阳(今河北怀来县东南)。③ 云中:郡名,治云平(今内蒙古呼和浩特市西南)。④ 代郡:郡名,治代县(今河北蔚县东北)。⑤ 雁门:郡名,治善无(今山西右玉县东南)。⑥ 笼城:即龙城。此指故龙城,在今内蒙古锡林郭勒盟东、西乌珠穆沁旗附近。⑦ 仍:频繁,一再。

元朔元年春①,卫夫人有男②,立为皇后。其秋,青复将三万骑出雁门,李息出代郡③。青斩首虏数千。明年,青复出云中,西至高阙④,遂至于陇西,捕首虏数千,畜百余万,走白羊、楼烦王⑤。遂取河南地为朔方郡⑥。以三千八百户封青为长平侯。青校尉苏建为平陵侯⑦,张次公为岸头侯⑧。使建筑朔方城。上曰:"匈奴逆天理,乱人伦,暴长虐老⑨,以盗窃为务,行诈诸蛮夷,造谋籍兵⑩,数为边害。故兴师遣将,以征厥罪。《诗》不云乎?'薄伐猃允,至于太原'⑪;'出车彭彭,城彼朔方'⑫。今车骑将军青度西河至高阙,获首二千三百级,车辎畜产毕收为卤⑬,已封为列侯,遂西定河南地,案榆溪旧塞⑭,绝梓领⑮,梁北河⑯,讨蒲泥⑰,破符离⑱,斩轻锐之卒,捕伏听者三千一十七级⑲。执讯获丑⑳,驱马牛羊百有余万,全甲兵而还,益封青三千八百户。"其后匈奴比岁入代郡、雁门、定襄、上郡、朔方㉑,所杀略甚众㉒。语在《匈奴传》。

【注释】

① 元朔元年:公元前128年。② 男:指戾太子刘据。③ 李息:曾任太中大夫、材官将军、大行令等。详见本传附传。④ 高阙:古地名,在今内蒙古杭锦后旗西北。阴山山脉至此中断,成一缺口,望若门阙,故得名。⑤ 走:驱逐,使溃逃。白羊、楼烦王:匈奴所属部落王号。两部落分布在今内蒙古鄂尔多斯草原一带。⑥ 河南:秦汉时代称今河套以南地区为河南地。朔方郡:郡名,治所在今内蒙古自治区杭锦旗北。⑦ 苏建:详见卷五十四《苏建传》。⑧ 张次公:详见本传附传。⑨ 暴长虐老:匈奴之俗,贵少壮而贱长老。⑩ 籍兵:凭借武力。籍,同"藉"。⑪ "薄伐"二句:见《诗经·小雅·六月》。薄,句首语气词,无义。猃允,古部族名,匈奴的前身。⑫ "出车"二句:见《诗经·小雅·出车》。彭彭,车马众多、军威雄壮的样子。城,筑城。朔方,北方。⑬ 辎:古代有帷盖的载重车。此指辎重,外出时携载的物资。卤:通"掳",虏获。此指战利品。⑭ 案:同"按",巡行。榆溪:古塞名,说法不一,一般以为在今内蒙古河套地区。⑮ 绝:横穿。梓领:山名,在今内蒙古河套地区。⑯ 梁:架桥梁。北河:清代以前黄河自今内蒙古磴口县以下分为南北二支,北支约当今乌加河,时为黄河正流,对南支而言,称北河。⑰ 蒲泥:匈奴王号。⑱ 符离:要塞名,在今内蒙古五原县西北。⑲ 伏听:伏于隐处,听军虚实。亦即侦探。⑳ 执讯:指对所获敌人加以讯问。获丑:俘获敌众。丑,众。㉑ 比岁:连年。定襄:郡名,治成乐(今内蒙古和林格尔西北)。上郡:郡名,治肤施(今陕西榆林县

东南)。㉒略：夺取，掳掠。

元朔五年春，令青将三万骑出高阙，卫尉苏建为游击将军，左内史李沮为强弩将军①，太仆公孙贺为骑将军，代相李蔡为轻车将军②，皆领属车骑将军，俱出朔方。大行李息、岸头侯张次公为将军，俱出右北平③。匈奴右贤王当青等兵，以为汉兵不能至此，饮醉，汉兵夜至，围右贤王。右贤王惊，夜逃，独与其爱妾一人骑数百驰，溃围北去。汉轻骑校尉郭成等追数百里，弗得，得右贤裨王十余人④，众男女万五千余人，畜数十百万，于是引兵而还。至塞，天子使使者持大将军印，即军中拜青为大将军，诸将皆以兵属，立号而归⑤。上曰："大将军青躬率戎士，师大捷，获匈奴王十有余人，益封青八千七百户。"而封青子伉为宜春侯，子不疑为阴安侯，子登为发干侯。青固谢曰："臣幸得待罪行间，赖陛下神灵，军大捷，皆诸校力战之功也。陛下幸已益封臣青，臣青子在襁褓中，未有勤劳，上幸裂地封为三侯，非臣待罪行间所以劝士力战之意也。伉等三人何敢受封！"上曰："我非忘诸校功也，今固且图之。"乃诏御史曰："护军都尉公孙敖三从大将军击匈奴，常护军傅校获王⑥，封敖为合骑侯。都尉韩说从大军出窴浑⑦，至匈奴右贤王庭，为戏下搏战获王，封说为龙额侯。骑将军贺从大将军获王，封贺为南窌侯。轻车将军李蔡再从大将军获王，封蔡为乐安侯。校尉李朔、赵不虞、公孙戎奴各三从大将军获王，封朔为陟轵侯、不虞为随成侯、戎奴为从平侯。将军李沮、李息及校尉豆如意、中郎将绾皆有功⑧，赐爵关内侯。沮、息、如意食邑各三百户。"其秋，匈奴入代，杀都尉。

【注释】

①李沮：详见本传附传。②李蔡：李广之从弟。因军功封为乐安侯，元狩二年(前121)代公孙弘为相，元狩五年有罪自杀。参见《李广苏建传》。③右北平：郡名，治平刚(今辽宁凌源南)。④裨王：汉时称匈奴的小王。⑤立号：立大将军号。⑥傅：跟随，依附。校：汉代军队编制，一校七百人至一千二百人。其统领军官称校尉。⑦韩说：韩王信曾孙，韩颓当孙。因击匈奴与东越有功而两次封侯。参见《汉书》卷三十三《韩王信传》。窴(tián)浑：古地名，属朔方郡，在今内蒙古杭锦后旗西南。⑧豆：

姓。或作"窦"。绾:人名,姓氏不详。

明年春,大将军青出定襄,合骑侯敖为中将军,太仆贺为左将军,翕侯赵信为前将军①,卫尉苏建为右将军,郎中令李广为后将军,左内史李沮为强弩将军,咸属大将军,斩首数千级而还。月余,悉复出定襄,斩首虏万余人。苏建、赵信并军三千余骑,独逢单于兵,与战一日余,汉兵且尽。信故胡人,降为翕侯,见急,匈奴诱之,遂将其余骑可八百奔降单于②。苏建尽亡其军,独以身得亡去,自归青。青问其罪正闳、长史安、议郎周霸等③:"建当云何④?"霸曰:"自大将军出,未尝斩裨将,今建弃军,可斩,以明将军之威。"闳、安曰:"不然。兵法:'小敌之坚,大敌之禽也⑤。'今建以数千当单于数万,力战一日余,士皆不敢有二心。自归而斩之,是示后无反意也⑥。不当斩。"青曰:"青幸得以肺附待罪行间⑦,不患无威,而霸说我以明威,甚失臣意。且使臣职虽当斩将,以臣之尊宠而不敢自擅专诛于境外,其归天子,天子自裁之,于以风为人臣不敢专权⑧,不亦可乎?"官吏皆曰"善"。遂囚建行在所⑨。

【注释】

① 赵信:以匈奴相国降汉,封翕侯,后以前将军与匈奴战,败,降匈奴。详见本传附传。② 可:大约。③ 正闳(hóng):正,军正,掌军法。闳,人名。长史:汉律,大将军府设都军官长史一人,总理幕府事宜。安:人名。议郎:官名,掌议论。④ 建当云何:苏建弃军之罪当如何。云何,怎么说。⑤ "小敌"二句:语出《孙子兵法·作战》。谓小敌虽坚于战,终必为大敌所擒。⑥ 示后无反意:言教示后人遂降匈奴而不必返归汉朝之意。反,同"返"。⑦ 肺附:同"肺腑"。比喻帝王的亲属或亲戚。⑧ 于以:是以。⑨ 行在所:皇帝所在的地方。后专指皇帝临时驻扎地,亦称"行在"、"行所"。

是岁也,霍去病始侯。

霍去病,大将军青姊少儿子也。其父霍仲孺先与少儿通,生去病。及卫皇后尊,少儿更为詹事陈掌妻①。去病以皇后姊子,年十八为侍中。善

骑射,再从大将军。大将军受诏,予壮士,为票姚校尉②,与轻勇骑八百直弃大军数百里赴利,斩捕首虏过当③。于是上曰:"票姚校尉去病斩首捕虏二千二十八级,得相国、当户④,斩单于大父行籍若侯产⑤,捕季父罗姑比⑥,再冠军⑦,以二千五百户封去病为冠军侯⑧。上谷太守郝贤四从大将军,捕首虏千三百级,封贤为终利侯。骑士孟已有功,赐爵关内侯,邑二百户。"

【注释】

① 詹事:官名,职掌皇后、太子家事。② 票姚:汉代武官名,取雄健敏捷之意。后多用指霍去病。③ 过当:超过相抵之数。当,相抵。④ 相国、当户:匈奴高级官员名称。⑤ 大父:祖父。行:辈分。大父行,谓此人为单于祖父之行也。籍若侯:匈奴王侯号。产:人名。⑥ 季父:叔父。罗姑比:人名。⑦ 再:两次。冠军:功冠诸军。⑧ 冠军:县名,汉元朔六年(前123)置,治所在今河南邓州西北。原本无县,因武帝褒奖霍去病之功,封冠军侯于此,故名。

是岁失两将军,亡翕侯,功不多,故青不益封。苏建至,上弗诛,赎为庶人。青赐千金。是时王夫人方幸于上①,宁乘说青曰②:"将军所以功未甚多,身食万户,三子皆为侯者,以皇后故也。今王夫人幸而家族未富贵,愿将军奉所赐千金为王夫人亲寿③。"青以五百金为王夫人亲寿。上闻,问青,青以实对。上乃拜宁乘为东海都尉④。

【注释】

① 王夫人:汉武帝宠姬,赵地人,生子刘闳,封齐怀王,母子皆早死。② 宁乘:齐地人。③ 亲:父母。亦偏指父或母。此处指王夫人母。寿:贺寿,祝寿。④ 东海:郡名,秦置,楚汉之际也称郯郡,治所在郯(今山东郯城北)。西汉辖境相当今山东费县、临沂、江苏赣榆以南,山东枣庄市、江苏邳州以东和江苏宿迁、灌南以北地区。

校尉张骞从大将军①,以尝使大夏②,留匈奴中久,道军③,知善水草

处,军得以无饥渴,因前使绝国功④,封骞为博望侯⑤。

【注释】

① 张骞:本书有传,见后。② 大夏:中亚古国名。音译巴克特里亚(Bactri),也叫希腊·巴克特里亚王国。我国汉代称之为大夏,在今阿富汗北部境内。③ 道:同"导",向导,引导。④ 绝国:指极其辽远的国家。⑤ 博望:县名,在今河南南阳市东北。

去病侯三岁,元狩二年春为票骑将军①,将万骑出陇西,有功。上曰:"票骑将军率戎士逾乌盭②,讨遬濮③,涉狐奴④,历五王国,辎重人众摄聋者弗取⑤,几获单于子⑥。转战六日,过焉支山千有余里⑦,合短兵⑧,鏖皋兰下⑨,杀折兰王⑩,斩卢侯王⑪,锐悍者诛⑫,全甲获丑⑬,执浑邪王子及相国、都尉⑭,捷首虏八千九百六十级⑮,收休屠祭天金人⑯,师率减什七⑰,益封去病二千二百户。"

【注释】

① 票骑将军:亦作"骠骑将军",品秩同大将军,与三公同位。② 乌盭:山名,在今甘肃兰州市东北。盭,古"戾"字。③ 遬濮(pú):匈奴部落名。遬,古"速"字。④ 狐奴:水名。即今庄浪河,在今甘肃兰州市西。⑤ 摄聋(zhé):恐惧,畏服。⑥ 几:通"冀",希望。⑦ 焉支山:山名,亦称燕支山,在今甘肃永昌县西、山丹县东南。⑧ 合短兵:即短兵相接。合,交锋。⑨ 鏖:鏖战,激战。皋兰:山名,在今甘肃省兰州市南。⑩ 折兰:匈奴王国名。⑪ 卢侯:亦作"卢胡",匈奴王国名。⑫ 锐悍:强悍。⑬ 全甲:指全军完好无损失。丑:指众俘虏。⑭ 浑邪王:一作昆邪王,当时匈奴西部地区重要首领之一。都尉:匈奴官名。⑮ 捷:战利品。⑯ 休屠:即休屠王,当时匈奴西部地区重要首领之一,为浑邪王所杀。金人:一说为佛像,一说为金属偶像。⑰ 率:大率,大概。减什七:减损十分之七。

其夏,去病与合骑侯敖俱出北地①,异道②。博望侯张骞、郎中令李广俱出右北平,异道。广将四千骑先至,骞将万骑后③。匈奴左贤王将数万

骑围广,广与战二日,死者过半,所杀亦过当。骞至,匈奴引兵去。骞坐行留④,当斩,赎为庶人。而去病出北地,遂深入,合骑侯失道⑤,不相得⑥。去病至祁连山⑦,捕首虏甚多。上曰:"票骑将军涉钧耆⑧,济居延⑨,遂臻小月氏⑩,攻祁连山,扬武乎䚡得⑪,得单于单桓、酋涂王⑫,及相国、都尉以众降下者二千五百人,可谓能舍服知成而止矣⑬。捷首虏三万二百,获五王,王母、单于阏氏、王子五十九人,相国、将军、当户、都尉六十三人,师大率减什三,益封去病五千四百户。赐校尉从至小月氏者爵左庶长。鹰击司马破奴再从票骑将军斩遫濮王⑭,捕稽且王⑮,右千骑将得王、王母各一人⑯,王子以下四十一人,捕虏三千三百三十人,前行捕虏千四百人⑰,封破奴为从票侯⑱。校尉高不识从票骑将军捕呼于耆王王子以下十一人⑲,捕虏千七百六十八人,封不识为宜冠侯⑳。校尉仆多有功㉑,封为煇渠侯㉒。"合骑侯敖坐行留不与票骑将军会,当斩,赎为庶人。诸宿将所将士马兵亦不如去病㉓,去病所将常选㉔,然亦敢深入,常与壮骑先其大军,军亦有天幸,未尝困绝也。然而诸宿将常留落不耦㉕。由此去病日以亲贵,比大将军。

【注释】

①北地:郡名,治马领(今甘肃庆阳西北)。②异道:不同路,亦即兵分两路之意。③后:后至。指迟于约定的时间。④坐行留:军队在前行的过程中却总是停留,以至延迟,故犯法获罪。⑤失道:迷路。⑥不相得:指两军没有相遇、会合。⑦祁连山:匈奴语意为"天山"。广义的祁连山是甘肃省西部和青海省东北部边境山地的总称,绵延一千公里。狭义的祁连山系指最北的一支,在甘肃酒泉市南。⑧钧耆:古水名,约在今甘肃境内,确址不详。⑨济:渡过。居延:古泽名,即居延泽,亦称居延海。在今内蒙古额济纳旗北境,由居延水(弱水,即额济纳河)汇聚而成。⑩臻:到,到达。小月氏:古族名。汉文帝初年,匈奴攻月氏,被逼西迁者称大月氏,另一部分进入祁连山与羌人杂居,称小月氏。⑪䚡得:县名,张掖郡治所在地,在今甘肃张掖西北。⑫单桓、酋涂:皆匈奴王号。⑬舍服知成而止:服而舍之,功成则止。⑭鹰击司马:武官名。破奴:赵破奴。遫濮王:匈奴王号。⑮稽且王:匈奴王号。⑯右千骑将:武官名,当是鹰

击司马的下属。⑰ 前行：前锋。⑱ 从票：意谓从票骑将军征战有功，故以为侯号。⑲ 高不识：原为匈奴人，号为句王，后归降汉。呼于耆王：匈奴王号。⑳ 宜冠：以跟随冠军侯霍去病作战有功，配合得力，故以为侯号。意与"从票"略同。㉑ 仆多：人名。颜师古以为乃"仆朋"转写之误。㉒ 煇渠：乡聚名，在鲁阳县（今河南鲁山县）。㉓ 宿将：久经战阵的老将。㉔ 常选：经常挑选。亦即部下人选不固定。㉕ 留落不耦：谓人留滞于下，不能擢升，没有遇到好的机会。耦，通"遇"，际遇。

其后，单于怒浑邪王居西方数为汉所破，亡数万人，以票骑之兵也，欲召诛浑邪王。浑邪王与休屠王等谋欲降汉，使人先要道边①。是时，大行李息将城河上②，得浑邪王使，即驰传以闻③。上恐其以诈降而袭边，乃令去病将兵往迎之。去病既渡河，与浑邪众相望。浑邪裨王将见汉军而多欲不降者，颇遁去。去病乃驰入，得与浑邪王相见，斩其欲亡者八千人，遂独遣浑邪王乘传先诣行在所，尽将其众渡河，降者数万人，号称十万。

【注释】

① 使人先要道边：意为派人先到边界遮拦汉吏，约定来降之事并请导入内地。要，通"邀"，半路遮拦。道，通"导"。一说"要道边"为邀约对方商谈于边界之上。② 将城河上：带兵在黄河岸边筑城。③ 驰传：驾驭驿站马车疾行。以闻：将有关情况上报给朝廷。闻，上报。

既至长安，天子所以赏赐数十巨万①。封浑邪王万户，为漯阴侯②。封其裨王呼毒尼为下摩侯③，雁疵为煇渠侯④，禽黎为河綮侯⑤，大当户调虽为常乐侯⑥。于是上嘉去病之功，曰："票骑将军去病率师征匈奴，西域王浑邪王及厥众萌咸奔于率⑦，以军粮接食，并将控弦万有余人⑧，诛獟悍⑨，捷者虏八千余级，降异国之王三十二。战士不离伤⑩，十万之众毕怀集服⑪。仍兴之劳⑫，爰及河塞⑬，庶几亡患。以千七百户益封票骑将军。减陇西、北地、上郡戍卒之半，以宽天下繇役。"乃分处降者于边五郡故塞外⑭，而皆在河南⑮，因其故俗为属国⑯。其明年⑰，匈奴入右北平、定襄，

杀略汉千余人。

【注释】

① 巨万：万万，形容数目极大。② 漯（luò）阴：县名，在今山东禹城东。③ 呼毒尼：人名。下摩：乡聚名，在今山西临猗县。④ 雁（yīng）疵：人名。⑤ 禽黎：人名。颜师古以为乃"乌黎"转写之误。河綦：地名，时属济南郡。⑥ 大当户：匈奴高级官名。调虽：人名。常乐：地名，时属济南郡。⑦ 西域王浑邪王及厥众萌咸奔于率：匈奴西部地区的大王浑邪王及其部众全都投降我师。厥，其。萌，通"氓"、"甿"，百姓，黎民。率，同"帅"，指汉军指挥部。⑧ 控弦：拉弓，持弓。借指士兵。⑨ 猋悍：矫健勇猛。猋，通"骁"，矫健。悍，勇敢，勇猛。⑩ 离：通"罹"，遭受，遭遇。⑪ 怀：归向。集服：顺从，服从。⑫ 仍兴：频频出兵。仍，频。兴，兴军。⑬ 爰：于是，乃至于。河塞：泛指黄河上游的边塞地区。⑭ 五郡：指陇西、北地、上郡、朔方、云中五郡。⑮ 河南：黄河以南。⑯ 因其故俗为属国：设立属国安置他们，但不改变其原来的习俗。因，沿袭，因袭。属国，附属国。⑰ 其明年：指元狩三年（前120）。

其明年，上与诸将议曰："翕侯赵信为单于画计①，常以为汉兵不能度幕轻留②，今大发卒，其势必得所欲。"是岁元狩四年也。春，上令大将军青、票骑将军去病各五万骑，步兵转者踵军数十万③，而敢力战深入之士皆属去病。去病始为出定襄④，当单于⑤。捕虏，虏言单于东，乃更令去病出代郡，令青出定襄。郎中令李广为前将军，太仆公孙贺为左将军，主爵赵食其为右将军⑥，平阳侯襄为后将军⑦，皆属大将军。赵信为单于谋曰："汉兵即度幕，人马罢，匈奴可坐收虏耳。"乃悉远北其辎重⑧，皆以精兵待幕北。而适直青军出塞千余里，见单于兵陈而待，于是青令武刚车自环为营⑨，而纵五千骑往当匈奴，匈奴亦纵万骑。会日且入⑩，而大风起，沙砾击面，两军不相见，汉益纵左右翼绕单于⑪。单于视汉兵多，而士马尚强，战而匈奴不利，薄莫⑫，单于遂乘六骡，壮骑可数百，直冒汉围西北驰去。昏⑬，汉匈奴相纷挐⑭，杀伤大当⑮。汉军左校捕虏，言单于未昏而去，汉军因发轻骑夜追之，青因随其后。匈奴兵亦散走。会明，行二百余里，不得单于,颇捕斩首虏万余级,遂至寘颜山赵信城⑯,得匈奴积粟食军。军留一日而还,悉烧其城余粟以归。

【注释】

① 画计:谋画。亦指筹谋计策。② 幕:即"漠",沙漠。轻留:谓轻入而久留。③ 步兵转者踵军数十万:跟随在骑兵之后的运送军需物质的人、步兵以及后续部队有数十万人。转,谓运输辎重。踵军,后续部队。踵,接,跟随。④ 为:将。定襄:郡名,治成乐(今内蒙古和林格尔东)。⑤ 当:同"挡",抵挡,迎击。⑥ 主爵:官名,职掌有关封爵之事。武帝时改主爵都尉为右扶风,成为地方行政长官,又为行政区之名,与以前职掌全异。赵食其:详见本传附传。⑦ 襄:曹襄,曹参之后裔。参见《汉书》卷三十九《曹参传》。⑧ 远北:远输至北边。⑨ 武刚车:古代战车名,有防护设施,可遮掩物体。⑩ 日且入:太阳将要落下。⑪ 左右翼绕:左右两翼合围。⑫ 薄莫:同"薄暮",天快黑时。薄,迫近。⑬ 昏:黄昏。⑭ 纷挐(ná):混战,互相扭扯。挐,纷乱。⑮ 大当:谓大致相当。⑯ 寘颜山:山名,在匈奴境内,约当今蒙古高原杭爱山脉南面一支。赵信城:匈奴为安排赵信专门修筑的一座城堡,在寘颜山区。

青之与单于会也①,而前将军广、右将军食其军别从东道,或失道②。大将军引还,过幕南,乃相逢。青欲使使归报,令长史簿责广③,广自杀。食其赎为庶人。青军入塞,凡斩首虏万九千级。

【注释】

① 会:会战。② 或:通"惑",迷惑。③ 簿责:依据文书所列罪状逐一责问。簿,文书,档案。

是时,匈奴众失单于十余日,右谷蠡王自立为单于①。单于后得其众,右王乃去单于之号②。

去病骑兵车重与大将军军等③,而亡裨将④。悉以李敢等为大校⑤,当裨将,出代、右北平二千余里,直左方兵⑥,所斩捕功已多于青。

【注释】

①右谷蠡王：匈奴王号。分左、右，位在左、右贤王之下。②去：去掉，撤销。③车重：辎重车。等：一样，相等。④亡：通"无"。⑤李敢：李广子，李陵父。参见《汉书》卷五十四《李广苏建传》。⑥直：遇，逢。

既皆还，上曰："票骑将军去病率师躬将所获荤允之士①，约轻赍②，绝大幕，涉获单于章渠③，以诛北车耆④，转击左大将双⑤，获旗鼓，历度难侯⑥，济弓卢⑦，获屯头王、韩王等三人⑧，将军、相国、当户、都尉八十三人，封狼居胥山⑨，禅于姑衍⑩，登临翰海⑪，执讯获丑七万有四百四十三级，师率减什二，取食于敌，卓行殊远而粮不绝。以五千八百户益封票骑将军。右北平太守路博德属票骑将军，会兴城⑫，不失期，从至梼余山⑬，斩首捕虏二千八百级，封博德为邳离侯。北地都尉卫山从票骑将军获王⑭，封山为义阳侯。故归义侯因淳王复陆支、楼剸王伊即靬皆从票骑将军有功⑮，封复陆支为杜侯，伊即靬为众利侯。从票侯破奴、昌武侯安稽从票骑有功⑯，益封各三百户。渔阳太守解、校尉敢皆获鼓旗⑰，赐爵关内侯，解食邑三百户，敢二百户。校尉自为爵左庶长⑱。"军吏卒为官，赏赐甚多。而青不得益封，吏卒无封者。唯西河太守常惠、云中太守遂成受赏⑲，遂成秩诸侯相，赐食邑二百户，黄金百斤，惠爵关内侯。

【注释】

①荤允：即荤粥。我国古代北方匈奴族的别称。②约：备办。轻赍：随身携带的少量粮食。③涉：入，进入。章渠：单于近臣名。④北车耆：匈奴王号。⑤左大将：匈奴官名。双：人名。⑥历度：经过，度越。难侯：山名，在漠北。⑦弓卢：水名。⑧屯头王、韩王：皆匈奴王号。⑨封：在山上筑坛祭天。狼居胥山：山名，约在今内蒙古克什克腾旗西北至阿巴嘎旗一带。⑩禅：古代帝王祭祀土地山川。姑衍：山名，在今蒙古乌兰巴托东南，靠近狼居胥山西北山麓。⑪翰海：指沙漠，在今蒙古国境内。⑫兴城：地名，确址不详。⑬梼（táo）余（tú）山：山名，确址不详。⑭卫山：人名。《史记》作"刑山"。⑮因淳王、楼剸王：皆匈奴王号。复陆支、伊即靬：人名。⑯安稽：人名，姓赵。原为匈奴的一个王，降汉后封侯。⑰解：

人名,姓氏不详。敢:李敢。⑱ 自为:徐自为。曾任光禄勋,奉命出塞修建西北地区城障列亭。⑲ 常惠:太原郡人。曾随苏武出使匈奴,被拘留十余年。后建功西域,封长罗侯。详见《汉书》卷七十《常惠传》。遂成:人名。

两军之出塞,塞阅官及私马凡十四万匹①,而后入塞者不满三万匹。乃置大司马位②,大将军、票骑将军皆为大司马。定令,令票骑将军秩禄与大将军等。自是后,青日衰而去病日益贵。青故人门下多去③,事去病,辄得官爵,唯独任安不肯去④。

【注释】

① 阅官及私马:查点官、私马匹并登记入册。阅,检查登记。② 大司马:官名,汉武帝于元狩四年罢太尉而置大司马。西汉一朝,常以授掌权的外戚,多与大将军、骠骑将军、车骑将军等联称,也有不兼将军号的。③ 故人:故旧,老朋友。门下:门客。去:离开。④ 任安:字少卿,荥阳(今河南荥阳西北)人。少孤贫,后投卫青门下任舍人,历官郎中、益州刺史、北军护军使者等。与司马迁相善,最后因戾太子案牵连被杀。

去病为人少言不泄①,有气敢往②。上尝欲教之吴、孙兵法③,对曰:"顾方略何如耳,不至学古兵法④。"上为治第⑤,令视之,对曰:"匈奴不灭,无以家为也。"由此上益重爱之。然少而侍中,贵不省士⑥。其从军,上为遣太官赍数十乘⑦,既还,重车余弃粱肉⑧,而士有饥者。其在塞外,卒乏粮,或不能自振⑨,而去病尚穿域蹋鞠也⑩。事多此类。青仁,喜士退让⑪,以和柔自媚于上⑫,然于天下未有称也⑬。

【注释】

① 不泄:不露声色。② 有气敢往:有勇气,敢于承担重任。③ 吴、孙兵法:指春秋时兵家孙武与战国时兵家孙膑、吴起的军事理论。④ "顾方略"二句:意为(打胜仗主要)看战术谋略如何,不在于古兵书读的如何。顾,视,看。不至,不必。⑤ 治第:修造府舍。⑥ 贵不省士:自己地位高

贵,不知体恤士卒。省,体察,照看。⑦ 太官:官名,掌皇帝膳食及燕享之事。赍:带,送。⑧ 粱肉:以粱为饭,以肉为肴。指精美的膳食。⑨ 或:有的人。振:站立起来。⑩ 穿域:穿地为营域。蹋鞠:古代一种用于习武、健身和娱乐的踢球运动。鞠,古代运动用的球,用皮革制成,中间以毛填实。⑪ 喜士:指关心士卒,使其欢悦。⑫ 和柔:和气温柔。自媚于上:自动去谄媚、巴结皇上。⑬ 称:称颂,赞扬。

去病自四年军后三岁,元狩六年薨①。上悼之,发属国玄甲②,军陈自长安至茂陵③,为冢象祁连山④。谥之并武与广地曰景桓侯⑤。子嬗嗣。嬗字子侯,上爱之,幸其壮而将之。为奉车都尉,从封泰山而薨。无子,国除。

自去病死后,青长子宜春侯伉坐法失侯。后五岁,伉弟二人,阴安侯不疑、发干侯登,皆坐酎金失侯⑥。后二岁,冠军侯国绝。后四年,元封五年⑦,青薨,谥曰烈侯。子伉嗣,六年坐法免⑧。

【注释】

① 元狩六年:公元前117年。霍去病去世时,年仅二十四岁。② 发:调遣。玄甲:黑色的铁甲。③ 军陈:军阵。陈,同"阵"。茂陵:建元二年(前139),汉武帝在槐里县茂乡(今陕西兴平东北咸阳原西端)建茂陵,并置县。茂陵是汉帝陵墓中规模最大的一座。④ 为冢象祁连山:其坟丘堆成祁连山脉的形状。今霍去病墓从侧面看,似山峰形,此即所谓象祁连山。⑤ 谥之并武与广地曰景桓侯:根据他身前作战英武和为国家扩充疆土这两项行为而给他景桓的谥号。谥法有"布义行刚曰景,辟土服远曰桓"之说。广地,即扩地。⑥ 酎金:汉代诸侯献给朝廷供祭祀之用的贡金。⑦ 元封五年:公元前106年。⑧ 六年:此指卫伉袭封其父卫青长平侯爵位年数。其免侯时间据《汉书》卷十八《外戚恩泽侯表》等载,当为武帝天汉元年(前100)。

自青围单于后十四岁而卒①,竟不复击匈奴者②,以汉马少,又方南诛两越③,东伐朝鲜,击羌、西南夷,以故久不伐胡。

初,青既尊贵,而平阳侯曹寿有恶疾就国④,长公主问:"列侯谁贤者?"左右皆言大将军。主笑曰:"此出吾家,常骑从我,奈何?"左右曰:"于今尊贵无比。"于是长公主风白皇后⑤,皇后言之,上乃诏青尚平阳主。与主合葬,起冢象庐山云⑥。

【注释】

① 十四岁:自元狩四年至元封五年(前119—前106)。② 竟:一直,始终。③ 方:正在。诛:讨伐,惩罚。两越:指南越和东越。④ 恶疾:泛指难治的疾病。⑤ 风白:用含蓄的话委婉地告诉。风,同"讽"。⑥ 起冢象庐山云:卫青墓在今茂陵东北,与霍去病墓相毗连,像穹庐和山丘。

最大将军青凡七出击匈奴①,斩捕首虏五万余级。一与单于战,收河南地,置朔方郡。再益封,凡万六千三百户;封三子为侯,侯千三百户,并之二万二百户。其裨将及校尉侯者九人,为特将者十五人②,李广、张骞、公孙贺、李蔡、曹襄、韩说、苏建皆自有传。

最票骑将军去病凡六出击匈奴,其四出以将军,斩首虏十一万余级。浑邪王以众降数万,开河西酒泉之地,西方益少胡寇。四益封,凡万七千七百户。其校尉吏有功侯者六人,为将军者二人。

【注释】

① 最:总计。② 特将:能够独当一面的将领。

自卫氏兴①,大将军青首封,其后支属五人为侯②。凡二十四岁而五侯皆夺国③。征和中④,戾太子败⑤,卫氏遂灭⑥。而霍去病弟光贵盛⑦,自有传。

【注释】

① 兴:兴起,发迹。② 五人为侯:指连同卫青在内的五个列侯,分别是:长平侯青、宜春侯伉、阴安侯不疑、发干侯登、长平侯伉(袭封)。③ 二十四岁:二十四年。自卫青元朔二年(前127)封侯至卫伉天汉元年(前

100)失侯,凡二十七年。此统计当是从卫青三子元朔五年(前124)封侯起算。④征和:汉武帝年号(前92年—前89年)。⑤戾太子:刘据,卫子夫所生,又称"卫太子"。因巫蛊案而自杀。详见《汉书》卷六十三《戾太子刘据传》。⑥卫氏遂灭:指卫家的势力从此衰亡。⑦光:霍光。《汉书》卷六十八有传,见后。

赞曰:苏建尝说责①:"大将军至尊重②,而天下之贤士大夫无称焉,愿将军观古名将所招选者,勉之哉③!"青谢曰:"自魏其、武安之厚宾客④,天子常切齿⑤。彼亲待士大夫⑥,招贤黜不肖者⑦,人主之柄也⑧。人臣奉法遵职而已,何与招士⑨!"票骑亦方此意⑩,为将如此。

【注释】

①说责:责备劝告。②至尊重:指位极人臣,尊贵无比。③勉:努力。④魏其、武安:指窦婴和田蚡。详见《汉书》卷五十二《窦田灌韩传》。厚:厚待。⑤切齿:咬紧牙齿,齿相磨切。形容极端痛恨的样子。⑥彼:指示代词,那,即下面那种做法。⑦黜:废黜,贬退。不肖:品行不好,不像样。⑧柄:权柄,权力。⑨与:参与。⑩方:比类,仿照。

【导读】

本篇节选自《汉书》卷五十五《卫青霍去病传》。原传主要叙述汉代名将卫青、霍去病的事迹,并附传当时战将李息、公孙敖、李沮、张次公、赵信、赵食其、郭昌、荀彘、路博德、赵破奴等十人履历,这次选入时省略了附传。卫青与霍去病,同为西汉有名的军事家,在他们的身上有着许多惊人的相似:二人都是私生子,均因外戚身份而举于下层并得以任用。二人的平步青云虽不免有卫皇后裙带关系的因素,但亦非凭空而来。他们英勇善战,在对匈奴的几次作战中取得了巨大胜利,在当时为保卫汉朝免受匈奴侵扰、维护国家安全方面起到了相当重要的作用。在西汉王朝反击匈奴贵族对中原地区不断入侵的战争中,卫青和霍去病战功卓著,成为一代名将。尤其是霍去病,他是中国古代战功卓著的最年轻的将军,死时年仅24岁,但他那句"匈奴不灭,无以家为"的豪言壮语在历史上曾经激励过无数的英雄豪杰。在《史记》和《汉书》中，司马迁和班固都依据档案材料如实地记录了卫、霍二人的战功，但在肯定二者战功的同时，亦指出他们待士不如李广那样体恤，以及为求自保而不敢招贤纳士的行为，并通过描写卫、霍二人权势地位的兴衰，展现了人情冷暖薄如纸的世俗画面，从中可以看出史家秉笔直书的著史风格以及"不虚美，不隐恶"、"不激诡，不抑抗"的著史态度。事实上，对汉武帝重用外戚为军事统帅，当时的许多将领以及有正义感的人均有微言，但卫青、霍去病二人确实是英勇善战，不负所望，终于实现了武帝驱逐匈奴的目标；而同样是外戚出身的贰师将军李广利，却屡屡损失惨重，最后兵败投降匈奴并客死异地。其间相差无法以道里计，优劣可立判。卫青、霍去病是汉武帝对外战争的先锋，亦是汉朝国力强盛的象征。因此，我们今天理应更加客观公正地评价卫青、霍去病的功过，完全不必过多地纠缠于裙带关系。在阅读本篇传记时，如能与《武帝纪》、《匈奴传》等对读，对理解卫、霍二人的盖世功勋将有很大帮助。

董仲舒传

董仲舒，广川人也①。少治《春秋》，孝景时为博士。下帷讲诵②，弟子传以久次相授业③，或莫见其面④。盖三年不窥园⑤，其精如此⑥。进退容止⑦，非礼不行，学士皆师尊之。

【注释】

① 广川：县名，治所在今河北枣强县东北。② 下帷：放下室内悬挂的帷幕，指教书。③ 传：通"转"，指转相授业。久次：年限长短的次序，即入学先后次序。④ 或：有的。因以旧弟子转相教授新弟子，故有的弟子未见过董仲舒本人。⑤ 窥园：观赏园景。指潜心研究。⑥ 精：专诚，专心。⑦ 容止：仪容举止。

武帝即位，举贤良文学之士前后百数①，而仲舒以贤良对策焉②。

【注释】

①举：荐举。贤良文学：汉朝察举科目，"贤良方正"与"文学"的合称。由各郡国与县邑推荐，对象大都为学识广博、品德高尚、行为廉正之人，以备学术故实顾问，直言进谏，匡正君主得失。对策高第者即授官职，个别特殊者直接起家为九卿。②对策：亦作对册，就政事、经义等设问，由应问者对答。

制曰：朕获承至尊休德①，传之亡穷②，而施之罔极③，任大而守重，是以夙夜不皇康宁④，永惟万事之统⑤，犹惧有阙⑥。故广延四方之豪俊⑦，郡国诸侯公选贤良修洁博习之士⑧，欲闻大道之要⑨，至论之极⑩。今子大夫褎然为举首⑪，朕甚嘉之⑫。子大夫其精心致思⑬，朕垂听而问焉⑭。

【注释】

①休：美。②亡：同"无"。③罔：无。极：尽。④夙：早。皇：通"遑"，暇。不皇，即无暇。康：安乐。⑤永：一直。惟：思。统：纲纪。⑥阙：同"缺"，缺漏，疏失。⑦延：邀请。豪俊：豪杰英俊。⑧公选：公正地选择。修洁：指行为廉正。博习：学识广博。⑨大道：指最高的治世原则，包括伦理纲常等。要：要旨。⑩至论：高明精辟的理论。极：中心。⑪子：男子的美称。大夫：汉时用作尊称。褎（xiù）然：才干出众的样子。为举首：谓被选为贤良之首。⑫嘉：乐，喜欢。⑬其：副词，表祈使，当、可之义。精心致思：谓集中心思。⑭垂听：俯听，倾听。

盖闻五帝三王之道，改制作乐而天下洽和①，百王同之②。当虞氏之乐莫盛于《韶》③，于周莫盛于《勺》④。圣王已没，钟鼓管弦之声未衰，而大道微缺，陵夷至乎桀、纣之行⑤，王道大坏矣⑥。夫五百年之间，守文之君⑦，当涂之士⑧，欲则先王之法以戴翼其世者甚众⑨，然犹不能反⑩，日以仆灭⑪，至后王而后止，岂其所持操或悖缪而失其统与⑫？固天降命不可复反⑬，必推之于大衰而后息与？乌乎！凡所为屑屑⑭，夙兴夜寐⑮，务法上古者⑯，又将无补与？三代受命，其符安在⑰？灾异之变⑱，何缘而起？性命之情⑲，或夭或寿⑳，或仁或鄙，习闻其号㉑，未烛厥理㉒。伊欲风流而令行㉓，刑轻而奸改，百姓和乐，政事宣昭㉔，何修何饬而膏露降㉕，百谷登㉖，德润四海，泽臻草木㉗，三光全㉘，寒暑平㉙，受天之祜㉚，享鬼神之灵，德泽洋溢，施乎方外㉛，延及群生？

【注释】

① 改制：改变制度或法式。作乐：制作音乐。洽和：融洽和谐。② 百王：后世历代帝王。③ 虞氏：虞舜。《韶》：乐名。④《勺》：《诗经·周颂》中的一篇，亦为乐名，相传为周公所作。⑤ 陵夷：衰落。桀、纣：古代著名的两个暴君，分别是夏朝和商朝的最后一个君主。⑥ 王道：指三王五帝的仁义治国之道。⑦ 守文：指遵循先王法度。⑧ 当涂：当权。⑨ 则：效法。戴：覆护。翼：辅助。⑩ 反：同"返"，指返回正道。⑪ 日以仆灭：日渐覆灭。⑫ 悖缪：背理错谬。与（yú）：语气词，后写作"欤"。⑬ 固：副词，岂，难道。⑭ 屑屑：劳碌不安的样子。⑮ 夙兴夜寐：早起晚睡，形容勤劳。⑯ 务：致力。法：效法。⑰ 符：验证。⑱ 灾异：指自然灾害或某些异常的自然现象。⑲ 情：情况，实情。⑳ 夭：夭折，早亡。㉑ 习闻：常听到。号：名称。㉒ 未烛厥理：未明其理。㉓ 伊：惟。风流：风俗教化如水之流。㉔ 宣昭：彰明。㉕ 何修何饬：谓怎样整治。膏露：指及时的雨露。㉖ 登：成熟。㉗ 臻：至。㉘ 三光全：指日、月、星无亏蚀流陨之变。㉙ 平：平和。㉚ 祜：福。㉛ 方外：域外，边远地区。

子大夫明先圣之业，习俗化之变①，终始之序②，讲闻高谊之日久矣③，其明以谕朕④。科别其条⑤，勿猥勿并⑥，取之于术，慎其所出⑦。乃其不正不直，不忠不极⑧，枉于执事⑨，书之不泄⑩，兴于朕躬⑪，毋悼后害⑫。子大夫其尽心，靡有所隐⑬，朕将亲览焉。

【注释】

① 俗化：习俗风气。② 终始：指事物发展演变的过程。③ 讲：讲习。闻：传达。高谊：指儒家经典中高深的内涵。谊，同"义"。④ 谕：告知，使

理解。⑤ 科别:区分。条:条理。⑥ 猥:烦琐。并:合,此指囫囵吞枣式地讲述。⑦ 慎其所出:意为非正道则勿轻易提出上陈。⑧ 极:中,正,指不偏不倚。⑨ 枉:偏。执事:指公卿执政者。⑩ 书之不泄:指上书内容不会泄露。⑪ 兴:发,打开。⑫ 毋悼后害:谓不要怕有后患而不言。悼,惧怕。⑬ 靡:无,不要。隐:隐讳,隐瞒。

仲舒对曰:

  陛下发德音①,下明诏,求天命与情性,皆非愚臣之所能及也。臣谨案《春秋》之中,视前世已行之事,以观天人相与之际②,甚可畏也。国家将有失道之败,而天乃先出灾害以谴告之,不知自省,又出怪异以警惧之,尚不知变,而伤败乃至。以此见天心之仁爱人君而欲止其乱也。自非大亡道之世者,天尽欲扶持而全安之,事在强勉而已矣③。强勉学习,则闻见博而知益明④;强勉行道,则德日起而大有功;此皆可使还至而有效者也⑤。《诗》曰"夙夜匪解"⑥,《书》云"茂哉茂哉"⑦,皆强勉之谓也。

【注释】

  ① 德音:合乎仁德的声音(言语)。常用以指君王之言。② 相与之际:相关联之处。③ 强勉:努力,尽力而为。④ 知:同"智"。益:更加。⑤ 还:通"旋",迅速。⑥ 夙夜匪解:朝夕不懈。解,通"懈"。语见《诗经·大雅·烝民》。⑦ 茂:勉。语见《尚书·皋陶谟》。

  道者,所繇适于治之路也①,仁义礼乐皆其具也②。故圣王已没,而子孙长久安宁数百岁,此皆礼乐教化之功也。王者未作乐之时,乃用先王之乐宜于世者,而以深入教化于民。教化之情不得,雅颂之乐不成,故王者功成作乐,乐其德也。乐者,所以变民风③,化民俗也;其变民也易,其化人也著。故声发于和而本于情,接于肌肤,臧于骨髓④。故王道虽微缺,而管弦之声未衰也。夫虞氏之不为政久矣,然而乐颂遗风犹有存者,是以孔子在齐而闻《韶》也。夫人君莫不欲安存而恶危亡,然而政乱国危者甚众,所任者非其人,而所繇者非其道,是以政日以仆灭也。夫周道衰于幽、厉⑤,非道亡也,幽、厉不繇也。至于宣王,思昔先王之德,兴滞补弊,明文、武之功业⑥,周道粲然复兴⑦,诗人美之而作⑧,上天祐之,为生贤佐⑨,后世称诵,至今不绝。此夙夜不解行善之所致也。孔子曰"人能弘道,非道弘人"也⑩。故治乱废兴在于己,非天降命不可得反,其所操持悖谬失其统也。

【注释】

① 繇:同"由"。适:往。② 具:指达到某种目的的手段。③ 所以:用来。④ 臧:古"藏"字,深入之意。⑤ 幽、厉:周幽王、周厉王。⑥ 文、武:指周文王、周武王。⑦ 粲然:鲜明美好的样子。⑧ 诗人美之而作:指《诗经·大雅》中赞美周宣王的几篇诗歌,亦即相传为仍叔、尹吉甫等人所作《云汉》、《烝民》、《崧高》、《江汉》、《韩奕》等篇。⑨ 贤佐:指周宣王有仲山甫等贤臣辅佐。见《诗经·大雅·烝民》。⑩ 语见《论语·卫灵公》。意为人能把道弘大,而道不能弘大不努力之人。

臣闻天之所大奉使之王者①,必有非人力所能致而自至者②,此受命之符也。天下之人同心归之,若归父母,故天瑞应诚而至③。《书》曰"白鱼入于王舟,有火复于王屋,流为乌"④,此盖受命之符也。周公曰"复哉复哉"⑤,孔子曰"德不孤,必有邻"⑥,皆积善累德之效也。及至后世,淫佚衰微,不能统理群生,诸侯背畔,残贼良民以争壤土,废德教而任刑罚⑦。刑罚不中,则生邪气;邪气积于下,怨恶畜于上⑧。上下不和,则阴阳缪盭而妖孽生矣⑨。此灾异所缘而起也。

【注释】

① 大奉使之王:此指奉以天下而使之为王。② 致:招致,求得。③ 天瑞:上天降下的祥瑞。④ 语见《尚书·泰誓》。谓武王伐纣时有此天瑞。⑤ 语见《尚书·泰誓》。复,报。⑥ 语见《论语·里仁》。谓有德者不会孤单,必有志同道合者与其为伴。⑦ 任:用。⑧ 畜:同"蓄",积聚。⑨ 缪盭(lì):错乱违碍。盭,古戾字。

臣闻命者天之令也，性者生之质也，情者人之欲也。或夭或寿，或仁或鄙，陶冶而成之，不能粹美①，有治乱之所生②，故不齐也。孔子曰："君子之德，风；小人之德，草；草上之风必偃③。"故尧、舜行德则民仁寿，桀、纣行暴则民鄙夭。夫上之化下，下之从上，犹泥之在钧④，唯甄者之所为⑤；犹金之在熔⑥，唯冶者之所铸。"绥之斯俫，动之斯和"⑦，此之谓也。

【注释】

① 粹：纯。② 有：同"又"。③ 语见《论语·颜渊》。偃，倒下。④ 钧：制陶器用的转轮。⑤ 甄者：陶匠。⑥ 熔：铸器的模型。⑦ "绥之"二句：见《论语·子张》。绥，安抚。斯，则。俫，通"来"，归附。

臣谨案《春秋》之文，求王道之端①，得之于正。正次王，王次春②。春者，天之所为也；正者，王之所为也。其意曰，上承天之所为，而下以正其所为，正王道之端云尔③。然则王者欲有所为，宜求其端于天。天道之大者在阴阳。阳为德，阴为刑；刑主杀而德主生。是故阳常居大夏④，而以生育养长为事；阴常居大冬，而积于空虚不用之处。以此见天之任德不任刑也。天使阳出布施于上而主岁功⑤，使阴入伏于下而时出佐阳；阳不得阴之助，亦不能独成岁。终阳以成岁为名⑥，此天意也。王者承天意以从事，故任德教而不任刑。刑者不可任以治世，犹阴之不可任以成岁也。为政而任刑，不顺于天，故先王莫之肯为也。今废先王德教之官，而独任执法之吏治民，毋乃任刑之意与！孔子曰："不教而诛谓之虐⑦。"虐政用于下，而欲德教之被四海⑧，故难成也。

【注释】

① 端：发端，开始。② 正次王，王次春：指《春秋》隐公元年"春王正月"，"正"在"王"字下，"王"在"春"字下。③ 云尔：常用于句子或文章的末尾，表示结束。④ 大：盛。⑤ 岁功：指一年农事的收获。⑥ 终阳以成岁为名：指《春秋》终究还是以阳来名岁，而不是以阴名岁，故岁首称春。

⑦ 语见《论语·尧曰》。诛，责罚。⑧ 被：及，覆盖。

臣谨案《春秋》谓一元之意①，一者万物之所从始也，元者辞之所谓大也②。谓一为元者，视大始而欲正本也。《春秋》深探其本，而反自贵者始。故为人君者，正心以正朝廷，正朝廷以正百官，正百官以正万民，正万民以正四方。四方正，远近莫敢不壹于正③，而亡有邪气奸其间者④。是以阴阳调而风雨时，群生和而万民殖⑤，五谷孰而草木茂⑥，天地之间被润泽而大丰美，四海之内闻盛德而皆徕臣⑦，诸福之物，可致之祥，莫不毕至，而王道终矣。

【注释】

① 谓一元：指《春秋》谓一为元，鲁君继位第一年，《春秋》不书"一年"而书"元年"。② 辞：指《易·乾卦》象辞"大哉乾元，万物资始"、文言"元者，善之长也"等话。大：王念孙说当作"本"。③ 壹：统一。④ 奸：犯。⑤ 群生：一切生物，又指百姓。殖：生长繁衍。⑥ 孰：同"熟"。⑦ 臣：臣服，归顺。

孔子曰："凤鸟不至，河不出图，吾已矣夫①！"自悲可致此物，而身卑贱不得致也②。今陛下贵为天子，富有四海，居得致之位③，操可致之势，又有能致之资④，行高而恩厚，知明而意美，爱民而好士，可谓谊主矣⑤。然而天地未应而美祥莫至者，何也？凡以教化不立而万民不正也。夫万民之从利也，如水之走下，不以教化堤防之，不能止也。是故教化立而奸邪皆止者，其堤防完也⑥；教化废而奸邪并出，刑罚不能胜者⑦，其堤防坏也。古之王者明于此，是故南面而治天下，莫不以教化为大务。立太学以教于国⑧，设庠序以化于邑⑨，渐民以仁⑩，摩民以谊⑪，节民以礼⑫，故其刑罚甚轻而禁不犯者，教化行而习俗美也。

【注释】

① 语见《论语·子罕》。凤鸟、河图（黄河中浮出龙马背负之图），皆

传说中圣王祥瑞之兆。已矣,完了。此为孔子自叹不见祥瑞。② 身:自身。③ 得:能够。④ 资:材质。⑤ 谊主:即义主,有道之君。⑥ 完:完好。⑦ 胜:克制,制服。⑧ 太学:设于京城的最高学府。⑨ 庠(xiáng)序:指地方学校。⑩ 渐:熏染。⑪ 摩:勉励,砥砺。⑫ 节:节制,制约。

　　圣王之继乱世也,扫除其迹而悉去之①,复修教化而崇起之。教化已明,习俗已成,子孙循之,行五六百岁尚未败也。至周之末世,大为亡道,以失天下。秦继其后,独不能改,又益甚之,重禁文学,不得挟书②,弃捐礼谊而恶闻之③,其心欲尽灭先圣之道,而颛为自恣苟简之治④,故立为天子十四岁而国破亡矣。自古以来,未尝有以乱济乱⑤,大败天下之民如秦者也。其遗毒余烈⑥,至今未灭,使习俗薄恶,人民嚚顽⑦,抵冒殊扞⑧,孰烂如此之甚者也⑨。孔子曰:"腐朽之木不可雕也,粪土之墙不可圬也⑩。"今汉继秦之后,如朽木、粪墙矣,虽欲善治之,亡可奈何。法出而奸生,令下而诈起,如以汤止沸,抱薪救火,愈甚亡益也。窃譬之琴瑟不调⑪,甚者必解而更张之,乃可鼓也⑫;为政而不行,甚者必变而更化之,乃可理也⑬。当更张而不更张,虽有良工不能善调也;当更化而不更化,虽有大贤不能善治也。故汉得天下以来,常欲善治而至今不可善治者,失之于当更化而不更化也。古人有言曰:"临渊羡鱼,不如退而结网。"今临政而愿治七十余岁矣⑭,不如退而更化;更化则可善治,善治则灾害日去,福禄日来。《诗》云:"宜民宜人,受禄于天⑮。"为政而宜于民者,固当受禄于天⑯。夫仁、谊、礼、知、信五常之道,王者所当修饬也;五者修饬,故受天之祐,而享鬼神之灵,德施于方外,延及群生也。

【注释】

　　① 悉:尽,全。② 挟书:指私藏书籍。③ 弃捐:抛弃,废置。④ 颛:同"专"。恣:放纵。苟简:苟且简略。⑤ 济:益,增加。⑥ 烈:祸害。⑦ 嚚(yín)顽:愚蠢而又顽固不化。《左传》僖公二十四年:"心不则德义之行为顽,口不道忠信之言为嚚。"⑧ 抵:抵触。冒:冒犯。殊:断绝。扞:抗拒。⑨ 孰烂:此指事物发展到严重的地步。⑩ 语见《论语·公冶长》。

谓内质败坏,不可修治。圬(wū),涂饰墙壁。⑪ 窃:私下,谦辞。瑟:似琴,弦较多。调:和谐。⑫ 鼓:弹奏。古时拨动琴瑟之弦进行演奏称为"鼓"。⑬ 理:治理。⑭ 愿治:希望得到大治。七十余岁:指自汉初至董仲舒对策之时。据考,董仲舒此次对策事在元光元年(前134),上距汉高祖刘邦元年(前206),凡七十二年。⑮ 见《诗经·大雅·假乐》。禄,福。⑯ 固:副词,必然,一定。

天子览其对而异焉①,乃复册之曰②:

【注释】

① 异焉:奇特,特别看重。② 册:同"策",书面询问。

  制曰:盖闻虞舜之时,游于岩郎之上①,垂拱无为②,而天下太平。周文王至于日昃不暇食③,而宇内亦治④。夫帝王之道,岂不同条共贯与⑤?何逸劳之殊也?

【注释】

① 岩:险峻,高峻。郎:同"廊",走廊。一说为正堂两旁的厢房。② 垂拱:垂衣拱手,表示不躬亲具体事务,无为而治。③ 日昃(zè):太阳西斜。④ 宇内:疆域之内,指国家。⑤ 同条共贯:事理相通,脉络连贯。

  盖俭者不造玄黄旌旗之饰①。及至周室,设两观②,乘大路③,朱干玉戚④,八佾陈于庭⑤,而颂声兴。夫帝王之道岂异指哉⑥?或曰良玉不瑑⑦,又曰非文亡以辅德⑧,二端异焉。

【注释】

① 玄:赤黑色。玄黄,天地之色,天玄而地黄。② 两观:宫门前两边的望楼。③ 大路:指玉辂,天子所乘的车。路,即辂(lù),车。④ 朱干:红漆的盾牌。玉戚:玉柄或玉饰的戚。戚,古兵器,斧的一种,也用作舞器。⑤ 八佾:指舞者有八行,每行八人,共六十四人,为天子的规格。佾,列,

队列。⑥指：宗旨。⑦瑑(zhuàn)：雕刻。⑧文：文饰。喻指礼乐仪制等。

殷人执五刑以督奸①，伤肌肤以惩恶。成、康不式②，四十余年天下不犯，囹圄空虚③。秦国用之，死者甚众，刑者相望④，耗矣哀哉⑤！

【注释】

①执：用。五刑：墨、劓、刖、宫、大辟。督：督责。②成、康：指周成王、周康王。式：用，施行。③囹圄：牢狱。④相望：互相能看见，形容接连不断。极言其多。⑤耗：空虚，指人口减少。

乌乎！朕夙寤晨兴①，惟前帝王之宪②，永思所以奉至尊，章洪业③，皆在力本任贤④。今朕亲耕籍田以为农先，劝孝弟⑤，崇有德，使者冠盖相望⑥，问勤劳，恤孤独，尽思极神，功烈休德未始云获也⑦。今阴阳错缪，氛气充塞⑧，群生寡遂⑨，黎民未济⑩，廉耻贸乱⑪，贤不肖浑淆⑫，未得其真，故详延特起之士⑬，庶几乎！今子大夫待诏百有余人，或道世务而未济⑭，稽诸上古之不同⑮，考之于今而难行，毋乃牵于文系而不得骋与⑯？将所繇异术，所闻殊方与⑰？各悉对，著于篇，毋讳有司⑱。明其指略⑲，切磋究之⑳，以称朕意。

【注释】

①夙寤：早晨醒来，与"晨兴"同义连用。②惟：思。宪：法令，制度。③章：同"彰"，明，显扬。④本：指农业。⑤弟：同"悌"，敬爱兄长。⑥冠盖相望：指官宦之人在道上络绎不绝。⑦休德：美德。云：有。⑧氛气：恶气。⑨寡：少。遂：成就。⑩济：救助。⑪廉耻：指廉士和可耻之人。贸：混杂。⑫浑淆：同"混淆"，杂乱相混。⑬详：尽。特起：杰出。⑭济：贯通。⑮稽：考察。⑯毋乃：莫非。牵于文系而不得骋：拘忌于文法而不得驰骋。⑰殊方：方法、方向不同。⑱讳：讳言，隐瞒。⑲指略：要旨。⑳切磋：互相研讨琢磨。究：推究，穷尽。

仲舒对曰：

  臣闻尧受命，以天下为忧，而未以位为乐也，故诛逐乱臣①，务求贤圣，是以得舜、禹、稷、卨、咎繇②。众圣辅德，贤能佐职，教化大行，天下和洽，万民皆安仁乐谊，各得其宜，动作应礼，从容中道。故孔子曰"如有王者，必世而后仁"③，此之谓也。尧在位七十载，乃逊于位以禅虞舜④。尧崩⑤，天下不归尧子丹朱而归舜。舜知不可辟⑥，乃即天子之位，以禹为相，因尧之辅佐⑦，继其统业⑧，是以垂拱无为而天下治。孔子曰"《韶》尽美矣，又尽善矣"⑨，此之谓也。至于殷纣，逆天暴物，杀戮贤知，残贼百姓⑩。伯夷、太公皆当世贤者⑪，隐处而不为臣⑫。守职之人皆奔走逃亡，入于河海⑬。天下耗乱，万民不安，故天下去殷而从周⑭。文王顺天理物⑮，师用贤圣，是以闳夭、大颠、散宜生等亦聚于朝廷⑯。爱施兆民⑰，天下归之，故太公起海滨而即三公也。当此之时，纣尚在上，尊卑昏乱，百姓散亡，故文王悼痛而欲安之⑱，是以日昃而不暇食也。孔子作《春秋》，先正王而系万事，见素王之文焉⑲。由此观之，帝王之条贯同，然而劳逸异者，所遇之时异也。孔子曰"《武》尽美矣，未尽善也"⑳，此之谓也。

【注释】

  ① 乱臣：此指"四凶"：共工、驩(huān)兜、三苗、鲧(gǔn)。② 舜等五人皆尧臣。卨(xiè)：即契，传为殷商的始祖。咎繇(gāo yáo)：即皋陶。③ 语见《论语·子路》。谓如果有王者兴起，也必需三十年而后才能使仁政大行。世，三十年为一世。④ 逊于位：退让君位。禅(shàn)：禅让。⑤ 崩：死的别称，古时天子、皇后、太子死曰崩。⑥ 辟：同"避"，退避。⑦ 因：凭借，利用。⑧ 统业：指帝王之事业。⑨ 语见《论语·八佾》。⑩ 贼：害。⑪ 伯夷：商末孤竹君长子。相传其父遗命要立次子叔齐为继承人。孤竹君死后，叔齐让位给伯夷，伯夷不受，叔齐也不愿登位，先后逃到周国。周武王伐纣，二人叩马谏阻。武王灭商后，他们耻食周粟，采薇而食，饿死于首阳山。太公：指吕望，别称太公望、姜太公。⑫ 隐处：隐居。⑬ 入于河海：指商纣时的鼓方叔、少师阳等人，至于河滨海上，不愿为官。事见《礼乐志》。⑭ 去：离开。⑮ 理物：犹治民。⑯ 闳(hóng)天、

大颠、散宜生：三人皆文王贤臣。⑰ 兆民：天子之民，后泛指众民，百姓。⑱ 悼：哀伤。⑲ 见：同"现"，显示。素王：指有王者之德而无王者之位者。此指孔子。文：迹。⑳ 语见《论语·八佾》。《武》，武王之乐，以用兵伐纣而代商，故有惭德，未尽善也。

臣闻制度文采玄黄之饰，所以明尊卑，异贵贱，而劝有德也。故《春秋》受命所先制者①，改正朔②，易服色，所以应天也。然则宫室旌旗之制，有法而然者也。故孔子曰："奢则不逊，俭则固③。"俭非圣人之中制也④。臣闻良玉不瑑，资质润美，不待刻瑑，此亡异于达巷党人不学而自知也⑤。然则常玉不瑑，不成文章⑥；君子不学，不成其德。

【注释】

① 《春秋》受命：董仲舒治《公羊春秋》，谓孔子作《春秋》是受天之命。② 正朔：谓帝王颁布的历法。③ 语见《论语·述而》。逊，顺。固，陋。④ 中制：合理适中之制。⑤ 达巷党人：指项橐。传说项橐早慧，七岁为孔子师，但他学识成就远不如孔子，可见不学自知是靠不住的。⑥ 文章：错杂的花纹。

臣闻圣王之治天下也，少则习之学，长则材诸位①，爵禄以养其德，刑罚以威其恶，故民晓于礼谊而耻犯其上。武王行大谊，平残贼，周公作礼乐以文之，至于成康之隆，囹圄空虚四十余年，此亦教化之渐而仁谊之流，非独伤肌肤之效也。至秦则不然。师申商之法②，行韩非之说，憎帝王之道，以贪狼为俗③，非有文德以教训于下也④。诛名而不察实⑤，为善者不必免，而犯恶者未必刑也。是以百官皆饰虚辞而不顾实，外有事君之礼，内有背上之心；造伪饰诈，趣利无耻⑥；又好用憯酷之吏⑦，赋敛亡度，竭民财力，百姓散亡，不得从耕织之业，群盗并起。是以刑者甚众，死者相望，而奸不息，俗化使然也。故孔子曰"导之以政，齐之以刑，民免而无耻"⑧，此之谓也。

【注释】

①材诸位:量材而授之位。②申商:指申不害、商鞅,与下文韩非皆属法家。③贪狼:犹贪狠。④教训:教化训导。⑤诛:责。⑥趣:向,趋向。⑦憯:同"惨",残酷。⑧语见《论语·为政》。谓以政法教导之,以刑罚整齐之,则人苟免罪过而已,却无廉耻之心。

  今陛下并有天下,海内莫不率服,广览兼听,极群下之知,尽天下之美,至德昭然,施于方外。夜郎、康居①,殊方万里,说德归谊②,此太平之致也③。然而功不加于百姓者,殆王心未加焉。曾子曰:"尊其所闻,则高明矣;行其所知,则光大矣。高明光大,不在于它,在乎加之意而已④。"愿陛下因用所闻,设诚于内而致行之⑤,则三王何异哉!

【注释】

①夜郎:汉时为西南夷,在今贵州西部。康居:汉时西域诸国之一,在今中亚咸海与巴尔喀什湖之间。②说:同"悦"。③致:意态,风致。④语见《大戴礼记·曾子疾病》。光大,广大。⑤致行:推行。

  陛下亲耕籍田以为农先,夙寤晨兴,忧劳万民,思维往古,而务以求贤,此亦尧、舜之用心也,然而未云获者,士素不厉也①。夫不素养士而欲求贤,譬犹不琢玉而求文采也。故养士之大者,莫大乎太学;太学者,贤士之所关也②,教化之本原也。今以一郡一国之众对,亡应书者③,是王道往往而绝也。臣愿陛下兴太学,置明师,以养天下之士,数考问以尽其材,则英俊宜可得矣。今之郡守、县令,民之师帅④,所使承流而宣化也;故师帅不贤,则主德不宣,恩泽不流。今吏既亡教训于下,或不承用主上之法,暴虐百姓,与奸为市⑤,贫穷孤弱,冤苦失职⑥,甚不称陛下之意。是以阴阳错缪,氛气充塞,群生寡遂,黎民未济,皆长吏不明,使至于此也。

【注释】

①素:平时。厉:同"励",劝勉。②关:由。③亡应书者:谓条对不

应经义。④ 帅:通"率",表率。⑤ 与奸为市:指守令与为奸吏交易求利。
⑥ 失职:指失其本业。

夫长吏多出于郎中、中郎①,吏二千石子弟选郎吏②,又以富訾③,未必贤也。且古所谓功者,以任官称职为差④,非谓积日累久也。故小材虽累日,不离于小官;贤材虽未久,不害为辅佐。是以有司竭力尽知,务治其业而以赴功。今则不然。累日以取贵,积久以致官,是以廉耻贸乱,贤不肖浑淆,未得其真。臣愚以为使诸列侯、郡守、二千石各择其吏民之贤者,岁贡各二人以给宿卫⑤,且以观大臣之能;所贡贤者有赏,所贡不肖者有罚。夫如是,诸侯、吏二千石皆尽心于求贤,天下之士可得而官使也。遍得天下之贤人,则三王之盛易为,而尧、舜之名可及也。毋以日月为功,实试贤能为上,量材而授官,录德而定位,则廉耻殊路,贤不肖异处矣。陛下加惠,宽臣之罪,令勿牵制于文,使得切磋究之,臣敢不尽愚!

【注释】

① 长吏:指地位较高的地方官员。郎中:官名,秩三百石。中郎:官名,秩六百石。② 吏二千石子弟选郎吏:汉代二千石官可以保任其子弟为郎官,进而当上长吏。③ 訾:同"资",资财。汉制,限资十算(十万钱)乃得为官。④ 差:次第。⑤ 宿卫:皇帝的警卫人员,禁军。

于是天子复册之。

制曰:盖闻"善言天者必有征于人,善言古者必有验于今"①。故朕垂问乎天人之应,上嘉唐虞,下悼桀、纣,浸微浸灭浸明浸昌之道②,虚心以改。今子大夫明于阴阳所以造化③,习于先圣之道业,然而文采未极,岂惑乎当世之务哉?条贯靡竟④,统纪未终⑤,意朕之不明与?听若眩与⑥?夫三王之教所祖不同⑦,而皆有失,或谓久而不易者道也,意岂异哉?今子大夫既已著大道之极,陈治乱之端矣,其悉之究之,孰之复之。《诗》不云乎:"嗟尔君子,毋常安息,神之听之,介尔景福⑧。"朕将亲览焉,子大夫其茂明之⑨。

【注释】

①"善言天者"二句:见《荀子·性恶》。征,证验,证明。② 浸:渐,熏染。③ 所以:宋祁说古本无"以"字。造化:创造化育。④ 靡:不,没有。竟:终,尽。⑤ 统纪:纲纪,大纲要领。⑥ 眩:迷惑。⑦ 祖:效法,崇尚。⑧ 见《诗经·小雅·小明》。君子,指掌权者。介(gài),通"匄",给予。景,大。⑨ 茂明:尽力阐明。

仲舒复对曰:

臣闻《论语》曰:"有始有卒者,其唯圣人乎①!"今陛下幸加惠,留听于承学之臣②,复下明册,以切其意,而究尽圣德,非愚臣之所能具也③。前所上对,条贯靡竟,统纪不终,辞不别白④,指不分明,此臣浅陋之罪也。

【注释】

① 语见《论语·子张篇》。卒,终。② 承学:继承师说。自谦之辞。③ 具:陈述。④ 别白:分辨明白。

册曰:"善言天者必有征于人,善言古者必有验于今。"臣闻天者群物之祖也。故遍覆包函而无所殊,建日月风雨以和之,经阴阳寒暑以成之。故圣人法天而立道,亦溥爱而亡私①,布德施仁以厚之,设谊立礼以导之。春者天之所以生也,仁者君之所以爱也;夏者天之所以长也,德者君之所以养也;霜者天之所以杀也,刑者君之所以罚也。繇此言之,天人之征②,古今之道也。孔子作《春秋》,上揆之天道③,下质诸人情④,参之于古,考之于今。故《春秋》之所讥,灾害之所加也;《春秋》之所恶,怪异之所施也。书邦家之过,兼灾异之变,以此见人之所为,其美恶之极,乃与天地流通而往来相应,此亦言天之一端也⑤。古者修教训之官,务以德善化民,民已大化之后,天下常亡一人之狱矣。今世废而不修,亡以化民,民以故弃行谊而死财利,是以犯法而罪多,一岁之狱以万千数。以此见古之不可不用也,故《春秋》变古则讥之。天令之谓命,命非圣人不行;质朴之谓性,性非教化不

成;人欲之谓情,情非度制不节。是故王者上谨于承天意,以顺命也;下务明教化民,以成性也;正法度之宜,别上下之序,以防欲也:修此三者,而大本举矣。人受命于天,固超然异于群生,入有父子兄弟之亲,出有君臣上下之谊,会聚相遇,则有耆老长幼之施⑥,粲然有文以相接,欢然有恩以相爱,此人之所以贵也。生五谷以食之,桑麻以衣之,六畜以养之,服牛乘马,圈豹槛虎,是其得天之灵,贵于物也。故孔子曰:"天地之性人为贵⑦。"明于天性,知自贵于物;知自贵于物,然后知仁谊;知仁谊,然后重礼节;重礼节,然后安处善⑧;安处善,然后乐循理;乐循理,然后谓之君子。故孔子曰"不知命,亡以为君子"⑨,此之谓也。

【注释】

① 溥:遍。② 天人之征:指上文所言春生与仁爱、夏长与德养、霜杀与刑罚等。③ 揆(kuí):度量。④ 质:验证,评量。⑤ 天之一端:吴恂说"天"字下脱"人"字。⑥ 耆(qí)老:老年人。施:设。⑦ 语见《孝经·圣治》。性,生。⑧ 安处善:处于善道以为安。⑨ 语见《论语·尧曰》。

册曰:"上嘉唐、虞,下悼桀、纣,浸微浸灭浸明浸昌之道,虚心以改。"臣闻众少成多,积小致巨,故圣人莫不以晻致明①,以微致显。是以尧发于诸侯,舜兴乎深山②,非一日而显也,盖有渐以致之矣。言出于己,不可塞也;行发于身,不可掩也。言行,治之大者,君子之所以动天地也。故尽小者大,慎微者著。《诗》云:"惟此文王,小心翼翼⑤。"故尧兢兢日行其道⑥,而舜业业日致其孝⑦,善积而名显,德章而身尊,以其浸明浸昌之道也。积善在身,犹长日加益⑧,而人不知也;积恶在身,犹火之销膏⑨,而人不见也。非明乎情性察乎流俗者,孰能知之?此唐、虞之所以得令名,而桀、纣之可为悼惧者也。夫善恶之相从,如景乡之应形声也⑩。故桀、纣暴谩⑪,谗贼并进,贤知隐伏,恶日显,国日乱,晏然自以如日在天⑫,终陵夷而大坏。夫暴逆不仁者,非一日而亡也,亦以渐至,故桀、纣虽亡道,然犹享国十余年⑬,此其浸微浸灭之道也。

【注释】

①晻:同"暗"。②"是以尧"二句:发,发迹。兴,兴起。相传尧曾为唐侯,舜曾耕于历山。③尽小者大:言能尽众小,则致高大。⑤见《诗经·大雅·大明》。翼翼,恭敬严肃的样子。⑥兢兢:小心谨慎的样子。⑦业业:临危恐惧的样子。⑧长(zhǎng)日加益:言日见加长。⑨膏:灯油。⑩如景乡之应形声:如影随形,如响随声。景,同"影"。乡,通"响"。⑪谩:同"慢"。⑫晏然:安适。⑬享国:指帝王在位的年数。

册曰:"三王之教所祖不同,而皆有失,或谓久而不易者道也,意岂异哉?"臣闻夫乐而不乱复而不厌者谓之道①;道者万世亡弊,弊者道之失也。先王之道必有偏而不起之处,故政有眊而不行②,举其偏者以补其弊而已矣。三王之道所祖不同,非其相反,将以救溢扶衰③,所遭之变然也。故孔子曰:"亡为而治者,其舜乎④!"改正朔,易服色,以顺天命而已;其余尽循尧道,何更为哉!故王者有改制之名,亡变道之实。然夏上忠⑤,殷上敬,周上文者,所继之救,当用此也。孔子曰:"殷因于夏礼,所损益可知也;周因于殷礼,所损益可知也;其或继周者,虽百世可知也⑥。"此言百王之用,以此三者矣⑦。夏因于虞,而独不言所损益者,其道如一而所上同也。道之大原出于天,天不变,道亦不变,是以禹继舜,舜继尧,三圣相受而守一道,亡救弊之政也,故不言其所损益也。繇是观之,继治世者其道同,继乱世者其道变。今汉继大乱之后,若宜少损周之文致⑧,用夏之忠者。

【注释】

①厌:堵塞。②眊(mào):不明。③溢:过分。衰:不及。④语见《论语·卫灵公》。⑤上:同"尚",崇尚。⑥语见《论语·为政》。因,沿袭。损益,增减。⑦三者:指忠、敬、文。⑧若:或。少:稍,略。致:极。

陛下有明德嘉道①,愍世欲之靡薄②,悼王道之不昭③,故举贤良方正之士④,论议考问,将欲兴仁谊之休德,明帝王之法制,建太平之道也。臣愚不肖,述所闻,诵所学,道师之言,廑能勿失耳⑤。若乃论政事之得失,察天下之息耗⑥,此大臣辅佐之职,三公九卿之任⑦,非臣仲舒所能及也。然而臣窃有怪者。夫古之天下亦今之天下,今之天下亦古之天下,共是天下,古以大治,上下和睦,习俗美盛,不令而行,不禁而止,吏亡奸邪,民亡盗贼,囹圄空虚,德润草木,泽被四海,凤皇来集,麒麟来游,以古准今⑧,壹何不相逮之远也⑨!安所缪盭而陵夷若是?意者有所失于古之道与?有所诡于天之理与⑩?试迹之于古⑪,返之于天,党可得见乎⑫。

【注释】

① 嘉:美,善。② 悠:同"悯"。靡薄:浮华,轻薄。③ 昭:明。④ 方正:品行正直。⑤ 厪:同"仅"。⑥ 息耗:盈虚。息,生。⑦ 九卿:古代中央政府的九个高级官职。汉以太常、光禄勋、卫尉、太仆、廷尉、大鸿胪、宗正、司农、少府为九卿。⑧ 准:衡量,比照。⑨ 壹何:何其,多么。逮:及。⑩ 诡:违背。⑪ 迹:遵循。⑫ 党:通"倘",或许。

夫天亦有所分予①,予之齿者去其角②,傅其翼者两其足③,是所受大者不得取小也。古之所予禄者,不食于力,不动于末④,是亦受大者不得取小,与天同意者也。夫已受大,又取小,天不能足,而况人乎!此民之所以嚣嚣苦不足也⑤。身宠而载高位⑥,家温而食厚禄⑦,因乘富贵之资力,以与民争利于下,民安能如之哉⑧!是故众其奴婢,多其牛羊,广其田宅,博其产业,畜其积委⑨,务此而亡已⑩,以迫蹴民⑪,民日削月朘⑫,寖以大穷⑬。富者奢侈羡溢⑭,贫者穷急愁苦;穷急愁苦而不上救,则民不乐生;民不乐生,尚不避死,安能避罪!此刑罚之所以蕃而奸邪不可胜者也⑮。故受禄之家,食禄而已,不与民争业,然后利可均布,而民可家足。此上天之理,而亦太古之道,天子之所宜法以为制,大夫之所当循以为行也。故公仪子相鲁⑯,之其家见织帛,怒而出其妻⑰,食于舍而茹葵⑱,愠而拔其葵⑲,曰:"吾已食禄,又夺园夫红女利乎⑳!"古之贤人君子在列位者皆如是,是故下高其行而从其教㉑,民化其廉而不贪鄙。及至周室之衰,其卿大夫缓于谊而急于利,亡推让之风而有争田之讼。故诗人疾而刺之,曰:"节彼

汉书

220

南山,惟石岩岩,赫赫师尹,民具尔瞻㉒。"尔好谊,则民乡仁而俗善㉓;尔好利,则民好邪而俗败。由是观之,天子大夫者,下民之所视效,远方之所四面而内望也。近者视而放之,远者望而效之,岂可以居贤人之位而为庶人行哉!夫皇皇求财利常恐乏匮者㉔,庶人之意也;皇皇求仁义常恐不能化民者,大夫之意也。《易》曰:"负且乘,致寇至㉕。"乘车者君子之位也,负担者小人之事也,此言居君子之位而为庶人之行者,其患祸必至也。若居君子之位,当君子之行,则舍公仪休之相鲁㉖,亡可为者矣。

【注释】

① 予:给与。② 予之齿者去其角:牛有角而无上齿,其它动物有上齿而无角(非绝对,如羊、鹿等)。一说角指鸟喙,齿即牙齿。③ 傅其翼者两其足:予鸟两翼两足,兽无翼则予之四足。④ 动:劳作。末:指工商业。⑤ 嚣嚣(áo):众怨愁声。⑥ 载:居,处。⑦ 温:厚,富足。⑧ 如:及。⑨ 积委:积聚。⑩ 已:停止。⑪ 蹴(cù):踢,践踏。⑫ 朘:缩减。⑬ 寖:同"浸",逐渐。⑭ 羡:丰饶。溢:富余。⑮ 蕃:多。⑯ 公仪子:即春秋时鲁相公仪休。⑰ 出:指弃逐妻子。⑱ 茹:食菜曰茹。⑲ 愠:怒。⑳ 红女:指从事纺织缝纫工作的女子。红,通"工"。㉑ 下:在下者,下民。㉒ 见《诗经·小雅·节南山》。节,山势高峻的样子。岩岩,山石堆积的样子。赫赫,显赫气盛的样子。师尹,周太师尹氏。具,尽,皆。尔瞻,看着你。㉓ 乡:通"向"。㉔ 皇皇:同"遑遑",匆忙的样子。㉕ 见《易·解卦·爻辞》。负,背物。且,而。乘,乘车。致,招来,招致。㉖ 舍:弃。

《春秋》大一统者①,天地之常经②,古今之通谊也③。今师异道,人异论,百家殊方,指意不同,是以上亡以持一统;法制数变,下不知所守。臣愚以为诸不在六艺之科孔子之术者④,皆绝其道,勿使并进。邪辟之说灭息,然后统纪可一而法度可明,民知所从矣。

【注释】

① 大一统:以一统为大。《春秋公羊传》:"何言乎王正月?大一统

也。"一统,万物之统皆归于一。②常经:永恒的法则。常,恒。经,法则,经典。③通谊:同"通义",普遍适用的道理与法则。④六艺:此指《诗》、《书》、《易》、《礼》、《乐》、《春秋》。

对既毕,天子以仲舒为江都相①,事易王②。易王,帝兄,素骄,好勇。仲舒以礼谊匡正③,王敬重焉。久之,王问仲舒曰:"粤王勾践与大夫泄庸、种、蠡谋伐吴④,遂灭之。孔子称殷有三仁⑤,寡人亦以为粤有三仁⑥。桓公决疑于管仲⑦,寡人决疑于君。"仲舒对曰:"臣愚不足以奉大对⑧。闻昔者鲁君问柳下惠⑨:'吾欲伐齐,何如?'柳下惠曰:'不可。'归而有忧色,曰:'吾闻伐国不问仁人,此言何为至于我哉!'徒见问耳⑩,且犹羞之,况设诈以伐吴乎?繇此言之,粤本无一仁。夫仁人者,正其谊不谋其利,明其道不计其功。是以仲尼之门,五尺之童羞称五伯⑪,为其先诈力而后仁谊也。苟为诈而已,故不足称于大君子之门也。五伯比于他诸侯为贤,其比三王,犹武夫之与美玉也⑫。"王曰:"善。"

【注释】

①江都:汉诸侯国名,都江都(今江苏扬州西南)。②易王:江都易王刘非,景帝之子。详见《汉书》卷五十三《景十三王传》。③匡正:扶正,纠正。④粤王:即越王。种、蠡(lǐ):文种、范蠡,与"泄庸"皆为越王勾践之臣。⑤殷有三仁:语见《论语·微子》。指商纣时有箕子、微子、王子比干三个贤臣。⑥粤有三仁:指上文的泄庸、文种、范蠡。⑦桓公:春秋时齐桓公。管仲:齐国名相。⑧大对:即对大问。⑨柳下惠:春秋时鲁大夫展禽,柳下为其封邑,惠为其谥。⑩徒:仅仅。见问:被问。⑪五伯(bà):即五霸,春秋五霸说法不一,一般指齐桓公、晋文公、宋襄公、秦穆公、楚庄王。⑫武夫:碔砆(wǔ fū),似玉之石。

仲舒治国,以《春秋》灾异之变推阴阳所以错行①,故求雨,闭诸阳,纵诸阴,其止雨反是②;行之一国,未尝不得所欲。中废为中大夫③。先是辽东高庙、长陵高园殿灾④,仲舒居家推说其意,草稿未上,主父偃候仲舒⑤,私见⑥,嫉之,窃其书而奏焉。上召视诸儒⑦,仲舒弟子吕步舒不知其师书,以为大愚。于是下仲舒吏⑧,当死⑨,诏赦之。仲舒遂不敢复言灾异。

【注释】

① 错行:错位运行。② 是:这。求雨、止雨之法,详见《春秋繁露》。③ 中:中途。废:指江都相的职务被废黜。中大夫:掌议论之官。④ 辽东高庙:辽东郡的高帝庙。长陵高园:长陵(在今西安市北)的高帝陵园。灾:指自然发生的火灾。⑤ 主父偃:临淄人。早年学长短纵横之术,后改学《周易》、《春秋》、百家言,为武帝重用,曾献"推恩令"计策削诸侯,颇能迎合上意。详见《汉书》卷六十四《主父偃传》。⑥ 私见:指偷看其草稿。⑦ 视:示。⑧ 下吏:交付司法官吏审讯。⑨ 当死:判死罪。

仲舒为人廉直。是时方外攘四夷①,公孙弘治《春秋》不如仲舒②,而弘希世用事③,位至公卿。仲舒以弘为从谀,弘嫉之。胶西王亦上兄也④,尤纵恣,数害吏二千石。弘乃言于上曰:"独董仲舒可使相胶西王。"胶西王闻仲舒大儒,善待之。仲舒恐久获罪,病免。凡相两国,辄事骄王,正身以率下,数上疏谏争,教令国中⑤,所居而治。及去位归居,终不问家产业,以修学著书为事。

【注释】

① 攘:排斥,驱逐。② 公孙弘:字季,又字次卿,菑川薛(今山东滕州)人。习《春秋》公羊学,六十岁时被征为博士,官至丞相,为人外宽内深。详见《汉书》卷五十八《公孙弘传》。③ 希世用事:谓迎合世俗而为官。④ 胶西王:胶西于王刘端,景帝之子。详见《汉书》卷五十三《景十三王传》。⑤ 教令:教化,命令。

仲舒在家,朝廷如有大议,使使者及廷尉张汤就其家而问之①,其对皆有明法。自武帝初立,魏其、武安侯为相而隆儒矣②。及仲舒对册,推明孔氏,抑黜百家③。立学校之官,州郡举茂材孝廉,皆自仲舒发之。年老,以寿终于家。家徙茂陵,子及孙皆以学至大官。

【注释】

①廷尉:最高司法长官。张汤就其家而问之:张汤曾承制以郊事问董仲舒,参见《春秋繁露·郊事对》。张汤,西汉著名酷吏。因治陈皇后及淮南、衡山二王谋反之事,得武帝赏识,先后升为太中大夫、廷尉、御史大夫,与赵禹编定《越宫律》《朝律》等法律著作。为人清廉简朴,用法严峻。详见《汉书》卷五十九《张汤传》。②魏其、武安侯:魏其侯窦婴、武安侯田蚡,二人先后为相,皆尊崇儒术。《汉书》卷五十二有传。隆儒:尊崇儒家学说。隆,尊崇。③抑黜百家:指贬抑罢黜儒家学说以外的各家学说。主要指法家和纵横家。抑,贬斥。黜,罢退,摈弃。百家,泛指多数。

仲舒所著,皆明经术之意①,及上疏条教②,凡百二十三篇。而说《春秋》事得失,《闻举》《玉杯》《蕃露》《清明》《竹林》之属③,复数十篇,十余万言,皆传于后世。掇其切当世施朝廷者著于篇④。

【注释】

①经术:指儒家经学。②条教:指为江都、胶西相时治民的教令。③《闻举》《玉杯》《蕃露》《清明》《竹林》:皆为董仲舒所著书或篇名。③掇(duō):采拾。

赞曰:刘向称:"董仲舒有王佐之材①,虽伊、吕亡以加②,管、晏之属③,伯者之佐,殆不及也。"至向子歆,以为:"伊、吕乃圣人之耦④,王者不得则不兴。故颜渊死⑤,孔子曰'噫!天丧余⑥。'唯此一人为能当之⑦,自宰我、子赣、子游、子夏不与焉⑧。仲舒遭汉承秦灭学之后,《六经》离析⑨,下帷发愤,潜心大业,令后学者有所统壹⑩,为群儒首。然考其师友渊源所渐⑪,犹未及乎游、夏,而曰管、晏弗及,伊、吕不加,过矣。"至向曾孙龚,笃论君子也⑫,以歆之言为然。

【注释】

①王佐之材:辅佐帝王的才能。②伊、吕:伊尹和吕望(即姜尚)。二人皆为古代辅弼重臣,伊尹辅佐商汤灭夏,吕望辅佐周武王灭商。亡:同

"无"。加:超过,超越。④ 管、晏:管仲和晏婴。二人皆春秋时齐国名相,管仲辅佐齐桓公称霸诸侯,晏婴辅佐齐景公富国强兵。属:类,班辈。④ 耦:通"偶",对等,匹配。⑤ 颜渊:孔子得意的弟子。⑥ 语见《论语·先进》。⑦ 当之:言配称王佐之材。⑧ 宰我等四人,皆孔子弟子。子赣:即子贡。⑨ 离析:分离,散失。⑩ 统壹:指统一思想。⑪ 渐:开端,起始。⑫ 笃论:确切实在的言论。笃,切实,确凿。

【导读】

　　本篇选自《汉书》卷五十六《董仲舒传》,叙述董仲舒事迹,详载其贤良对策。董仲舒是西汉著名的儒学大师。他自幼刻苦研习《公羊春秋》,景帝时为博士,著有《春秋繁露》,并聚徒讲学,门下弟子众多,司马迁就是其中之一。武帝时,汉朝已经过六十多年的休养生息,国力已得到很大发展,天子盼望一展宏图,从汉初尊崇黄老的"无为"变成"有为"。此时董仲舒献上"天人三策",提出天人感应、君权神授、天谴论、尊贤重儒、大一统等学说,被武帝采纳,形成了历史上有名的"罢黜百家,独尊儒术"的新局面。其后武帝下诏正式以儒家的《诗》、《书》、《礼》、《易》、《春秋》五部经典为全国士人的法定教本,并设立五经博士,在京城建立太学(国家最高学府),在郡国普立庠序(地方学校),培养人才,优者选拔为官,提倡儒家所称的孝道,全国上下崇儒之风日盛。儒学自此被历代封建王朝作为统治思想,也深入社会、经济的各个领域,成为中华文化最重要的组成部分,其影响一直延续至今。由此可见董仲舒在中国文化史上占有极其重要的地位,而这篇传记也就有了它非同一般的意义。《史记》和《汉书》中都有董仲舒的传,但《史记》在《儒林列传》中仅有三百余字的生平事迹,叙述非常简略,而《汉书》单独立传,连同《天人三策》等重要奏章对策一并收入,传记长达一万一千余字,保存了不少思想文化资料,从中亦可窥见儒学在确立地位之初时的情形。不过,董仲舒本人却并没有因为这样重大的建议而取得相应的高位,他被人排挤,只先后做了两任诸侯国的国相,其间还因言灾异被陷下狱,所幸勉强保命,最后居家治学著述终老,让人不由心生叹息。传末赞语引刘歆评语称董仲舒"令后学者有所统壹,为群儒首",充分肯定了董仲舒在汉代儒学上的地位,可谓颇具史识。

张骞传

张骞，汉中人也①，建元中为郎②。时匈奴降者言匈奴破月氏王③，以其头为饮器，月氏遁而怨匈奴，无与共击之④。汉方欲事灭胡，闻此言，欲通使，道必更匈奴中⑤，乃募能使者。骞以郎应募，使月氏，与堂邑氏奴甘父俱出陇西⑥。径匈奴⑦，匈奴得之，传诣单于⑧。单于曰："月氏在吾北，汉何以得往使？吾欲使越，汉肯听我乎？"留骞十余岁，予妻，有子，然骞持汉节不失⑨。

【注释】

① 汉中：郡名，治西城（今陕西安康西北）。据陈寿《益部耆旧传》，张骞为汉中成固（今陕西城固县）人。② 建元：汉武帝年号（前140—前135）。郎：郎吏，谓侍郎、郎中等职。③ 月氏(ròuzhī)：古族名，亦作月支。曾于西域建月氏国。其族先游牧于今敦煌、祁连山间。汉文帝前元三年至四年遭匈奴攻击，大部分人西迁塞种故地（今新疆西部伊犁河流域及其以西一带），因遭乌孙攻击，又西迁大夏（今阿姆河上流）。西迁的月氏人称大月氏，少数没有西迁的人入南山（今祁连山），与羌人杂居，称小月氏。④ 无与：言无同盟者。⑤ 更：经过。⑥ 堂邑：汉人之姓。甘父：此家奴之名，为胡人。⑦ 径：行经。⑧ 传：指用驿站的车马运送。诣：到。⑨ 节：符节，使臣所持的凭证。

居匈奴西①，骞因与其属亡乡月氏②，西走数十日，至大宛③。大宛闻汉之饶财，欲通不得，见骞，喜，问欲何之。骞曰："为汉使月氏而为匈奴所闭道，今亡，唯王使人道送我④。诚得至⑤，反汉，汉之赂遗王财物不可胜言⑥。"大宛以为然，遣骞，为发译道⑦，抵康居⑧。康居传致大月氏。大月氏王已为胡所杀，立其夫人为王⑨。既臣大夏而君之⑩，地肥饶，少寇，志安乐；又自以远远汉⑪，殊无报胡之心。骞从月氏至大夏，竟不能得月氏要领⑫。

【注释】

① 居匈奴西:《史记》作"居匈奴中,益宽"。② 因:借机。属:部属。亡:逃亡。③ 大宛(yuān):西域国名,在今乌兹别克斯坦费尔干纳盆地,王治贵山城(今乌兹别克斯坦卡散赛),以产汗血马著称。④ 道:通"导",引导。⑤ 诚:果真。⑥ 赂遗:赠送财物。⑦ 译道:翻译和向导。⑧ 康居:西域国名。东界乌孙,西达奄蔡,南接大月氏,东南临大宛。约在今巴尔喀什湖和咸海之间。王都卑阗城。⑨ 夫人:《史记》作"太子"。⑩ 臣大夏:谓以大夏为臣。大夏,中亚细亚古国,在兴都库什山与阿姆河上游之间(今阿富汗北部),公元前三、二世纪之交强盛,后国土分裂、势衰,被大月氏入据。⑪ 自以远远汉:自以为离汉遥远而疏远汉朝。⑫ 竟:终。要领:古持衣需执腰和领,喻要旨,此指明确的表示。要,古腰字。

留岁余,还,并南山①,欲从羌中归②,复为匈奴所得。留岁余,单于死,国内乱,骞与胡妻及堂邑父俱亡归汉③。拜骞太中大夫④,堂邑父为奉使君⑤。

【注释】

① 并:通"傍",沿着。南山:指今喀拉昆仑山、昆仑山、阿尔金山一带。② 羌:古族名,活动于今甘肃、青海等地。③ 堂邑父:即前文堂邑氏之奴甘父。亡归汉:时在元朔三年(前126)。④ 太中大夫:官名,掌论议。⑤ 奉使君:封号名,意即奉命出使之君。

骞为人强力①,宽大信人②,蛮夷爱之。堂邑父胡人,善射,穷急射禽兽给食③。初,骞行时百余人,去十三岁④,唯二人得还。

【注释】

① 强力:坚强有毅力。② 宽大:气度恢弘。信人:诚实对人。③ 穷急:最艰难的时候。给(jǐ):供。④ 去:离开。

骞身所至者,大宛、大月氏、大夏、康居,而传闻其旁大国五六,具为天

子言其地形、所有①。语皆在《西域传》。

【注释】

① 具：详细。所有：指所产之物。

骞曰："臣在大夏时，见邛竹杖、蜀布①，问安得此？大夏国人曰：'吾贾人往市之身毒国②。身毒国在大夏东南可数千里③。其俗土著④，与大夏同，而卑湿暑热⑤。其民乘象以战。其国临大水焉。'以骞度之⑥，大夏去汉万二千里，居西南。今身毒又居大夏东南数千里，有蜀物，此其去蜀不远矣。今使大夏，从羌中，险，羌人恶之；少北，则为匈奴所得；从蜀，宜径⑦，又无寇。"天子既闻大宛及大夏、安息之属皆大国，多奇物，土著，颇与中国同俗，而兵弱，贵汉财物；其北则大月氏、康居之属，兵强，可以赂遗设利朝也⑧。诚得而以义属之⑨，则广地万里⑩，重九译⑪，致殊俗⑫，威德遍于四海。天子欣欣以骞言为然。乃令因蜀、犍为发间使⑬，四道并出：出駹⑭，出苲⑮，出徙⑯，出邛⑯，出僰⑰，皆各行一二千里。其北方闭氐、苲⑱，南方闭嶲⑲、昆明⑲。昆明之属无君长，善寇盗，辄杀略汉使⑳，终莫得通。然闻其西可千余里，有乘象国，名滇越㉑，而蜀贾间出物者或至焉㉒，于是汉以求大夏道始通滇国。初，汉欲通西南夷，费多，罢之。及骞言可以通大夏，乃复事西南夷。

【注释】

① 邛(qióng)竹杖：邛地竹子制成的手杖。邛，山名，在今四川西昌东南，产实心竹，节长，适于做手杖。蜀布：蜀地所产布，质细美。② 贾(gǔ)人：商人。市：交易。身(yuān)毒：印度的古译名之一，又译作捐毒、天毒、天竺等。③ 可：大约。④ 土著：世代定居一地。⑤ 卑：地势低。⑥ 度(duó)：估计。⑦ 宜径：谓从蜀往身毒，当是直道。宜，当。径，直。⑧ 设利朝：施之以利，诱其入朝称臣。⑨ 以义属之：以道义使之为臣属。⑩ 广：扩大。⑪ 重(chóng)九译：谓语言差别太大，要经过多次辗转翻译。⑫ 致殊俗：招徕不同风俗习惯的部族来归附。⑬ 蜀：郡名，治成都（今四川成都市）。犍(qián)为：郡名，治僰(bó)道（今四川宜宾市西南）。

间使:利用间隙而行的使者。⑭ 駹(máng):古部族名,在今四川茂县、汶川、理县一带。汉武帝时在其地置汶山郡。⑮ 莋(zuó):古部族名,在今四川汉源一带。⑯ 徙:古部族名,在今四川天全一带。邛:古部族名,在今四川西昌东南一带。⑰ 僰(bó):古部族名,在今四川宜宾市西南一带。⑱ 闭:指汉使被阻隔。氐:古族名,与羌族关系密切,在今甘肃东南、陕西西南、四川西北地区。⑲ 巂(xī):古部族名,分布于今云南保山一带。昆明:古部族名,分布于今云南下关市一带。⑳ 杀略:杀戮掠夺。㉑ 滇越:古部族名,分布于今云南腾冲一带。㉒ 间出物者:谓私自带物品出境经商者。

骞以校尉从大将军击匈奴①,知水草处,军得以不乏②,乃封骞为博望侯③。是岁,元朔六年也④。后二年⑤,骞为卫尉⑥,与李广俱出右北平击匈奴⑦。匈奴围李将军,军失亡多,而骞后期当斩⑧,赎为庶人。是岁,骠骑将军破匈奴西边,杀数万人,至祁连山。其秋,浑邪王率众降汉⑨,而金城、河西并南山至盐泽⑩,空无匈奴。匈奴时有候者到⑪,而希矣⑫。后二年⑬,汉击走单于于幕北⑭。

【注释】

① 校尉:军职名,掌京师卫戍,也率兵作战。大将军:指卫青。② 不乏:不缺给养。③ 博望:县名,在今河南南阳市东北。④ 元朔六年:公元前123年。⑤ 后二年:即元狩二年(前121)。⑥ 卫尉:官名,掌管宫禁守卫。⑦ 李广:西汉名将,击匈奴,平吴楚叛,人称飞将军。详见《汉书》卷五十四《李广苏建传》。右北平:郡名,郡治在平刚(今内蒙古宁城县西南)。⑧ 后期:迟误期限。⑨ 浑邪王:匈奴王号。⑩ 金城:郡名,治允吾(今甘肃兰州市西)。河西:古地区名,汉时指今甘肃、青海两省黄河以西,即河西走廊与湟水流域。盐泽:即蒲昌海,今新疆罗布泊。⑪ 候者:侦察兵。⑫ 希:少。⑬ 后二年:指元狩四年(前119)。⑭ 幕北:泛指蒙古大沙漠以北地区。幕,通"漠"。

天子数问骞大夏之属。骞既失侯,因曰:"臣居匈奴中,闻乌孙王号昆

莫①。昆莫父难兜靡本与大月氏俱在祁连、敦煌间，小国也。大月氏攻杀难兜靡，夺其地，人民亡走匈奴。子昆莫新生，傅父布就翕侯抱亡②，置草中，为求食，还，见狼乳之③，又乌衔肉翔其旁④，以为神，遂持归匈奴，单于爱养之。及壮，以其父民众与昆莫，使将兵，数有功。时，月氏已为匈奴所破，西击塞王⑤。塞王南走远徙，月氏居其地。昆莫既健⑥，自请单于报父怨，遂西攻破大月氏。大月氏复西走，徙大夏地。昆莫略其众，因留居，兵稍强，会单于死，不肯复朝事匈奴。匈奴遣兵击之，不胜，益以为神而远之。今单于新困于汉，而昆莫地空⑦。蛮夷恋故地，又贪汉物，诚以此时厚赂乌孙，招以东居故地，汉遣公主为夫人，结昆弟⑧，其势宜听，则是断匈奴右臂也。既连乌孙，自其西大夏之属皆可招来而为外臣。"天子以为然，拜骞为中郎将⑨，将三百人，马各二匹，牛、羊以万数，赍金币帛直数千巨万⑩，多持节副使⑪，道可便遣之旁国⑫。骞既至乌孙，致赐谕指⑬，未能得其决。语在《西域传》。骞即分遣副使使大宛、康居、月氏、大夏。乌孙发译道送骞，与乌孙使数十人，马数十匹。报谢⑭，因令窥汉，知其广大。

【注释】

①乌孙：古族名，初在祁连、敦煌间，公元前一世纪西迁至今伊犁河和伊塞克湖一带，都亦谷城。张骞使乌孙后，汉武帝两次以宗室女为公主嫁乌孙王，后来属西域都护。昆莫：乌孙最高统治者的称号，本传用作专名，指猎骄靡。②傅父：教养贵族子女的男子，犹如乳母。布就：翕（xī）侯之别号。翕侯：乌孙官名。③乳：喂奶。④乌：乌鸦。⑤塞：古族名。公元前二世纪以前分布于今伊犁河流域及伊塞克湖附近一带，前二世纪因大月氏人西迁侵入其地，塞族分散，一部分南下征服罽宾等地，一部分留居故地者与入侵的乌孙人混合。⑥健：壮大。⑦昆莫地：指乌孙故地，祁连、敦煌间。⑧昆弟：兄弟。⑨中郎将：官名，皇帝的侍卫。⑩赍（jī）：持，带。直：价值。⑪持节副使：谓为张骞副使而各令持节。⑫道可便遣之旁国：言于道中得便宜可遣其副使往旁国。⑬谕指：谓传达天子旨意。⑭报谢：指随张骞来汉，答谢天子。

骞还，拜为大行①。岁余，骞卒。后岁余，其所遣副使通大夏之属者皆颇与其人俱来②,于是西北国始通于汉矣。然骞凿空③,诸后使往者皆称博望侯,以为质于外国④,外国由是信之。其后,乌孙竟与汉结婚⑤。

【注释】

① 大行:即大行令,汉武帝太初元年改名大鸿胪,掌接待宾客等事,后渐变为礼仪官。② 其人:其国人。③ 凿空:开辟孔道,指开辟了中原到西域的交通。空,孔。④ 质:信。⑤ 结婚:结为姻亲。

初,天子发书《易》①,曰"神马当从西北来"。得乌孙马好,名曰"天马"。及得宛汗血马,益壮,更名乌孙马曰"西极马",宛马曰"天马"云。而汉始筑令居以西②,初置酒泉郡③,以通西北国。因益发使抵安息、奄蔡、黎轩、条支、身毒国④。而天子好宛马,使者相望于道,一辈大者数百⑤,少者百余人,所赍操⑥,大放博望侯时⑦。其后益习而衰少焉⑧。汉率一岁中使者多者十余⑨,少者五六辈,远者八九岁,近者数岁而反。

【注释】

① 发书《易》:谓打开《易》书占卜。一说易乃占卜之意。② 始筑令居以西:谓开始从令居往西筑长城。令(lián)居,县名,治所在今甘肃永登县西。③ 酒泉郡:郡治禄福(今甘肃酒泉市)。④ 奄蔡:西域古族名,一作阖苏,约分布于今咸海至黑海一带,从事游牧。黎轩(lí xuān):西域国名,亦作黎轩、骊轩,即大秦国。条支:古西域国名、地名,处安息西界,临西海(今波斯湾),在今伊拉克境内。⑤ 辈:批,群。⑥ 赍操:谓持节及币。⑦ 放:仿效。⑧ 益习而衰少:谓对西域情况日渐熟悉,故派遣使者日益减少。⑨ 率:大概。

是时,汉既灭越①,蜀所通西南夷皆震,请吏。置牂柯、越嶲、益州、沈黎、文山郡②,欲地接以前通大夏。乃遣使岁十余辈,出此初郡③,皆复闭昆明,为所杀,夺币物。于是汉发兵击昆明,斩首数万④。后复遣使,竟不得通。语在《西南夷传》。

【注释】

①越：即南越，又作南粤，秦末赵佗建立。汉灭南越在武帝元鼎六年（前111），详见《汉书》卷九十五《两粤传》。②牂（zāng）柯：郡名，郡治故且兰（今贵州贵阳附近）。越嶲（xī）：郡名，郡治邛都（今四川西昌东南）。益州：郡名，郡治滇池（今云南晋宁县东）。沈黎：郡名，郡治莋都（今四川汉源县东北）。文山：郡名，郡治汶江（今四川茂汶自治县）。参见卷九十五《西南夷传》。③初郡：初置之郡。指上述新设的五郡。⑤汉发兵击昆明，斩首数万：时在元封二年（前109）。

自骞开外国道以尊贵，其吏士争上书言外国奇怪利害，求使。天子为其绝远，非人所乐①，听其言，予节，募吏民无问所从来②，为具备人众遣之，以广其道。来还不能无侵盗币物，及使失指③，天子为其习之，辄复按致重罪，以激怒令赎，复求使④。使端无穷⑤，而轻犯法。其吏卒亦辄复盛推外国所有，言大者予节，言小者为副，故妄言无行之徒皆争相效。其使皆私县官赍物⑥，欲贱市以私其利。外国亦厌汉使人人有言轻重⑦，度汉兵远，不能至，而禁其食物，以苦汉使⑧。汉使乏绝，责怨，至相攻击。楼兰、姑师小国⑨，当空道⑩，攻劫汉使王恢等尤甚⑪。而匈奴奇兵又时时遮击之⑫。使者争言外国利害，皆有城邑，兵弱易击。于是天子遣从票侯破奴将属国骑及郡兵数万以击胡⑬，胡皆去。明年⑭，击破姑师，虏楼兰王。酒泉列亭障至玉门矣⑮。

【注释】

①乐：《史记》作"乐往"。②无问所从来：言不问其来自何处及何种身份。③失指：违背天子旨意。④"天子为其习之"等句：谓武帝以为他们熟悉西域情况，故因其过失屡屡判以重罪，来激发他们复求出使以自赎。⑤端：事端，缘由。⑥其使：《史记》作"其使皆贫人子"。私县官赍物：谓将所持官物据为私有。县官，天子的别称。⑦轻重：有轻有重，不实。⑧苦：困辱。⑨楼兰：古西域国名，王居扜泥城（在今新疆若羌县境），在西域南道上，居民游牧。元凤四年（前77）汉将傅介子杀其王安归，立尉屠耆为王，改名为鄯善。姑师：即车师，古西域国名。汉宣帝时分

其地为车师前后两部等,车师前部治交河城(今新疆吐鲁番西交河古城遗址),后部治务涂谷(今新疆吉木萨尔县南山中),后皆属西域都护。⑩ 空道:即孔道,交通大道。⑪ 王恢:曾为大行令,又为将击匈奴。事迹参见《汉书》卷五十二《韩安国传》等。⑫ 遮:拦截。⑬ 从票侯破奴:指赵破奴,因追随骠骑将军霍去病征匈奴有功,得封为从票(票同骠)侯。其时已失侯,因此役更封浞(zhuó)野侯。⑭ 明年:指元封三年(前108)。⑮ 亭障:古代常在边关险要处筑墙设亭,派人防守,称亭障,亦即边防哨所或城堡。玉门:玉门关,在今甘肃敦煌西北。

而大宛诸国发使随汉使来,观汉广大,以大鸟卵及黎轩眩人献于汉①,天子大说。而汉使穷河源②,其山多玉石,采来,天子案古图书③,名河所出山曰昆仑。

【注释】

① 大鸟:指鸵鸟。眩人:即魔术师。眩,通"幻"。② 穷:穷尽。河源:黄河之源。黄河源于唐古拉山。河,古代黄河的专称。③ 案:同"按",查考。

是时,上方数巡狩海上①,乃悉从外国客②,大都多人则过之③,散财帛赏赐,厚具饶给之④,以览视汉富厚焉⑤。大角氐⑥,出奇戏诸怪物,多聚观者,行赏赐⑦,酒池肉林,令外国客遍观各仓库府臧之积,欲以见汉广大,倾骇之。及加其眩者之工,而角氐奇戏岁增变,其益兴⑧,自此始。而外国使更来更去⑨。大宛以西皆自恃远,尚骄恣,未可诎以礼羁縻而使也⑩。

【注释】

① 巡狩:指天子出行视察邦国郡县。② 悉从外国客:谓把西域来的使者都带上。③ 大都多人则过之:指挑大城市和人多的地方走。④ 厚具:言准备丰厚的礼物。饶:多。⑤ 览视:展示。⑥ 角氐:一种体育活动,类似今之摔跤。氐,同"抵"。⑦ 行:谓在路上。⑧ 益:逐渐,日加。⑨ 更来更去:言更相来去而不绝。⑩ 诎(qū):通"屈",使屈服。羁縻(mí)而

使:谓笼络而指使之。

汉使往既多,其少从率进孰于天子①,言大宛有善马在贰师城②,匿不肯示汉使。天子既好宛马,闻之甘心③,使壮士车令等持千金及金马以请宛王贰师城善马。宛国饶汉物,相与谋曰:"汉去我远,而盐水中数有败④,出其北有胡寇,出其南乏水草,又且往往而绝邑⑤,乏食者多。汉使数百人为辈来,常乏食,死者过半,是安能致大军乎?且贰师马,宛宝马也。"遂不肯予汉使。汉使怒,妄言⑥,椎金马而去⑦。宛中贵人怒曰⑧:"汉使至轻我!"遣汉使去,令其东边郁成王遮攻,杀汉使,取其财物。天子大怒。诸尝使宛姚定汉等言:"宛兵弱,诚以汉兵不过三千人,强弩射之,即破宛矣。"天子以尝使浞野侯攻楼兰⑨,以七百骑先至,虏其王,以定汉等言为然,而欲侯宠姬李氏,乃以李广利为将军,伐宛。

【注释】

① 少从:指年少随从出使者。进孰:谓进虚美之言。一说进见而熟习。② 贰师城:大宛城名。③ 甘心:心中喜悦。④ 盐水:指盐泽地区,即罗布泊一带。数有败:谓屡有死亡。⑤ 绝邑:没有城郭。⑥ 妄言:谩骂。⑦ 椎金马:打破金马。⑧ 宛中贵人:大宛国中贵臣。⑨ 浞野侯:即赵破奴。

骞孙猛,字子游,有俊才,元帝时为光禄大夫①,使匈奴,给事中②,为石显所谮③,自杀。

【注释】

① 光禄大夫:官名,掌议论。② 给(jǐ)事中:官名,以在殿中给事(执事)得名,西汉为大夫、博士、议郎的加官,掌顾问应对。③ 石显:济南人。元帝时任中书令,专权决事,贵幸倾朝。详见《汉书》卷九十三《佞幸传》。谮(zèn):诬陷。

赞曰:《禹本纪》言河出昆仑①,昆仑高二千五百里余,日月所相避隐为光明也②。自张骞使大夏之后,穷河原③,恶睹所谓昆仑者乎④?故言九州山川，《尚书》近之矣⑤。至《禹本纪》、《山经》所有⑥，放哉⑦！

【注释】

①《禹本纪》：相传为战国时楚国人所著，记载大禹的事迹，已失传。② 隐：隐蔽，隐藏。③ 原：源之古字。④ 恶：怎么，哪里。睹：看见。⑤ 见《尚书·禹贡》。近：指接近实际。⑥《山经》：指《山海经》。⑦ 放：荒诞，不可信。

【导读】

本篇节选自《汉书》卷六十一《张骞李广利传》，原传与李广利合传，选入时删去了李广利部分。张骞是西汉武帝时期杰出的外交家，一生两次出使西域，沟通并加强了汉朝与中亚各族人民的友好关系，是个传奇式的英雄人物。张骞出使西域的最初目的是联合大月氏共同对付匈奴，虽然这一目的未能实现，但此"凿空"之举却开辟了一条汉朝通往西域的经济文化交流之路，史称"丝绸之路"。而张骞的西南之行虽备受阻碍，未开辟到达西域的新路线，但为汉代对西南地区的开发作出了突出贡献。张骞出行于汉朝大规模反击匈奴之前，曾被拘匈奴十余年，危难中不失汉节的坚韧品格为人称道；他不仅在外交中表现出色，还曾凭借对西域地理的熟悉随卫青攻打匈奴，可见其勇敢，被梁启超赞为"坚忍磊落奇男子，世界史开幕第一人"。本篇传记除了记载张骞事迹外，还叙述了张骞死后汉与西域交往的情况，可以说是一篇武帝时期汉与西域的外交史，在阅读时宜参看《西域传》等，以便更好地理解张骞通西域的不朽功绩。不过需要指出的是，在这篇传记里可以看到，武帝在与西域诸国和平交往的过程中，犯了虚荣媚外的毛病，他无度地炫耀本国的富有，赏赐给外来使者太多的金钱物品，以造成"万邦来朝"的局面，这与他好大喜功的性格有关，经过使西域、伐匈奴等活动，汉朝国力消耗不少，埋下了许多隐患。

司马迁传赞

赞曰：自古书契之作而有史官①，其载籍博矣②。至孔氏篹之③，上断

唐尧,下讫秦缪④。唐、虞以前,虽有遗文,其语不经⑤,故言黄帝、颛顼之事未可明也。及孔子因鲁史记而作《春秋》⑥,而左丘明论辑其本事以为之传⑦,又纂异同为《国语》。又有《世本》,录黄帝以来至春秋时帝王、公、侯、卿、大夫祖世所出。春秋之后,七国并争⑧,秦兼诸侯⑨,有《战国策》。汉兴伐秦定天下,有《楚汉春秋》。故司马迁据《左氏》、《国语》,采《世本》、《战国策》,述《楚汉春秋》,接其后事,讫于天汉⑩。其言秦、汉,详矣。至于采经摭传⑪,分散数家之事,甚多疏略,或有抵梧⑫。亦其涉猎者广博,贯穿经传,驰骋古今,上下数千载间,斯以勤矣。又其是非颇缪于圣人⑬,论大道则先黄老而后六经⑭,序游侠则退处士而进奸雄⑮,述货殖则崇势利而羞贱贫⑯,此其所蔽也⑰。然自刘向、扬雄博极群书⑱,皆称迁有良史之材,服其善序事理,辨而不华⑲,质而不俚⑳,其文直,其事核㉑,不虚美,不隐恶,故谓之实录。乌呼! 以迁之博物洽闻㉒,而不能以知自全㉓,既陷极刑,幽而发愤㉔,书亦信矣㉕。迹其所以自伤悼㉖,《小雅》巷伯之伦㉗。夫唯《大雅》"既明且哲,能保其身"㉘,难矣哉!

【注释】

① 书契:指文字。契,刻。上古文字多用刀刻。② 载籍:书籍。③ 纂:同"撰",著述。④ 讫:止。秦缪:秦穆公。⑤ 不经:谓不见于经典,没有根据。⑥ 鲁史记:鲁国的史书。⑦ 传:指《左传》。⑧ 七国:指战国七雄,即齐、楚、燕、赵、韩、魏、秦。⑨ 兼:兼并。⑩ 天汉:汉武帝年号(前100—前97)。⑪ 摭(zhí):拾取。⑫ 抵梧:抵触,矛盾。⑬ 缪:同"谬",乖误。⑭ 黄老:黄帝和老子的并称。后世道家奉为始祖。⑮ 序:同"叙"。游侠:指轻生重义,勇于救人急难之人。《史记》有《游侠列传》。退:贬退。处士:隐士。进:推崇。⑯ 货殖:指经商做买卖,此泛言各种经济活动。《史记》有《货殖列传》。⑰ 蔽:谓不能通明,滞于一隅。⑱ 自:若,如。极:深探。⑲ 辨:明辨。⑳ 俚:鄙俗。㉑ 核:真实。㉒ 博物洽闻:见多识广,知识渊博。洽,广博。㉓ 知:同"智"。全:保全。㉔ 幽:囚禁。㉕ 书:指司马迁报任安书。信:诚,真实。㉖ 迹:推究,考察。悼:哀伤。㉗《巷伯》:相传是一个名为孟子的宦官遭谗后而作的怨愤诗。伦:类。㉘ 夫唯:句首语气词。"既明且哲,能保其身":引自《诗·大雅·烝民》,意谓既

明辨又聪明,能保全自身。

【导读】

　　本篇节选自《汉书》卷六十二《司马迁传》,仅选录了赞语部分,原传对司马迁的家世、生平经历以及著述有详细记载,并将能深刻反映其志趣的《报任安书》收入传中,可与《史记·太史公自序》互相参看。司马迁是中国古代伟大的史学家和文学家,所撰《史记》历来被认为是中国史书的典范,因此《司马迁传》作为中国史学史上第一篇史学家传记,意义非同一般。而传末的这篇赞语,更是一篇精炼的史评佳作,它是班氏父子对司马迁及《史记》评价的集中体现,其中有褒有贬,既肯定了司马迁著史的详实、广博和实录精神,感叹其"既陷极刑,幽而发愤,书亦信矣",又批评他"分散数家之事,甚多疏略,或有抵梧","是非颇缪于圣人,论大道则先黄老而后六经,序游侠则退处士而进奸雄,述货殖则崇势利而羞贱贫",说他不懂得明哲保身,则不免带了些偏见,反映了马、班二者的思想分歧。值得注意的是,赞中提到了《史记》的几个史料来源:《春秋左氏传》、《国语》、《世本》、《战国策》、《楚汉春秋》,有助于我们更好地了解《史记》的编撰过程,并可据此做一些比较阅读。

朱 买 臣 传

　　朱买臣字翁子,吴人也①。家贫,好读书,不治产业②,常艾薪樵③,卖以给食,担束薪,行且诵书。其妻亦负戴相随,数止买臣毋歌呕道中④。买臣愈益疾歌⑤,妻羞之,求去⑥。买臣笑曰:"我年五十当富贵,今已四十余矣。女苦日久⑦,待我富贵报女功。"妻恚怒曰⑧:"如公等,终饿死沟中耳,何能富贵!"买臣不能留,即听去⑨。其后,买臣独行歌道中,负薪墓间。故妻与夫家俱上冢⑩,见买臣饥寒,呼饭饮之。

【注释】

　　① 吴:县名,治所在今江苏苏州市。② 产业:生产事业。③ 艾:通

"刈":割。薪樵:柴火。④ 讴:同"讴",唱歌。⑤ 益:更加。疾:大声。⑥ 去:离开。⑦ 女:同"汝"。⑧ 恚(huì):愤怒。⑨ 听:听凭,听任。⑩ 上冢:上坟。

后数岁,买臣随上计吏为卒①,将重车至长安②,诣阙上书,书久不报③。待诏公车④,粮用乏,上计吏卒更乞匄之⑤。会邑子严助贵幸⑥,荐买臣。召见,说《春秋》,言《楚词》,帝甚说之,拜买臣为中大夫,与严助俱侍中。是时,方筑朔方⑦,公孙弘谏,以为罢敝中国⑧。上使买臣难诎弘⑨,语在《弘传》。后买臣坐事免,久之,召待诏。

【注释】

① 上计吏:战国、秦、汉时地方官于年终将境内户口、赋税、盗贼、狱讼等项编造计簿,遣吏上报朝廷,借资考绩,谓之上计,负责上报的吏称上计吏。② 将:扶。重车:辎重之车。③ 报:批复。④ 待诏:汉代以才技征召士人,未有正官者,均待诏公车,特别优异者待诏金马门,使随时听候皇帝的诏令,谓之待诏。公车:官署名,掌管宫殿司马门的警卫。天下上事及征召等事宜,经由此处受理。⑤ 更:轮流,交替。乞:给,给予。匄:同"丐",给予,施舍。⑥ 会:适逢。邑子:同邑人,同乡。严助:本姓庄,《汉书》为避东汉明帝刘庄讳,改称严助。卷六十四上有传。贵幸:位尊且受君王宠信。⑦ 朔方:朔方城,在今内蒙古乌拉特前旗东南,筑于元朔三年(前126)。⑧ 罢(pí)敝:疲劳困敝。⑨ 难(nàn):诘问。诎:同"黜",贬斥。

是时,东越数反复①,买臣因言:"故东越王居保泉山②,一人守险,千人不得上。今闻东越王更徙处南行,去泉山五百里,居大泽中③。今发兵浮海,直指泉山,陈舟列兵,席卷南行,可破灭也。"上拜买臣会稽太守④。上谓买臣曰:"富贵不归故乡,如衣绣夜行⑤,今子何如?"买臣顿首辞谢⑥。诏买臣到郡,治楼船,备粮食、水战具,须诏书到⑦,军与俱进。

【注释】

① 反复:指动乱。"东越数反复"事详见《汉书》卷九十五《闽粤传》。

②保:依。泉山:也称清源山,在今福建泉州市。③大泽中:指今台湾海峡。④会稽:郡名,治吴(今江苏苏州市)。⑤"富贵"二句:此二句系当年项羽残破秦都咸阳后欲东归楚地时所语,见《史记·项羽本纪》。《汉书·项籍传》"衣绣"作"衣锦"。武帝引述之。⑥顿首:磕头。⑦须:待。

初,买臣免,待诏,常从会稽守邸者寄居饭食①。拜为太守,买臣衣故衣,怀其印绶,步归郡邸。直上计时,会稽吏方相与群饮,不视买臣。买臣入室中,守邸与共食,食且饱②,少见其绶③。守邸怪之,前引其绶,视其印,会稽太守章也。守邸惊,出语上计掾吏④。皆醉,大呼曰:"妄诞耳⑤!"守邸曰:"试来视之。"其故人素轻买臣者入内视之,还走,疾呼曰:"实然!"坐中惊骇,白守丞⑥,相推排陈列中庭拜谒⑦。买臣徐出户。有顷⑧,长安厩吏乘驷马车来迎,买臣遂乘传去。会稽闻太守且至,发民除道⑨,县长吏并送迎,车百余乘。入吴界,见其故妻、妻夫治道⑩。买臣驻车,呼令后车载其夫妻,到太守舍,置园中,给食之。居一月,妻自经死⑪,买臣乞其夫钱,令葬。悉召见故人与饮食诸尝有恩者,皆报复焉⑫。

【注释】

①会稽守邸(dǐ)者:当时诸郡国在京师设邸,即办事处,会稽守邸者即守会稽郡邸之人。②且:将。③少:稍稍。④掾吏:官府中佐助之吏的通称。⑤妄诞:虚妄不实。⑥白:报告。守丞:即会稽郡邸守邸之丞。⑦拜谒:拜见。⑧有顷:不久。⑨除道:又称清道、净街,帝王、官员出行遣人驱除行人开道。⑩治道:修路。⑪自经:上吊自杀。⑫报复:报答。

居岁余,买臣受诏将兵,与横海将军韩说等俱击破东越,有功。征人为主爵都尉,列于九卿。

数年,坐法免官①,复为丞相长史②。张汤为御史大夫③。始,买臣与严助俱侍中,贵用事④,汤尚为小吏,趋走买臣等前。后汤以廷尉治淮南狱⑤,排陷严助⑥,买臣怨汤。及买臣为长史,汤数行丞相事⑦,知买臣素贵,故陵折之⑧。买臣见汤,坐床上弗为礼。买臣深怨,常欲死之。后遂告汤阴事⑨,汤自杀,上亦诛买臣。买臣子山拊官至郡守、右扶风。

朱买臣传

【注释】

①　坐法：犯法获罪。②　丞相长史：汉之相国、丞相、太尉、大将军、骠骑将军、车骑将军、卫将军、前后左右将军，以及建三公后的大司徒、大司马、大司空皆置长史，为掾属之长，秩皆千石，丞相长史职权尤重。③　御史大夫：御史台长官，地位仅次于丞相，掌管弹劾纠察及图籍秘书。④　用事：当权。⑤　廷尉：最高司法长官。淮南狱：指淮南王刘安谋反一案。⑥　排陷：排挤陷害。⑦　行：代理。⑧　陵折：欺凌折辱。⑨　阴事：不可告人之事。

【导读】

本篇节选自《汉书》卷六十四《严朱吾丘主父徐严终王贾传》。原传分上、下两个分卷叙述严助、朱买臣、吾丘寿王、主父偃、徐乐、严安、终军、王褒、贾捐之等人的言行，是一篇文学之士的类传，本篇仅选录朱买臣部分。朱买臣是辞赋家，以言《楚词》拜官，作有赋三篇，今皆已亡佚。本篇运用对照的写法来刻画朱买臣在贫与富、得与失的不同处境下的精神面貌和世态炎凉，颇具戏剧性。其中两个小故事饶有趣味：一是买臣妻羞其歌讴于道中且嫌其贫贱离开了他，后又与夫家接济买臣，而买臣富贵后，故意将其故妻及妻夫载至园中给食，使故妻羞愧自杀；二是买臣发迹拜为太守后，故意捉弄地方官吏人等，出尽他们的丑态。全篇情节虽较简单，但前后层层对照，通俗生动，人物形象非常鲜明。世态炎凉，令人嗟叹！其故事在民间曾长期流传。朱买臣如此对待他人尤其是故妻，多少有点小心眼羞辱人的意味。而朱买臣因张汤排陷其友严助，又常欺凌自己，便告发张汤，结果弄到两人都没有好下场，深刻地暴露了其狭隘、睚眦必报的心理。班固在传末赞语中认为诸人言论或有可取，而其遇害多咎由自取，可作为文人为人处世之戒。以平常心待人处事，结果也许会好得多。

陈万年传

陈万年字幼公，沛郡相人也①。为郡吏，察举②，至县令，迁广陵太守③,以高第入为右扶风④,迁太仆⑤。

【注释】

① 沛郡:郡治相县。相:县名,在今安徽濉溪县西北。② 察举:一种选拔官吏的制度,由官吏荐举,经过考核,任以官职。③ 迁:晋升。广陵:郡名,治广陵(今江苏扬州市西北)。④ 高第:经过考核,成绩优秀,名列前茅。⑤ 太仆:官名,掌皇帝舆马及马政。

万年廉平,内行修,然善事人。赂遗外戚许、史①,倾家自尽,尤事乐陵侯史高②。丞相丙吉病③,中二千石上谒问疾④。遣家丞出谢⑤,谢已皆去,万年独留,昏夜乃归。及吉病甚,上自临⑥,问以大臣行能。吉荐于定国、杜延年及万年⑦,万年竟代定国为御史大夫⑧,八岁,病卒。

【注释】

① 外戚:指帝王母族、妻族。许:指宣帝许皇后及其亲属。史:指宣帝祖母、戾太子夫人史良娣之兄史恭的子孙。② 乐陵:县名,治所在今山东乐陵市东南。史高:史良娣兄史恭之长子。③ 丙吉:字少卿,学《诗》、《礼》,官至丞相,为政宽大,《汉书》卷七十四有传。④ 中二千石:汉官秩名。汉制,秩二千石者,一岁得一千四百四十石,实不满二千石;中二千石者,一岁得二千一百六十石,举成数言之,故曰中二千石。中(zhòng),满。汉九卿秩皆中二千石,故又用为九卿的代称。上谒(yè):通报姓名以见尊者。⑤ 家丞:主管家事的辅助官员。谢:辞谢。⑥ 临:探望,探视。⑦ 于定国:为人谦恭,任廷尉,能决疑平法,被时人所赞,后为丞相,《汉书》卷七十一有传。杜延年:杜周子。详见《汉书》卷六十《杜周传》附传。⑧ 竟:终于。

子咸字子康,年十八,以万年任为郎①。有异材②,抗直③,数言事,刺讥近臣,书数十上,迁为左曹④。万年尝病,召咸教戒于床下⑤,语至夜半,咸睡,头触屏风⑥。万年大怒,欲杖之,曰:"乃公教戒汝⑦,汝反睡,不听吾言,何也?"咸叩头谢曰:"具晓所言⑧,大要教咸谄也⑨。"万

年乃不复言。

【注释】

①以万年任为郎：汉代二千石官可以保任其子弟为郎官，进而当上长吏。②异材：卓越的才干。③抗直：刚强正直。④左曹：加官名，受理尚书事。⑤教戒：教诲告诫。⑥触：碰。屏风：放置于室内用以挡风或障蔽的隔板。⑦乃公：你爹，你老子。乃，你。⑧具：尽，全。晓：明白，了解。⑨大要：要旨。谄：谄媚。

万年死后，元帝擢咸为御史中丞①，总领州郡奏事，课第诸刺史②，内执法殿中，公卿以下皆敬惮之。是时中书令石显用事颛权③，咸颇言显短，显等恨之。时槐里令朱云残酷杀不辜④，有司举奏，未下⑤。咸素善云，云从刺候⑥，教令上书自讼⑦。于是石显微伺知之⑧，白奏咸漏泄省中语⑨，下狱掠治⑩，减死⑪，髡为城旦⑫，因废。

【注释】

①擢（zhuó）：提拔。御史中丞：官名，御史大夫的辅佐。②课第：考核、评论等次。③中书令：官名，以宦官充任，掌文书、宣诏等事务。用事：当权。颛：同"专"。④槐里：县名，在今陕西兴平市。不辜：无辜，即无罪之人。⑤未下：谓天子未批复下来。⑥刺候：刺探侦察。指从陈咸处刺探打听处理情况。⑦教令：谓陈咸教令朱云。讼：辨冤。⑧微伺：暗中伺察。⑨白：报告。省中：汉制，王所居曰禁中，诸公所居曰省中。⑩掠：笞击。⑪减死：减免死刑。⑫髡（kūn）：剃去头发。城旦：秦汉时刑名，罚令输边，白日伺寇虏，夜晚筑长城，刑期四年。

【导读】

本篇节选自《汉书》卷六十六《公孙刘田王杨蔡陈郑传》，这篇类传中包含了自武帝后期至于宣、元时九名碌碌无为的丞相、御史大夫，陈万年即是其中之一。本篇选入陈万年传记及其所附陈咸传记的一部分，篇幅虽短，但所述事件和场面却令人叹为观止。陈万年虽然"廉平"，注意"内行修",但具有"善事人"的特点,宣帝时,他靠倾家所有攀附外戚,又以"真诚"探视丞相丙吉而爬上御史大夫的高位(丙吉为人廉正,但宽和厚道,居然被万年骗过)。好在其子陈咸还有些诤臣的样子,心直口快,常讥刺权贵,气节品格与其父不同,但终因袒护私交,冒险为其打探消息、出谋划策而断送前途。本篇中万年教子一段最为精彩,陈咸一句"具晓所言,大要教咸谄也",说得貌似威严正派的老父哑口无言,讽刺至极。班固通过这一极富戏剧性的细节描写,寥寥数语,就把陈万年善于谄上的特点描绘得淋漓尽致。

霍 光 传

霍光字子孟,票骑将军去病弟也①。父中孺②,河东平阳人也③,以县吏给事平阳侯家④,与侍者卫少儿私通而生去病⑤。中孺吏毕归家⑥,娶妇生光,因绝不相闻⑦。久之,少儿女弟子夫得幸于武帝⑧,立为皇后,去病以皇后姊子贵幸。既壮大,乃自知父为霍中孺,未及求问。会为票骑将军击匈奴,道出河东,河东太守郊迎,负弩矢先驱⑨,至平阳传舍⑩,遣吏迎霍中孺。中孺趋入拜谒⑪,将军迎拜,因跪曰:"去病不早自知为大人遗体也⑫。"中孺扶服叩头⑬,曰:"老臣得托命将军,此天力也。"去病大为中孺买田宅、奴婢而去。还,复过焉⑭,乃将光西至长安⑮,时年十余岁,任光为郎⑯,稍迁诸曹侍中⑰。去病死后,光为奉车都尉、光禄大夫⑱,出则奉车,入侍左右,出入禁闼二十余年⑲,小心谨慎,未尝有过,甚见亲信⑳。

【注释】

① 去病:霍去病。② 中:通"仲"。③ 河东:郡名,治安邑(在今山西夏县西北)。平阳:县名,治所在今山西临汾市西南。④ 给事:谓当差。平阳侯:指平阳侯曹参之曾孙曹时。⑤ 卫少儿:汉武帝皇后卫子夫的姐姐,名将卫青的同母姊。⑥ 吏毕:当差期满。⑦ 绝:音讯断绝。⑧ 女弟:妹妹。子夫:卫子夫,被武帝宠爱,为皇后,详见卷九十七《外戚传》。⑨ 先驱:前行开路。⑩ 传(zhuàn)舍:驿站的客房,供行人休息住宿。

⑪ 拜谒：拜见。⑫ 遗体：即亲生后代。⑬ 扶服：同"匍匐"，伏在地上。⑭ 过：拜访。⑮ 将：带着。⑯ 任：保举。郎：郎官，谓侍郎、郎中等职。汉代二千石官可以保任其子弟为郎官，进而当上长吏。⑰ 诸曹：即左右曹，在内廷做秘书工作。侍中：是列侯以下至郎中的加官，侍卫皇帝，切问近对。⑱ 奉车都尉：掌管皇帝的乘舆。光禄大夫：官名。汉武帝改中大夫为光禄大夫，秩比二千石，为掌议论之官。⑲ 禁闼(tà)：宫中小门，亦指宫廷、朝廷。⑳ 见：被。

征和二年①，卫太子为江充所败②，而燕王旦、广陵王胥皆多过失③。是时，上年老，宠姬钩弋赵倢伃有男④，上心欲以为嗣⑤，命大臣辅之。察群臣唯光任大重⑥，可属社稷⑦。上乃使黄门画者画周公负成王朝诸侯以赐光⑧。后元二年春⑨，上游五柞宫⑩，病笃⑪，光涕泣问曰⑫："如有不讳⑬，谁当嗣者？"上曰："君未谕前画意邪⑭？立少子，君行周公之事。"光顿首让曰⑮："臣不如金日䃅⑯。"日䃅亦曰："臣外国人，不如光。"上以光为大司马大将军⑰，日䃅为车骑将军⑱，及太仆上官桀为左将军⑲，搜粟都尉桑弘羊为御史大夫⑳，皆拜卧内床下㉑，受遗诏辅少主。明日，武帝崩，太子袭尊号㉒，是为孝昭皇帝。帝年八岁，政事壹决于光㉓。

【注释】

① 征和二年：前91年。② 卫太子：即武帝之子刘据，卫皇后所生。谥戾，又称戾太子。江充：武帝之臣，与卫太子不和，诬告太子为巫蛊加害皇上。太子惧祸，杀江充，后兵败自杀。事详《汉书·武五子传》。③ 燕王旦：武帝第三子。广陵王胥：武帝第四子。其事均详《汉书·武五子传》。④ 钩弋(yì)：宫名，在长安城南。赵倢伃：昭帝刘弗陵的生母，居钩弋宫。倢伃(jié yú)，又作婕妤，宫中女官名。男：指刘弗陵。⑤ 嗣：君位继承人。⑥ 任大重：能担负重大责任。⑦ 属(zhǔ)：托付。社稷：国家的代称。⑧ 黄门画者：宫中的画工。周公负成王朝诸侯：周武王去世，成王年幼，周公（成王之叔）恐天下有变，代主朝政七年，而后归政成王。⑨ 后元二年：前87年。⑩ 五柞宫：汉离宫名，在今陕西周至县东南。⑪ 病笃：病重。⑫ 涕：哭泣。⑬ 不讳：无法忌讳之事，指死。⑭ 谕：明白。⑮ 顿

首:磕头。⑯ 金日磾:字翁叔,原是匈奴休屠王的太子,武帝元狩(前122—前117)年间,昆邪王杀休屠王降汉,日磾被收入汉廷,在黄门养马,后受重用,因功封秺(dù)侯,又拜为车骑将军。《汉书》中与霍光同传。⑰ 大司马大将军:大将军为汉代最高军衔,大司马是加衔。霍光任此职衔,为中朝官之首,掌握军政大权。⑱ 车骑将军:仅次于大将军、骠骑将军的军衔。⑲ 太仆:官名,掌皇帝的乘舆及马政。上官桀:字少叔,陇西上邦人。左将军:次于车骑将军的军衔。⑳ 搜粟都尉:官名,掌军粮。御史大夫:为御史台长官,地位仅次于丞相,掌管弹劾纠察及图籍秘书。㉑ 卧内:卧室。㉒ 袭尊号:谓继承帝位。㉓ 壹:一律。

先是,后元元年①,侍中仆射莽何罗与弟重合侯通谋为逆②,时光与金日磾、上官桀等共诛之,功未录③。武帝病,封玺书曰④:"帝崩发书以从事⑤。"遗诏封金日磾为秺侯⑥,上官桀为安阳侯⑦,光为博陆侯⑧,皆以前捕反者功封。时,卫尉王莽子男忽侍中⑨,扬语曰:"帝崩,忽常在左右,安得遗诏封三子事!群儿自相贵耳。"光闻之,切让王莽⑩,莽鸩杀忽⑪。

【注释】

① 后元元年:前88年。② 侍中仆射(yè):官名,侍中的首领。莽何罗:本姓马,改马为莽乃东汉明帝之马皇后所为。重合:县名,治所在今山东乐陵市西。重合侯:指马通。③ 功未录:谓尚未论功行赏。④ 封玺书:将诏书加封盖印。⑤ 发书以从事:打开诏书,照诏令办事。⑥ 秺(dù):县名,治所在今山东成武县西北。⑦ 安阳:县名,治所在今河南安阳。⑧ 博陆:取博大而平之意。⑨ 卫尉:官名,掌管宫禁守卫。王莽:字稚叔,天水郡(治所在今甘肃通渭县西)人。见《百官公卿表》。此人与西汉末年篡位的王莽非同一人。子男:儿子。⑩ 切让:严厉责备。⑪ 鸩(zhèn):毒酒。

光为人沈静详审①,长财七尺三寸②,白皙,疏眉目,美须髯。每出入下殿门,止进有常处,郎仆射窃识视之③,不失尺寸,其资性端正如此。初辅幼主,政自己出,天下想闻其风采。殿中尝有怪,一夜群臣相惊,光召尚

符玺郎④,郎不肯授光。光欲夺之,郎按剑曰:"臣头可得,玺不可得也!"光甚谊之⑤。明日,诏增此郎秩二等。众庶莫不多光⑥。

【注释】

①沈静详审:沉着谨慎。②长:指身高。财:通"才"。七尺三寸:约合今168厘米,为中等个头。③郎仆射:郎官的首领。窃:私下。识(zhì):记住,标记。④尚符玺郎:官名,掌管符玺,符节令之属官。⑤谊:同"义",认为合乎道义而加以称许。⑥众庶:民众。多:称赞。

光与左将军桀结婚相亲①,光长女为桀子安妻。有女年与帝相配,桀因帝姊鄂邑盖主内安女后宫为倢伃②,数月立为皇后。父安为票骑将军,封桑乐侯。光时休沐出③,桀辄入代光决事。桀父子既尊盛,而德长公主④。公主内行不修⑤,近幸河间丁外人⑥。桀、安欲为外人求封,幸依国家故事以列侯尚公主者⑦,光不许⑧。又为外人求光禄大夫,欲令得召见,又不许。长主大以是怨光。而桀、安数为外人求官爵弗能得,亦惭。自先帝时,桀已为九卿,位在光右⑨。及父子并为将军,有椒房中宫之重⑩,皇后亲安女⑪,光乃其外祖,而顾专制朝事⑫,繇是与光争权。

【注释】

①结婚:结为姻亲。相亲:相互亲近。②鄂邑盖主:武帝的长女,封为鄂邑长公主,因嫁给盖侯为妻,故又称盖主。她是昭帝之姊,曾抚养昭帝成人。内:今字作纳。③休沐:休息沐浴,犹休假。④德:感恩。⑤内行不修:指私生活不检点。⑥河间:郡名,治乐成(在今河北南县东南)。丁外人:关外姓丁者。⑦幸:希望。故事:旧例。尚公主:专指娶公主为妻。⑧汉时旧例,凡娶公主为妻,皆可封侯,但霍光以为外人只是与长公主私通,故不许。⑨位在光右:武帝时,桀为太仆,在九卿之列,位在霍光之上。右,上。当时以右为尊。⑩椒房中宫:指皇后。汉时未央宫中有椒房殿,皇后新居,故以其代称皇后。重:倚重。⑪亲安女:谓乃上官安之亲生女儿。⑫顾:反而。

燕王旦自以昭帝兄，常怀怨望①。及御史大夫桑弘羊建造酒榷、盐铁②，为国兴利，伐其功③，欲为子弟得官，亦怨恨光。于是盖主、上官桀、安及弘羊皆与燕王旦通谋，诈令人为燕王上书④，言："光出都肄郎羽林⑤，道上称跸⑥，太官先置⑦。"又引："苏武前使匈奴，拘留二十年不降，还乃为典属国，而大将军长史敞亡功为搜粟都尉⑧，又擅调益莫府校尉⑨。光专权自恣，疑有非常⑩。臣旦愿归符玺⑪，入宿卫⑫，察奸臣变。"候司光出沐日奏之⑬。桀欲从中下其事⑭，桑弘羊当与诸大臣共执退光⑮。书奏，帝不肯下⑯。

【注释】

① 望：怨恨。燕王旦因当不上皇帝而心怀怨恨。② 酒榷：酒类专卖。盐铁：此指官营盐铁。③ 伐：夸耀。④ 诈令人为燕王上书：事详《武五子传》之燕剌王传。⑤ 都肄：谓考核官吏、操练士卒。羽林：禁卫军名。⑥ 跸(bì)：古代帝王出行时，禁止行人以清道。⑦ 太官：官名。掌皇帝膳食及燕享之事。先置：先准备饮食。⑧ 长史：官名，僚属之长。汉相国、丞相、太尉、前后左右将军等皆有长史。敞：杨敞，华阴人，是霍光的亲信，曾在霍光府中任长史。《汉书》卷六十六有传。亡：无。搜粟都尉：这里指大司农。⑨ 调：选。益：增加。莫府：此幕府指霍光的大将军府。校尉：次于将军的军官。⑩ 非常：不合本分，指谋为不轨之事。⑪ 归符玺：归还燕王符玺，谓辞去王位。⑫ 宿卫：在宫禁中值宿，担任警卫。⑬ 候司：又作候伺，窥探，侦察。⑭ 中：指中朝。下其事：将此奏事批交有司处理。⑮ 执退光：迫使霍光退职。⑯ 下：批复下交。

明旦，光闻之，止画室中不入①。上问："大将军安在？"左将军桀对曰："以燕王告其罪，故不敢入。"有诏召大将军。光入，免冠顿首谢，上曰："将军冠。朕知是书诈也，将军亡罪。"光曰："陛下何以知之？"上曰："将军之广明都郎②，属耳③；调校尉以来未能十日，燕王何以得知之？且将军为非，不须校尉。"是时帝年十四，尚书左右皆惊④，而上书者果亡⑤，捕之甚急，桀等惧，白上小事不足遂⑥，上不听。

【注释】

①画室：殿门西阁之室，其中有古帝王画像。②之：往。广明：驿亭名，在长安城东东都门外。都郎：考核郎吏。③属(zhǔ)：近，谓新近之事。④尚书：官名，掌文书、奏章等内务。⑤亡：逃亡。⑥白：报告。遂：穷究。

后桀党与有谮光者①，上辄怒曰："大将军忠臣，先帝所属以辅朕身，敢有毁者坐之②。"自是桀等不敢复言，乃谋令长公主置酒请光，伏兵格杀之③，因废帝，迎立燕王为天子。事发觉，光尽诛桀、安、弘羊、外人宗族。燕王、盖主皆自杀。光威震海内。昭帝既冠④，遂委任光⑤，讫十三年⑥，百姓充实，四夷宾服。

【注释】

①党与：朋党。谮(zèn)：诬陷。②毁：诽谤。坐：判罪。③格杀：击杀。④冠：古时男子二十(虚)岁加冠，表示成年。昭帝行冠时(元凤四年，前77年)年十八，霍光仍未归政。⑤遂：竟，始终。⑥十三年：指昭帝在位的十三年。

元平元年①，昭帝崩，亡嗣。武帝六男独有广陵王胥在，群臣议所立，咸持广陵王②。王本以行失道，先帝所不用。光内不自安③。郎有上书言："周太王废太伯立王季，文王舍伯邑考立武王④，唯在所宜，虽废长立少可也。广陵王不可以承宗庙⑤。"言合光意。光以其书视丞相敞等⑥，擢郎为九江太守⑦，即日承皇太后诏⑧，遣行大鸿胪事少府乐成、宗正德、光禄大夫吉、中郎将利汉迎昌邑王贺⑨。

【注释】

①元平元年：前74年。②咸：皆，都。持：主张。③内：心中。④"周太王"二句：谓周太王废其长子太伯，而立其少子季历；周文王舍其长子伯邑考，而立其次子姬发。⑤承宗庙：指继承皇位。⑥视：示。⑦擢(zhuó)：提拔。九江：郡名，治寿春(今安徽寿县)。⑧皇太后：昭帝

之上官皇后,昌邑王即位后尊其为皇太后。⑨ 行:代理。大鸿胪:官名,汉武帝太初元年改名大行令为大鸿胪,掌接待宾客等事,后渐变为礼仪官。少府:官名,掌山海地泽收入和皇室手工业制造。乐成:史乐成。宗正:官名,掌宗室事务。德:刘德,字路叔。吉:丙吉。中郎将:官名,秦置中郎,至西汉分五官、左、右三中郎署,各置中郎将以统领皇帝的侍卫,为光禄勋的属官。利汉:人名,不知姓。昌邑王贺:刘贺。其事详见《汉书·武五子传》。

贺者,武帝孙,昌邑哀王子也①。既至,即位,行淫乱。光忧懑②,独以问所亲故吏大司农田延年③。延年曰:"将军为国柱石④,审此人不可,何不建白太后⑤,更选贤而立之?"光曰:"今欲如是,于古尝有此不?"延年曰:"伊尹相殷,废太甲以安宗庙⑥,后世称其忠。将军若能行此,亦汉之伊尹也。"光乃引延年给事中⑥,阴与车骑将军张安世图计⑦,遂召丞相、御史、将军、列侯、中二千石、大夫、博士会议未央宫⑧。光曰:"昌邑王行昏乱,恐危社稷,如何?"群臣皆惊鄂失色⑨,莫敢发言,但唯唯而已⑩。田延年前,离席按剑,曰:"先帝属将军以幼孤,寄将军以天下,以将军忠贤能安刘氏也。今群下鼎沸,社稷将倾,且汉之传谥常为孝者⑪,以长有天下,令宗庙血食也⑫。如令汉家绝祀,将军虽死,何面目见先帝于地下乎?今日之议,不得旋踵⑬。群臣后应者,臣请剑斩之。"光谢曰:"九卿责光是也。天下匈匈不安⑭,光当受难⑮。"于是议者皆叩头,曰:"万姓之命在于将军,唯大将军令。"

【注释】

① 昌邑哀王:刘髆(bó),武帝第五子。② 懑(mèn):烦闷。③ 田延年:字子宾,阳陵人,原在霍光幕府中任事。《汉书·酷吏传》有传。④ 柱石:喻担当重任的人。⑤ 建白:谓对国事有所建议及陈述。⑥ "伊尹相殷"二句:伊尹为商汤之贤相,汤死后,掌朝政,专废立,曾逐太甲。⑥ 引:荐举。给事中:官名,以在殿中给事(执事)得名,西汉为大夫、博士、议郎的加官,掌顾问应对。⑦ 张安世:字子孺,杜陵人。图计:谋划。⑧ 会议:会聚商议。未央宫:萧何主持所修,在今西安市长安故城内西南隅。

⑨鄂:同"愕",惊讶。⑩但:只,仅。唯唯:应答声,犹如"是是"。⑪汉之传谥常为孝:谓汉帝谥法常称"孝",如孝惠、孝武、孝昭等。⑫血食:谓受享祭品。古代杀牲以祭祀,故有此称。⑬旋踵:转身,谓畏避退缩。⑭匈匈:同"汹汹",纷扰不安的样子。⑮当受难:谓当受群臣责难。

光即与群臣俱见白太后,具陈昌邑王不可以承宗庙状①。皇太后乃车驾幸未央承明殿,诏诸禁门毋内昌邑群臣。王入朝太后还,乘辇欲归温室②,中黄门宦者各持门扇③,王入,门闭,昌邑群臣不得入。王曰:"何为?"大将军跪曰:"有皇太后诏,毋内昌邑群臣。"王曰:"徐之④,何乃惊人如是!"光使尽驱出昌邑群臣,置金马门外⑤。车骑将军安世将羽林骑收缚二百余人,皆送廷尉诏狱⑥。令故昭帝侍中中臣侍守王⑦。光敕左右⑧:"谨宿卫,卒有物故自裁⑨,令我负天下,有杀主名。"王尚未自知当废,谓左右:"我故群臣从官安得罪,而大将军尽系之乎⑩?"顷之⑪,有太后诏召王。王闻召意恐,乃曰:"我安得罪而召我哉!"太后被珠襦⑫,盛服坐武帐中⑬,侍御数百人皆持兵,期门武士陛戟⑭,陈列殿下。群臣以次上殿,召昌邑王伏前听诏。光与群臣连名奏王,尚书令读奏曰:

【注释】

①具:详细。②温室:未央宫之温室殿,冬日避寒之处。③中黄门宦者:在后宫当差的宦官。④徐之:慢慢来。⑤金马门:未央宫正门,门外有铜马,故名金马门。⑥廷尉:最高司法长官。诏狱:专门处治皇帝特旨案犯之处。⑦中臣,疑为"中官"之讹。中官,是宦者之统称。侍守:名侍而实守,犹今言软禁,以防发生意外事故。⑧敕:告诫。⑨卒:后多写作"猝",突然。物故:死亡。自裁:自杀。⑩系:拘禁。⑪顷之:不久。⑫被:同"披",穿着。襦(rú):短袄。⑬武帐:设有兵器和卫士的帷帐。⑭期门武士:皇帝的一种侍卫武士,武帝时所建。陛戟:持戟列于殿阶两侧。戟,古兵器名,合戈、矛为一。

丞相臣敞、大司马大将军臣光、车骑将军臣安世、度辽将军臣明友、前将军臣增、后将军臣充国、御史大夫臣谊、宜春侯臣谭、当涂侯臣圣、随桃侯臣昌乐、杜侯臣屠耆堂、太仆臣延年、太常臣昌、大司农臣延年、宗正臣德、少府臣乐成、廷尉臣光、执金吾臣延寿、大鸿胪臣贤、左冯翊臣广明、右扶风臣德、长信少府臣嘉、典属国臣武、京辅都尉臣广汉、司隶校尉臣辟兵、诸吏文学光禄大夫臣迁、臣畸、臣吉、臣赐、臣管、臣胜、臣梁、臣长幸、臣夏侯胜、太中大夫臣德、臣印昧死言皇太后陛下①：臣敞等顿首死罪。天子所以永保宗庙总壹海内者②，以慈孝、礼谊、赏罚为本。孝昭皇帝早弃天下，亡嗣，臣敞等议，礼曰"为人后者为之子也"③，昌邑王宜嗣后④，遣宗正、大鸿胪、光禄大夫奉节使征昌邑王典丧⑤。服斩缞⑥，亡悲哀之心，废礼谊，居道上不素食⑦，使从官略女子载衣车⑧，内所居传舍。始至谒见⑨，立为皇太子，常私买鸡豚以食⑩。受皇帝信玺、行玺大行前⑪，就次发玺不封⑫。从官更持节，引内昌邑从官驺宰官奴二百余人⑬，常与居禁闼内敖戏⑭。自之符玺取节十六⑮，朝暮临⑯，令从官更持节从。为书曰："皇帝问侍中君卿⑰：使中御府令高昌奉黄金千斤⑱，赐君卿取十妻⑲。"大行在前殿，发乐府乐器⑳，引内昌邑乐人，击鼓歌吹作俳倡㉑。会下还㉒，上前殿，击钟磬㉓，召内泰壹宗庙乐人辇道牟首㉔，鼓吹歌舞，悉奏众乐㉕。发长安厨三太牢具祠阁室中㉖，祀已㉗，与从官饮啖㉘。驾法驾㉙，皮轩鸾旗㉚，驱驰北宫、桂宫㉛，弄彘斗虎㉜。召皇太后御小马车㉝，使官奴骑乘，游戏掖庭中㉞。与孝昭皇帝宫人蒙等淫乱，诏掖庭令敢泄言要斩㉟。

【注释】

① 敞：杨敞。度辽将军：军衔，因度辽水而得名。明友：范明友，霍光的女婿，因击氐及乌桓有功，拜度辽将军，后封平陵侯。前将军、后将军：军衔，位在大将军、骠骑将军之下。增：韩增。充国：赵充国。谊：蔡谊。宜春：县名，治所在今河南汝南县西南。谭：王谭，昭帝时御史大夫。当涂：县名，治所在今安徽怀远县南。圣：魏圣，魏不害（因捕反者胡倩封侯）之子。随桃侯：其封地桃侯国在南阳郡随县（今湖北随州市）附近，此称随桃侯盖为区别于刘舍被封的冀州桃侯。昌乐：赵昌乐，投降汉朝的赵光（原为南越国苍梧王）之子。屠耆堂：姓复陆，原匈奴人，继承祖父复陆支

的封爵为杜侯。延年：杜延年。太常：官名，掌宗庙礼仪，兼掌选试博士。昌：苏昌，以捕反者故越王子邹起而封蒲侯。大司农：官名，掌租税钱谷盐铁和国家的财政收支，为九卿之一。延年：田延年。德：刘德。乐成：史乐成。光：李光。执金吾：率禁兵保卫京城和宫城的官员。延寿：李延寿。贤：韦贤，字长孺，精通《诗》、《礼》、《尚书》，号称邹鲁大儒，征为博士，进宫授昭帝《诗》，迁光禄大夫詹事、大鸿胪，宣帝时赐爵关内侯，后为丞相，谥节侯。《汉书》卷七十三有传。左冯翊：官名，亦为行政区名，为汉代三辅之一。汉时将京兆尹、左冯翊、右扶风称三辅。广明：田广明，字子公，官至御史大夫。《汉书·酷吏传》有传。右扶风：武帝太初时更名主爵都尉为右扶风，为地方行政长官。德：周德。长信少府：官名，汉有长信詹事，主皇太后宫，由宦者任职，景帝改为长信少府，平帝又改长乐少府。嘉：不知其姓。武：苏武。京辅都尉：官名，辅佐京兆尹。广汉：赵广汉，曾任颍川郡太守、京兆尹等，有治名，《汉书》卷七十六有传。司隶校尉：监督京师和地方的监察官。辟兵：不知其姓。迁：王迁。畸：宋畸。吉：丙吉。赐、管、胜、梁、长幸：皆不知其姓。夏侯胜：字长公，西汉著名学者，治今文《尚书》，其学称为大夏侯学，传见《汉书·儒林传》。太中大夫：官名，掌论议，属郎中令（光禄勋）。德：不知姓。印：赵印。② 总壹：统一。③ 为人后者为之子：承继于人者为人之子。④ 嗣后：作为其后嗣。⑤ 征：召。典丧：主持丧礼。⑥ 斩缞（cuī）：旧时五种丧服中最重的一种。用粗麻布制成，左右和下边不缝。服制三年。⑦ 居道上：指在来京途中。素食：菜食无肉。⑧ 从官：指君王的侍从、近臣。略：掳掠。衣车：一种有帐幔遮蔽，有门出入，供妇女乘坐的车子，也可兼载衣服。⑨ 谒见：指拜见皇太后。⑩ 豚：小猪。⑪ 信玺、行玺：都是皇帝之印。汉代皇帝有六玺，即皇帝行玺、皇帝之玺、皇帝信玺、天子行玺、天子之玺、天子信玺。又有传国玺，合称七玺。天子之玺由皇帝随身携带，其余均存于符节台（掌管符节印玺之官署）。大行：指刚死的皇帝。这里指昭帝。⑫ 次：指居丧之处。发玺不封：开玺匣不封存。⑬ 驺（zōu）宰：掌管马厩、车驾之官。官奴：收入官府的奴隶。⑭ 敖戏：嬉戏。⑮ 之：往。符玺：指符节台。⑯ 临：哭吊死者。⑰ 君卿：人名，不知其姓。⑱ 中御府令：掌宫中衣服财宝之官，属少府。⑲ 取：后写作"娶"。⑳ 乐府：掌音乐的官署。㉑ 歌吹：歌唱吹奏。俳

(pái)倡:杂戏乐舞。㉒ 会:正值。下:指昭帝灵柩下葬。㉓ 钟磬:皆乐器。㉔ 召内:召入。泰壹:即太一,天神名。辇:帝王车驾经过之道。牟首:地名,在上林苑中。㉕ 悉:尽,全。㉖ 长安厨:京兆尹属下的官署,掌皇家宴会。太牢:古帝王贵族祭祀时,牛、羊、猪三牲具备,称"太牢"。阁室:阁道中之房屋。㉗ 已:完毕。㉘ 啖:吃。㉙ 法驾:皇帝祭祀天地社稷等大典时才使用的乘舆仪仗。㉚ 皮轩:以虎皮为屏障的车。鸾旗:上绣鸾鸟、以羽毛为饰的旌旗。㉛ 北宫、桂宫:二宫名。均在未央宫北。㉜ 弄:戏耍。彘:猪。㉝ 御:驾。小马车:太后在宫中游玩时乘坐之小马(高仅三尺)拉的车。㉞ 掖庭:宫中旁舍,嫔妃宫女之住处。㉟ 掖庭令:官名,掌掖庭事务。要:古腰字。

太后曰:"止①!为人臣子当悖乱如是邪②!"王离席伏③。尚书令复读曰:

【注释】

① 止:谓命令停止读奏。② 悖乱:昏乱。此太后责昌邑王。③ 伏:拜伏于地。

取诸侯王、列侯、二千石绶及墨绶、黄绶以并佩昌邑郎官者免奴①。变易节上黄旄以赤②。发御府金钱、刀剑、玉器、采缯③,赏赐所与游戏者。与从官官奴夜饮,湛沔于酒④。诏太官上乘舆食如故⑤。食监奏未释服未可御故食⑥,复诏太官趣具⑦,无关食监⑧。太官不敢具,即使从官出买鸡豚,诏殿门内⑨,以为常。独夜设九宾温室⑩,延见姊夫昌邑关内侯⑪。祖宗庙祠未举⑫,为玺书使使者持节,以三太牢祠昌邑哀王园庙⑬,称嗣子皇帝⑭。受玺以来二十七日,使者旁午⑮,持节诏诸官署征发⑯,凡千一百二十七事。文学、光禄大夫夏侯胜等及侍中傅嘉数进谏以过失,使人簿责胜⑰,缚嘉系狱⑱。荒淫迷惑,失帝王礼谊,乱汉制度。臣敞等数进谏,不变更⑲,日以益甚⑳,恐危社稷,天下不安。

【注释】

① 绶：系印纽的丝带。汉制，诸侯王绿绶，列侯紫绶，二千石青绶，比六百石以上墨绶，比二百石以上黄绶，按级佩绶，不得僭越。免奴：已赦免为良人的奴隶。② 旄：以旄牛尾作的装饰品，按等级规定颜色。③ 采缯（zēng）：彩色丝织品。采，后多写作"彩"。④ 湛（chén）沔：沉溺。湛为沉之古字，沔与湎通。⑤ 乘舆：代指皇帝。⑥ 食监：官名，监督皇帝饮食制作。未释服：未脱丧服，即居丧未满期。御：食用。故食：平时之饮食。⑦ 趣（cù）：催促。具：准备，备办。⑧ 关：经由，通过。⑨ 殿门：指守卫殿门者。内：入。⑩ 独夜：一人独处之夜。设九宾温室：在温室设九宾之礼。九宾，朝会大典上一种非常隆重的礼节，由礼官九人迎宾赞礼，依次传引贵宾上殿。⑪ 延见：召见，引见。昌邑关内侯：昌邑王所封的关内侯。汉诸侯王可在其封国内按汉制封关内侯，但与皇朝封爵有区别。⑫ 举：祭祀。⑬ 祠：祭祀。昌邑哀王：刘髆，刘贺之父。⑭ 嗣子：按古礼法，刘贺既已作为昭帝后嗣即位，就不应再称为刘髆之嗣子。⑮ 旁午：交错。形容来往不绝。⑯ 征发：谓征集调遣人力或物资。⑰ 簿责：依据文书所列罪状逐一责问。⑱ 系狱：囚禁于牢狱。⑲ 更：改。⑳ 益：更加。

臣敞等谨与博士臣霸、臣隽舍、臣德、臣虞舍、臣射、臣仓议①，皆曰："高皇帝建功业为汉太祖，孝文皇帝慈仁节俭为太宗，今陛下嗣孝昭皇帝后，行淫辟不轨。《诗》云：'籍曰未知，亦既抱子②。'五辟之属③，莫大不孝④。周襄王不能事母⑤，《春秋》曰'天王出居于郑'⑥，繇不孝出之，绝之于天下也。宗庙重于君，陛下未见命高庙⑦，不可以承天序⑧，奉祖宗庙，子万姓⑨，当废。"臣请有司御史大夫臣谊、宗正臣德、太常臣昌与太祝以一太牢具⑩，告祠高庙。臣敞等昧死以闻⑪。

【注释】

① 霸：孔霸。隽舍：姓隽，名舍，因下文有虞舍，加姓以辨别。德：不知其姓。射：不知其姓。仓：后仓。② 语见《诗经·大雅·抑》。意为即使说你不知礼，但你已抱了儿子。即年已长大，本该知礼。③ 五辟：五

刑,泛指刑法。④ 莫大不孝:莫大于不孝。⑤ 周襄王不能事母:周襄王姬郑不能孝敬后母(惠后),故有逃往郑国之难。⑥ 语见《春秋》僖公二十四年。⑦ 见命:谓受命。高庙:高帝庙。⑧ 天序:天命,又指帝王的世序。⑨ 子万姓:以万姓为子民。即统治百姓之意。⑩ 太祝:官名,商代设之,掌祭祀祈祷之事。秦汉有太祝令丞,属太常卿。⑪ 昧(mèi):冒。

　　皇太后诏曰:"可。"光令王起拜受诏,王曰:"闻天子有争臣七人,虽亡道不失天下①。"光曰:"皇太后诏废,安得天子!"乃即持其手②,解脱其玺组③,奉上太后,扶王下殿,出金马门,群臣随送。王西面拜,曰:"愚戆不任汉事④。"起就乘舆副车⑤。大将军光送至昌邑邸⑥,光谢曰⑦:"王行自绝于天,臣等驽怯⑧,不能杀身报德。臣宁负王,不敢负社稷。愿王自爱,臣长不复见左右⑨。"光涕泣而去。群臣奏言:"古者废放之人屏于远方⑩,不及以政⑪,请徙王贺汉中房陵县⑫。"太后诏归贺昌邑⑬,赐汤沐邑二千户⑭。昌邑群臣坐亡辅导之谊⑮,陷王于恶,光悉诛杀二百余人。出死⑯,号呼市中曰⑰:"当断不断,反受其乱⑱。"

【注释】

　　①"天子有争臣七人"二句:语出《孝经·谏诤》。争(zhèng),通"诤",诤谏,规劝。诤臣,直言敢谏之臣。② 即:就,靠近。③ 玺组:即玺绶。组,绶带。④ 戆(zhuàng):愚。⑤ 乘舆副车:皇帝出行时的侍从车,又称属车。⑥ 邸:当时诸郡国在京师设邸,即办事处。⑦ 谢:道歉。⑧ 驽怯:无能怯懦。⑨ 长:永久。不复见左右:言不得侍奉于左右。⑩ 屏:放逐。⑪ 不及以政:谓不参与政事。⑫ 汉中房陵县:治今湖北房县。⑬ 归贺昌邑:让刘贺回到昌邑。⑭ 汤沐邑:指国君、皇后、公主等收取赋税的私邑。⑮ 坐:因……而获罪。辅导:辅佐引导。⑯ 出死:出狱赴市处死。⑰ 号呼:大声呼喊。⑱ 当断不断,反受其乱:当时俗语,意为该决断时没有决断(指先下手除霍光),反遭受其祸害。

　　光坐庭中,会丞相以下议定所立。广陵王已前不用,及燕刺王反诛,其子不在议中。近亲唯有卫太子孙号皇曾孙在民间①,咸称述焉。光遂

复与丞相敞等上奏曰："《礼》曰：'人道亲亲故尊祖，尊祖故敬宗②。'大宗亡嗣③，择支子孙贤者为嗣④。孝武皇帝曾孙病已，武帝时有诏掖庭养视，至今年十八，师受《诗》、《论语》、《孝经》⑤，躬行节俭，慈仁爱人，可以嗣孝昭皇帝后，奉承祖宗庙，子万姓。臣昧死以闻。"皇太后诏曰："可。"光遣宗正刘德至曾孙家尚冠里⑥，洗沐赐御衣⑦，太仆以軨猎车迎曾孙就斋宗正府⑧，入未央宫见皇太后，封为阳武侯⑨。已而光奉上皇帝玺绶⑩，谒于高庙，是为孝宣皇帝。明年，下诏曰："夫褒有德⑪，赏元功⑫，古今通谊也。大司马、大将军光宿卫忠正，宣德明恩，守节秉谊，以安宗庙。其以河北、东武阳益封光万七千户⑬。"与故所食凡二万户⑭。赏赐前后黄金七千斤，钱六千万，杂缯三万匹⑮，奴婢百七十人，马二千匹，甲第一区⑯。

【注释】

①皇曾孙：武帝的曾孙刘病已，后改名询，即汉宣帝。②语见《礼记·大传》，文字稍异。亲亲，亲爱自己的亲族。祖，世族的远祖。宗，世族的大宗。③大宗：宗族制度中嫡子一系为大宗。④支：宗族支系。⑤师受：从师受业。⑥尚冠里：里巷名，在长安南城。⑦御衣：王念孙说当作御府衣，宫内库中的衣服。⑧軨（líng）猎车：射猎时使用的轻便小车。斋：斋戒，在祭祀或举行其他典礼前清心寡欲，净身洁食，以示庄敬。⑨封为阳武侯：汉制，庶人不得为皇帝，故先封刘询为侯。阳武，治所在今河南洛阳市。⑩已而：不久。⑪褒：嘉奖。⑫元功：首功。⑬其：副词，犹当、可。河北：县名，治所在今山西芮城县西。东武阳：县名，治所在今山东莘县南。⑭食：指享受赋税。⑮杂缯：杂色丝绸。⑯甲第：上等住宅。一区：一所。

自昭帝时，光子禹及兄孙云皆中郎将，云弟山奉车都尉、侍中，领胡越兵①。光两女婿为东西宫卫尉②，昆弟诸婿外孙皆奉朝请③，为诸曹大夫、骑都尉④，给事中。党亲连体⑤，根据于朝廷⑥。光自后元秉持万机⑦，及上即位⑧，乃归政。上谦让不受，诸事皆先关白光⑨，然后奏御天子。光每朝见，上虚己敛容⑩，礼下之已甚⑪。

【注释】

① 胡越兵:指胡人和越人组成的部队。② 光两女婿为东西宫卫尉:霍光两个女婿,范明友为未央宫(西宫,皇帝所居)卫尉,邓广汉为长乐宫(东宫,皇太后所居)卫尉,负责两宫守卫。③ 昆弟:兄弟。奉朝请:泛称有资格参预定期朝会议政的官员。④ 骑都尉:官名,统领卫护皇帝的骑兵。⑤ 党亲连体:指姻亲同宗结成集团。⑥ 根据:盘踞。⑦ 后元:汉武帝年号(前88—前87)。秉持:把持。万机:指各种政事。⑧ 上:指宣帝。⑨ 关白:请示,报告。⑩ 虚己敛容:谦虚严肃,以示恭敬。⑪ 礼下之:指对其礼敬,降格待之。已甚:过甚,太过。

光秉政前后二十年,地节二年春病笃①,车驾自临问光病②,上为之涕泣。光上书谢恩曰:"愿分国邑三千户③,以封兄孙奉车都尉山为列侯,奉兄票骑将军去病祀。"事下丞相、御史,即日拜光子禹为右将军④。

【注释】

① 地节二年:前68年。② 车驾:天子所乘的车,此代指天子。③ 国邑:指其侯国封地。④ 右将军:军职名,位上卿,金印紫绶。

光薨①,上及皇太后亲临光丧。太中大夫任宣与侍御史五人持节护丧事②。中二千石治莫府冢上③。赐金钱、缯絮、绣被百领④,衣五十箧⑤,璧珠玑玉衣⑥,梓宫、便房、黄肠题凑各一具⑦,枞木外臧椁十五具⑧。东园温明⑨,皆如乘舆制度。载光尸柩以辒辌车⑩,黄屋左纛⑪,发材官轻车北军五校士军陈至茂陵⑫,以送其葬。谥曰宣成侯⑬。发三河卒穿复土⑭,起冢祠堂,置园邑三百家⑮,长丞奉守如旧法⑯。

【注释】

① 薨(hōng):死的别称,诸侯死曰薨。② 任宣:为霍光外孙。侍御史:官名,御史大夫的属官,行监察,或奉使出外执行特定任务。③ 治莫府冢上:在墓地设立办理丧事的幕府。④ 缯絮:用缯丝、丝绵制成的衣服。⑤ 箧(qiè):小箱子。⑥ 珠玑:珠宝。玉衣:帝王、后妃、王侯的玉制

葬服,有金缕、银缕、铜缕之分。霍光葬服当是金缕玉衣,以金丝连缀玉片而成。⑦ 梓宫:帝后所用的梓木棺材。便房:外棺。黄肠题凑:用黄心柏木垒成的椁室,因是黄心柏木,故称黄肠,木的头部皆向内为椁盖,故称题凑。⑧ 臧:藏的古字。外臧椁,指黄肠题凑外之外椁。十五具:指枞木板十五块。⑨ 东园:官署名,掌置办丧葬器物。温明:葬器名,放在尸体上的漆方桶,内置镜。⑩ 辒(wēn)辌(liáng)车:丧车。原是有遮盖的卧车,有窗可调节温度,故称"辒辌"。⑪ 黄屋左纛(dào):以黄缯为车盖,在车衡左边或左骈插以牦牛尾或雉尾制成的饰物。⑫ 材官:一种地方预备兵兵种,为能用强弩的步兵。轻车:兵种名,兵皆驾车作战。北军:汉代守卫京师的屯卫兵。未央宫在京城西南,其卫兵称南军;长乐宫在京城东面偏北,其卫兵称北军。文帝时合南北军,其后宫室日增,南军名没,而北军名存。北军五校:即北军五营。军陈:指军列成行。陈,同"阵"。茂陵:汉武帝陵,在今陕西兴平东北。霍光墓在兴平茂陵镇。⑬ 宣成:县名,治今安徽宣城宣州区西。⑭ 三河:汉时指河内(治怀县)、河东(治安邑)、河南(治洛阳)三郡。穿复土:掘地和堆土。⑮ 园邑:为守护陵园所置的县邑。⑯ 长丞奉守如旧法:谓大将军的长史、丞掾等属僚,按霍光生前的规格奉守陵园。

　　既葬,封山为乐平侯,以奉车都尉领尚书事①。天子思光功德,下诏曰:"故大司马、大将军、博陆侯宿卫孝武皇帝三十有余年②,辅孝昭皇帝十有余年,遭大难,躬秉谊,率三公、九卿、大夫定万世册③,以安社稷,天下蒸庶咸以康宁④。功德茂盛,朕甚嘉之。复其后世⑤,畴其爵邑⑥,世世无有所与⑦,功如萧相国⑧。"明年夏,封太子外祖父许广汉为平恩侯⑨。复下诏曰:"宣成侯光宿卫忠正,勤劳国家,善善及后世⑩,其封光兄孙中郎将云为冠阳侯。"

【注释】

　　① 领尚书事:管领尚书事务。② 有:通"又"。③ 万世册:指废立之事。册,同"策"。④ 蒸庶:民众。⑤ 复:免去赋役。⑥ 畴其爵邑:言不递减封爵食邑。⑦ 无有所与:此谓不出租赋,不事徭役。⑧ 萧相国:即萧

何。⑨许广汉:宣帝许皇后之父。平恩:县名,治所在今河北邱县西南。⑩善善:褒扬善人。

禹既嗣为博陆侯,太夫人显改光时所自造茔制而侈大之①。起三出阙②,筑神道③,北临昭灵,南出承恩④,盛饰祠室,辇阁通属永巷⑤,而幽良人婢妾守之⑥。广治第室⑦,作乘舆辇,加画绣茵冯⑧,黄金涂⑨,韦絮荐轮⑩,侍婢以五采丝挽显,游戏第中。初,光爱幸监奴冯子都⑪,常与计事,及显寡居,与子都乱⑫。而禹、山亦并缮治第宅,走马驰逐平乐馆⑬。云当朝请⑭,数称病私出,多从宾客,张围猎黄山苑中⑮,使苍头奴上朝谒⑯,莫敢谴者⑰。而显及诸女,昼夜出入长信宫殿中⑱,亡期度⑲。

【注释】

①显:霍光妻子之名。茔(yíng):墓地。侈:奢侈。②三出阙:墓前有三个门的石阙。③神道:墓前之道。④昭灵、承恩:皆馆名,在茂陵。⑤辇阁:通车辇的阁道。属(zhǔ):连接。永巷:深巷。⑥幽:禁闭。良人:平民。⑦第:大的住宅。⑧茵冯(píng):车垫和车轼。⑨黄金涂:以黄金涂饰车辇。⑩韦絮荐轮:以皮革和丝絮包扎车轮,以减轻行车时震动。⑪监奴:管家。冯子都:名殷。古诗《羽林郎》叙及子都调戏酒家胡女。⑫乱:淫乱。⑬平乐馆:上林苑中的跑马场。⑭当朝请:朝见皇帝之时。⑮黄山:宫名,故地在今陕西兴平西南。⑯苍头奴:青巾裹头的奴仆。⑰谴:责问。⑱长信宫:当时为霍光外孙女上官太后所居。⑲亡期度:没有时间限制。

宣帝自在民间闻知霍氏尊盛日久,内不能善。光薨,上始躬亲朝政,御史大夫魏相给事中①。显谓禹、云、山:"女曹不务奉大将军余业②,今大夫给事中,他人壹间③,女能复自救邪?"后两家奴争道④,霍氏奴入御史府,欲蹋大夫门⑤,御史为叩头谢,乃去。人以谓霍氏,显等始知忧。会魏大夫为丞相,数燕见言事⑥。平恩侯与侍中金安上等径出入省中⑦。时霍山自若领尚书⑧,上令吏民得奏封事⑨,不关尚书,群臣进见独往来,于是霍氏甚恶之。

【注释】

① 魏相：字弱翁，官至丞相，政绩显著。《汉书》卷七十四有传。② 女曹：你们。女，通"汝"。③ 间：离间。④ 两家：谓霍家及魏相家。⑤ 蹋：踢。⑥ 燕见：指帝王闲暇时召见。⑦ 平恩侯：许广汉。金安上：字子侯，金日䃅之子。省中：宫中。⑧ 自若：依然如故。⑨ 封事：密封的奏章，能防止泄密。

宣帝始立，立微时许妃为皇后①，显爱小女成君，欲贵之，私使乳医淳于衍行毒药杀许后②，因劝光内成君③，代立为后，语在《外戚传》。始，许后暴崩，吏捕诸医，劾衍侍疾亡状不道④，下狱。吏簿问急⑤，显恐事败，即具以实语光⑥。光大惊，欲自发举⑦，不忍，犹与⑧。会奏上⑨，因署衍勿论⑩。光薨后，语稍泄。于是上始闻之而未察，乃徙光女婿度辽将军、未央卫尉、平陵侯范明友为光禄勋⑪，次婿诸吏中郎将、羽林监任胜出为安定太守⑫。数月，复出光姊婿给事中光禄大夫张朔为蜀郡太守⑬，群孙婿中郎将王汉为武威太守⑭。顷之，复徙光长女婿长乐卫尉邓广汉为少府⑮。更以禹为大司马，冠小冠⑯，亡印绶⑰，罢其右将军屯兵官属，特使禹官名与光俱大司马者⑱。又收范明友度辽将军印绶，但为光禄勋。及光中女婿赵平为散骑、骑都尉、光禄大夫将屯兵⑲，又收平骑都尉印绶。诸领胡越骑、羽林及两宫卫将屯兵，悉易以所亲信许、史子弟代之⑳。

【注释】

① 微时：微贱之时。许妃：许广汉之女平君。② 乳医：产科医生。淳于衍：姓淳于，名衍，为宫廷女医。行：使用。③ 内：同"纳"。④ 亡状：无礼。不道：无道，胡作非为。⑤ 簿问：审问。⑥ 具：尽。⑦ 发举：揭发检举。⑧ 犹与：即犹豫。⑨ 奏上：奏章上呈。⑩ 因：连词，表承接，犹于是。署：批示。勿论：不追究。⑪ 平陵：县名，治今陕西咸阳市西北。⑫ 羽林监：宣帝令中郎将、骑都尉监羽林。安定：郡名，治高平（今宁夏固原）。⑬ 蜀郡：治成都（今四川成都市）。⑭ 武威：郡名，治姑臧（今甘肃武威市）。⑮ 少府：指长信少府。⑯ 小冠：汉制，大司马冠武弁大冠。此时让霍禹冠小冠，显然贬之。⑰ 亡印绶：无印绶，即无实权。⑱ 谓霍禹被罢去

兵权,只有大司马之虚衔与霍光相同而已。⑲ 散骑:汉代之加官,侍从皇帝。骑都尉:官名,汉武帝始置,属光禄勋,秩比二千石,掌监羽林骑,无定员。⑳ 许、史子弟:指宣帝皇后许氏之亲属、宣帝祖母史良娣之亲属。

禹为大司马,称病。禹故长史任宣候问,禹曰:"我何病? 县官非我家将军不得至是①,今将军坟墓未干②,尽外我家③,反任许、史,夺我印绶,令人不省死④。"宣见禹恨望深,乃谓曰:"大将军时何可复行⑤! 持国权柄⑥,杀生在手中。廷尉李种、王平、左冯翊贾胜胡及车丞相女婿少府徐仁皆坐逆将军意下狱死⑦。使乐成小家子得幸将军⑧,至九卿封侯。百官以下但事冯子都、王子方等⑨,视丞相亡如也⑩。各自有时⑪,今许、史自天子骨肉,贵正宜耳。大司马欲用是怨恨⑫,愚以为不可。"禹默然。数日,起视事⑬。

【注释】

① 县官:天子的别称。至是:至此,指即位为帝。② 坟墓未干:墓土未干,谓人才下葬不久。③ 外:疏远。④ 不省(xǐng)死:至死不明。⑤ 何可复行:意为现在怎能再那样。⑥ 权柄:权力。⑦ 李种:一作李仲,字季主,始元元年为廷尉,始元五年下狱死。王平:被霍光腰斩。贾胜胡:元凤三年处死。车丞相:车千秋,本姓田,年老时被特许乘小车入宫殿中,号车丞相,子孙因以车为姓。《汉书》卷六十六有传。徐仁:字中孙,元凤元年被霍光逼迫自杀。王平、徐仁案详见《汉书·杜周传》附杜延年传。⑧ 使乐成:即史乐成。小家子:出身低微的人。⑨ 王子方:为霍光家奴。⑩ 亡如:像没有一样。⑪ 时:时运。⑫ 用:因为。⑬ 视事:就职治事。

显及禹、山、云自见日侵削,数相对啼泣,自怨。山曰:"今丞相用事,县官信之,尽变易大将军时法令,以公田赋与贫民①,发扬大将军过失②。又诸儒生多窭人子③,远客饥寒④,喜妄说狂言,不避忌讳,大将军常仇之,今陛下好与诸儒生语,人人自使书对事⑤,多言我家者。尝有上书言大将军时主弱臣强,专制擅权,今其子孙用事,昆弟益骄恣,恐危宗庙,灾异数见⑥,尽为是也⑦。其言绝痛⑧,山屏不奏其书⑨。后上书者益黠⑩,尽奏封

霍光传

事,辄下中书令出取之⑪,不关尚书,益不信人。"显曰:"丞相数言我家,独无罪乎?"山曰:"丞相廉正,安得罪?我家昆弟诸婿多不谨。又闻民间讙言霍氏毒杀许皇后⑫,宁有是邪?"显恐急,即具以实告山、云、禹。山、云、禹惊曰:"如是,何不早告禹等!县官离散斥逐诸婿,用是故也⑬。此大事,诛罚不小,奈何⑭?"于是始有邪谋矣。

【注释】

① 公田:公家之田,指官府控制的土地。亦称官田。② 发扬:宣扬。③ 窭(jù):贫穷。④ 远客:到远方客居。⑤ 使书对事:指上书言事。⑥ 见:同"现",出现。⑦ 为是:因为此事(指霍氏专权)。⑧ 痛:甚,极。⑨ 屏(bǐng):隐瞒。⑩ 黠(xiá):狡猾。⑪ 中书令:官名,以宦官充任,掌文书、宣诏等事务。⑫ 讙(huān):喧哗。⑬ 用是故:因这个缘故。⑭ 奈何:怎么办。

初,赵平客石夏善为天官①,语平曰:"荧惑守御星②,御星,太仆奉车都尉也,不黜则死。"平内忧山等③。云舅李竟所善张赦见云家卒卒④,谓竟曰:"今丞相与平恩侯用事,可令太夫人言太后⑤,先诛此两人。移徙陛下⑥,在太后耳。"长安男子张章告之⑦,事下廷尉。执金吾捕张赦、石夏等,后有诏止勿捕。山等愈恐,相谓曰:"此县官重太后,故不竟也⑧。然恶端已见,又有弑许后事,陛下虽宽仁,恐左右不听,久之犹发⑨,发即族矣⑩,不如先也。"遂令诸女各归报其夫,皆曰:"安所相避⑪?"

【注释】

① 客:门客。天官:天文学。② 荧惑:即火星。守:犯。御星:又称钩铃,属房宿,共二小星。当时以为,御星象征为天子驾车者,荧惑守御星,太仆或奉车都尉不被罢黜就是死亡。③ 霍山时为奉车都尉,故赵平忧之。④ 卒卒:惶恐不安的样子。⑤ 太后:指上官太后。⑥ 移徙陛下:此暗指更换皇帝。⑦ 张章告之:《史记·建元以来侯者年表》云,张章为长安亭长,失官,寄宿霍氏第舍,卧马枥间,夜闻养马奴相与语,言霍氏子孙欲谋反状,因上书告反。⑧ 竟:追根究底。⑨ 发:揭露。⑩ 族:灭族。

⑪ 安所相避：到哪里躲避，谓走投无路，只有铤而走险。

会李竟坐与诸侯王交通①，辞语及霍氏，有诏云、山不宜宿卫，免，就第②。光诸女遇太后无礼③，冯子都数犯法，上并以为让④，山、禹等甚恐。显梦第中井水溢流庭下，灶居树上，又梦大将军谓显曰："知捕儿不⑤？亟下捕之⑥。"第中鼠暴多，与人相触，以尾画地。鸮数鸣殿前树上⑦。第门自坏。云尚冠里宅中门亦坏。巷端人共见有人居云屋上，彻瓦投地⑧，就视，亡有，大怪之。禹梦车骑声正讙来捕禹，举家忧愁。山曰："丞相擅减宗庙羔、菟、蛙⑨，可以此罪也⑩。"谋令太后为博平君置酒⑪，召丞相、平恩侯以下，使范明友、邓广汉承太后制引斩之⑫，因废天子而立禹。约定未发⑬，云拜为玄菟太守⑭，太中大夫任宣为代郡太守⑮。山又坐写秘书⑯，显为上书献城西第⑰，入马千匹，以赎山罪。书报闻⑱，会事发觉，云、山、明友自杀，显、禹、广汉等捕得。禹要斩，显及诸女昆弟皆弃市。唯独霍后废处昭台宫⑲。与霍氏相连坐诛灭者数千家⑳。

【注释】

① 交通：指勾结串通。② 就第：指免职回家。③ 遇：待。④ 并以为让：谓以诸事一并责备。⑤ 知捕儿不：谓知将捕儿否。⑥ 亟(jí)下捕之：谓即将下诏捕之。⑦ 鸮：鸱鸮，即猫头鹰，古人以为不祥之物。殿：上屋。⑧ 彻：拆除。⑨ 羔、菟、蛙：均为宗庙祭品，数量有所规定。羔，小羊。菟，同"兔"。⑩ 罪：治罪。⑪ 博平君：宣帝的外祖母王媪，地节四年封侯。置酒：办酒宴。⑫ 承太后制：奉太后命令。⑬ 发：举事。⑭ 玄菟：郡名，治高句骊(今辽宁新宾满族自治县西)。⑮ 代郡：初治代县(在今河北蔚县东北)，后治桑乾(今河北阳原县东)。⑯ 写：通"泄"，泄露。秘书：机密文件。⑰ 城西第：城西的宅第。⑱ 报闻：谓报送皇帝得知。⑲ 霍后：即霍光小女成君。昭台宫：在上林苑。⑳ 连坐：一人犯法，亲属党与等皆受处罚。

上乃下诏曰："乃者东织室令史张赦使魏郡豪李竟报冠阳侯云谋为大逆①，朕以大将军故，抑而不扬②，冀其自新③。今大司马博陆侯禹与母宣

成侯夫人显及从昆弟子冠阳侯云、乐平侯山诸姊妹婿谋为大逆,欲诖误百姓④。赖宗庙神灵,先发得⑤,咸伏其辜⑥,朕甚悼之⑦。诸为霍氏所诖误,事在丙申前⑧,未发觉在吏者⑨,皆赦除之⑩。男子张章先发觉,以语期门董忠⑪,忠告左曹杨恽⑫,恽告侍中金安上。恽召见对状⑬,后章上书以闻。侍中史高与金安上建发其事⑭,言无入霍氏禁闼,卒不得遂其谋⑮,皆雠有功⑯。封章为博成侯,忠高昌侯,恽平通侯,安上都成侯,高乐陵侯。"

【注释】

① 乃者:往日。东织室:汉代宫中掌管丝帛礼服等织造之机构名为织室,在未央宫,分设东、西织,织作文绣郊庙之服,属少府。令史:主管官吏。豪:有权势的人。报冠阳侯云谋为大逆:谓告知霍云共商谋反之事。② 抑而不扬:指将此事压下,没有宣扬或对其治罪。③ 冀:希望。④ 诖(guà)误:贻误,连累。百姓:此指百官。⑤ 发得:谓事败露而捕得。⑥ 辜:罪。⑦ 悼:哀伤。⑧ 丙申:指地节四年(前66)七月十八日。⑨ 未发觉在吏者:指未发觉霍氏罪行而入狱者。⑩ 除:免除罪责。⑪ 期门:官名,汉武帝时置,皇帝微服出巡时担任侍从护卫。⑫ 杨恽:丞相杨敞次子,司马迁的外孙。详见《汉书》卷六十六《杨敞传》附传。⑬ 对状:臣向君陈述事状。⑭ 建:建议,提出。⑮ 遂:完成,成功。⑯ 雠(chóu):相等。

初,霍氏奢侈,茂陵徐生曰①:"霍氏必亡。夫奢则不逊②,不逊必侮上。侮上者,逆道也③。在人之右,众必害之④。霍氏秉权日久,害之者多矣。天下害之,而又行以逆道,不亡何待⑤!"乃上疏言:"霍氏泰盛⑥,陛下即爱厚之⑦,宜以时抑制,无使至亡。"书三上,辄报闻⑧。其后霍氏诛灭,而告霍氏者皆封。人为徐生上书曰:"臣闻客有过主人者,见其灶直突⑨,傍有积薪⑩,客谓主人,更为曲突,远徙其薪,不者且有火患⑪。主人嘿然不应⑫。俄而家果失火⑬,邻里共救之,幸而得息。于是杀牛置酒,谢其邻人,灼烂者在于上行⑭,余各以功次坐,而不录言曲突者⑮。人谓主人曰:'乡使听客之言⑯,不费牛、酒,终亡火患。今论功而请宾,曲突徙薪亡恩泽,焦头烂额为上客耶?'主人乃寤而请之⑰。今茂陵徐福数上书言霍氏且有变,宜防绝之。乡使福说得行,则国亡裂土出爵之费⑱,臣亡逆乱诛灭之败。往事既已,而福独不蒙其功⑲,唯陛下察之⑳,贵徙薪曲突之策,使居焦发灼烂之右。"上乃赐福帛十四㉑,后以为郎。

【注释】
① 徐生:名福。② 逊:谦逊。③ 逆道:违背道义。④ 害:嫉恨。⑤ 不亡何待:不灭亡还等待什么,言必然灭亡。⑥ 泰:太。⑦ 即:即便。⑧ 报闻:谓回复所报之事已知,实际上是不予采纳。⑨ 直突:直的烟囱。⑩ 薪:柴。⑪ 且:将。⑫ 嘿:同"默"。⑬ 俄而:不久。⑭ 灼烂者:被烧伤的人。上行(háng):上座。⑮ 录:通"禄",赏赐。⑯ 乡:从前。⑰ 寤:醒悟。⑱ 裂土:分封土地。出爵:加封爵位。⑲ 蒙:受。⑳ 唯:表希望、祈使。㉑ 十四:王念孙说当作"千匹"。

宣帝始立,谒见高庙,大将军光从骖乘①,上内严惮之②,若有芒刺在背③。后车骑将军张安世代光骖乘,天子从容肆体④,甚安近焉⑤。及光身死而宗族竟诛⑥,故俗传之曰:"威震主者不畜⑦,霍氏之祸萌于骖乘。"

【注释】
① 骖乘:陪乘。② 严:非常。③ 芒刺:草木上的小刺。④ 肆体:身体舒展。⑤ 安近:安适亲近。⑥ 竟:终。⑦ 畜(xù):容留。

至成帝时①,为光置守冢百家,吏卒奉祠焉。元始二年②,封光从父昆弟曾孙阳为博陆侯,千户。

【注释】
① 成帝:名骜(ào),汉宣帝之孙,前33年—前7年在位。② 元始二年:公元2年。元始,汉平帝刘衎的年号。

赞曰:霍光以结发内侍①,起于阶闼之间②,确然秉志③,谊形于主④。受襁褓之托⑤,任汉室之寄,当庙堂,拥幼君,摧燕王,仆上官⑥,因权制敌,以成其忠。处废置之际⑦,临大节而不可夺,遂匡国家⑧,安社稷。拥昭立宣,光为师保⑨,虽周公、阿衡⑩,何以加此⑪!然光不学亡术,暗于大理⑫,阴妻邪谋⑬,立女为后,湛溺淫溢之欲⑭,以增颠覆之祸,死财三年,宗族诛夷,哀哉!昔霍叔封于晋⑮,晋即河东,光岂其苗裔乎⑯!

【注释】

① 结发:古时男子二十岁结发加冠。这里指霍光年轻时。② 阶闼:指宫廷。③ 确然:坚定地。④ 形:显露。⑤ 襁褓之托:谓托孤。这里指霍光受辅佐幼帝(昭帝)之重任。襁是背负幼儿用的布带,褓是包裹幼儿的布被。⑥ 仆:击败,打倒。⑦ 废置之际:指废昌邑王刘贺、立宣帝刘询之时。⑧ 匡:辅助。⑨ 师保:古代称教导辅弼君主之官为师或保。⑩ 阿衡:指伊尹。⑪ 加:超过。⑫ 暗:昏昧,不明。⑬ 阴:隐瞒。⑭ 湛溺:同"沉溺"。⑮ 霍叔:名叔处,武王之弟,封于霍(今山西霍州东北),故称霍叔。春秋时,霍为晋所灭,并入晋。⑯ 苗裔:后裔,后代子孙。

【导读】

本篇节选自《汉书》卷六十八《霍光金日䃅传》。霍光和金日䃅都是汉武帝的托孤重臣,班固将二人合传,自有深意,因篇幅关系,这次选入时略去有关金日䃅的部分。本篇传记主要记载霍光辅佐昭帝、废除昌邑王、迎立宣帝等几件大事,塑造出霍光这位权重一时的忠臣形象,是一篇不可多得的历史散文。霍光为人谨严,对汉朝也非常忠诚,武帝临终将幼小的昭帝托付于他,他便开始全面主持政务,召开盐铁会议,轻徭薄赋,实行一系列调整和恢复经济的措施;他粉碎了上官桀、桑弘羊等人的夺权行动,维持了稳定的大局;昭帝去世后立昌邑王,因昌邑王昏乱无度,他又带领群臣果断废掉昌邑王,迎立宣帝,直至去世都把持朝政,权倾天下。作为首席大臣且被武帝视为周公的霍光,以其深思熟虑、沉稳冷静的作风和娴熟的政治手腕,妥善地平息了一起又一起政治风波,一次又一次在极其尖锐复杂的斗争中取得胜利,使汉朝的统治得到稳固,社会经济有所发展。有人认为霍光是大阴谋家,评论未免失之偏颇。霍光既没有像王莽一样废掉幼帝而自当皇帝,也没有像曹操一样将皇帝玩弄于股掌之中并最终造就儿子称帝,而是一心辅佐汉室,堪称"昭宣中兴"的最大功臣。但是,霍光亦有不善自处、不善治家的致命弱点,他过分专权,一手遮天,以至皇帝与他一起坐车都感到害怕,犹如"芒刺在背";霍光让自己的亲戚都位居高官,还对妻子毒杀许后等恶行隐瞒放纵而未加惩治,其后院失火实属在所难免,在霍光死后,霍氏家族终因谋反而轰然崩溃。当然酿成这一苦果的并非霍光一人,宣帝当初未能听取徐生建议,对霍氏爱厚与节制并施,而是一味迁就,也客观上促使了霍氏一门的败亡。在专制社会中总会出现皇帝与权臣的矛盾,总会发生这样或那样的悲剧,其深层原因着实耐人寻味。不管怎么说,个人专权并非什么好事,而制度的延续性、道德的束缚力和君权臣权之间的互相制约等才是不可忽视的。

循吏传序

汉兴之初,反秦之敝,与民休息,凡事简易,禁罔疏阔①,而相国萧、曹以宽厚清静为天下帅②,民作"画一"之歌③。孝惠垂拱④,高后女主,不出房闼⑤,而天下晏然⑥,民务稼穑⑦,衣食滋殖⑧。至于文、景,遂移风易俗。是时,循吏如河南守吴公、蜀守文翁之属⑨,皆谨身帅先,居以廉平⑩,不至于严,而民从化⑪。

【注释】

① 禁罔疏阔:禁网稀疏,谓禁令法律宽缓不苛。罔,同"网"。② 萧、曹:即萧何、曹参。帅:通"率",表率。③ "画一"之歌:歌曰"萧何为法,讲若画一;曹参代之,守而勿失。"画一,整齐一致。④ 垂拱:垂衣拱手。形容无为而治。⑤ 房闼(tà):房门。⑥ 晏然:安定。⑦ 稼穑:耕种和收获。泛指农业劳动。⑧ 滋殖:增加。⑨ 河南:郡名,治所在今河南洛阳。吴公:上蔡(今河南上蔡西南)人,曾师事李斯。蜀:郡名,郡治成都(今四川成都市)。文翁:庐江舒(今安徽庐江县西南)人,治理蜀郡,兴学重教。为本篇《循吏传》第一人。⑩ 平:公平。⑪ 从化:归化,归顺。

孝武之世,外攘四夷①,内改法度,民用凋敝②,奸轨不禁③。时少能以

化治称者,惟江都相董仲舒、内史公孙弘、兒宽④,居官可纪。三人皆儒者,通于世务⑤,明习文法⑥,以经术润饰吏事⑦,天子器之。仲舒数谢病去⑧,弘、宽至三公。

【注释】

①攘:排斥,驱逐。② 民用:民之财用。凋敝:指困乏。③ 奸轨:违法作乱的人。轨,通"宄"。不禁:不可禁。④ 兒宽:千乘(今山东高青东北)人,治《尚书》,为人温良,善属文。《汉书》卷五十八有传。⑤ 世务:治世之事。⑥ 明习:明了熟习。文法:法规。⑦ 润饰:点缀。吏事:政事,官务。⑧ 数(shuò):屡次。谢病:托病引退。

孝昭幼冲①,霍光秉政②,承奢侈师旅之后③,海内虚耗④,光因循守职⑤,无所改作⑥。至于始元、元凤之间⑦,匈奴乡化⑧,百姓益富⑨,举贤良文学,问民所疾苦,于是罢酒榷而议盐铁矣⑩。

【注释】

① 幼冲:谓幼小。② 霍光:霍去病异母弟,武帝临终托孤之臣,主持朝政多年。见前。③ 师旅:本为军队编制,此指战事。④ 虚耗:空竭。⑤ 因循:沿袭,继承。⑥ 改作:变更。⑦ 始元、元凤:都是汉昭帝年号。⑧ 乡化:趋从教化。乡,同"向"。⑨ 益:更加。⑩ 酒榷:酒类专卖。盐铁:指盐铁官营。

及至孝宣,繇仄陋而登至尊①,兴于间阎②,知民事之艰难。自霍光薨后始躬万机③,厉精为治④,五日一听事,自丞相已下各奉职而进⑤。及拜刺史守相,辄亲见问⑥,观其所繇⑦,退而考察所行以质其言⑧,有名实不相应,必知其所以然。常称曰:"庶民所以安其田里而亡叹息愁恨之心者⑨,政平讼理也⑩。与我共此者,其唯良二千石乎⑪!"以为太守,吏民之本也。数变易则下不安,民知其将久,不可欺罔⑫,乃服从其教化。故二千石有治理效,辄以玺书勉厉⑬,增秩赐金,或爵至关内侯⑭,公卿缺则选诸所表以次用之⑮。是故汉世良吏,于是为盛,称中兴焉。若赵广汉、韩延寿、尹翁归、严延年、张敞之属⑯，皆称其位，然任刑罚⑰，或抵罪诛⑱。王成、黄霸、朱邑、龚遂、郑弘、召信臣等⑲，所居民富⑳，所去见思㉑，生有荣号，死见奉祀，此廪廪庶几德让君子之遗风矣㉒。

【注释】

① 繇：通"由"。仄陋：卑微。② 兴：起。闾(lǘ)阎：里巷内外门，后指里巷，此指民间。③ 薨：死的别称，诸侯死曰薨。万机：指纷繁的政务。④ 厉精：振奋精神。⑤ 已：同"以"。⑥ 辄：就。⑦ 所繇：所由，指所遵从之道。⑧ 质：验证。⑨ 亡：通"无"。愁恨：忧愁怨恨。⑩ 讼理：谓诉讼得到处理而无冤滞。⑪ 良二千石：指优秀的郡守、诸侯相。⑫ 欺罔：欺骗蒙蔽。⑬ 玺书：加盖玺印的诏书。⑭ 关内侯：秦汉爵名，第十九等。⑮ 所表：指所表彰者。⑯ 赵广汉：字子都，涿郡蠡吾（今河北博野西南）人，曾任颍川郡太守、京兆尹。韩延寿：字长公，本为燕人，后徙杜陵（今陕西西安东南），曾任淮阳、颍川、东郡太守及左冯翊。尹翁归：字子兄(kuàng)，河东平阳（今山西临汾西南）人，曾任东海太守。张敞：字子高，本为河东平阳人，后徙茂陵（今陕西兴平东北），曾任山阳太守、胶东相、京兆尹、冀州刺史。以上四人《汉书》卷七十六有合传。严延年：字次卿，东海下邳（今江苏邳州南）人，曾任涿郡、河南太守。见《酷吏传》。以上五人皆有政绩。⑰ 任：用。⑱ 抵：至。⑲ 王成：籍贯不详，曾任胶东相。黄霸：字次公，淮阳阳夏（今河南太康）人，曾任扬州刺史、颍川太守、京兆尹，后为太子太傅、御史大夫，代丙吉为丞相。朱邑：字仲卿，庐江舒（今安徽庐江西南）人，曾任北海太守、大司农。龚遂：字少卿，山阳南平阳（今山东邹城）人，曾任渤海太守、水衡都尉。召信臣：字翁卿，九江寿春（今安徽寿县）人，曾任零陵、南阳、河南太守及少府。以上五人事迹皆见《循吏传》。郑弘：字穉(zhì)卿，泰山刚（今山东宁阳东北）人，曾任南阳太守、淮阳相、右扶风、御史大夫。《汉书》卷六十六有传。⑳ 所居：指所在职处。㉑ 所去：指所离任时。㉒ 廪廪：渐近之意。庶几：差不多。德让：指礼让。

【导读】

本篇节选自《汉书》卷八十九《循吏传》。原传记载了文翁、王成、黄

霸、朱邑、龚遂、召信臣六位循吏的事迹。循吏是指守法循理的官吏，也就是人们平常所说的清官、好官，与酷吏正好相反。他们六人在地方任职时都有所作为，政绩卓著。西汉时也曾经有不少官吏在地方做出了成绩，如赵广汉、严延年等人，但他们不是因罪被诛杀，就是本身崇尚刑罚、为政严苛，所以班固没有把他们编入《循吏传》中。《循吏传》中记述的六个人"居以廉平"，崇尚教化，使得"所居民富，所去见思，生有荣号，死见奉祀"，颇有古时"德让君子之遗风"。以文翁为例，他在蜀郡成都设立学校，教化百姓，在汉时首倡郡国兴学之风。文翁所建学校（即文翁石室），历经两千余年，弦歌之声犹不绝。如今的成都石室中学依然在其原址办学，而现代著名学者王叔岷、王光祈、贺麟、郭沫若等都曾在那里求学。从传文中可以看出，只图个人政绩、不顾民生者不可谓之循吏，只有惠爱百姓、遗泽后世者方可当之，班固对循吏的去取原则是耐人寻味的。本篇虽仅选录传前序言，但该传大旨已显露无遗。在全国上下大力惩治腐败的今天，读一读《循吏传》，总结并学习古人的优良传统，无疑具有一定的现实意义。

西域传序赞

　　西域以孝武时始通，本三十六国，其后稍分至五十余①，皆在匈奴之西，乌孙之南②。南北有大山③，中央有河④，东西六千余里，南北千余里。东则接汉，厄以玉门、阳关⑤，西则限以葱岭⑥。其南山，东出金城⑦，与汉南山属焉⑧。其河有两原⑨：一出葱岭山，一出于阗⑩。于阗在南山下，其河北流，与葱岭河合，东注蒲昌海⑪。蒲昌海，一名盐泽者也⑫，去玉门、阳关三百余里，广袤三百里。其水亭居⑬，冬夏不增减，皆以为潜行地下，南出于积石，为中国河云⑭。

【注释】

　　① 稍：逐渐。② 乌孙：国名。原为一小国，在敦煌、祁连（今天山）一带（即今新疆哈密一带）。前177或前176年，被西迁的大月氏击败，投奔

匈奴。约前130年在匈奴支持下复仇,击败大月氏,西迁至伊犁河、楚河流域(今我国新疆西部、哈萨克斯坦东南部及吉尔吉斯斯坦附近),都赤谷城(今吉尔吉斯斯坦伊塞克湖东南,纳伦河上游),成为西域第一大国。③ 南北有大山:南大山指今喀喇昆仑山、昆仑山、阿尔金山。北大山指今天山。④ 中央有河:指今塔里木河。⑤ 厄:阻塞,阻隔。玉门:玉门关,故址在今甘肃敦煌西北。阳关:故址在今甘肃敦煌西南。⑥ 葱岭:帕米尔高原的群山,在今我国新疆西部、塔吉克斯坦东部、阿富汗东北部。因其地多生野葱而得名。⑦ 金城:郡名,治允吾(今甘肃永靖西北)。⑧ 汉南山:指今祁连山。属(zhǔ):连。⑨ 其河有两原:指塔里木河有两源。原,同"源"。⑩ 一出葱岭山,一出于阗(tián):一出葱岭山,为葱岭河(今叶尔羌河);一出于阗,为于阗河(今和田河)。于阗,国名,在今新疆西南和田一带。都西城(今和田附近)。⑪ 蒲昌海:今罗布泊。⑫ 盐泽:罗布泊本为咸水湖。现已干涸,仅剩湖底盐壳。⑬ 亭居:水静止不流的样子。亭,同"停"。⑭ "皆以为"三句:古人认为黄河发源于葱岭,流至蒲昌海后,潜入地下,再从积石山出。这种观点显然不正确。积石,山名,这里指大积石山,即今阿尼玛卿山,在今青海东南部。

　　自玉门、阳关出西域有两道:从鄯善傍南山北①,波河西行至莎车②,为南道;南道西逾葱岭则出大月氏、安息③。自车师前王廷随北山④,波河西行至疏勒⑤,为北道;北道西逾葱岭则出大宛、康居、奄蔡焉⑥。

【注释】

　　① 鄯善:国名。本名楼兰,在今新疆东南罗布泊附近。前77年改名鄯善。都扜(wū)泥城(今新疆罗布泊西南且尔乞都克古城)。傍:依。② 波(bì):循,沿。莎(suō)车:国名,在今新疆西南莎车一带,都莎车城(今莎车附近)。③ 月氏(zhī):国名。原为西方大国,统治区东起今祁连山以北,西抵今天山、阿尔泰山。前177或前176年被匈奴击败,西迁至今伊犁河、楚河流域。约前130年,被匈奴支持下的乌孙击败,再西迁至妫水(今阿姆河)流域,征服大夏国,都监氏城(即原大夏国都蓝市城,今阿富汗马扎里沙里夫附近)。西迁的月氏被称为大月氏,留在原居住地祁连

山一带的称为小月氏。安息：国名。即帕提亚波斯（约前247—前226），伊朗古国。疆域最大时辖今伊朗高原及两河流域，北抵里海，东达今阿富汗、巴基斯坦，南至波斯湾，西到今土耳其。④ 车师：国名。前身为今罗布泊西北的姑师，前108年为汉所破，余众北迁至今天山东段博格达山南北，归附匈奴，称车师，当与姑师为同名异译。后归汉，分为车师前、后国与山北六国。前王廷：指车师前国之都交河城（今新疆吐鲁番西）。⑤ 疏勒：国名，今新疆西南喀什一带。都疏勒城（今喀什附近）。⑥ 大宛（yuān）：国名，在今中亚费尔干纳盆地。都贵山城（今塔吉克斯坦苦盏附近）。康居（qú）：国名，在今哈萨克斯坦南部锡尔河中下游。以卑阗城（今哈萨克斯坦突厥斯坦南）为中心，冬夏异居。奄蔡：国名，在今咸海西北、里海北部一带。

西域诸国大率土著①，有城郭田畜，与匈奴、乌孙异俗，故皆役属匈奴②。匈奴西边日逐王置僮仆都尉③，使领西域，常居焉耆、危须、尉黎间④，赋税诸国，取富给焉⑤。

【注释】

① 土著：定居。② 役属：隶属而被役使。③ 僮仆都尉：匈奴官名。僮仆即奴隶。④ 焉耆：国名，在今新疆中部焉耆一带。都员渠城（今焉耆西南博格达沁古城）。危须：国名，在今新疆中部和硕一带。都危须城（今和硕东北曲惠古城）。尉犁：国名，在今新疆中部库尔勒一带。都尉犁城（约今库尔勒南夏渴兰旦古城）。⑤ 富给：富裕丰足。

自周衰，戎狄错居泾渭之北①。及秦始皇攘却戎狄，筑长城，界中国②，然西不过临洮③。

【注释】

① 错居：杂居。泾：水名，北源出今宁夏固原，南源出今甘肃华亭，在甘肃平凉汇合，东南行注于渭水。渭：水名，源出今甘肃渭源西北鸟鼠山，东南流经陕西，与泾、北洛合，东流至潼关注于黄河。② 界中国：指为中

原国家之境界。③ 临洮：陇西郡（治狄道，今甘肃临洮）属县，今甘肃岷县。

汉兴至于孝武，事征四夷，广威德，而张骞始开西域之迹。其后骠骑将军击破匈奴右地①，降浑邪、休屠王②，遂空其地，始筑令居以西③，初置酒泉郡④，后稍发徙民充实之，分置武威、张掖、敦煌⑤，列四郡，据两关焉⑥。自贰师将军伐大宛之后⑦，西域震惧，多遣使来贡献。汉使西域者益得职⑧。于是自敦煌西至盐泽，往往起亭，而轮台、渠犁皆有田卒数百人⑨，置使者校尉领护⑩，以给使外国者。

【注释】

① 骠骑将军：指霍去病。② 降浑邪（yé）、休屠（chú）王：指霍去病于前121年率兵大破匈奴，夺取河西。匈奴浑邪王杀休屠王降汉，霍去病率部平定其内部变乱，成功受降。③ 令（lián）居：县名，治今甘肃永登西北。后属金城郡。④ 酒泉郡：河西四郡之一。治禄福（今甘肃酒泉）。⑤ 武威：河西四郡之一。初治武威（今甘肃民勤东北）。张掖：河西四郡之一。治觻（lù）得（今甘肃张掖西北）。敦煌：河西四郡之一。治敦煌（今甘肃敦煌西）。⑥ 两关：指玉门关、阳关。⑦ 贰师将军：指李广利。伐大宛：指前102年李广利第二次讨伐大宛，威震西域。⑧ 得职：称职。⑨ 轮台：国名，在今新疆中部轮台一带。即《史记·大宛列传》之"仑头"，乃同名异译。前102年李广利西征大宛途中，轮台不降，被击灭。渠犁：国名，在今新疆中部库尔勒、尉犁一带。⑩ 领护：管理保护。

至宣帝时，遣卫司马使护鄯善以西数国。及破姑师①，未尽殄，分以为车师前后王及山北六国②。时汉独护南道，未能尽并北道也。然匈奴不自安矣。其后日逐王畔单于，将众来降，护鄯善以西使者郑吉迎之。既至汉，封日逐王为归德侯③，吉为安远侯④。是岁，神爵三年也⑤。乃因使吉并护北道，故号曰都护⑥。都护之起，自吉置矣。僮仆都尉由此罢，匈奴益弱，不得近西域。于是徙屯田，田于北胥鞬⑦，披莎车之地⑧，屯田校尉始属都护。都护督察乌孙、康居诸外国⑨，动静有变以闻。可安辑⑩，安

辑之;可击,击之。都护治乌垒城⑪,去阳关二千七百三十八里,与渠犁田官相近,土地肥饶,于西域为中,故都护治焉。

【注释】

① 姑师:国名,即后之车师。时在今罗布泊西北。姑师被汉击破后,北迁至今博格达山南北。② 车师前后王及山北六国:车师归顺汉朝后,分其国为车师前后国和山北六国(蒲类前后国、东西且弥国、卑陆前后国)。③ 归德:汝南郡(治平舆,今河南平舆北)属县,故治在今陕西吴旗西北境。④ 安远:自汝南郡慎县(今安徽颍上县西北)析置。⑤ 神爵三年:前59年。《汉书·宣帝纪》以郑吉迎日逐王降汉在神爵二年(前60),当以本纪为是。⑥ 都护:总护。指总护西域南北两道。西域都护为汉在西域的最高行政长官。⑦ 北胥鞬(jiān):地名,约在莎车附近。⑧ 披:靠近。⑨ 督察:监督察视。⑩ 安辑:安抚。⑪ 乌垒城:西域都护治所,也是一个小国。在今新疆中部轮台东北。

至元帝时,复置戊己校尉①,屯田车师前王庭。是时,匈奴东蒲类王兹力支将人众千七百余人降都护②,都护分车师后王之西为乌贪訾离地以处之③。

【注释】

① 戊己校尉:官名,掌西域屯田事务。② 东蒲类:国名。即蒲类前国,此时为匈奴控制。在今新疆天山东端巴里坤一带,是山北六国之一。都疏榆谷(今新疆东北巴里坤湖附近)。③ 车师后王:国名,在今新疆东北吉木萨尔一带。都务涂谷(今吉木萨尔南)。乌贪訾离:国名,在今新疆北部玛纳斯一带。都于娄谷(今玛纳斯附近)。

自宣、元后,单于称藩臣,西域服从,其土地山川、王侯户数、道里远近翔实矣。

赞曰:孝武之世,图制匈奴①,患其兼从西国②,结党南羌,乃表河西③,

列四郡,开玉门,通四域,以断匈奴右臂,隔绝南羌、月氏。单于失援,由是远遁,而幕南无王庭④。

【注释】

①图:谋。②兼从西国:指兼并联合西域各国。③表:濒临,靠近。④幕:通"漠"。

遭值文、景玄默①,养民五世②,天下殷富,财力有余,士马强盛。故能睹犀布、玳瑁则建珠崖七郡③,感枸酱、竹杖则开牂柯、越巂④,闻天马、蒲陶则通大宛、安息⑤。自是之后,明珠、文甲、通犀、翠羽之珍盈于后宫⑥,蒲梢、龙文、鱼目、汗血之马充于黄门⑦,巨象、师子、猛犬、大雀之群食于外囿⑧。殊方异物,四面而至。于是广开上林⑨,穿昆明池⑩,营千门万户之宫⑪,立神明通天之台⑫,兴造甲乙之帐⑬,落以随珠和璧⑭,天子负黼依⑮,袭翠被⑯,冯玉几⑰,而处其中。设酒池肉林以飨四夷之客⑱,作《巴俞》都卢、海中《砀极》、漫衍鱼龙、角抵之戏以观视之⑲。及赂遗赠送,万里相奉⑳,师旅之费,不可胜计。至于用度不足,乃榷酒酤,管盐铁,铸白金,造皮币,算至车船,租及六畜㉑。民力屈,财用竭,因之以凶年㉒,寇盗并起,道路不通,直指之使始出㉓,衣绣杖斧,断斩于郡国,然后胜之。是以末年遂弃轮台之地,而下哀痛之诏㉔,岂非仁圣之所悔哉! 且通西域,近有龙堆㉕,远则葱岭,身热、头痛、县度之厄㉖。淮南、杜钦、扬雄之论㉗,皆以为此天地所以界别区域,绝外内也。《书》曰"西戎即序"㉘,禹即就而序之,非上威服致其贡物也㉙。

【注释】

①玄默:清静无为。②五世:指汉高帝、惠帝、文帝、景帝、武帝。③布:王念孙说当为"象"字之讹。玳瑁:爬行动物,形状似龟。甲壳黄褐色,有黑斑和光泽,可做装饰品。甲片可入药。珠崖七郡:汉武帝元鼎六年(前111)在岭南置南海、苍梧、郁林、合浦、交阯、九真、日南、珠崖、儋耳九郡,汉元帝时弃珠崖、儋耳二郡。④枸(jǔ)酱:即蒌叶,又名蒟酱,扶留藤。胡椒科,藤本,近木质。叶可入药。也指用蒌叶的果实做的酱。牂

柯:郡名,治故且兰(今贵州福泉境)。越嶲:郡名,治邛都(今四川西昌东)。⑤天马:西域良马。汉武帝先得乌孙好马,名之曰天马。后得大宛汗血马,更壮,则称大宛马为天马,乌孙马为西极马。蒲陶:即葡萄。⑥文甲:指玳瑁。通犀:一种犀牛角,中央色白,上下贯通。翠羽:翠鸟的羽毛。⑦蒲梢、龙文、鱼目、汗血:四种西域良马名。黄门:宫禁。⑧师子:即狮子。大雀:指驼鸟。外囿:饲养禽兽的皇家园林。⑨上林:汉武帝于建元三年(前138)在秦代的上林苑基础上扩建而成的宫苑,方三百余里,范围包括今陕西西安周围广大地区。其东南至鼎湖宫(今陕西蓝田西南);南至秦岭;西至长杨宫和五柞宫(今陕西周至东);西北至黄山宫(今陕西兴平东);沿渭水而东,至泾、渭交会之处及灞水东岸。内有离宫别馆数十所,广植各种珍奇果卉,饲养各种野兽。⑩昆明池:在长安西南,周长四十里。汉武帝欲讨伐昆明,于元狩三年(前120)开凿昆明池以象滇池,用以训练水军。⑪千门万户之宫:指汉武帝太初元年(前104)营建的建章宫。⑫神明通天之台:神明、通天为两座台名。神明台在建章宫;通天台又名候神台,又名望仙台,在甘泉宫。两座台都有承露盘收集露水,用以和药石饮用而求长生。⑬甲乙之帐:据《太平御览》卷六九五所引《汉武故事》:汉武帝曾以琉璃珠玉明月夜光珠,错杂天下珍宝为甲帐,其次为乙帐。甲以居神,乙以自居。⑭落:通"络",笼住。随珠和璧:随侯珠、和氏璧,代指珍宝。⑮负:靠。黻(fú)依:画着黑白斧形花纹的屏风。黻,黑白相间的斧形花纹。依,通"扆(yǐ)",屏风。⑯袭:重叠。翠被(pèi):用翠羽装饰的背帔(披肩)。被,同"帔"。⑰冯(píng):通"凭",倚靠。玉几:用玉装饰的几案。⑱酒池肉林:酒池在长乐宫中,为秦始皇所营建,汉武帝袭用之。肉林在酒池边,挂肉于树上。汉武帝用酒池、肉林来向四夷夸耀。酒池肉林本为商纣王所创。⑲《巴俞》:指巴郡、俞(渝)水地区(今重庆一带)賨(cóng)人的舞蹈。都卢:国名,《汉书·地理志》作夫甘都卢(一般认为指缅甸蒲甘古城,在今伊洛瓦底江中游卑谬附近)。其人身体轻捷,善于攀高。这里指攀高的杂技。砀极:乐名。漫衍:戏耍名。造一个很长的野兽,用以舞动。鱼龙:戏耍名。将猞猁变化为鱼和龙形。角抵:相当于现在的摔跤。观视:表现出来让人观赏。视,通"示"。⑳赂、遗、赠、奉:都是送、给与的意思。㉑"榷酒"六句:汉武帝时

为缓解财政危机,实行酒、盐、铁官方专营专卖,用银锡造钱,以白鹿皮为币(帛),对车船、六畜等民间财产征收算缗钱。榷,本义为独木桥,这里指专营专卖。白金,指银、锡。币,指帛,用以祭祀或赠送宾客。算,指算缗钱,按人口、资产数量征收的一种税。㉒ 因:乘,趁。㉓ 直指之使:即绣衣直指。属于侍御史。汉武帝时,民间多有起事者,地方官员督捕不力,于是皇帝直接指派使者衣着绣衣,持斧仗节,兴兵镇压,刺史郡守若督捕不力者亦皆伏诛。㉔ 哀痛之诏:即轮台罪己诏,全文见《汉书·西域传·渠犁传》。汉武帝晚年,由于李广利征讨匈奴全军覆没,巫蛊之祸又使太子刘据自杀,连年战乱,国力空虚,户口减半,政局陷入困境。征和四年(前89),桑弘羊等建议在轮台屯戍,汉武帝下诏痛悔自己的过失,驳回桑弘羊等人的建议,提出"当今务在禁苛暴,止擅赋,力本农,修马复令,以补缺,毋乏武备而已",又封丞相车千秋(即田千秋)为富民侯,实行休养生息的政策。㉕ 龙堆:地名,即白龙堆,今新疆罗布泊东,汉楼兰国附近。其地缺乏水草。㉖ 身热、头痛、县(xuán)度:都是地名,在西汉到罽(jì)宾国(今巴基斯坦北部及克什米尔一带)的途中。县度,石山名,在今巴控克什米尔西北达丽尔到吉尔吉特之间的印度河上游河谷。其山溪谷不通,以绳索悬缒而过,故名。身热、头痛都在县度以东,皮山(今新疆皮山一带)以西,具体位置不可考。厄(ài):险要之地。㉗ 淮南、杜钦、扬雄之论:淮南指淮南王刘安,他曾谏汉武帝伐闽越,极言征讨困难,取其地无用。杜钦,字子夏,大将军王凤任命其为大将军军武库令。他曾劝谏王凤不要派人护送反复无常的罽宾国的使者,认为其国归附与否都无关西域大局,并极言路途之艰险。汉哀帝建平四年(前4)乌珠留若鞮单于请求入朝,哀帝与朝臣准备拒绝,扬雄上书劝谏,认为前代与匈奴为敌损失巨大,极言匈奴难制,现在匈奴归附,应当听许。㉘ 西戎即序:见《尚书·禹贡》。即,就。序,次。即序,就其次序,指归顺。大禹治理好雍州一带,使西方的少数民族归服,进献方物。㉙ 上:通"尚",崇尚。威服:以武力慑服。致:招引。

西域传序赞

　　西域诸国,各有君长,兵众分弱,无所统一,虽属匈奴,不相亲附。匈奴能得其马畜旃罽①,而不能统率与之进退。与汉隔绝,道里又远②,得之不为益,弃之不为损。盛德在我,无取于彼。故自建武以来③,西域思汉威德,咸乐内属。唯其小邑鄯善、车师,界迫匈奴,尚为所拘。而其大国莎车、于阗之属,数遣使置质于汉,愿请属都护。圣上远览古今④,因时之宜,羁縻不绝⑤,辞而未许。虽大禹之序西戎,周公之让白雉⑥,太宗之却走马⑦,义兼之矣,亦何以尚兹⑧!

【注释】

① 旃(zhān)罽:毡毯一类的毛织品。旃,通"毡"。② 道里:路途。③ 建武:东汉光武帝的年号,25—56年。④ 圣上:指汉光武帝。⑤ 羁縻:笼络,怀柔。⑥ 周公之让白雉:据《尚书大传》、《韩诗外传》,周成王时,越裳氏(今越南一带)重九译而来进献白雉,周公辞让,认为"德不加焉,则君子不享其质(通"贽",见面礼);政不施焉,则君子不臣其远",越裳氏使者解释说该国老人言三年来风调雨顺,海不泛滥,推想中原地区当有圣人,故来朝拜。⑦ 太宗之却走马:太宗指汉文帝。据《汉书·贾捐之传》,有人向汉文帝献上千里马,汉文帝下诏赐还千里马,赏献马者路费,并要求四方不要来进献。由此汉文帝远离各种玩好倡优。⑧ 尚兹:高于此。

【导读】

本篇节选自《汉书》卷九十六《西域传》。原传分为上、下两个分卷,叙述西域形势及其五十多个国家或城邦、地区的情况,以及汉与西域的密切关系。因为篇幅较大,这里仅选录了序、赞部分,概述了西域形势及历代汉朝政府施政西域的简单历程。西域这一名称,是自汉以来对于玉门关以西地区的总称,有广狭两义。广义的西域指玉门关、阳关以西直至中亚、西亚的广大地域。狭义的西域指今天我国新疆及其附近区域。《汉书·西域传》将西域定义为:"在匈奴之西,乌孙之南。南北有大山,中央有河,东西六千余里,南北千余里。东则接汉,厄以玉门、阳关,西则限以葱岭。"这是指狭义的西域。实际上传文叙述的内容却往往超出这一范围,倒是符合广义的西域定义,但是汉朝实际经营的核心区域仍然是狭义的西域。自从汉武帝时张骞通西域开始,中原人对西域的了解不断加深。出于反击匈奴的需要,汉武帝对西域非常重视,积极同匈奴角逐西域,先后伐楼兰、姑师,结好乌孙,远征大宛,屯田渠犁、轮台。其后汉昭帝、汉宣帝亦积极经营西域。汉宣帝神爵二年(前60),统领匈奴西部地区的日逐王先贤掸降汉,匈奴在西域地区的统治终结,西汉取代匈奴将西域纳入版图。次年(前59),汉以郑吉为西域都护,正式开府施政。西域都护是西域最高行政长官,秩比二千石。都护治所在乌垒城,地处西域之中。汉元帝初元元年(前48),汉在西域置戊己校尉,主管屯田事务,进一步完善了对西域的管理机制。事实上,一共有48个西域国家先后接受汉西域都护管辖,《西域传》所云"西域本三十六国"当是泛称而非确指。新莽时期,举措失当,西域再度落入匈奴之手。东汉开国后,汉光武帝出于与民休息的需要,没有积极经营西域,只是对西域保持羁縻统治,此举班固在传末赞语中予以了高度称扬。班固的弟弟班超于汉明帝永平十六年(73)重新开始经营西域,汉朝又逐渐恢复了对西域的管辖。

外戚传序

自古受命帝王及继体守文之君①,非独内德茂也②,盖亦有外戚之助焉。夏之兴也以涂山③,而桀之放也用末喜④;殷之兴也以有娀及有㜸⑤,而纣之灭也嬖妲己⑥;周之兴也以姜嫄及太任、太姒⑦,而幽王之禽也淫褒姒⑧。故《易》基《乾》、《坤》⑨,《诗》首《关雎》⑩,《书》美釐降⑪,《春秋》讥不亲迎⑫。夫妇之际,人道之大伦也。礼之用,唯昏姻为兢兢⑬。夫乐调而四时和⑭,阴阳之变,万物之统也⑮,可不慎与! 人能弘道⑯,末如命何⑰。甚哉妃匹之爱⑱,君不能得之臣,父不能得之子⑲,况卑下乎⑳! 既欢合矣㉑,或不能成子姓㉒,成子姓矣,而不能要其终㉓,岂非命也哉! 孔子罕言命㉔,盖难言之。非通幽明之变㉕,恶能识乎性命㉖!

【注释】

① 继体:继承帝位。守文:指遵循先王法度。② 内德:自身固有的德性。茂:美。③ 夏之兴也以涂山:相传禹娶涂山氏之女而生启,启开创了夏朝。④ 桀之放也用末喜:相传夏朝最后末代君主桀,宠信有施氏之女

末喜(又作妹喜,妹音mò),昏乱失德,终致夏朝为商汤所灭,桀被流放,与末喜死于南巢(今安徽巢湖西南)。⑤ 殷之兴也以有娀(sōng)及有㜪(shēn):相传有娀氏之女简狄吞燕卵而生禼(xiè,同"契"),即商的始祖;商汤娶有㜪之女为妃,伊尹作为陪嫁臣仆来到商汤身边,成为辅国重臣。⑥ 纣之灭也嬖(bì)妲(dá)己:相传商纣因宠爱有苏氏女妲己,毒虐民众,最终灭亡。⑦ 周之兴也以姜嫄及太任、太姒(sì):传说有邰(tái)氏女姜嫄践巨人足迹而生弃(即后稷),为周人祖先;太任本挚国之女,嫁周王季为妃,有贤德,怀孕时能行胎教,生周文王;太姒为文王正妃,是周武王、周公旦的生母。⑧ 幽王之禽也淫褒姒:西周最后一个君主周幽王(前781—前771年在位)宠爱褒姒,废黜申后,烽火戏诸侯,申侯、缯侯与犬戎攻杀幽王。禽,同"擒"。⑨《易》基《乾》、《坤》:《易经》以《乾》、《坤》二卦居首。乾、坤可象征男、女或夫、妇。⑩《诗》首《关雎》:《诗经》以《关雎》为首篇。《诗大序》认为《关雎》言后妃之德。⑪《书》美釐(lí)降:《尚书》赞美尧把娥皇、女英两女儿下嫁给舜之事。⑫《春秋》讥不亲迎:古婚礼规定夫婿必须亲自前往女家迎接新妇,《春秋》隐公二年"纪裂繻(xū)来逆女",当时纪侯娶鲁隐公的姐妹伯姬为夫人,派大夫裂繻去迎接,《公羊传》指出《春秋》记此是讥其始不亲迎。⑬ "礼之"二句:意为礼的运用,没有比婚姻之礼更认真谨慎了。⑭ 乐调:音律和谐。⑮ 统:纲纪。⑯ 人能弘道:语出《论语·卫灵公》"人能弘道,非道弘人"。此句意为人能把道弘大。⑰ 末如命何:末,无。出自《论语·宪问》:"道之将行也与,命也;道之将废也与,命也。公伯寮其如命何?"言人奈何不了天命。⑱ 妃:通"配"。⑲ "君不能"二句:君不能从臣那里得到,父不能从子身上得到。⑳ 况卑下乎:谓君、父之尊尚且如此,何况卑下的人呢。㉑ 欢合:指婚配。㉒ 子姓:子孙。㉓ 要(yāo):求取,得到。终:此指白头偕老。㉔ 孔子罕言命:语出《论语·子罕》"子罕言利与命与仁"。㉕ 幽明:指各种有形和无形的事物。㉖ 恶(wū):疑问代词,相当于何、怎么。

  汉兴,因秦之称号①,帝母称皇太后,祖母称太皇太后,適称皇后②,妾皆称夫人。又有美人、良人、八子、七子、长使、少使之号焉③。至武帝制倢伃、娙娥、傛华、充依,各有爵位,而元帝加昭仪之号,凡十四等云④。昭仪位视丞相⑤,爵比诸侯王⑥。倢伃视上卿,比列侯。娙娥视中二千石⑦,比关内侯⑧。傛华视真二千石⑨,比大上造⑩。美人视二千石,比少上造⑪。八子视千石,比中更⑫。充依视千石,比左更⑬。七子视八百石,比右庶长⑭。良人视八百石,比左庶长⑮。长使视六百石,比五大夫⑯。少使视四百石,比公乘⑰。五官视三百石⑱。顺常视二百石⑲。无涓、共和、娱灵、保林、良使、夜者皆视百石⑳。上家人子、中家人子视有秩斗食云㉑。五官以下,葬司马门外㉒。

【注释】

① 因:沿袭。② 適(dí):同"嫡",此指嫡妻,即正妻。③ 美人、良人:女官名号,取美丽、善良之意。八子、七子:女官名号,来源于春秋时的内官诸子。八、七,指官秩俸禄的差别。长使、少使:女官名号,取供驱使之意。④ 凡十四等:除皇后而外,昭仪以下共十四等。倢伃一作婕妤,美的意思。娙(xíng)娥一作娙何,美好之意。娙,女子身材长而美。傛华,仪容华美的意思。傛,通"容"。充依,取充后庭而依秩序之意。昭仪,取昭显女仪,以示隆重之意,位次于皇后,在妃嫔中地位最高。⑤ 视:比照。⑥ 比:等同。⑦ 中(zhòng)二千石:汉制,秩二千石者,一岁得一千四百四十石,实不满二千石;中二千石者,一岁得二千一百六十石,举成数言之,故曰中二千石。中,满。⑧ 关内侯:秦汉爵名,第十九等。⑨ 真二千石:在中二千石之下、二千石之上,一岁得千八百石。⑩ 大上造:秦汉爵名,第十六等。⑪ 少上造:秦汉爵名,第十五等。⑫ 中更:秦汉爵名,第十三等。⑬ 左更:秦汉爵名,第十二等。⑭ 右庶长:秦汉爵名,第十一等。⑮ 左庶长:秦汉爵名,第十等。⑯ 五大夫:秦汉爵名,第九等。⑰ 公乘:秦汉爵名,第八等。⑱ 五官:宫中侍从女官名,仿外朝五官郎中名所设。⑲ 顺常:女官名号。⑳ 无涓、共和、娱灵、保林、良使、夜者:皆女官名号。无涓取无所不洁之意。共和取恭顺柔和之意。娱灵取娱乐性灵之意。保林取安众如林之意。良使取使令之善者之意。夜者取主职夜事之意。㉑ 家人子:采选入宫的良家女,尚未有称号,故称家人子,分上中二等。斗食:指低级佐吏。㉒ 司马门:汉代帝王陵寝有四门,其一称司马门。

【导读】

　　本篇节选自《汉书》卷九十七《外戚传》,是传前的序言。该传叙述了西汉25位后妃及其家族的事迹。外戚亦称"外家",指帝王的母族、妻族,是外姓通过婚姻与皇室结成亲属,是一种依靠裙带依附于太后、皇后、皇帝宠妃或公主的势力集团,是后妃制度的派生物。外戚作为特殊的群体,对于政治的影响十分巨大。由于后妃的关系,其家属往往因此而飞黄腾达,掌握大权,乃至动摇江山社稷,践祚登位。而由于政治环境波诡云谲,外戚的生存状况亦复杂多变,但总是失败者居多、保全者甚少,其中的大多数外戚会失势受辱,乃至阖族取祸,身败名裂。西汉自建立以来,外戚时常把持政权。汉初,吕太后一度执政,吕氏家族掌握大权,多人封王、封侯,刚刚建立不久的汉朝就经历了一次危机。幸有周勃等人平定诸吕,迎立汉文帝,总算有惊无险。而到了西汉末年,外戚王氏掌握大权四十余年,最终由王莽代汉称帝。有些外戚家族对汉室也立有殊勋,如汉武帝卫皇后家族,出了卫青、霍去病两位名将,反击匈奴,战功巍巍。其后霍光受武帝托孤之任,辅佐昭、宣两代,中兴汉室。但即使是立有大功的卫、霍家族,最终也难免悲剧的结局。在一朝风光无限的背后,常常暗藏着冷酷无情的权力厮杀以及各种势力的生死较量,其间有多少压抑含冤、身死家灭、悲欢离合的故事,着实让人感慨万千。值得注意的是,西汉前期外戚多出身微贱,而至中后期,血缘和家族贵贱高低已成为皇族联姻的重要条件,且随着发展渐趋明显。司马迁、班固对外戚都予以了高度重视,著专篇以为后世鉴戒。本篇序言开头便征引三代帝王或因外戚而兴、或因外戚而亡的事例,以及儒家经典对婚姻之事的重视,提醒世人引以为戒。而其中最为引人注意的,是对昭仪以下十四等宫中女官名号及其品秩的记载,对深入了解古代后妃制度很有帮助。

元后传

　　孝元皇后①,王莽姑也。莽自谓黄帝之后,其《自本》曰②:黄帝姓姚氏,八世生虞舜。舜起妫汭③,以妫为姓。至周武王封舜后妫满于陈④,是为胡公,十三世生完。完字敬仲,奔齐,齐桓公以为卿,姓田氏。十一世,田和有齐国,二世称王⑤,至王建为秦所灭⑥。项羽起,封建孙安为济北王⑦。至汉兴,安失国,齐人谓之"王家",因以为氏。

【注释】

① 孝元:汉元帝刘奭,前48年—前33年在位。详见《汉书》卷九《元帝纪》。王政君为元帝皇后,故称"元后"。②《自本》:王莽自己编造的世系材料,相当于自传。③ 妫汭(guī ruì):妫水的弯曲处。妫水,源出历山,在今山西永济南,西行注于黄河。④ 陈:陈国在今河南东部、安徽北部,都陈(今河南淮阳)。第一任国君为陈胡公,名满。⑤ 二世称王:指自田和后,又历二世而称王。公元前392年田和迁齐康公于海上,自己君临齐国,前386年周安王正式册封其为诸侯。其后历侯田剡(前383—前375年在位)、桓公田午(前374—前357年在位)二世,至威王田因齐(前356—前320年在位)于前334年始称王。⑥ 王建:齐王建。齐威王的玄孙。⑦ 安:田安。项羽领兵救赵,田安攻取济北数城,并率部归降项羽。后被封为济北王,都博阳(今山东泰安东南)。前206年七月为田荣攻杀。

文、景间,安孙遂字伯纪,处东平陵①,生贺,字翁孺。为武帝绣衣御史②,逐捕魏郡群盗坚卢等党与③,及吏畏懦逗留当坐者④,翁孺皆纵不诛。它部御史暴胜之等奏杀二千石⑤,诛千石以下,及通行饮食坐连及者⑥,大部至斩万余人,语见《酷吏传》。翁孺以奉使不称免,叹曰:"吾闻活千人者有封子孙,吾所活者万余人,后世其兴乎!"

【注释】

① 东平陵:济南郡属县,为郡治,在今山东济南章丘西北。② 绣衣御史:即绣衣直指,又称直指使者。属于侍御史。汉武帝时,民间多有起事者,地方官员督捕不力,于是皇帝直接指派使者衣着绣衣,持斧仗节,兴兵镇压,刺史郡守若督捕不力者亦皆伏诛。③ 魏郡:汉置,治邺(今河北临漳县西南)。坚卢:人名,西汉农民起义军领袖,与范生等率众活跃于燕赵地区,曾夺取武库,与官府相拒数年,终被镇压。④ 畏懦:畏惧软弱。逗

留:停留不前。⑤ 部:指刺史部。汉武帝元封五年(前106),设置冀州、兖州、青州、徐州、扬州、荆州、豫州、凉州、益州、幽州、并州、朔方、交趾十三刺史部,作为监察区域。暴胜之:字公子,河东(治今山西夏县东北)人。武帝末年,农民起义纷起,暴胜之任直指使者至泰山、琅琊诸郡镇压农民起义,杀戮镇压不力的地方官,屠杀惨烈,号为"暴君"。后迁御史大夫,最终因受戾太子案牵连而下狱自杀。⑥ 通行饮食:指纵敌通过、资敌饮食。

　　翁孺既免,而与东平陵终氏为怨①,乃徙魏郡元城委粟里②,为三老③,魏郡人德之。元城建公曰④:"昔春秋沙麓崩⑤,晋史卜之,曰:'阴为阳雄,土火相乘⑥,故有沙麓崩⑦。后六百四十五年,宜有圣女兴⑧。其齐田乎!'今王翁孺徙,正直其地⑨,日月当之⑩。元城郭东有五鹿之虚⑪,即沙鹿地也。后八十年,当有贵女兴天下"云。

【注释】

　　① 为怨:结怨。② 元城:魏郡属县,在今河北大名东。③ 三老:郡、县、乡中掌教化之官。④ 建公:姓建的老年人。⑤ 沙麓:山名,春秋时属晋。《春秋》及三传作"沙鹿"。鹿,通"麓"。⑥ 阴为阳雄,土火相乘:阴比阳雄壮,土德火德相继。⑦ 沙麓崩:《春秋》僖公十四年(前646):"秋八月辛卯,沙鹿崩。"《左传》僖公十四年:"秋八月辛卯,沙鹿崩。晋卜偃曰:'期年将有大咎,几亡国。'"《左传》所载卜偃之语以沙鹿崩为亡国之征,与《汉书》此处不同。《汉书·五行志》:"釐公十四年'秋八月辛卯,沙麓崩'……京房《易传》曰:'小人剥庐,厥妖山崩,兹谓阴乘阳,弱胜强。'"京氏之说与此处相合。⑧ 圣女:圣哲女子,指元后。"阴为阳雄……宜有圣女兴"云云,意为王氏将继汉而兴。阴,指元后。阳,指汉帝。汉为尧后,属火德。王氏为舜后,属土德。此当为王莽时人所依托,虽言元后当兴,实为王氏代汉制造理论依据。沙麓崩后六百四十五年,当公元前1年,汉哀帝崩,元后始临朝。⑨ 直:当。⑩ 日月:指时间。⑪ 虚:同"墟",山丘。

　　翁孺生禁,字稚君,少学法律长安,为廷尉史①。本始三年②,生女政君,即元后也。禁有大志,不修廉隅③,好酒色,多取傍妻④,凡有四女八男:长女君侠,次即元后政君,次君力,次君弟;长男凤孝卿⑤,次曼元卿,谭子元,崇少子,商子夏,立子叔,根稚卿,逢时季卿。唯凤、崇与元后政君同母。母,適妻⑥,魏郡李氏女也。后以妒去,更嫁为河内苟宾妻⑦。

【注释】

① 史:佐吏。② 本始三年:前71年。本始,汉宣帝年号。③ 不修廉隅:指不拘小节,私生活不检点。廉隅,棱角,比喻端方的品行。④ 取:同"娶"。傍(páng)妻:旁妻,侧室。⑤ 凤孝卿:名凤,字孝卿。下仿此,可类推。⑥ 適(dí)妻:正妻。適,同"嫡"。⑦ 更嫁:改嫁。河内:郡名,治怀(今河南武陟西南)。

初,李亲任政君在身①,梦月入其怀。及壮大,婉顺得妇人道②。尝许嫁未行,所许者死。后东平王聘政君为姬③,未入,王薨。禁独怪之,使卜数者相政君④,"当大贵,不可言。"禁心以为然,乃教书,学鼓琴。五凤中⑤,献政君,年十八矣,入掖庭为家人子⑥。

【注释】

① 任:同"妊",怀孕。② 婉顺:温顺。③ 东平:王国名,治东平(今山东东平东)。东平王参见卷八十《宣元六王传》。④ 卜数者:占卜算卦的人。相:相面。⑤ 五凤:汉宣帝年号,前57—前54年。⑥ 掖庭:宫中旁舍,妃嫔居住的地方。家人子:宫中女官名号。

岁余,会皇太子所爱幸司马良娣病,且死①,谓太子曰:"妾死非天命,乃诸娣妾良人更祝诅杀我②。"太子怜之,且以为然。及司马良娣死,太子悲恚发病③,忽忽不乐,因以过怒诸娣妾④,莫得进见者。久之,宣帝闻太子恨过诸娣妾⑤,欲顺适其意,乃令皇后择后宫家人子可以虞侍太子者⑥,政君与在其中。及太子朝,皇后乃见政君等五人⑦,微令旁长御问知太子所欲⑧。太子殊无意于五人者,不得已于皇后,强应曰⑨:"此中一人可。"是时政君坐近太子,又独衣绛缘诸于⑩,长御即以为是。皇后使侍中杜

辅、掖庭令浊贤交送政君太子宫，见丙殿⑪。得御幸，有身。先是者，太子后宫娣妾以十数，御幸久者七八年，莫有子，及王妃壹幸而有身。甘露三年⑫，生成帝于甲馆画堂⑬，为世適皇孙⑭。宣帝爱之，自名曰骜，字太孙，常置左右。

【注释】

① 且：将。② 娣：妾。更：交替，轮番。祝诅：祝告鬼神，使加祸于人。③ 悲恚(huì)：悲愤。④ 过怒：责备。过、怒都是责的意思。⑤ 恨过：怨恨责备。⑥ 虞：通"娱"。⑦ 见(xiàn)：介绍，推荐。⑧ 微：暗中。长御：也作"常御"，汉宫内女官名。⑨ 强：勉强。⑩ 绛缘(yuàn)诸于：绛色边饰的上衣。缘，衣边之饰。诸于，即诸衧，古代女子穿的宽大上衣。⑪ 丙殿：宫殿名，在今陕西西安西北汉长安城内未央宫区太子宫。因位于太子宫丙地，故称"丙殿"。⑫ 甘露三年：前51年。⑬ 甲馆：宫观名，即甲观。在今陕西西安西北汉长安城内未央宫区太子宫。因位于太子宫甲地，故称"甲馆"。画堂：绘有彩画的堂室。⑭ 世適(dí)：嫡系。適，同"嫡"。

后三年①，宣帝崩，太子即位，是为孝元帝。立太孙为太子，以母王妃为倢伃②，封父禁为阳平侯③。后三日，倢伃立为皇后，禁位特进④，禁弟弘至长乐卫尉⑤。永光二年⑥，禁薨，谥曰顷侯。长子凤嗣侯，为卫尉侍中，皇后自有子后，希复进见。太子壮大，宽博恭慎⑦，语在《成纪》。其后幸酒⑧，乐燕乐⑨，元帝不以为能。而傅昭仪有宠于上，生定陶共王⑩。王多材艺，上甚爱之，坐则侧席⑪，行则同辇，常有意欲废太子而立共王。时凤在位，与皇后、太子同心忧惧，赖侍中史丹拥右太子⑫，语在《丹传》。上亦以皇后素谨慎，而太子先帝所常留意，故得不废。

【注释】

① 后三年：吴恂说当作"后二年"。汉成帝于甘露三年(前51)生，汉宣帝于黄龙元年(前49)崩，相差仅两年。② 倢伃：汉宫中女官名，位视上卿，秩比列侯。③ 阳平：东郡(治濮阳，今河南濮阳西南)属县，在今山东莘县。④ 特进：官名，授予有特殊地位的列侯，朝会时位仅次于三公。

⑤ 长乐卫尉：率兵守卫长乐宫的长官。⑥ 永光二年：前42年。⑦ 宽博：宽大，指心胸开阔，能容人。⑧ 幸：喜好。⑨ 乐燕乐：喜好宴饮之乐。⑩ 定陶共王：名康。详见《汉书》卷八十《宣元六王传》。⑪ 侧席：正席旁边的席位。⑫ 史丹：字君仲。详见卷八十二《史丹传》。右：同"佑"，帮助。

元帝崩①，太子立，是为孝成帝。尊皇后为皇太后，以凤为大司马大将军领尚书事，益封五千户。王氏之兴自凤始。又封太后同母弟崇为安成侯②，食邑万户。凤庶弟谭等皆赐爵关内侯，食邑。

【注释】

① 元帝崩：时为竟宁元年（前33）。② 安成：汝南郡（治平舆，今河南平舆北）属县，在今河南正阳县东北。

其夏，黄雾四塞终日①。天子以问谏大夫杨兴、博士驷胜等，对皆以为："阴盛侵阳之气也。高祖之约也，非功臣不侯，今太后诸弟皆以无功为侯，非高祖之约，外戚未曾有也，故天为见异②。"言事者多以为然。凤于是惧，上书辞谢曰③："陛下即位，思慕谅闇④，故诏臣凤典领尚书事，上无以明圣德，下无以益政治。今有茀星天地赤黄之异⑤，咎在臣凤，当伏显诛⑥，以谢天下。今谅闇已毕，大义皆举，宜躬亲万机⑦，以承天心。"因乞骸骨辞职。上报曰⑧："朕承先帝圣绪⑨，涉道未深，不明事情⑩，是以阴阳错缪⑪，日月无光，赤黄之气，充塞天下。咎在朕躬，今大将军乃引过自予⑫，欲上尚书事，归大将军印绶，罢大司马官，是明朕之不德也。朕委将军以事，诚欲庶几有成，显先祖之功德。将军其专心固意，辅朕之不逮⑬，毋有所疑。"

【注释】

① 四塞：充满四方。塞，满。终日：整天。② 见（xiàn）：同"现"。③ 辞谢：谢罪。④ 谅闇：同"亮阴"。居丧时所住的庐舍，也叫凶庐。借指帝王居丧。《尚书·无逸》："乃或亮阴，三年不言。"殷高宗武丁居丧住于庐舍，三年不言政事。⑤ 茀（bèi）星：即孛星，彗星。⑥ 显诛：公开诛

杀。⑦ 万机:指帝王日常的纷繁政务。⑧ 报:答复。⑨ 圣绪:神圣的事业。⑩ 事情:事理人情。⑪ 错缪:错谬,错乱。缪,通"谬"。⑫ 引过:承担罪责。⑬ 不逮:不足之处。逮,及。

后五年,诸吏散骑安成侯崇薨,谥曰共侯。有遗腹子奉世嗣侯,太后甚哀之。明年,河平二年①,上悉封舅谭为平阿侯②,商成都侯③,立红阳侯④,根曲阳侯⑤,逢时高平侯⑥。五人同日封,故世谓之"五侯"。太后同产唯曼蚤卒⑦,余毕侯矣。太后母李亲,苟氏妻,生一男名参,寡居。顷侯禁在时,太后令禁还李亲。太后怜参,欲以田蚡为比而封之⑧。上曰:"封田氏,非正也。"以参为侍中水衡都尉⑨。王氏子弟皆卿、大夫、侍中、诸曹⑩,分据埶官满朝廷。

【注释】

　　① 河平二年:前27年。② 平阿:沛郡(治相,今安徽濉溪西北)属县,在今安徽怀远西南。③ 成都:《汉书·地理志》作城都,山阳郡(治昌邑,今山东金乡西北)属县,在今山东鄄城东南。④ 红阳:南阳郡(治宛,今河南南阳)属县,在今河南叶县南。⑤ 曲阳:九江郡(治寿春邑,今安徽寿县)属县,在今安徽淮南。⑥ 高平:临淮郡(治徐,今江苏泗洪南)属县,在今江苏泗洪。⑦ 同产:同母或同父所生,此处指同父。⑧ 田蚡:武帝母王太后同母异父弟,武帝时官至丞相。详见《汉书》卷五十二《田蚡传》。比:比照。⑨ 水衡都尉:官名,主管皇家诸池苑及税入、铸钱。⑩ 诸曹:领尚书事下属各部官员。

大将军凤用事,上遂谦让无所颛①。左右常荐光禄大夫刘向少子歆通达有异材。上召见歆,诵读诗赋,甚说之②,欲以为中常侍③,召取衣冠。临当拜,左右皆曰:"未晓大将军④。"上曰:"此小事,何须关大将军⑤?"左右叩头争之。上于是语凤⑥,凤以为不可,乃止。其见惮如此。

【注释】

　　① 颛:通"专",擅权。② 说:同"悦"。③ 中常侍:官名,可出入宫禁,

侍从皇帝,常为一种加官。④ 晓:报告。⑤ 关:关白,打招呼。⑥ 语:告诉。

上即位数年,无继嗣,体常不平①。定陶共王来朝,太后与上承先帝意,遇共王甚厚,赏赐十倍于它王,不以往事为纤介②。共王之来朝也,天子留,不遣归国。上谓共王:"我未有子,人命不讳③,一朝有它④,且不复相见。尔长留侍我矣!"其后,天子疾益有瘳⑤,共王因留国邸,旦夕侍上,上甚亲重。大将军凤心不便共王在京师⑥,会日蚀,凤因言:"日蚀,阴盛之象,为非常异。定陶王虽亲,于礼当奉藩在国⑦。今留侍京师,诡正非常⑧,故天见戒⑨。宜遣王之国。"上不得已于凤而许之。共王辞去,上与相对涕泣而决⑩。

【注释】

① 体常不平:身体经常不好。② 往事:指当初汉元帝想以定陶共王取代汉成帝的太子之位。纤介:细小的嫌隙。③ 人命不讳:指人命无常,不可讳言。④ 一朝有它:一旦有意外之事,指一旦去世。⑤ 瘳:病愈。⑥ 便:以……为有利。⑦ 奉藩:奉行藩职。⑧ 诡:违背,违反。⑨ 见(xiàn):同"现"。⑩ 决:通"诀",辞别。

京兆尹王章素刚直敢言,以为凤建遣共王之国非是①,乃奏封事言日蚀之咎矣②。天子召见章,延问以事③,章对曰:"天道聪明,佑善而灾恶,以瑞异为符效④。今陛下以未有继嗣,引近定陶王,所以承宗庙,重社稷,上顺天心,下安百姓。此正义善事,当有祥瑞,何故致灾异?灾异之发,为大臣颛政者也。今闻大将军猥归日蚀之咎于定陶王⑤,建遣之国,苟欲使天子孤立于上,颛擅朝事以便其私,非忠臣也。且日蚀,阴侵阳、臣颛君之咎,今政事大小皆自凤出,天子曾不壹举手⑥,凤不内省责,反归咎善人,推远定陶王⑦。且凤诬罔不忠,非一事也。前丞相乐昌侯商本以先帝外属⑧,内行笃⑨,有威重⑩,位历将相,国家柱石臣也,其人守正,不肯诎节随凤委曲⑪,卒用闺门之事为凤所罢⑫,身以忧死,众庶冤之⑬。又凤知其小妇弟张美人已尝适人⑭,于礼不宜配御至尊,托以为宜子⑮,内之后宫,苟

以私其妻弟⑯。闻张美人未尝任身就馆也⑰。且羌胡尚杀首子以荡肠正世⑱,况于天子而近已出之女也⑲!此三者皆大事,陛下所自见,足以知其余,及它所不见者。凤不可令久典事⑳,宜退使就第,选忠贤以代之。"

【注释】
①建:建议,提议。②封事:密封的奏章。臣下上书奏事,防有泄漏,用皂囊封缄,故称封事。③延问:请教询问。④符效:表示吉凶的征兆。⑤猥:错误地。⑥壹:语气助词,加强语气。举手:动手,指亲手处置。⑦推:移。⑧乐昌:汝南郡属县,在今安徽太和东南。商:王商,字子威,宣帝舅乐昌共侯王武之子。与王凤弟成都侯王商非同一人。⑨内行:平日家居的操行。笃:敦厚。⑩威重:威严持重的神态、气度。⑪诎节:屈节,降低身份相从。委曲:迁就,屈从。⑫用:因。闺门之事:指王凤等人诬蔑乐昌侯王商淫乱家庭之事。⑬愍:哀怜。⑭小妇弟:小妾的妹妹。适人:嫁人。⑮托:假托,借口。宜子:女子善于生育。⑯苟:随意。私:施与个人恩惠。⑰未尝任身就馆:未曾怀孕而移住侧室分娩。可见张美人并非"宜子"。⑱首子:头胎子。荡:洗涤。肠:宋祁说疑当作"腹"。正世:正后嗣,使血统纯正。⑲已出之女:被休出的女子。⑳典事:主管国家政事。典,主持。

自凤之白罢商后遣定陶王也,上不能平①。及闻章言,天子感寤②,纳之,谓章曰:"微京兆尹直言③,吾不闻社稷计!且唯贤知贤,君试为朕求可以自辅者。"于是章奏封事,荐中山孝王舅琅邪太守冯野王"先帝时历二卿,忠信质直,知谋有余。野王以王舅出,以贤复入,明圣主乐进贤也"④。上自为太子时数闻野王先帝名卿,声誉出凤远甚,方倚欲以代凤。

【注释】
①不能平:心中不平静,感到不公平。②寤:通"悟"。③微:无。④中山孝王:刘兴,详见《汉书》卷八十《宣元六王传》。冯野王:字君卿,冯奉世子。详见《汉书》卷七十九《冯奉世传》附传。历二卿:指冯野王曾担任过左冯翊、大鸿胪二职。大鸿胪为为九卿之一,而左冯翊为京官,参

加朝请,地位相当于九卿。

初,章每召见,上辄辟左右①。时太后从弟长乐卫尉弘子侍中音独侧听②,具知章言,以语凤。凤闻之,称病出就第,上疏乞骸骨③,谢上曰:"臣材驽愚戆④,得以外属兄弟七人封为列侯,宗族蒙恩,赏赐无量。辅政出入七年⑤,国家委任臣凤,所言辄听,荐士常用。无一功善,阴阳不调,灾异数见,咎在臣凤奉职无状⑥,此臣一当退也。《五经》传记,师所诵说,咸以日蚀之咎在于大臣非其人,《易》曰'折其右肱'⑦,此臣二当退也。河平以来⑧,臣久病连年,数出在外,旷职素餐⑨,此臣三当退也。陛下以皇太后故不忍诛废⑩,臣犹自知当远流放,又重自念,兄弟宗族所蒙不测,当杀身靡骨死辇毂下⑪,不当以无益之故有离寝门之心⑫,诚岁余以来,所苦加侵⑬,日月益甚,不胜大愿,愿乞骸骨,归自治养,冀赖陛下神灵,未埋发齿,期月之间,幸得瘳愈,复望帷幄⑭,不然,必置沟壑⑮。臣以非材见私⑯,天下知臣受恩深也;以病得全骸骨归,天下知臣被恩见哀,重巍巍也⑰。进退于国为厚,万无纤介之议。唯陛下哀怜!"其辞指甚哀,太后闻之为垂涕,不御食⑱。

【注释】

① 辟:屏去。② 从弟长乐卫尉弘子侍中音:王弘为元后叔父,则王音为元后从弟。③ 乞骸骨:请求退职。意谓使骸骨得以归葬故乡。④ 愚戆(zhuàng):愚笨,谦辞。戆,同"戅",愚。⑤ 七年:周寿昌说当为"十年"之误。王凤自竟宁元年(前33)开始辅政,至阳朔元年(前24)已十年。⑥ 无状:行事丑恶,没有好的表现。谦辞。⑦ 语见《易·丰卦》:"九三,丰其沛,日中见沫;折其右肱,无咎。"《象》曰:"'丰其沛',不可大事也;'折其右肱',终不可用也。"王凤引此爻辞以言其不可用。⑧ 河平:汉成帝年号,前28—前25年。⑨ 旷职:旷废职守。素餐:无功受禄,不劳而获。⑩ 诛:责罚。废:罢黜。⑪ 靡:碎。辇毂下:皇帝车舆之下。借指京城。⑫ 寝门:宫廷的内门。⑬ 加侵:更加沉重。⑭ 帷幄:借指天子。因为天子居处必设帷帐。⑮ 置沟壑:死后弃于山沟。借指死亡。⑯ 私:偏爱。⑰ 巍巍:高大的样子。⑱ 御食:进食。

上少而亲倚凤①,弗忍废,乃报凤曰:"朕秉事不明,政事多阙,故天变娄臻②,咸在朕躬。将军乃深引过自予,欲乞骸骨而退,则朕将何向焉!《书》不云乎?'公毋困我③。'务专精神,安心自持,期于瘳瘳④,称朕意焉。"于是凤起视事。上使尚书劾奏章:"知野王前以王舅出补吏⑤,而私荐之,欲令在朝阿附诸侯⑥;又知张美人体御至尊⑦,而妄称引羌胡杀子荡肠,非所宜言。"遂下章吏。廷尉致其大逆罪⑧,以为"比上夷狄,欲绝继嗣之端⑨;背畔天子,私为定陶王"。章死狱中,妻子徙合浦⑩。

【注释】

①亲倚:亲信而倚重。②娄臻:屡至。娄,通"屡"。③公毋困我:语见《尚书·洛诰》:"王曰:'公定,予往已。公功肃将祗欢,公无困哉。'"这是周成王要求周公留守洛邑主持政事的话,意为:成王说:"周公你留下吧,我要回去了(指回镐京)。你要迅速恭敬地进行敬重和睦殷商遗民的事务,你不要让我困窘啊。"④瘳瘳:迅速病愈。⑤补:指官位有缺而派人补充。⑥阿附:依附。⑦御:侍奉。⑧致:构成。⑨端:初始状态。指婴儿之时。⑩合浦:郡名,治合浦(今广西合浦东北),时为蛮荒之地。

自是公卿见凤,侧目而视①,郡国守相、刺史皆出其门。又以侍中太仆音为御史大夫,列于三公。而五侯群弟,争为奢侈,赂遗珍宝,四面而至;后廷姬妾,各数十人,僮奴以千百数,罗钟磬,舞郑女②,作倡优③,狗马驰逐;大治第室,起土山渐台④,洞门高廊阁道⑤,连属弥望⑥。百姓歌之曰:"五侯初起,曲阳最怒⑦,坏决高都⑧,连竟外杜⑨,土山渐台西白虎⑩。"其奢僭如此⑪。然皆通敏人事⑫,好士养贤,倾财施予,以相高尚⑬。

【注释】

①侧目而视:从旁侧看,不敢正视。②郑女:比喻善歌舞的女子。原指郑穆公之女夏姬或楚怀王之后郑袖。③作:兴起。倡优:以音乐歌舞或杂技戏谑娱人的艺人。④渐台:临水之台。⑤洞门:重门,门门相对,这是天子享有的规格。阁道:复道,楼阁间有上下两重的通道。⑥连属(zhǔ):连接。弥望:满眼,充满视野。⑦曲阳:指曲阳侯王根。怒:气盛。

⑧ 坏决高都:指破城决堤引高都水入长安。高都水,即滴水,又名沇水,源出终南山大义峪,经皇子陂、下杜城,流经昆明池东、长安城西,注于渭水。⑨ 连竟:接境,接壤。竟,通"境"。外杜:指下杜城,在长安城覆盎门以南十五里。覆盎门,又名杜门,为长安城南面最东端的城门。⑩ 西白虎:王念孙说"西"字上当脱"象"字。指住宅仿效白虎殿。白虎殿,在未央宫前殿西,象征西方之灵,故称西白虎。⑪ 奢僭:奢侈逾礼,不合法度。⑫ 通敏:通达精明。⑬ 高尚:崇尚,提倡。

凤辅政凡十一岁。阳朔三年秋①,凤疾,天子数自临问,亲执其手,涕泣曰:"将军病,如有不可言②,平阿侯谭次将军矣③。"凤顿首泣曰:"谭等虽与臣至亲,行皆奢僭,无以率导百姓④,不如御史大夫音谨敕⑤,臣敢以死保之。"及凤且死,上疏谢上,复固荐音自代,言谭等五人必不可用。天子然之。

【注释】

① 阳朔三年:前22年。王凤自竟宁元年(前33年)辅政,至阳朔三年病故,共十一年。② 不可言:指去世。③ 次:指按顺序接替。④ 率导:以自身为表率对他人进行教导。⑤ 谨敕:谨慎端正。

初,谭倨①,不肯事凤,而音敬凤,卑恭如子,故荐之。凤薨,天子临吊赠宠②,送以轻车介士③,军陈自长安至渭陵④,谥曰敬成侯。子襄嗣侯,为卫尉。御史大夫音竟代凤为大司马车骑将军⑤,而平阿侯谭位特进,领城门兵。谷永说谭⑥,令让不受城门职,由是与音不平,语在《永传》。

【注释】

① 倨:傲慢。② 赠宠:赠物使之荣耀。③ 介士:甲士,武士。④ 陈:同"阵"。渭陵:汉元帝陵,在今陕西咸阳市东北。⑤ 竟:最终。⑥ 谷永说谭:谷永党附王氏家族,王谭与之尤其友善。谷永写信给王谭,认为王谭本应继王凤而辅政,现在王音在内主持朝政高贵显赫,而王谭仅仅在外看守城门,并非什么好事,不如辞职,仿效太伯谦让。于是王谭辞去城门职,

并与王音不和。详见卷八十五《谷永传》。

音既以从舅越亲用事①，小心亲职②，岁余，上下诏曰："车骑将军音宿卫忠正，勤劳国家，前为御史大夫，以外亲宜典兵马，人为将军，不获宰相之封，朕甚慊焉③！其封音为安阳侯④，食邑与五侯等，俱三千户。"

【注释】

① 越亲用事：指超越王凤至亲子弟而掌权。② 亲职：亲自履行职守。③ 慊（qiàn）：遗憾，不满足。④ 安阳：汝南郡属县，在今河南正阳县南。

初，成都侯商尝病，欲避暑，从上借明光宫①。后又穿长安城，引内沣水②，注第中大陂以行船③，立羽盖④，张周帷⑤，辑濯越歌⑥。上幸商第，见穿城引水，意恨，内衔之⑦，未言。后微行出，过曲阳侯第，又见园中土山渐台似类白虎殿。于是上怒，以让车骑将军音。商、根兄弟欲自黥、劓谢太后⑧。上闻之大怒，乃使尚书责问司隶校尉、京兆尹⑨："知成都侯商擅穿帝城，决引沣水，曲阳侯根骄奢僭上，赤墀青锁⑩，红阳侯立父子臧匿奸猾亡命⑪，宾客为群盗，司隶、京兆皆阿纵不举奏正法⑫。"二人顿首省户下⑬。又赐车骑将军音策书曰："外家何甘乐祸败⑭，而欲自黥、劓，相戮辱于太后前⑮，伤慈母之心，以危乱国！外家宗族强，上一身浸弱日久⑯，今将一施之⑰。君其召诸侯，令待府舍。"是日，诏尚书奏文帝时诛将军薄昭故事⑱。车骑将军音藉槁请罪⑲，商、立、根皆负斧质谢⑳。上不忍诛，然后得已㉑。

【注释】

① 明光宫：在长乐宫北，与长乐宫相连。② 沣水：源出终南山沣溪口，北流经昆明池西，注于渭水。③ 陂：池。④ 羽盖：船上饰以鸟羽的伞盖。⑤ 周帷：张设于四围的帐帷。⑥ 辑濯：同"楫櫂"，船桨。短桨为楫，长桨为櫂。越歌：指船夫唱南方越人之歌。⑦ 内衔之：含恨于心。⑧ 黥、劓：指两种刑罚，脸上刻字、割鼻子。谢：谢罪。⑨ 司隶校尉：官名，负责监察京师百官和三辅（京兆尹、左冯翊、右扶风辖地）、三河（河东、河内、河

南)及弘农地方官员。⑩ 赤墀：丹墀，宫殿的赤色台阶或赤色地面。指王根僭用天子享有的丹墀之制。青锁：同"青琐"，装饰皇宫门窗的青色连环花纹。指王根僭用天子享有的青琐之制。⑪ 臧：同"藏"。⑫ 阿纵：庇护纵容。正法：指依法制裁、处理。⑬ 二人：指司隶校尉、京兆尹。顿首：叩首至地，表示请罪。省户：宫禁之门。省，省中，即宫禁中。户，门户。⑭ 甘乐祸败：甘心喜好灾祸与失败。⑮ 戮辱：受刑被辱。⑯ 浸：逐渐。⑰ 施之：指行刑罚。⑱ 文帝时诛将军薄昭故事：外戚薄昭杀害朝廷使者，汉文帝因此令其自杀。⑲ 藉稿：坐在草垫子上。稿，通"稾"。⑳ 负质：伏于锧上。负，通"伏"。质，同"锧"，腰斩刑具的垫座。㉑ 已：止，了结。

久之，平阿侯谭薨，谥曰安侯，子仁嗣侯。太后怜弟曼蚤死，独不封，曼寡妇渠供养东宫，子莽幼孤不及等比①，常以为语。平阿侯谭、成都侯商及在位多称莽者。久之，上复下诏追封曼为新都哀侯②，而子莽嗣爵为新都侯。后又封太后姊子淳于长为定陵侯③。王氏亲属，侯者凡十人。

【注释】

① 等比：同辈，平辈。② 新都：南阳郡属县，在今河南新野东。③ 定陵：汝南郡属县，在今河南漯河郾城西北。淳于长：魏郡元城（今河北大名东）人。曾侍奉王凤，甚有甥舅之谊。又劝立赵飞燕为皇后，被成帝信用，封定陵侯。后娶成帝废后许后之姐为妾，因戏侮许后，诈称复立许后，被王莽等告发，下狱死。卷九十三《佞幸传》有传。

上悔废平阿侯谭不辅政而薨也①，乃复进成都侯商以特进，领城门兵，置幕府，得举吏如将军。杜邺说车骑将军音令亲附商②，语在《邺传》。王氏爵位日盛，唯音为修整③，数谏正④，有忠节，辅政八年，薨⑤。吊赠如大将军，谥曰敬侯。子舜嗣侯，为太仆侍中。特进成都侯商代音为大司马卫将军，而红阳侯立位特进，领城门兵。商辅政四岁⑥，病乞骸骨，天子闵之，更以为大将军，益封二千户，赐钱百万。商薨，吊赠如大将军故事，谥曰景成侯，子况嗣侯。红阳侯立次当辅政⑦，有罪过⑧，语在《孙宝传》。上乃废立，而用光禄勋曲阳侯根为大司马票骑将军⑨，岁余益封千七百户。

高平侯逢时无材能名称⑩,是岁薨,谥曰戴侯,子买之嗣侯。

【注释】

①废:弃。②杜邺说车骑将军音令亲附商:杜邺字子夏,与王音友善,此时劝说王音应当顺应皇帝之意,与王商修好,消弭嫌隙。详见卷八十五《杜邺传》。③修整:指言行端正谨慎,不违礼法。④谏正:谏诤,规劝。⑤辅政八年,薨:王音自阳朔三年(前22)继王凤辅政,至永始二年(前15)去世,前后跨越八个年头。⑥商辅政四岁:王商自永始二年(前15)继王音辅政,至元延元年十二月辛亥(前11年2月2日)去世,前后跨越四个年头。⑦次:依次。指按照兄弟长幼次序。⑧有罪过:王立派门客通过南郡太守李尚占得荒田数百顷进行开垦,后来王立上书要求将新开垦出的田卖给官府。但其中有少府所管辖租借给百姓的田地,已经开发了,并不属于荒田,王立占据后却声称是其新开垦出来的田。而且皇帝诏令南郡按价买入,价格竟超过实价一万万以上。孙宝听说后,派人查访,然后弹劾王立、李尚不法。最终李尚下狱而死,王立并未被处置。不过王商去世后,王立因此未能继其任而辅政。⑨票:同"骠"。⑩名称:名声。

绥和元年①,上即位二十余年无继嗣,而定陶共王已薨,子嗣立为王。王祖母定陶傅太后重赂遗票骑将军根,为王求汉嗣,根为言,上亦欲立之,遂征定陶王为太子。时根辅政五岁矣②,乞骸骨,上乃益封根五千户,赐安车驷马③,黄金五百斤,罢就第。

【注释】

①绥和元年:前8年。②时根辅政五岁矣:王根自元延元年十二月(前11年2月)继王商辅政,至绥和元年(前8)七月罢职就第,实际不足四年,但前后跨越了五个年头。③安车驷马:四匹马拉的安车。安车,可以坐乘的小车,供年老的高级官员及贵妇人乘用。古车立乘,此为坐乘,故称安车。高官告老还乡或征召有重望的人,往往赐乘安车。安车多用一马,礼尊者则用四马。

先是，定陵侯淳于长以外属能谋议，为卫尉侍中，在辅政之次。是岁，新都侯莽告长伏罪与红阳侯立相连①，长下狱死，立就国，语在《长传》。故曲阳侯根荐莽以自代，上亦以为莽有忠直节，遂擢莽从侍中骑都尉光禄大夫为大司马。

【注释】

①伏罪：未暴露的旧罪。此指淳于长与成帝废后许后寡居的姐姐通奸，并娶之为小妻。许后通过其姐姐贿赂淳于长，希望重为婕妤。淳于长欺骗许后，许诺让成帝立她为左皇后，从而骗得大量贿赂。王莽因而告发淳于长与许后姐姐通奸并收受许后贿赂。淳于长被免职，并遣返回封地。淳于长不甘心，通过王融向其父王立施以大量贿赂，使王立为他求情，引起成帝怀疑，派人查验。王融被迫自杀。最终淳于长供认戏弄轻侮许后，谋立其为左皇后之罪，死于狱中。其妻子徙合浦，母归故郡。王立被遣返回封地。

岁余，成帝崩①，哀帝即位。太后诏莽就第，避帝外家②。哀帝初优莽，不听。莽上书固乞骸骨而退。上乃下诏曰："曲阳侯根前在位，建社稷策。侍中太仆安阳侯舜往时护太子家，导朕，忠诚专壹，有旧恩。新都侯莽忧劳国家，执义坚固③，庶几与为治④，太皇太后诏休就第，朕甚悯焉。其益封根二千户，舜五百户，莽三百五十户。以莽为特进，朝朔望。"又还红阳侯立京师。哀帝少而闻知王氏骄盛，心不能善⑤，以初立，故优之。

【注释】

①成帝崩：时为绥和二年（前7）。②避帝外家：指回避哀帝的外戚，即哀帝祖母傅氏一族、母亲丁氏一族。③执义：指坚持符合道义之事。④庶几：希望。⑤善：以……为良善。

后月余，司隶校尉解光奏："曲阳侯根宗重身尊，三世据权，五将秉政①，天下辐凑自效②。根行贪邪，臧累巨万③，纵横恣意④，大治室第，第中起土山，立两市，殿上赤墀，户青琐⑤；游观射猎⑥，使奴从者被甲持弓

元后传

弩,陈为步兵⑦;止宿离宫⑧,水衡共张⑨,发民治道⑩,百姓苦其役。内怀奸邪,欲管朝政,推亲近吏主簿张业以为尚书,蔽上壅下,内塞王路,外交藩臣,骄奢僭上,坏乱制度,案根骨肉至亲,社稷大臣,先帝弃天下,根不悲哀思慕⑪,山陵未成⑫,公聘取故掖庭女乐五官殷严、王飞君等⑬,置酒歌舞,捐忘先帝旧恩⑭,背臣子义。及根兄子成都侯况幸得以外亲继父为列侯侍中,不思报厚恩,亦聘取故掖庭贵人以为妻,皆无人臣礼,大不敬不道。"于是天子曰:"先帝遇根、况父子,至厚也,今乃背忘恩义!"以根尝建社稷之策,遣就国。免况为庶人,归故郡。根及况父商所荐举为官者,皆罢。

【注释】

① 三世据权,五将秉政:三世指王禁一代、王凤兄弟一代、王莽一代,都曾掌握国家大权。据,把持。五将指大司马大将军领尚书事王凤、大司马车骑将军王音、大司马卫将军王商、大司马票骑将军王根、大司马王莽。此五人都曾辅政掌权。② 辐凑:同"辐辏",集中,聚集。自效:愿意贡献自己的力量或生命。效,献。③ 臧:同"赃"。④ 纵横:肆意横行,无所顾忌。⑤ 户:王念孙说其下当有"下"字,与"上"对举。⑥ 游观:游览。⑦ 陈:同"阵",列阵。⑧ 止宿:住宿。⑨ 共张:供应、置备(各种器物)。共,通"供"。⑩ 治道:修筑道路。⑪ 思慕:悲伤。思、慕皆为悲愁之义。⑫ 山陵:指汉成帝的陵墓。⑬ 公:公然。五官:汉宫中女官名,秩比三百石。⑭ 捐忘:抛弃忘却。

后二岁,傅太后、帝母丁姬皆称尊号①。有司奏:"新都侯莽前为大司马,贬抑尊号之议②,亏损孝道,及平阿侯仁臧匿赵昭仪亲属③,皆就国。"天下多冤王氏④。

【注释】

① "后二岁"二句:汉哀帝即位后,尊元后为太皇太后,成帝赵皇后为皇太后。尊哀帝生父定陶恭王为恭皇。祖母傅太后只能称恭皇太后,母丁太后称恭皇后。建平二年(前5),哀帝尊恭皇太后(傅太后)为帝太太

后,称永信宫;恭皇后(丁太后)为帝太后,称中安宫。②"新都侯"二句:哀帝初即位,高昌侯董宏上书请求给丁太后上尊号,称皇太后,王莽和师丹不同意,于是弹劾董宏,哀帝不得已罢免董宏为庶人。贬损:贬低和抑制。③臧:同"藏"。赵昭仪:汉成帝皇后赵飞燕之妹,同被汉成帝宠幸,其名不详。旧题汉伶玄撰《赵飞燕外传》称其名为赵合德。成帝崩,人多归咎于赵昭仪,赵昭仪被迫自杀。哀帝即位后,解光上奏揭发赵昭仪残害成帝皇子之事,哀帝诏免赵昭仪亲属为庶人,徙辽西(郡名,治且虑,今辽宁义县北)。平阿侯王仁藏匿赵昭仪亲属,因而获罪。④冤:以……为冤。

谏大夫杨宣上封事言:"孝成皇帝深惟宗庙之重①,称述陛下至德以承天序②,圣策深远③,恩德至厚。惟念先帝之意④,岂不欲以陛下自代,奉承东宫哉⑤!太皇太后春秋七十,数更忧伤⑥,敕令亲属引领以避丁、傅⑦。行道之人为之陨涕⑧,况于陛下,时登高远望,独不惭于延陵乎⑨!"哀帝深感其言,复封商中子邑为成都侯。

【注释】

①深惟:深思。惟,思。②称述:称扬述说。天序:指帝王的世系。③圣策:对皇帝谋略的尊称。④惟念:思念,考虑。⑤奉承东宫:指供养太后。东宫,这里指太后所居之地。⑥更:经历。⑦引领以避:伸出脖子远远望见而退避。⑧陨涕:流泪。⑨延陵:汉成帝陵。代指成帝。

元寿元年①,日蚀。贤良对策多讼新都侯莽者②,上于是征莽及平阿侯仁还京师侍太后。曲阳侯根薨,国除。

明年,哀帝崩,无子,太皇太后以莽为大司马,与共征立中山王奉哀帝后,是为平帝。帝年九岁,常年被疾,太后临朝,委政于莽,莽颛威福。红阳侯立莽诸父,平阿侯仁素刚直,莽内惮之,令大臣以罪过奏遣立、仁就国。莽日逛燿太后③,言辅政致太平,群臣奏请尊莽为安汉公。后遂遣使者迫守立、仁令自杀④。赐立谥曰荒侯,子柱嗣,仁谥曰刺侯,子术嗣。是岁,元始三年也⑤。

明年,莽风群臣奏立莽女为皇后⑥。又奏尊莽为宰衡⑦,莽母及两子

皆封为列侯,语在《莽传》。

【注释】

① 元寿元年:前2年。② 讼:为人辩冤。③ 诳燿:欺骗迷惑。燿,同"耀"。④ 迫守:急切收捕。守,收。⑤ 元始三年:公元3年。⑥ 风:通"讽"。用委婉的语言暗示、劝告。⑦ 宰衡:周公为太宰,伊尹为阿衡,王莽欲自比伊尹、周公,故兼采二者之号。

莽既外壹群臣①,令称己功德,又内媚事旁侧长御以下②,赂遗以千万数。白尊太后姊妹君侠为广恩君,君力为广惠君,君弟为广施君,皆食汤沐邑,日夜共誉莽③。莽又知太后妇人厌居深宫中,莽欲虞乐以市其权④,乃令太后四时车驾巡狩四郊,存见孤寡贞妇⑤。春幸茧馆⑥,率皇后、列侯夫人桑⑦,遵霸水而被除⑧;夏游御宿、鄠、杜之间⑨;秋历东馆⑩,望昆明⑪,集黄山宫⑫;冬飨饮飞羽⑬,校猎上兰⑭,登长平馆⑮,临泾水而览焉⑯。太后所至属县⑰,辄施恩惠,赐民钱、帛、牛、酒,岁以为常。太后从容言曰⑱:"我始入太子家时,见于丙殿,至今五六十岁尚颇识之⑲。"莽因曰:"太子宫幸近,可壹往游观⑳,不足以为劳。"于是太后幸太子宫,甚说㉑。太后旁弄儿病在外舍㉒,莽自亲侯之。其欲得太后意如此。

【注释】

① 壹:统一。② 媚事:以谄媚事人。旁侧:左右,旁边。指元后身旁。③ 日夜:白天黑夜,日日夜夜。形容频繁、经常。④ 虞:通"娱"。市:求取。⑤ 存见:探望慰问。⑥ 茧馆:即茧观,在上林苑,为养蚕结茧之处。⑦ 桑:采桑。⑧ 遵:沿着。霸水:即灞水,源出蓝田东秦岭北麓,经长安东,过灞桥,北流入渭水。被除:除灾去邪的仪式,即后世之上巳修禊。⑨ 御(yù)宿:即御宿苑,在长安城南御宿川中。鄠(hù):县名,在长安西南,今陕西户县。杜:县名,即杜陵,在长安东南,今陕西西安东南。⑩ 东馆:即豫章观,在昆明池,又名昆明观。因在昆明池东部,故又称昆明东观或东馆。⑪ 昆明:即昆明池。在长安西南,周长四十里。汉武帝欲讨伐昆明,于元狩三年(前120)开凿昆明池以象滇池,用以训练水军。⑫ 黄山

宫:在槐里(今陕西兴平东南)西南,后之马嵬坡所在地。⑬ 飨饮:宴饮。飞羽:殿名,在未央宫。⑭ 校(jiào)猎:遮拦禽兽而猎取。也泛指打猎。上兰:观名,在上林苑。⑮ 长平馆:即长平观,在池阳(今陕西泾阳西北)长平坂。⑯ 泾水:北源出今宁夏固原,南源出今甘肃华亭,在甘肃平凉汇合,东南行注于渭水。⑰ 属县:指元后游览地所属的县。⑱ 从容:悠闲舒缓,不慌不忙。⑲ 识(zhì):记住。⑳ 壹往:一去,一行。㉑ 说:同"悦"。㉒ 弄儿:用来玩耍的儿童。外舍:住宿于外。指在宫外。

平帝崩①,无子,莽征宣帝玄孙选最少者广戚侯子刘婴②,年二岁,托以卜相为最吉③。乃风公卿奏请立婴为孺子④,令宰衡安汉公莽践阼居摄⑤,如周公傅成王故事。太后不以为可,力不能禁,于是莽遂为摄皇帝,改元称制焉。俄而宗室安众侯刘崇及东郡太守翟义等恶之,更举兵欲诛莽⑥。太后闻之,曰:"人心不相远也⑦。我虽妇人,亦知莽必以是自危,不可。"其后,莽遂以符命自立为真皇帝⑧,先奉诸符瑞以白太后,太后大惊。

【注释】

① 平帝崩:时为元始五年(5)。② 广戚:沛郡属县,在今江苏沛县东。③ 卜相:占卜看相。④ 孺子:周公称成王为孺子。王莽比附此事,故称刘婴为孺子。⑤ 践阼:一作"践祚"。走上阼阶主位,主持祭祀。古代庙寝堂前两阶,主阶在东,称阼阶,阼阶上为主位。代指即位登基。居摄:因君主年幼不能亲政,由大臣代居其位处理政务。⑥ "俄而宗室"二句:居摄元年(6),安众侯刘崇与其相张绍起兵讨伐王莽,进攻宛(yuān),兵败。居摄二年(7)九月,东郡太守翟义(翟方进之子)与东郡都尉刘宇、严乡侯刘信、刘信弟武平侯刘璜等联合,在都试(郡守、都尉、县令、县长等会同考核骑士)日起兵讨伐王莽,立刘信为天子,传檄天下,言王莽毒杀汉平帝,欲绝汉室。翟义声势浩大,有众十余万,王莽惶惧,一面派王邑等八人率精兵镇压,一面作策文向天下宣称将会还政于孺子。关中空虚,槐里人赵明、霍鸿等趁机起兵响应翟义,王莽派王奇、王级等率兵抵御。十二月,王邑等平定翟义等人,回师关中。居摄三年二月,王邑与王级等平定赵明等人。安众:南阳郡属县,在今河南邓州东北。⑦ 人心不相远也:指人所见

略同。⑧莽遂以符命自立为真皇帝：居摄三年(8)，齐郡、巴郡、右扶风等地相继出现要王莽称帝代汉的所谓符命。十一月，王莽称假皇帝，改元初始。梓潼人哀章又伪造汉高帝让王莽称帝的金匮。于是王莽于初始元年十二月朔(9年1月15日)正式代汉称帝，改元始建国，建立新朝。符命：上天预示帝王受命的符兆。

初，汉高祖入咸阳至霸上①，秦王子婴降于轵道②，奉上始皇玺。及高祖诛项籍，即天子位，因御服其玺③，世世传受，号曰汉传国玺。以孺子未立，玺臧长乐宫④。及莽即位，请玺，太后不肯授莽。莽使安阳侯舜谕指⑤。舜素谨敕，太后雅爱信之⑥。舜既见，太后知其为莽求玺，怒骂之曰："而属父子宗族蒙汉家力⑦，富贵累世，既无以报，受人孤寄⑧，乘便利时，夺取其国，不复顾恩义。人如此者，狗猪不食其余⑨，天下岂有而兄弟邪！且若自以金匮符命为新皇帝，变更正朔服制⑩，亦当自更作玺，传之万世，何用此亡国不祥玺为，而欲求之！我汉家老寡妇，旦暮且死，欲与此玺俱葬，终不可得！"太后因涕泣而言，旁侧长御以下皆垂涕。舜亦悲不能自止，良久乃仰谓太后："臣等已无可言者。莽必欲得传国玺，太后宁能终不与邪！"太后闻舜语切，恐莽欲胁之，乃出汉传国玺，投之地以授舜⑪，曰："我老已死⑫，知而兄弟，今族灭也！"舜既得传国玺，奏之，莽大说，乃为太后置酒未央宫渐台，大纵众乐。

【注释】

①霸上：地名，在长安东三十里。②轵(zhǐ)道：一作枳道。亭名，在长安东十三里。③御服：佩戴，佩用。④臧：同"藏"。⑤谕指：晓谕帝旨。指，通"旨"。⑥雅：平素。⑦而：你。⑧孤寄：以孤儿托付。⑨猪狗不食其余：猪狗不吃他剩下的东西。极言人品低下。⑩变更正朔服制：王莽称帝，以十二月为正月，服色尚黄。⑪"乃出"二句：《后汉书·光武帝纪》李贤注引《玉玺谱》云："至王莽篡位，就元后求玺，不与，以威逼之，乃出玺投地，玺上螭一角缺。"⑫已：表示不久之后。

莽又欲改太后汉家旧号，易其玺绶①，恐不见听②，而莽疏属王谏欲谄莽,上书言:"皇天废去汉而命立新室③,太皇太后不宜称尊号,当随汉废,以奉天命。"莽乃车驾至东宫,亲以其书白太后。太后曰:"此言是也④!"莽因曰:"此悖德之臣也⑤,罪当诛!"于是冠军张永献符命铜璧⑥,文言"太皇太后当为新室文母太皇太后"⑦。莽乃下诏曰:"予视群公,咸曰:'休哉⑧!其文字非刻非画,厥性自然⑨。'予伏念皇天命予为子,更命太皇太后为'新室文母太皇太后',协于新、故交代之际⑩,信于汉氏。哀帝之代,世传行诏筹⑪,为西王母共具之祥⑫,当为历代母,昭然著明⑬。予祗畏天命⑭,敢不钦承⑮!谨以令月吉日⑯,亲率群公诸侯卿士,奉上皇太后玺绂⑰,以当顺天心,光于四海焉。"太后听许。莽于是鸩杀王谏,而封张永为贡符子。

【注释】

① 玺绶:印玺上所系的彩色丝带。借指印玺。② 听:顺从。③ 废去:废除。④ 此言是也:这是元后的气话。⑤ 悖德:违反道德。⑥ 冠军:地名,南阳郡属县,今河南邓州西北。汉武帝时霍去病封于此。⑦ 文:字。⑧ 休:美。⑨ 厥:其。⑩ 协于新、故交代之际:合于新、汉交替之时。元后尊号为"新室文母太皇太后",其中"新室文母"合于新,"太皇太后"合于汉。⑪ 传行诏筹:指天子将出行,有人前行宣传命令以清道。又称传筹或行筹。意为颁行诏命与筹策。⑫ 共具:摆设酒食用具。指设酒食来祭奠西王母。为西王母共具之祥:汉哀帝建平四年(前3)春正月,关东大旱,民间谣传西王母将至,民众拿着麻秆、禾秆相互传递,号称为西王母传行诏筹,向西一直传至长安。还有老百姓聚众祭祀西王母。一直到秋季此事才平息。这件事被王莽视作元后将兴的祥瑞。⑬ 著明:显明。⑭ 祗:敬。⑮ 钦承:恭敬地承受。⑯ 令:美善,美好。⑰ 玺绂:玺绶。代指印玺。

初,莽为安汉公时,又谄太后,奏尊元帝庙为高宗,太后晏驾后当以礼配食云①。及莽改号太后为新室文母,绝之于汉,不令得体元帝②。堕坏孝元庙③,更为文母太后起庙,独置孝元庙故殿以为文母篹食堂④,既成,名曰长寿宫。以太后在,故未谓之庙。莽以太后好出游观,乃车驾置酒长寿宫,请太后。既至,见孝元庙废彻涂地⑤,太后惊,泣曰:"此汉家宗庙,

皆有神灵，与何治而坏之⑥！且使鬼神无知，又何用庙为！如令有知，我乃人之妃妾，岂宜辱帝之堂以陈馈食哉⑦！"私谓左右曰："此人嫚神多矣⑧，能久得祐乎！"饮酒不乐而罢。自莽篡位后，知太后怨恨，求所以媚太后无不为，然愈不说。莽更汉家黑貂，著黄貂⑨，又改汉正朔伏腊日⑩。太后令其官属黑貂，至汉家正腊日⑪，独与其左右相对饮酒食。

【注释】

① 配食：配享，附祭。② 体：亲近。③ 堕：毁。④ 篹（zhuàn）食：饮食。篹，同"馔"，供设食物。⑤ 废彻：损毁。涂地：指被破坏的东西漫布于地，不可收拾。⑥ 与：干预。治而坏之：指建造长寿宫，却毁坏了孝元庙。⑦ 馈食：熟食。⑧ 嫚：轻侮，傲慢。⑨ "莽更"二句：汉朝侍中着黑貂之衣，王莽改为黄貂。因新朝服色尚黄之故。⑩ 正朔：指历法。王莽改十二月为正月。伏腊：两种祭祀的名称。"伏"在夏季伏日，夏至后第三个庚日；"腊"在夏历十二月，冬至后第三个戌日。这里泛指节日。王莽改变历法，原有节日的日期也同时发生改变。⑪ 正腊：腊祭。

太后年八十四，建国五年二月癸丑崩①。三月乙酉，合葬渭陵②。莽诏大夫扬雄作诔曰："太阴之精，沙麓之灵③，作合于汉④，配元生成⑤。"著其协于元城沙麓⑥。太阴精者，谓梦月也⑦。太后崩后十年⑧，汉兵诛莽。

【注释】

① 建国五年：公元13年。② 渭陵：汉元帝陵。③ 太阴之精，沙麓之灵：指元后是月亮之精气所聚，沙麓崩倒所预示的神灵所成。沙麓崩事见本篇前文注释。扬雄《元后诔》原文作"沙麓之灵，太阴之精"。④ 作合：指结为夫妇。⑤ 配元生成：嫁给汉元帝，生下汉成帝。⑥ 著其协于元城沙麓：表明元后合于元城沙麓崩倒而产生的预言。⑦ 梦月：指元后母亲在怀元后时曾梦月入其怀。⑧ 太后崩后十年：指王莽地皇四年（23）。

初，红阳侯立就国南阳，与诸刘结恩①，立少子丹为中山太守。世祖初起②，丹降，为将军，战死。上闵之，封丹子泓为武桓侯，至今③。

【注释】

① 诸刘:指定居于南阳的刘秀宗族。② 世祖:汉光武帝刘秀的庙号。
③ 至今:指东汉班固著《汉书》之时。

司徒掾班彪曰:三代以来,《春秋》所记,王公国君,与其失世①,稀不以女宠②。汉兴,后妃之家吕、霍、上官,几危国者数矣③。及王莽之兴,由孝元后历汉四世为天下母,飨国六十余载④,群弟世权,更持国柄⑤,五将十侯⑥,卒成新都。位号已移于天下,而元后卷卷犹握一玺⑦,不欲以授莽,妇人之仁,悲夫!

【注释】

① 与:相干,有关系。② 稀:少。③ 几:危。数:多次。④ 飨国:同"享国",享有国家。⑤ 更:更替。⑥ 五将十侯:指王凤、王音、王商、王根、王莽五人曾任大司马。王禁、王凤为阳平侯,王崇为安成侯,王谭为平阿侯,王商为成都侯,王立为红阳侯,王根为曲阳侯,王逢时为高平侯,王音为安阳侯,王莽为新都侯。⑦ 卷卷:同"拳拳",诚挚的样子。

【导读】

本篇选自《汉书》卷九十八《元后传》,叙述元帝之后、王莽之姑王政君及其外家的事迹。元后,名王政君(前71—13),是汉元帝的皇后,生汉成帝。先后历经宣、元、成、哀、平、孺子、王莽七代皇帝,是整个西汉末年历史的见证人。本篇按体例应归入《外戚传》,但篇幅过大,且内容特殊,故而单列一传。《元后传》虽然以元后命名,但元后本身的事迹记述并不多,故实际上这是一篇王氏家族的发迹史。本篇从王氏先祖写起,根据王莽自造的《自本》,王氏乃黄帝、虞舜之后,西周时被封在陈。战国时陈公子完的后裔又取代了姜齐而建立田齐。秦楚之际济北王田安失国被杀,其后裔以王为氏。元后王政君的祖父王翁孺迁居魏郡元城。据说《春秋》记载的"沙麓崩"之事便发生在元城,意味着圣女将兴,王氏代汉。这自然是为王莽代汉制造的舆论而已。王政君入官后,意外成为时为太子的汉元帝的妃子,并生下后来的汉成帝。自汉成帝时起,王氏家族开始把持朝

政。王凤、王音、王商、王根、王莽相继辅政，王氏一门十人位至列侯，声威煊赫。汉成帝贪恋女色，大权旁落。延及哀、平之际，国事遂不可收拾。王莽在翦除异己、自塑声名之后，便开始了一系列转移汉鼎的步骤。元后在刘氏政权向王氏政权嬗变的过程中，虽然未曾直接参与，但事实上一直为王氏家族起到保护伞的作用。王莽篡位，元后虽有所后悔和不满，但并未坚持抗争，最终还是默认了既成事实，做了"新室文母太皇太后"。至于她继续沿用汉家正腊，恐怕象征的意味大于实际了。传文开篇曾有"贵女兴天下"之语，而结果汉家天下却正是因元后这位"圣女"而易姓，个中极具讽刺意味。李景星《四史评议》称："国之兴也，众君子辅之而不足；及其亡也，一妇人败之而有余。然则如元后者，真汉家之罪人哉！"可谓一语中的！本篇传记对元后如何宠爱、袒护王莽，以及王莽如何巴结、献媚元后之事，描摹细致曲折，笔墨生动，淋漓尽致，无愧于《汉书》写人叙事的优秀篇章之一。班固著《汉书》一百卷，将吕后安排在第三卷，而置元后于倒数第三卷，二者虽无法比拟，但亦恐非巧合，内中自有深意。因为末尾有班彪的赞语，所以本篇当是班固在其父撰著的基础上完成的，班彪论西汉外戚之患，同样入木三分！

后　记

　　《汉书》(历代名著精选集)这部小书稿在耽搁近一年之后终于可以交付出版社了,但本人心中却丝毫没有如释重负的感觉,反而变得更加沉重,心绪久久不能平静。回想当初刚刚接到凤凰出版社稿约之时,本人就十分惶恐,不为别的,就为一个"难"字:一来《汉书》难读是出了名的,惟恐搞得不好亵渎了班兰台;二来自感还算不上什么专家,实在难以担当重任。很想推辞不干,但拗不过组稿方盛情邀约与鼓励,只好勉为其难了。从准备选目到设计注、评体例,就颇费了一番周折。而真正开始动手后,更是步履维艰。好不容易到了书稿杀青阶段,却又遇上无妄之灾,2009年冬天南京的第一个雪夜,一场车祸险些使本人魂归西天,也差一点让此书稿成为绝笔之作。幸赖众友庇护关爱及名医妙手回春,才得以苟延残喘。难友曹红军教授赠诗云:"雪夜惊魂下关桥……气若游丝魂飘渺。赖有神医圣刀手,起死回生命再造。……惟愿祸兮福所倚,自此否极泰来步步高。迭经磨难世情透,名利于我如鸿毛。"以亲历之事发之于诗,句句出自肺腑,感人至深! 有道是"大难不死,必有后福",众人的祝愿是真诚而美好的。本人一向淡泊名利,从未指望什么大福大贵,但求心灵安适而已,何况已到奈何桥上走过一遭? 也算是对生命意义参透了大半。如今性命虽然无忧,但元气大伤,早已今非昔比了。从住院抢救治疗,到出院回家静养,再到就医康复训练,一晃半年很快就过去了。想起尚未杀青的书稿在电脑中"酣睡"半年有余,而因车祸导致的严重外伤性肩周炎又时常发作,举"手"维艰,根本无法操作电脑,心中常常感到不安,觉得有负朋友所托。劫后余生,倍感珍惜! 需要感谢的人很多很多,无法一一具名。在此,本人要特别感谢凤凰出版社编审卞岐、王华宝两位主任,他们不仅多次到医院探视,还始终如一地关心着康复的情况与书稿的进展,一再宽限,鼓励有加,终使书稿得以最后完成。而责编汪允普编辑亦曾多次关心询问,给予很多的理解,提出宝贵的意见;研究生谢攀、李丛竹及本科毕业生柏云俊、张沛林参加了部分前期注评工作,在此一并表示感谢! 可以

说,这部小书稿是本人出死入生的见证,因而尤为珍视,之所以一拖再拖,迟迟未将书稿如期交出,无非是想再多磨一磨,尽量减少差错。不过,由于学力与见闻有限,书中肯定还有许多不足的地方,竭诚欢迎专家学者和广大读者批评指正!

谢秉洪
2010 年 8 月 28 日记于高教新村寓所

《历代名著精选集》书目

黄帝内经	周易
诗经	周礼
左传	国语
论语	孟子
老子	庄子
管子	晏子春秋
商君书	墨子
荀子	韩非子
六韬・三略・阴符经	鬼谷子・本经阴符七术
孙子兵法	孙膑兵法
山海经	列子
吕氏春秋	战国策
楚辞	吴越春秋
新语	新书
礼记	孝经
淮南子	史记
汉书	东观汉记
后汉书	三国志
博物志	西京杂记
搜神记	华阳国志

水经注	洛阳伽蓝记
世说新语	颜氏家训
抱朴子	高僧传
文心雕龙	诗品·二十四诗品
金刚经	坛经
贞观政要	史通
大唐西域记	茶经
唐宋传奇	唐语林
唐诗三百首	宋词三百首
资治通鉴	梦溪笔谈
朱子语类	近思录
东京梦华录	武林旧事
容斋随笔	元朝秘史
元曲三百首	本草纲目
阳明传习录	日知录
徐霞客游记	五杂俎
陶庵梦忆	闲情偶寄
东华录	阅微草堂笔记
扬州画舫录	曾国藩家书
人间词话	